U0909597

南中国学术文丛

宗教情结与华人文学

王列耀／著

文化藝術出版社
Culture and Art Publishing House

目录

第五编　泰华文学中的宗教情结

第六编　台湾：女性文学

第七编　香港：都市文学

第八编　海外：华人文学（上）

第九编　海外：华人文学（下）

第一编

宗教文化与现代作家

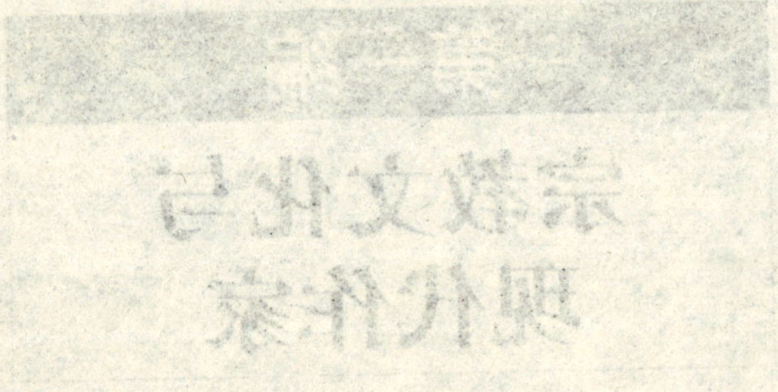

一、耶稣受难与鲁迅的英雄叙事

鲁迅小说叙事多近似俄国果戈理、契诃夫，即着力于小人物的不幸与受难。在鲁迅的小说叙事中，又有貌似果戈理、契诃夫笔下的小人物，却又不是真正的小人物，而是代表着时代精神的英雄，且是不幸与受难的英雄。

（一）英雄认定与英雄受难

不同的文化传统、不同的时代，以至同一时代的不同人群，对英雄的定义各有不同。悉尼·胡克把英雄人物划分为历史上行动方面的英雄和思想方面的英雄，并且将前者称为“事变性人物”，将后者称为“事变创造性人物”。“所谓事变性人物就是：某一个人的行动影响了以后事变的发展；而如果没有他的这一行动，事变的发展进程将会因之而完全不同。”“所谓事变创造性人物就是这样一个事变性的人物，他的行动乃是智慧、意志和性格的种种卓越能力所发生的后果，而不是偶然的地位或情况所促成的。”他还特别指出：“我们所谓历史上的英雄或伟人仅指事变创造性人物。"①

启蒙运动在中国社会由近代向现代的转轨过程中，以巨大的声势、极强的荡激力，发挥了巨大作用。拨动了近、现代中国历史的车轮，又被挤夹在近、现代中国历史车轮间的启蒙运动，有着两次高潮。实际上，是呈现为启蒙运动自身的两个历史性阶段。其一为中国历史上第一次普遍而深刻的社会启蒙阶段，萌动于龚自珍的"更法改制"，壮阔于1895年至1898年的"公车上书"、"上喻变法"、"百日维新"；其二为中国历史上第一次普遍而深刻的思想启蒙阶段，涌动于梁启超的"新民"之说，奋进于1915年至20年代前期。社会启蒙的核心是政治改良，策略为推动一场自上而下的政治运动；思想启蒙的主要视点为重塑伦理道德和文化精神，策略为发动一场革新思想的"国民运动"。

参照启蒙的直接目的，我们将社会启蒙的发难者称之为启蒙政治家，将思想启蒙的发难者称之为启蒙思想家。既发难于"百日维新"，又始作"新民"说的梁启超，左挑右扛地担负过两个角色。

梁启超对英雄的认定近乎悉尼·胡克的事变性人物：像一个获得了支点的杠杆一样，去完成拨动事变与发展的任务。在叙说自己的感怀与承担时，既显露着他以创世英雄为己任的心态，也透露了他的英雄观内涵："启超常持一论，谓凡任天下事者，宜自求为陈胜、吴广。"② 更有诗曰：十年之后当思我，举国欲狂欲语谁。

梁启超之后的启蒙思想家，同样以天下为己任，以英雄甚至救世者自居："文学革命的发难者胡适、陈独秀、李大钊、鲁迅、周作人、刘半农、钱玄同等，都不是纯文学家，而首先是'有所为'的思想启蒙家，都不以文人自喻，而以救世者自居的。"③ 同样他们希望一个获得了支点的杠杆。然而，这根杠杆不是物质的杠杆，而是思想的杠杆。其行动不一定是"拨动"，更可能是"牵引"——是智慧、意志和性格的种种卓越能力所引发的后果。

鲁迅对"个人"与"众数"的区分，"任个人"、"排众数"的鲜明

① ［美］悉尼·胡克：《历史中的英雄》，第108～110页，上海人民出版社1964年版。

② 《饮冰室合集·与严又陵先生》。

③ 马良春等主编：《中国现代文学思潮史》上册，第133页，北京十月文艺出版社1995年版。

主张，标志着鲁迅对"事变创造性人物"的认同。"与其抑英哲以就凡庸，曷若置众人而希英哲?""不若用庸众为牺牲，以冀一二天才之出世，递天才出而社会之活动亦以萌，即所谓超人之说，尝震惊欧洲之思想界者也。"① 鲁迅以"英哲"、"天才"置换了梁启超的陈胜、吴广，也以"超人说"的思想"牵引"换下了"当思我"的物质"拨动"。

这种英雄认定的分野，清晰地反映在梁启超、鲁迅对基督教的认同中。

19 世纪末期，在西方文化的猛烈冲击下，梁启超作为一个具有强烈爱国情感的知识分子，在认同中国传统文化的基础上，对基督教采取了比较开明的态度——既抗拒又接受。产生这种"开明"的原因，一方面是因"在帝国主义对中国的侵略本质底下，传教士抱着优越感，谋求将本身信仰的一套观念与理想迫使中国人加以接受。在另一方面，19 世纪绝大部分的中国人，要接触或是要了解西方文化，都必须凭藉通晓华语的传教士"②。如果再深入地追究一番，还可以说梁启超意在以基督教为参照系，试图将儒学建成为一种制度化的儒教，从而构建一个合用的物质性杠杆，去豪气满怀地拨动历史的车轮。

梁启超不像前人或同时代人盲目地反对基督教。在所撰写的《西学书目表》中，认为在四百多种翻译西籍中，最佳者为李提摩太的《泰西新史揽要》。在基督教发展史中，梁启超特别注意宗教形式可以救国救民的经验、拨动历史的力量：

> 所论西教之强，凭藉国力，是固然矣。然亦有其本也。耶氏之起，犹太人疾之滋甚，其大弟子十二人，死于法者十一，……而其精悍锐狠之气不衰，保罗以私淑之徒，纵横排荡，以昌其教，其继起者，皆以死自任，历三百年而后有甘站丁沙曼之徒，以国土而信其教者，自后教皇之权日益尊重，至于各国君主感受加冕，于是国力之盛极矣，而不知其初之累受逼迫，皆一二匹夫之贱，百折不回

---

① 《鲁迅全集》第一卷，第 52 页，人民文学出版社 1957 年版。

② 邓永康：《戊戌变法前的梁启超与李提摩太》，载香港《崇基学报》，1974 年第 1、2 合期。

以成之者也。[①]

与梁启超比较，鲁迅是第二代接受西学的近代知识分子——是与西方文明的各种形式有过多种接触的新知识分子。此时的传教士，已失去了昔日西学输入者的桂冠。鲁迅不必借助传教士研究西学，但对基督教文化非常着意，他采取的是既抗拒又接受的立场。

鲁迅在学习西方的过程中，试图以新的角度与方法重估中国的传统，在《文化偏至论》中，提出了“任个人而排众数”的主张。这时的鲁迅，亦试图用新的角度与方法重估西方的传统，遍观从“世纪之元”经“教皇”“制御全欧”，再由路德改教到英、法“革命”的西方社会思想发展史，鲁迅对以“众数”排“个人”的教会、教皇之类的“宗教之系缚”，如同对中国的传统一般憎恶，指出：“当旧教盛时，威力绝世，学者有见，大率默然，其有毅然表白于众者，每每获囚戮之祸。递教力堕地，思想自由，凡百学术之事，勃焉兴起……”[②] 就此而言，鲁迅比梁启超、陈独秀都更注意也更反感基督教会对西方社会、思想曾有过的漫长压抑与摧残。

从“任个人”出发，鲁迅抨击制度化的教会和教会统治，却赞赏基督教的肇始者耶稣在孤独中的开创精神，并将其视作与“众数”相对的为数不多的“个人”：“一梭格拉第也，而众希腊人鸠之，一耶稣基督也，而众犹太人磔之，后世论者，孰不云缪，顾其时则从众志耳。”[③]

耶稣受难——众犹太人磔之，曾反复出现在鲁迅的作品中。1919年，也就是说《药》问世的同一年，在《暴君的臣民》中，鲁迅说：“暴君治下的臣民，大抵比暴君更暴；暴君的暴政，时常还不能餍足暴君治下的臣民的欲望。中国不要提了罢。在外国举一个例：……大事件则如巡抚想放耶稣，众人却要求将他钉上十字架。”[④] 1922年的反宗教运动，使不少曾欢迎过基督教思想、文化的知识分子改变了态度，不谈而少言基督教。陈独秀便是其中之一。他由赞扬耶稣高尚及伟大的人格，

---

① 《饮冰室合集·复友人论保教书》。

② 《鲁迅全集》第一卷，第48页，人民文学出版社1957年版。

③ 同上，第52页。

④ 同上，第366页。

改为支持成立“反宗教大同盟”，从新的社会立场重新评述基督教。鲁迅在此前没有像陈独秀那样专门撰文研谈、介绍耶稣与基督教，而在反宗教运动过去两年时，则撰写了一篇标题为《复仇》（其二）的散文诗，详细地叙说了最能体现耶稣“高尚及伟大的人格”的“耶稣受难”一事。

在鲁迅的观察中，耶稣是个牺牲者、受难者，是一个因“思想”而触怒“众数”，导致因酷刑而受难的“牵引”性英雄，是悉尼·胡克所谓担负“事变创造性”任务的“个人”。

梁启超在《新民说》中，关注的焦点是“群”这一集体主义概念。他在对个人权利与自由做出激动人心的辩护时，总带着一种强烈的集体主义特色：“一部分之权利，合之即为全体之权利，一私人之权利思想，积之即为一国家之权利思想。故欲养成此思想，必自个人始。”“团体自由者，个人自由之积也。”① 正如有研究者认为：“人们可以从集体主义的观点拥护民主，而西方自由主义的核心首先并且最主要在于个人主义和个人主义的制度化——公民的权利和自由。”② 也就是说，持着“体”、“用”之见的梁启超，与西方自由主义的核心仍有着一段较长的距离。当寻找西学的大潮走向“信仰个人主义和个人主义的制度化”时，他的孤独既有落伍的凄惶，也有丧“体”的失望，是一种无奈与消沉的孤独。

鲁迅的出发点，离“集体主义”、“群”的传统远了，离“西方自由主义的核心”却较近。国之英雄，国人“鸠之”；民族之英雄，族人“磔之”；是国之不幸，民族不幸；却又是国之幸事，民族之幸事。“一二天才”，毕竟从“鸠之”、“磔之”中凌空“出世”；属于新世纪的梭格拉第、耶稣基督，也恰是在孤独中宣示出普世的福音。

这样，“个人”受难、英雄受难、耶稣受难便获得了多重存在意义：受难者与英雄不可分，英雄的话语便是受难话语。受难与“牵引”不可分，“牵引”意味着受难，受难暗藏或包蕴着历史性的“牵引”。这个意义便凝聚在鲁迅为数不多，却极具个性的英雄受难小说《狂人日记》与

① 梁启超：《新民说》，第36页、第46~47页。

② ［美］张灏：《梁启梁与中国思想的过渡》，第136页，江苏人民出版社1997年版。

《药》之中。

（二）悖反与受难叙事体

“事变创造性人物”的所作所为固然重要，更为重要的是他们本身的智慧、意志、性格和思想在与“众数”相对时所具有的超越性。因超越，而卓然特立；因超越，而成为出乎“众数”的“个人”。但是，超越既产生“牵引”，也必引起超越者的受难。

1908 年的《文化偏至论》之后，鲁迅在很长一段时期内保持与发展着对“个人”与“众数”的看法。1926 年重印《工人绥惠略夫》时写道：要救群众，反而被群众所害。话语之中，显见对英雄境遇——孤独的痛惜。然而，深入一层，却依然透露着对时代英雄基本特性的确定：超越与受难。

假设这个基本“确定”能够成立的话，我们不难看到，文学家鲁迅在中国现代小说史的开山之作《狂人日记》中，便已奠定了他诗化、圣化英雄的基督情境模式：超越与受难。超越是超越同时代人，超越现存的世界秩序，对新的世界秩序处在一种渴望与知觉当中。“凡事总须研究，才会明白”，是“狂人”超越性的起点；“仁义道德”等于“两个字是‘吃人’”，是狂人超越同时代人、超越现存世界且知错必改的根本表征。其实，这个起点与表征不仅是“狂人”的，根本就是鲁迅本人的，直到 1925 年，鲁迅对“仁义道德”等“中国的文明”仍在反复研究，结论仍是：“所谓中国的文明者，其实不过是安排给阔人享用的人肉的筵宴。所谓中国者，其实不过是安排这人肉的筵宴的厨房。”并且认为：“这人肉的筵宴现在还排着，在许多人还想一直排下去。扫荡这些食人者，掀掉这筵席，毁坏这厨房，则是现在的青年的使命！”①

“中国的文明”等于“吃人”，“中国”等同于吃人者的“厨房”，话语尽管偏激，产生于“五四”之初并继续于“五四”之后，无疑代表着划时代的理性精神。然而，“在他们同时代人的清醒头脑中，这种神

---

① 《鲁迅全集》第一卷，第 216 页、第 217 页，人民文学出版社 1957 年版。

圣的理性看来好像是疯狂似的"①。伟大的时代召唤出时代的代表性人物，这些时代的代表，以自己的特殊目的表现时代的灵魂的风格。然而，他们不是从现行秩序、制度所认同的沉静有常的事物进行中表现时代的灵魂，而是以一种悖反的方式，忠诚于隐藏着还没达到现实存在的那个内在的"精神"，那个冲击着表象世界又依然潜伏在地面之下的内在精神。《狂人日记》中的狂人，是这样一个叛逆者。"狂人"在"同时代人的清醒头脑中"只能是个疯子。在"赵贵翁"、"陈老五"、"大哥"，甚至"母亲"等"清醒"者的汪洋大海般的包围下，"狂人"不单感受着孤独，而且还受到围剿。在谩骂、囚禁中，忍受肉体与精神的折磨：在吃人者的砧板上，无可奈何地任由吃人者玩弄与审判。

这样，悖反在鲁迅的英雄小说中具有至上的意义：神圣的理性呈现为荒谬的疯狂，时代的英雄成为社会的公敌。换句话说，如果失去这种悖反，作品塑造的人物也就不能称其为时代的英雄。同样，悖反的孤独，才是英雄的孤独。《药》中的夏瑜，也是这样的孤独英雄。

人们较重视果戈理的《狂人日记》与鲁迅的《狂人日记》的比较。确实，在二者之间有许多相似之处：如篇名的设定、日记体的结构、受难的语境、救救孩子的呼声等等。更重要的是，两位"狂人"既是真实的"小人物"，也都是作者的传声筒，借"狂人"的心与"嘴"针砭现实、批判现实。

但是，不应忽视，果戈理的"狂人"，充其量也只是受难的"小人物"，不能成就为受难的英雄。主要原因就在于果戈理的"狂人"没有承担着鲁迅所设定的"俘反性"。如果说果戈理的"狂人"也在不停地"研究"什么的话，他研究的主要是自己为什么只是九等文官抄写员，而不是什么伯爵、将军或国王。他的疯狂不是与超越和理性相连相悖，而是与中国式的阿Q们的愚昧、落伍血肉粘连。因此，此"狂人"的孤独，非各国启蒙思想家所忍受的孤独——英雄的孤独，而恰恰是"众数"、"小人物"、落伍者在病态社会形成的病态心理的反映。

鲁迅的小说，多采用"受难叙事体"。由于对"个人"与"众数"

---

① ［美］悉尼·胡克：《历史中的英雄》，第4页，上海人民出版社1964年版。

的认定，鲁迅的受难叙事体小说，也就产生出“个人”受难叙事与“众数”受难叙事两大类型。从果戈理、契诃夫等俄国作家那里，鲁迅将“小人物”的受难私事“移植”到了自己的“众数”受难小说之中，并成就了《孔乙己》、《祝福》、《阿Q正传》等“众数”受难小说。

“个人”受难叙事，其“悖反”的准则，不是来自果戈理、契诃夫。如果追溯本源，可以挖掘的应该是《圣经》为文学提供的世界性母题：基督受难叙事。

《圣经》为文学提供了许多世界性的母题，最为突出的是上帝与魔鬼的对立和基督受难。“这两个母题所以是世界性的，是因为它们体现了世界各民族进入文明时代以后的群体意识，或者说体现了进入文明时代以后的人类意识。”“《圣经》的世界性母题当然不只是这两个，但以这两个最为重要，影响最为深远。用宏观的眼光看世界文明，其他民族的文学很少具有这样突出的世界性母题。”①

在基督受难叙事中，悖反原则异常鲜明：神圣的理性呈现为荒谬的疯狂，神圣的救世主成为被救者的公敌。

在基督教世界，神圣的理性只能来自上帝。耶稣承担着拯救众生的神圣使命，“道成肉身”来到尘世。“主耶稣基督乃是上帝对人类最完备的启示”。“易言之，基督救世，便是那位创造天地万物的全能至尊的上帝，已实实在在地亲自来到他所创造的世界。”“我们可以凭我们的肉眼，确确实实地看到那位从来没有看见的上帝。天下还有比这更奇妙的事吗？天下还有比这更大的恩典吗？”② 耶稣代表上帝向人类直接启示救世圣道，可谓神圣至极、理性至极。然而，神圣与超越的结果，则被转化为荒谬、疯狂、公敌。救世主在“庸众”中领略的是从未品尝过的孤独与折磨：门徒犹大为了三十块血银而卖主，门徒彼得在众人面前三次不认主。众人宁愿要求释放一个囚犯，而坚持要将耶稣送上十字架。定罪的全部理由只是耶稣说了一句真话：“我是神的儿子。”因为这句真话代表着神圣的理性，神的儿子耶稣便陷入了谩骂、围攻、唾弃、背叛的汪洋大海中。

---

① 李万钧：《欧美文学史和中国文学》，第39页，福建教育出版社1989年版。

② 章力生：《基督论》，第27页，香港宣道出版社1990年版。

鲁迅在《摩罗诗力说》中便认为《圣经》“幽邃庄严胜”、“灌溉人心，迄今兹未艾”[1]。并取“叛道”之说，论及上帝与魔鬼对立的母题及其在弥耳顿（失乐园）中的延续。在《文化偏至论》中，鲁迅对基督受难母题深有感触，对“众犹太人磔之”深感荒谬。配合着“排众数”的情结，鲁迅终于在1924年女师大事件的刺激下，作散文诗《复仇》（其二），畅快淋漓地演绎一遍隐身于小说中数年的基督受难母题，并且还发挥性地将十字架上的耶稣推向人神“共弃”的绝顶孤独中。

基督受难与狂人受难，其原因都是因为一句话，都是因为一句真话。耶稣说：“我是神的儿子。”狂人说：仁义道德“吃人”。公元初年，众人容不得耶稣是上帝之子这个“真理”；20世纪初年，“众数”也容不得仁义道德吃人这个真理。考虑到启蒙思想家习以“救世者”自居的心态，我们不难看出：鲁迅“个人”受难叙事或称英雄受难叙事中的彰论，正晃动着基督受难叙事中悖论的精髓。

惟一区别的是，耶稣在孤独与悖论中被送上了十字架，狂人在孤独与悖论中仅仅被囚禁。但是，随着启蒙运动的发展，鲁迅的英雄受难叙事也在前行。待到《药》时，夏瑜便与耶稣一样，在孤独与悖论中被悬挂在十字架高处。

《狂人日记》之后刚好一年，鲁迅的第二篇英雄受难小说《药》问世了。我们依然可以说《药》中有一明一暗两条线索，也可以说夏瑜只是暗线中的人物。但是，作为一位为大众谋求解放并献出宝贵生命的先烈，夏瑜的英雄身份，而且是受难英雄的身份无可争议。

假如把《狂人日记》和《药》连接起来阅读，或者将两篇小说作为系列的“个人”受难叙事来解读，那么，从历史情景与文化语境来看，夏瑜就是那个被囚禁过的“狂人”命运的延伸，但是，他比“狂人”更加成熟、更加坚定、更加懂得战斗。《药》中的“众数”很明白这一点，他们已为夏瑜“病”加一等，实际也是罪加一等，由暂时的狂到完全的疯。

“‘简直是发了疯了。’花白胡子恍然大悟似的说。”

---

① 《鲁迅全集》第一卷，第64页，人民文学出版社1957年版。

“‘发了疯了。’二十多岁的人也恍然大悟的说。”

发“狂”还可治愈，发“疯”则必须斩头。夏瑜确实也被砍了头。《药》比之《狂人日记》，称得上是一篇更严格意义上的“个人”受难叙事小说。

夏瑜在《药》中，最为动人的情节不是他在刑场如何英勇就义。鲁迅对小说情理中的高潮——就义，进行了虚掩处理。而对夏瑜就义前，类似耶稣在十字架上的“愚拙”一事，进行了强化处理。面对“暴君的臣民”，夏瑜一边忍受着精神与筋骨的折磨，一边展现出近乎“愚拙”的怜悯与爱心，连说：“可怜，可怜！”他可怜的不是正挨打、将被杀的自已，而是打他、杀他的众人。这种类似耶稣十字架似的愚拙，也是愚拙的反语，愚拙中同样流溢的是愚拙者的伟大与超越。在康大叔、花白胡子等人的嘲弄、谩骂中，这种愚拙更显得回肠荡气、超凡越俗，小说的主题正是从这里发生了深化。“血馒头”之明线，也因此与暗线混作一体，产生出强烈的对比、反衬效应。耶稣基督受难叙事，也就这样流润进了鲁迅的“英雄”受难叙事之中。

二、冰心：复杂的杂糅之爱

在中国现代文学中，注重表现耶稣之爱以及基督徒之爱的作家主要有两类：其一，与基督教思想、基督教会有较深渊源的新文学作家，如许地山、冰心、萧乾、老舍等；其二，与基督教并无太多往来，但对基督教文化，尤其是基督教思想及其在其影响下产生的文学有深刻了解的新文学作家，如巴金、王统照等。

上述第一类作家，尽管不乏萧乾这样尖刻、激烈地抨击过基督徒、基督教会的虚伪的作家，但是他们的主要特点是，直接从《圣经》、基督教会内认识、接受过基督思想，直至信服过，哪怕短期信服过基督教的爱的思想。相对而言，他们在一些作品中所表现的耶稣之爱，比较原汁原味。其爱的源头，是来自人对神的信仰与爱。以至他们的一些表现爱的作品，可被称之为爱的信念的阐发。

（一）“纯”与“不纯”

相对上述的第二类作家，许地山、冰心等与基督教的关系称得上深远得多，所认识与表现的基督教的爱的思想也纯正得多。但是，如果将许地山、冰心等作家的宗教思想与西方的基督徒或受基督教思想影响的西方作家相比，就又会发现他们的纯恰恰成了不纯；他们所阐发的“爱”，有时也杂糅了东方的痕迹。

例如，许地山24岁入闽南伦敦会，成为一个基督徒。但他在此前，深受佛教思想的熏陶。他的母亲与中国农村的大多数妇女一样，笃信佛教。他的舅舅是个和尚，曾辅导他读过不少佛经。他在1913年21岁赴缅甸仰光中华学校任教时，佛国的佛教之风，使他进一步谙熟佛教之三昧，并形成了一种世外静观的趋向。在许地山的文学创作中，佛学禅宗常会无意或有意地浮现。《缀网劳蛛》通过尚洁这个人物，表现了理想的基督徒之爱，但是，仍然显露着佛学的痕迹：将人生比作蜘蛛缀网，以沉静之心对待世间万端变化；而且，还显露出禅宗的随缘自适，随遇而安。因而在很长一段时间内，人们认为《缀网劳蛛》是佛重于耶，或者说实际上是基督教的外壳，禅宗的灵魂。

冰心的思想和作品也是如此。在不少诗篇中，冰心显示了作为基督徒的虔诚。

如《晚祷》（一）中的两节：

四无人声，
严静的天空下，
我深深叩拜——
万能的上帝！
求你丝丝的织了明月的光辉，
作我智慧的衣裳，
　　庄严的冠冕，
我要穿着它，
温柔地沉静地酬应众生。

烦恼和困难，
在你的恩光中，
　　一齐抛弃；
只刚强自己，
　　保守自己

永远在你座前
作圣洁的女儿，
　光明的使者，
　　赞美大灵！

《晚祷》（一）的祷告方式与内容，都采用了一个真正基督徒的祷告方式和方法。

“晚祷”的地点，是在“四无人声”的丛林树影中的一片“绒绒草坡”上；“晚祷”的动机，是渴望在隐蔽处以心灵与神相会；“晚祷”的内容，是谦卑的敬拜、虔诚的信靠——“在你的恩光中”，“刚强自己”，“作圣洁的女儿”。

耶稣在谈及祷告时，有一段专门对门徒的教诲：

你们祷告的时候，不可像那假冒伪善的人，爱站在会堂里，和十字路口上祷告，故意叫人看见。我实在告诉你们，他们已经得了他们的赏赐。你祷告的时候，要进你的内屋，关上门，祷告你在暗中的父，你父在暗中察看，必然报答你。①

在这段教诲中，有两个明白且互相关联的对基督徒的“命令”：

（1）“关上门”——为避免骚扰、分心及夸耀、表面式的个人的灵修生活，个人的祷告应该在暗中进行，应该想方设法使自己与神独处。

惟有这样，才谓真诚，才有可能遵守下一个“命令”。

（2）“祷告你在暗中的父”——基督徒祷告的实质，是要寻求神，要以谦卑、虔诚和信靠的心来到亲爱的天父面前。

冰心的《晚祷》（一），遵循着耶稣的命令，从晚祷方式、动机到内容，都显示着与《圣经》的一致。

《春水》第九八节也有诗曰：

我不会表现万全的爱，
我只虔诚的祷告着。

对此，梁锡华的评述是：“两行诗，其中的祷告很有谦卑的意思，

---

① 参见《圣经·马太福音》第六章，香港圣经公会1991年版。

没有任何乖悖圣经教训的味儿。”[①]但是，冰心在一面进行虔诚的“祷告”的同时，非基督教意识“祷告”思想的另一面也同时在她的作品中显露出来。

基督教反对祖宗崇拜，因此曾在清代成为中国皇帝下诏书禁教的一大理由。只敬“天主”，不得再敬其他，是基督徒的应尽之道。冰心在《南归》一文中，记载了她非耶的行为：母亲死后在灵堂焚香以及向父亲下跪拜寿等。

此外《春水》，第六八节写道：

当我自己在黑暗幽远的道上
　当心的慢慢走着，
　我只倾听着自己的足音。

《春水》第九〇节写道：

聪明人！
　在这漠漠的世界上，
只能提着“自信”的灯儿
　行进在黑暗里。

这两篇诗文中流露的个性精神与自由精神，显然压倒了“晚祷”式的宗教精神。“按圣经的教训，基督徒走在人生路上，倾听的应该是上帝的启示（参《圣经·马可福音》第9章第2至8节），而不是‘自己的足音’，所提的灯应该是‘照亮一切生在世上的人’的‘真光’耶稣基督（参《圣经·约翰福音》第1章第9节），而不是‘自信’。”[②]

印度诗人泰戈尔，是冰心仰慕、喜爱的作家。在《遥寄印度哲人泰戈尔》一文中，冰心曾详述过自己对泰戈尔的赞赏与接受：“你的极端信仰——你的‘宇宙和个人的灵中间有一大调和’的信仰，你的‘天然的美感’，发挥‘天然美感’的诗词，都渗入我的脑海中，和我原来的‘不能言说’的思想，一缕缕的合成琴弦，奏出缥缈神奇无调无音的音乐。”

①② 梁锡华：《冰心的宗教信仰》，见《且道阴晴圆缺》，台北远景出版社1983年版。

冰心与泰戈尔“信仰”的相通，冰心的思想受到泰戈尔的影响，早已引起过人们的注意。“泰戈尔的宗教思想不全是印度教的，其中有佛教和基督教的影响。冰心虽然名义上是基督徒，但她的作品，不免令人感觉她接受泰戈尔比接受耶稣更多。她无论在哪方面，流露出来那个一般人称为基督教的东西，是稀释过的，甚至是杂糅过的。它既是耶、是佛、是印，也是非耶、非佛、非印。它的美在于斑驳，它的丑在于不纯；到底是美是丑，那系乎评论者个人之见。”①

（二）“杂糅”的母爱

冰心创作中的母爱，是中国现当代文学的读者与评论界非常注目的一个问题。随着时代的变化和中国文学在海外的传承和变异，对冰心的母爱的理解又有所扩充和新解。概而言之，起码有如下几个主要原因。

其一，诞生于“逆子”的时代。

新文学运动的发轫期，曾被有的研究者认为是一个“弑父时代”。新旧两种文化的冲突，新思想、新道德对旧思想、旧道德的彻底反抗，使得“五四”时代的社会思想舞台，显示出一种前所未有的激进与革命精神。“五四”时代的思想家、革命家、文学家，都体现出强烈的反叛特征：反叛皇权、反叛传统、反叛礼教、反叛家庭。

在这样一种时代精神与时代要求下产生的文学，强烈地呼应并前卫性地表现着“弑父”及“逆子”的特征。人们曾批评胡适的《终生大事》，是“逆子”虽存，“弑父”则犹豫未行。冰心的《斯人独憔悴》中，也流露出了当时的“逆子”心理。正如傅斯年在《新潮》创刊号《万恶之源》一文所述：“家累！家累！家累！”在当时的奋进青年中，“家累”不仅殃及个人、家庭，也殃及国家、民族。而造成“家累”的直接责任者——“家长”，自然就成为“逆子”反叛的首选目标。

“家长”一词，在中国传统社会中，主要指的是“老太爷”、“父亲”一类男性家长。“逆子”的“弑父”，首先是将矛头直接指向这类的

---

① 梁锡华：《冰心的宗教信仰》，见《且道阴晴圆缺》，台北远景出版社 1983 年版。

男性家长。在中国传统社会中，作为母亲的女人，只是遵从“父亲”的意愿，同样是受压迫者。然而，由于传统势力的强大，“母亲”也有时在执行父权意志时，成为“家长”的一员，或者替身。《红楼梦》中的贾母便是一例。冯沅君的小说，对“母亲”的“家长”职能，做了具体的刻画。在《隔绝》中，女主人公因无法割舍母女之情回家省亲，被母亲幽禁于家中，造成了一对热恋中的男女双双服毒自尽的爱情悲剧。

在这样一个以叛逆为特征的文学时代，冰心还能专心描绘理想化的母亲与母性之爱，并且用一种宗教性的虔诚加以抽象和提升，使之十分突出与醒目，给人印象颇深。

其二，在“爱心”淡漠时寻求着情感的乌托邦。

中国近现代社会，一直是一个动荡不安且备受战乱之苦的社会。从启蒙思想家到现代社会的革命家，首先关注的是用什么样的思想、方法，寻求社会与民族的解放。与之相关的文学，当然以反映动乱、痛苦与反抗，以“血”与“火”作为主旋。近、现代之交，虽然有人宣扬、鼓吹过基督教的博爱、泰戈尔的自然之爱，但在急风暴雨似的现实斗争面前，各种宗教之爱，在文学中的反映都很稀落，甚至成为过眼烟云，昙花一现。

冰心及“五四”时代的一些女作家，正是在这片“爱心”空缺的文学地带，将“母爱”作为一个情感的乌托邦，作为一种人生哲学不懈地加以宣扬与鼓吹。

其三，“母爱”哲学具有绵延的象征性。

冰心虽然处在“亲子对立”的时代，她仿佛真有些类同于“天之娇女”。她体验的亲子关系异常和谐，所描绘的亲子关系永远是慈母童心。“如同《悟》的主人公那样，她仿佛在对母体内无意识经验的奇迹般的反省与复现中完成了她永生的哲学，那便是由超越生死的母子纽带延展而出的爱，这爱植于人类生命的本源，植于每个个体生命发源之初的无意识经验。这哲学与其说渗透了某种宗教色彩，不如说充满了披着宗教外衣的母体象喻：小舟、海，乃至整个宇宙。”[①] 中国现代社会，一代求

① 孟悦、戴锦华：《浮出历史地表》，第68页，河南人民出版社1989年版。

知、求学的青年，像鲁迅、郭沫若、巴金、沈从文等，较早地离开家乡、母怀，流寓于大都市，甚至漂洋过海到达国外。他们在纵论人生、关注社会之余，“流浪”、“寓居”之感仍耿耿在心。进入当代以来，走向世界各方的“游子”更多。加上海外华人思乡心态的强化，“母亲”、“母爱”的象征性、震撼力与牵引力就更强。冰心的“母爱”哲学，几乎象征着一种生理——心理上的本源和依托。“母怀——小舟——大海——游子”，成为海内外华文作家的一种众望所归的心灵感叹模式。

“母爱”在“五四”文学中如此醒目，在当今的世界华文文学中又如此重要，而且人们早已注意到其与作者本人宗教思想之间的关系。

冰心早年曾受到基督教思想和泰戈尔思想的影响，人们自然首先会从基督教与冰心的“爱心”的关系方面加以检视。

从已有的研究成果中，可看到三种主要说法：

（1）宗教外衣说。这种哲学与其说渗透了某种宗教色彩，不如说充满了披着宗教外衣的母体象喻：小舟、海，乃至整个宇宙。（2）宗教基础说。“……她的爱的哲学乃是一种虔诚的信仰。这种信仰的出发点和归宿，是以基督教博爱思想为基础的泛爱论和普救说。”① （3）背离说。“……冰心诗文中的母爱。这一点可以说人所共知。需要补充的乃是，以基督教观点立论，她的高举母爱竟达到荒唐的地步。”②

上述三种说法，包含了三种不同的看法：冰心的“母爱”乃至“爱”，与基督教思想形似神不似；神似形不似；神形皆不似。这三种说法，也都能各自从冰心的作品中找到依据。

比较而言，评论界对“背离说”论及甚少。梁锡华熟读《圣经》，且对基督教思想、基督教文学及泰戈尔的作品都有独到、深入的研究。从他言及的例子及分析中，我们可对“背离说”的原因与依据有比较详细的了解。

关于“母爱”与基督教的思想的出入，较明显地表现在以下例子中：

---

① 刘思谦：《“娜拉”言说》，第119页，上海文艺出版社1993年版。

② 梁锡华：《冰心的宗教信仰》，见《且道阴晴圆缺》，台北远景出版社1983年版。

她的爱不但包围我，而且普遍的包围着一切爱我的人……小朋友！告诉你一句小孩以为是极浅显，而大人们以为是极高深的话："世界便是这样的建造起来的！"……请小朋友们和我同声赞美！只有普天下母亲的爱……是一般的长阔高深，分毫都不差减。

——《寄小读者·通讯十》

为此我透澈地觉悟，我死心塌地的肯定了我们居住的世界是极乐的。"母亲的爱"打千百转身，在世上幻出人和人，人和万物种种一切的互助和同情。这如火如荼的爱力，使这疲缓的人世，一步一步移向光明！……我只愿这一心一念，永住永存，尽我在世的光阴，来讴歌颂扬这神圣无边的爱！

——《寄小读者·通讯十二》

母亲！……除了你，谁是我永久灵魂之归宿？

——《寄小读者·通讯二十八》

母亲呵！你是荷叶，我是红莲。心中的雨点来了，除了你，谁是我在无遮拦天空下的荫蔽？

——《往事·（一）》

"基督教的圣经明白揭示，说世界是创造也罢，建造也罢，总是上帝之长阔高深的爱，是基督的爱（见《圣经·以弗所书》第3章17至19节）；人要寻的归宿、荫蔽、平安、福乐，都不在上帝之外（见诗篇多处经节，特别是第90、91、121诸篇及四福音并使徒书信）。冰心诗文的思想，和圣经的教训显然有抵触，而最严重的一点，应该在母爱问题上。冰心赴美留学之后，对泰戈尔的崇拜减弱了（见《寄小读者·通讯二十一》），对母亲的歌颂，变得热烈，但却没有借圣经的话更深地认识上帝的爱。难怪母亲逝世后，她在《南归》内哀诉：'我真怕，彻骨的怕，怎么好？'又说：'人生何等的短促，何等的无定，何等的虚空呵！'"①

从20世纪20年代初期的读者的回应中，也能够找到"背离说"的佐证：

---

① 梁锡华：《冰心的宗教信仰》，见《且道阴晴圆缺》，台北远景出版社1983年版。

"冰心女士是一位伟大的讴歌'爱'的作家，她的本身好像一只蜘蛛，她的哲理是她吐的丝，以'自然'之爱为经，母亲和婴孩之爱为纬，织成一个团团的光网，将她自己的生命悬在中间，这是她一切作品的基础。"①

作者不是从正面分析冰心的母爱与基督教思想的背离，但却明确认为冰心的母爱和婴孩之爱，是以"自然"之爱为经，而不是以上帝之爱或基督之爱为经。

那么，冰心的"母爱"究竟与基督教思想有无关系呢？我认为应该是有关系的。也许，梁锡华对冰心之爱或冰心思想的总的评述，用在这里仍是恰当的：是稀释过的，甚至是杂糅过的。它既是耶、是佛、是印，也是非耶、非佛、非印。它的美在于斑驳，它的丑在于不纯；到底是美是丑，系乎评论者个人之见。换句话说，冰心的"母爱"，是在"杂糅"的时代，用"杂糅"的方法，创造的"斑驳"之爱，其"杂糅"的思想因素，离不开或者说至少不会没有冰心当时虔诚敬崇的基督教思想。

"杂糅"之法在东方文化史上并不罕见，甚至在宗教史上也屡有所见。冰心曾一度醉心于泰戈尔。然而泰戈尔的宗教思想也是杂糅而成的：泰戈尔的宗教思想不全是印度教的，其中有佛教和基督教的影响。冰心有了多年受基督教思想影响的底子，再接受泰戈尔的"宗教"，即"杂糅"过程中创造的个人的"宗教"，这并不意味她放弃了基督教的思想。

同时，基督教从古至今并不乏"诸教合流"的动向。近当代西方神学，也提出了许多十分新奇的宗教主张。从下面一位持传统立场的神学者的论述中，也许可以对基督教本身在发展过程中的"杂糅"趋向有所感受。

> "中国学者，有一个似是而非的传统信仰，便是以为'道并行不相悖'；他们以为儒释道……各教，可以互相合流，观其会通，职是以放，唐朝景教，传入中国，便和佛教思想，乳水交融，及至明代，即告消沉。不幸以后受了新派神学迷惑的传道人，无视这一个严重的历史教训，仍是蹈景教的覆辙！例如，中国青年会的秘书

① 赤子：《读冰心女士作品底感想》，载《小说月报》第13卷第11号。

纪尔兹氏（J. L. Childs）公开宣称，他不信圣经是绝对无误的上帝的圣言；不信基督是完善无比的救主；也不信基督教是独一至上的圣道。又如，中国青年会1931年出版的青年会崇拜会所用的‘启应经文’，竟牵强附会，把华严经、心经、论语、易经和希伯来书十一章一节，杂凑一起。这显然是把主耶稣、释迦、孔子……相提并论，等量齐观，而否认其为独一的救主!”

“还有些相信‘社会福音’的所谓‘基督教’学者，本末倒置，谬以哲学为神学之基础；根本昧于基督圣道超越时空的绝对性，以及‘一主、一信、一浸、一帝’的真理；妄想使‘神学民族化’，建立什么‘中华基督教神学’；从而无视旧约新约一脉相承整个的体系，张冠李戴，曲解‘成全律法’的经义；以为基督圣道可与儒释各教并行不悖。甚至牵强附会，把‘我是道路、真理、生命’解释为‘真理即是科学的目的，道路即是民主的实践，而生命更是最高的真理与最高的道路，互相密织的契机’。无啻把那一位独一救主，主耶稣基督，比作一位科学哲学的导师以及民主运动的领袖。……

综上所述，可见现代基督论的本质，大致是以泛神论为基础，仅知上帝的‘内在性’（imma－nence），而否认上帝的‘超越性’（Transcendence）；并用一种完全自然主义的观点来解释基督，而否认其超自然的神性。因此基督‘神人二性’的正统教义，在新派神学的基督论中，几乎完全消逝；而别创一种迹近外邦的‘神人合一’的泛神论取而代之。他们认为芸芸众生，都有神性，都是上帝的儿女……”①

事实上，基督教文化、意识在传播过程中的变化与本土化并不罕见。1922年，在上海召开的中国基督教全国大会提出建立本色教会的口号，得到了多数宗派爱国人士的响应。其主张之一，即是提倡中国基督教与我国固有文化相结合，包括以中国的文化观念表达与理解教义，在礼仪中吸收我国的风俗习惯，如礼拜时点燃香烛，吟唱国乐曲调的赞美

① 参见章力生《系统神学·基督论》，第222～224页，香港宣道出版社1990年版。

诗等。因而这些“杂糅”了的基督教神学思想，是导致冰心产生“杂糅”之爱的背景和基础。

20世纪，神学出现了三大思潮：自由主义神学、福音主义神学和新正统神学。自由主义神学的主要特征为面对现实，使宗教思想与现代文化的发展和思维模式的变化相适应。章力生所持的神学观念，是与自由派神学、社会福音派神学等激进神学思潮相对应，20世纪初期出现的一种偏于保守趋向的神学观念。这种神学观念在基层信众中有着较广泛的影响，但是在神学研究领域却并不如往昔活跃。

章力生将原教旨主义神学之外的神学思想、活动，指为“陷害人的异端”实可理解。但这并不能说明，自由主义神学、福音派神学并非神学。

章力生的批评，对理解冰心的“母爱”的“杂糅”性，还有另外一个重要的启示：泛神论既可以是世俗社会用以反对基督教的思想武器，又可以是近现代基督教思想家用以发展基督教思想，抵抗反基督教的泛神论的思想武器。

“现代基督论的本质，大致是以泛神论作为基础”；“在新派神学的基督论中”，“别创一种迹近外邦的‘神人合一’的泛神论”[①]。在此，章力生认为属于新神学的“偏差”之处，也许恰恰是被冰心等20年代的“崇拜者”认为是应该吸取的能引起思想共鸣的合理之处。

现代派的基督论，大致可分为两类：一为泛神论的（The Pantheistic），一为有神论的（The Theistic）。但就“神人合一”说来看，这两派又不谋而合。杜诺（Dorne）在神学著作《基督位格论》（Person of Christ）中认为：现代派的基督论，实以“神人合一”的“泛神哲学”为基础。并主张把一切关于分别“神人二性”的意见，完全丢弃。现代派基督论的奠基者施来马赫（Friedrich Ernest Daniel Schleiermarcher）认为，泛神论“一即是万”的公式，实在是合乎宗教的道理。芮文（Dr. John Nevin of Mercerburg）则主张：我们正需要一种基督教的泛神论，以抵抗反基督教的泛神论。[②]

---

① 参见章力生《系统神学·基督论》，第222~224页，香港宣道出版社1990年版。

② 同上，第209~210页。

了解了泛神论作为批判的武器的二重性，有利于我们解读“五四”前后一些作家，在同一时期的作品中，既虔诚地赞美上帝，又醉心于似乎是与上帝观对立的泛神论的某些奥秘。

冰心在《关于女人·后记》中，写过一段与她的“母爱”哲学密切相关的话：

> 你说，叫女人不“爱”了吧，那是不可能的！……她是上帝的化生工厂里，一架“爱”的机器。不必说人，就是任何生物，只要一带上个“女”字，她就这样“无我”的，无条件的爱着，鞠躬尽瘁，死而后已！
>
> 你看母鸡，母牛，甚至于母狮，在上帝所赋予的爱里，她们是一样的不自私，一样的忍耐，一样的温柔，也一样的奋不顾身的勇敢。
>
> ……平常三四岁的孩子，手里拿着糖果，无论怎样的诓哄，怎样的恐吓，是拿不过来的；但如她是个小女孩子，你可以一头滚到她怀里去，撒娇的说：“妈妈！给你孩子一点吃吧！”这萌芽的母性，就会在她小小的心坎里作怪！她十分惊讶的注视着你，过了一会，她就会欣然的，爱娇的撅着小嘴，搂过你的头来，说：“馋孩子，妈妈给你一点吃吧！

对这段颇为生动、精致的叙述与描绘，从不同角度进行分析可以获得不同的答案。

其一，如果以“自然爱”或者以“反基督教的泛神论”角度来看，文中出现的“上帝创造她”、“上帝的化工厂”，与冰心和其他“五四”作家有些诗文中经常出现的“上帝”、“天使”、“安琪儿”等词语一样，与宗教思想毫无关系，属于一种文章做法中的装饰，一种行文之中的西化之风。而“母爱”主要是生成、是遗传、是来源于大自然，或者说是来源于人种、物种的自然属性和潜意识心理。因而，其不仅在实质上与基督教没有关联；相反，还因为过分强调了“母爱”，冷落直至损伤了普天惟一、普世同照的上帝之爱。

其二，如果以“杂糅”后的，用“泛神论作为基础”的，用以

"抵抗反基督教的泛神论"的神学思想来看，文中的"上帝创造她"、"上帝的化工厂"、"上帝所赋予的爱"，决非虚构。而且"母爱"——从女人到母鸡、母牛、母狮均一样的忍耐、温柔、无私、舍身的爱，既来自上帝之手，又遍布于人类、遍布于自然。上帝在他的"化工厂"里，不仅使现在的"母亲"具有"母爱"，而且使未来的"母亲"同样潜在了这种"母爱"。"赋予"是永恒的，"潜在"则是阶段性的。母爱不仅在此阶段后能自行爆发，即使未到下一阶段，也可以提前诱发。因而有了这个源头：上帝的创造，即有了"母爱"。所以，鼓吹母爱，就含有了某种宗教意味，就符合于"神人合一"的"泛神哲学"，也符合了"一即是万"的"宗教道理"。

《超人》是冰心宣扬她的"爱"的宗教的一篇具有代表性的小说。作者通过一个小孩——禄儿之口向众人宣示了自己的宗教观念。有学者对《超人》做了如下的归纳和分析：

> 《超人》是由一前一后两个何彬作为论辩的双方。一个是冷心肠的，相信了"爱和怜悯都是恶"的何彬；一个是拒绝了这样的哲学转而相信爱的哲学的何彬。两个何彬一前一后，代表了两种哲学信念。冰心用后面的何彬否定了前面的何彬，其枢纽是公寓里小杂工禄儿病中的呻吟，促使何彬拿出十块钱让禄儿去治病。禄儿出于对他的感恩之情，联想到慈母的爱，得出了"我的母亲和先生的母亲是好朋友"的结论。何彬由此而幡然悔悟，并以禄儿的结论为前提，得出"世界上的母亲和母亲都是好朋友，世界上的儿子和儿子也都是好朋友，都是互相牵连，不是互相遗弃的"这个结论。禄儿和何彬的结论，都包含了一个三段论式逻辑推论，而共同的大前提都是不证自明的母爱。这个共同的大前提，使禄儿和何彬这两个相互隔膜的人心灵沟通，成为朋友——
>
> 禄儿：世界上的母亲都爱自己的儿子（大前提），我的母亲因为爱我也感激先生感激先生的母亲（小前提），所以我的母亲和先生的母亲是好朋友（结论）。
>
> 何彬：世界上的母亲都爱自己的儿子（大前提），你的母亲和我的母亲是好朋友（小前提），所以世界上的母亲和母亲都是好朋

友，世界上的儿子和儿子都是好朋友，都是互相牵连不是互相遗弃的（结论）。①

有了如此明晰的概括与分析，人们更清楚地看清了冰心的宗教性逻辑——“母爱”的神圣、“母爱”的天成。而这样神圣、这样不证自明的“母爱”，只能来自上帝之手，来自上帝的“化工厂”里。

所谓“一即是万”的宗教道理，在冰心的笔下也不难让人悟出些讯息：上帝之爱，已经“化”入了每一个母亲的心中，每一份“母爱”之中。并且通过千千万万个“不证自明”的“母爱”，上帝之爱会到达无数曾经“隔膜”或被隔膜的人心中。

立足于这样的角度，冰心的“母爱”哲学，或言“母爱”宗教，便算不上是背离了基督教思想。准确地说，只能认为背离的是原教旨主义的基督教思想，而应合了现代派的基督教思想。

由于社会思想的复杂性，更由于宗教思想本身的复杂性，上述两种分析都有一定的理由和依据。也许再强调一下冰心主观方面的复杂性，有利于进一步理解基督教思想与冰心的“母爱”之间的特殊关系。

即使将冰心列入基督徒之列，她也只能算是一个缺乏广泛的社会阅历的在“温室”中成长的基督徒，不仅缺乏对“使徒以及其他基督徒面对凶险，在狂风暴雨的环境下‘打那美好的仗’的人生之一面，缺乏体验，也无能书写”②。而且，对近现代西方思想界激烈对峙的反基督教的泛神论与基督教反“反基督教的泛神论”的“泛神论”以及抨击上述“二论”的基督教原教旨主义神学都很难说有明晰、自觉、理性的追寻与把握。

冰心生长在一个和睦、温馨、充满爱心的家庭。她不仅缺乏对外部世界凶险一面的深刻了解，而且也缺乏萧乾似的对教会内的黑暗面，或称偏离基督教诲一面的深刻了解，“先是被家庭局限，接着是自我局限于爱的狭小天地中，于是成了温室的娇小花草”③。基督教产生于被压迫的民族、被压迫的阶层，既讲温柔与爱心，也讲在凶险关头“打那美好

① 刘思谦：《“娜拉”言说》，第113~114页，上海文艺出版社1993年版。

②③ 梁锡华：《冰心的宗教信仰》，见《且道阴晴圆缺》，台北远景出版社1983年版。

的仗”。而且，基督对基督徒有一个著名的警告，要防备假师傅、假先知：

你们要防备假先知，他们到你们这里来，外面披着羊皮，里面却是残暴的狼。

荆棘上岂能摘葡萄呢？蒺藜里岂能摘无花果呢？

——《马太福音》第七章

使徒保罗也曾对以弗所的长老说：

我知道我去之后，必有凶暴的豺狼，进入你们中间，不爱惜羊群。就是你们中间，也必有人起来，说悖谬的话，要引诱门徒跟从他们。所以你们应当警醒……

——《使徒行传》第二十章

史托德说：

耶稣给我们这警告，不是鼓励我们去怀疑别人，或是以“扫荡异端”为我们的消遣。况且这是严肃的提醒：教会中有假师傅，我们必须提高警觉。这也是真理问题……

基督教会史曾有一段漫长地与假师傅对抗的灰暗时期。在神最具权威的旨意底下，他们的价值只在于发出挑战，让教会思想去界定真理，但他们亦引致严重的损失。我恐怕在今日的教会里，仍有很多假师傅。①

罗秉祥则举例：

奥古斯丁：神学正统，性道德异端……我们必须面对基督教伦理思想史中不光荣的一页，从错误中吸取教训……可惜，奥古斯丁虽然是一位出色的神学家，但在性道德观上，却因为受了时代环境及个人际遇所影响，没有正确了解圣经，而发展出一套贻害后世甚

① ［英］史托德：《基督教文化的挑战》，第221页、第216页，香港宣道出版社1992年版。

深的性观念。①

从社会思想的演进看，多种思潮的交叉、冲突、融会，是认识逐步提升、意识逐渐明晰、思想不断前进的必由之路。从神学的发展看，同样经历了不断随时代而提升的过程。对去“打那美好的仗”的基督徒而言，防备假先知、识别假牧者，是相当紧迫与必要的。在两种对待“泛神论”的基督教思想中，冰心似乎并不刻意，也不认真去比较“真”、“假”。这种不经意的处置方式，对于非基督论者或不留心泛神论者，均可理解。但冰心不仅虔诚于上帝，又热衷于泛神论；“冷处理”的方法，说明了她作为一个“温室”中的“基督徒”的不完全、不主动。她更多的是凭感觉去应合着“泛神论”。

由于神学观念中的不完全、不主动，冰心作品中的“泛神”之处，便显出在世俗的泛神论与基督教的泛神论之间的摆动。

世俗的泛神论与基督教的“泛神论”，是处在对抗两端的两种思想。泛神论，被双方皆作为发展自己、牵制对方的批判武器，在“以万否一”与“以万见一”上有着根本分歧。

冰心在传统文化熏陶中成长，又具有“五四”青年求知、求新的心灵。泰戈尔的生命起源于爱、宇宙因爱而和谐一致的观点，对于冰心来说，是新；“以万见一”的基督教“泛神论”同样是新。但是，冰心显然没有过多地研究，受到基督教思想影响的泰戈尔哲学与基督教“以万见一”、“泛神论”的原则区别。而是感性地把二者与自己对东方女性的亲情之爱的原初体验加以结合，杂糅出了一种自己的“母爱哲学”——摇摆于世俗的泛神论与宗教的“泛神论”之间的哲学。如果从宗教思想的角度看，则是把应该拒之门外的反基督教的泛神论，通过“母爱”“杂糅”进了反世俗泛神论的基督教的“泛神论”中。

如果认为冰心的《关于女人·后记》体现的“母爱”哲学或“母爱”宗教，应合着现代派的基督教思想的话，这只是冰心作品中全部“母爱”的一端。在另外一端，便不时冒出一些与“以万见一”相悖，甚至是“以万代一”的非基督教思想的影子。如：“母亲！……除了你，

① 罗秉祥：《黑白分明》，第49~50页，香港宣道出版社1992年版。

谁是我永久灵魂之归宿?”“除了你，谁是我在无遮拦天空下的荫蔽?”

这样只知母亲、不敬上帝的话语，显然不属于基督教。反而在泰戈尔的“爱”中，尤其是其高举的“母亲”旗帜中，可以找到些讯息：

> 母亲，为你的颈项，我要用悲泪穿成珠链。
>
> 星星造成了光灿的足镯，要来装饰你的双脚，但我的珠链却挂在你胸前。
>
> 财宝和名誉从你而来，是你决定赐赠或不与。但我这份悲哀全是一己之物，当我取之作供品奉献，你给我恩慈为奖赏。
>
> ——泰戈尔《祭坛佳里·八十三》

《祭坛佳里》是泰戈尔获诺贝尔文学奖的名作，充分反映了他的艺术风格与宗教思想。其中所言：财宝与名誉从母亲而来，不是从上帝而来。应该说绝不是基督的思想，更不是《圣经》的启示。

冰心“以万代一”的诗句，与泰戈尔的非基督教思想的述说十分吻合。虽然冰心重在“归宿”与“荫蔽”，泰戈尔重在“来源”，共同的“错误”，便是“偏离”了上帝的全能、创造与恩惠。

冰心这种“海阔天空”的做法，确可谓之不纯。从文学表现来看，冰心则在“五四”新文学中扩大了“母爱”的表现空间——既有宗教性的一面，又有非宗教性的一面。而这恰恰是郭沫若等世俗的泛神论作家所不具备的。这种摇摆、斑驳，使得冰心的“母爱”，在“弑父”的时代，具有“反潮流”的意味；在“爱心”淡漠时，拓展了情感的乌托邦，因而格外添了许多惹人注目的“新”的光彩。

（三）“杂糅”的儿童之爱

儿童之爱与母性之爱，是冰心“爱的宗教”中颇有特色和颇受人注目的双璧。在她的文学创作中，儿童之爱与母性之爱一样，占有极重要地位。1922 年 8 月，直民就在《小说月报》上撰文，认为“母亲底爱，小孩子底爱，这二者是冰心底一切著作中的基调”①。

近年来，由于女性文学和女性文学研究的深入，对冰心作品中的母爱有了较深入的评析和研究。新的思维、新的方法、新的成果，也正在不断涌现。相比之下，对“冰心底一切著作中的基调”中的另一要素——“小孩子底爱”之研究，似乎显得不太活跃。

茅盾曾撰文论述冰心的思想与创作，并在评论界产生过较大影响。至今为止，茅盾的许多看法，仍在不少评论文字中折射出来。在茅盾的《冰心论》中，起码有三处与讨论冰心的儿童之爱有关。

(1) 认为冰心的思想与基督教思想和泰戈尔哲学确有关系，但后者对冰心产生的影响与冰心心灵的准备——在特定生活环境中养成的“适宜的土壤”有重要关系：

> 论冰心女士思想的人说她很受了基督教教义和泰戈尔哲学的影响。这种说法，我们只可认为道着一半。大凡一种外来的思想决不是无缘无故就能够在一个人的心灵上发生影响的。外来的思想好比一粒种子，必须落在“适宜的土壤”上，才能够生根发芽；而此所谓“适宜的土壤”就是一个人的生活环境。②

(2) 认为在《悟》以后，冰心的思想有了变化；《分》之后，冰心有了新的思想因素和创作思路：

> “但是自从小说《悟》以后，冰心女士也不大提到她的‘爱的哲学’了——至少已经没有正面提出来。并且在《往事集》自序中，冰心女士也告诉我们：竿头的孩子那里去了，我摸索着含泪哀呼。”
>
> “这话，是冰心女士在1929年6月3日夜晚写下来的。至少是在那时候，她觉得她这‘盲歌人’的‘竿头’没有了‘引路’的‘孩子’了。”“我们以为‘引路的孩子’是必要的。……但是在她的小说《分》里头，我们仿佛看到一些‘消息’了。这是她在

---

① 直民：《读冰心底作品有感》，载《小说月报》第13卷第8号。

② 茅盾：《冰心论》，见茅盾等《作家论》，第129~130页，人民文学出版社1984年版。

1931 年写的。这是借新生的婴孩抒写她自己的思想。这不是‘童话’，也不是‘神话’，这是严肃的人生的观察。”①

（3）提出“孩子”、“婴孩”在冰心作品、思想中，具有象征意义。并且认为《分》之前的作品，或者是写“孩子”、“婴孩”一类的作品，具有“童话”、“神话”的意味，也许不一定来自“严肃的人生观察”。

冰心在写《分》之前，所受基督教与泰戈尔的影响，除了在“母爱”中有突出表现外，在“孩子”和“婴孩”之爱中，也确有集中表现。应该说，冰心赞美和表现的儿童之爱，带有极强的宗教意味，也显现出极强的“童话”、“神话”色彩。

在基督教思想中，“婴孩”、“小孩”是“救恩”的对象，不但可以进入神的国，而且“还可以亲眼见神，并且称为神的儿子”②。成年人必须向“婴孩”、“小孩”学习，才有望得到“救恩”。

《圣经》中，多次明示过上述道理。《马可福音》中的“耶稣为小孩祝福”、《路加福音》中的“主接待小孩”等章节，对此有过专门描述：

> 有人抱着自己的婴孩，来见耶稣，要他摸摸他们。门徒看见就责备那些人。耶稣却叫他们来，说：“让小孩子到我这里来，不要禁止他们。因为在神的国的，正是这样的人。我实在告诉你们，凡事要承受。神国的，若不像小孩子，断不能进去。”
>
> ——《路加福音》第十八章

神学家史托德提出：“人必须有像小孩子一般的谦卑和依靠的心，才可以得着救恩。所以，耶稣在登山宝训里，一开首就反驳人对天国的评价和期望。天国是赐给贫穷者，而不是富足的人；是赐给软弱者，而不是强大的人；是赐给谦卑地接受它的小孩，而不是夸口凭自己本领可夺得它的长官。”③

冰心的儿童爱，有着对基督思想中“儿童观”的应合，并对这种上

---

① 茅盾：《冰心论》，见茅盾等《作家论》，第 134 ~ 135 页、第 138 页，人民文学出版社 1984 年版。

② ［英］史托德：《基督教文化的挑战》，第 31 页，香港宣道出版社 1992 年版。

③ 同上，第 33 页。

帝所创造的“神性”予以真诚的赞颂。

万千的天使，
　要起来歌颂小孩子；
小孩子！
他细小的身躯里，
　含着伟大的灵魂。

——《繁星·三五》

真理，
　在婴儿的沉默中，
　　不在聪明人的辩论里。

——《繁星·四三》

婴儿，
是伟大的诗人，
　在不完全的言语中，
　吐出最完全的诗句。

——《繁星·七四》

婴儿，
在他颤动的啼声中
　有无限神秘的言语，
从最初的灵魂里带来，
　要告诉世界。

——《春水·六四》

冰心的这些诗歌，很受人喜爱，并被认为写得清新、自然，别有情趣，且流露出一些人生的哲理。但是，在这些诗歌中，冰心未像歌颂母爱的作品那样，直接写出“上帝”、“神”之类的词语；加之，为数众多的读者、评论者，即使对基督教思想有所了解，也并不一定就对耶稣的“儿童论”十分明了，因而常常疏忽了冰心这类赞美婴孩诗歌中的基督教思想色彩或称“哲理”。如果从一首诗中，我们还不能十分清楚地感应，或者只能称之为偶然感应的话，对多首诗加以概括，也许就说得上是偶然中的必然了。

小孩、婴孩，在冰心的诗篇中，不仅“含着伟大的灵魂”，“沉默中”“拥有”真理，还是“伟大的诗人”，“有无限的神秘”。正像茅盾所言，这样的诗歌，不可能来自严肃的人生观察。它是来自作家的宗教信念，来自对“清心者”——儿童、婴孩的“恩典”与赞扬。

冰心的儿童爱，并不止于赞美、启示儿童的“神性”，而且重在试图以这些“神的儿子”启迪文学、启迪人生。

在《春水·一八〇》中，冰心写道：

婴儿！
谁象他天真的颂赞？
　当他呢喃的
　　对着天末的晚霞，
　无力的笔儿，
　真当抛弃了。

对着天末的晚霞，婴儿在颂赞。颂赞的是什么，竟使诗人觉得相形之下，自己的“笔儿”无力得“真当抛弃了”呢？不同的读者，自会有不同的答案。我以为赞颂的是一个字：爱。

同样的意象，在小说《爱的实现》中又一次出现。诗人静伯要著一篇长文，题目是《爱的实现》。两个在沙滩上行走、嬉戏的孩子，成了诗人写作的灵感之源。听到他们的笑声，“他似乎觉得思想加倍的活跃，文字也加倍的有力，能以表现出自己心里无限的爱的意思……”看到他们的“头发和腮颊”、“笑窝儿”，他“很轻快的写下去，他写了一段笔歌墨舞的《爱的实现》”。“四五天过去了，他觉得若没有这两个孩子，他的文思便迟滞了，有时竟写不下去。”诗人只得冒雨去寻找这两个沙滩上的小孩。诗人从“泥泞黑暗”、“凉气逼人”的“外边”归来，偶然发现了他们，并完成了书稿。最终，“——诗人看着他们自来自去，却依旧一声儿不响。只无意识的在已经完成的稿子后面，纵横着写了无数的《爱的实现》”。

小说中的静伯与诗中的“诗人”，可以看作是同一“受体”——包括作者本人在内，都是有待于接受“婴孩”之爱的“众人”。

佩蘅在评《爱的实现》时，也有过论述：

> 宇宙间的人，凡有了许多经验的，多少总带一点儿泥土气息，唯有小孩，那一颗心是像水晶一样的。他们底爱，没有一点做作和猜疑，他们的爱是纯的。还有诗人呢，他们永葆着青春的灵魂，虽受经验的洗礼，而不为经验所污损。我看冰心这篇作品，大概是暗示着诗人底心与小孩底心中间的共鸣处吧？[①]

冰心不止于自己的心灵与“儿童爱”的共鸣，更期待用这种“儿童爱”去启示众生，直至启示“思想者”、“哲人”、“超人”。并且冰心相信“启示”的作用，也在《超人》中，通过“禄儿”对“超人”的“拯救”，具体、形象地显示过、“证实”过这种作用。

冰心的儿童爱，某种程度上源于基督教思想，同时，又与她的母爱一样，杂糅进了泰戈尔的思想成分。

泰戈尔不属于世界上任何一种有组织的宗教。他的宗教思想，有印度教的基调，又不是印度教；有佛教的色彩，又不是佛教；有基督教的影子，又不是基督教。

“泰戈尔撷取了罗马教的中心思想，相信梵（Brahman），或称宇宙最高主宰，是绝对真理。梵我一体（或称梵我合一、梵我如一），是人追求的最高境界。这个境界是绝对和谐、绝对协调的。基于这点思想，他扬言人与人之间一定要互相了解、互相帮助、彼此相爱。据此，他谴责暴力、反对战争。”“泰戈尔的人道主义，和他所宣扬的爱心与同情心，是有密切关系的。他之所以反对印度教的阶级制度，又在作品中高举妇女和小孩，也和这点思想有关。”[②]

泰戈尔的思想，表现在作品中，亦非常复杂。“所表现的神，有时是单数，和基督教的上帝完全相似，但有时是复数，那无疑是印度教的诸神了”。[③]

---

① 佩蘅：《评冰心女士底三篇小说》，载《小说月报》第13卷第8期。

② 梁锡华：《祭坛佳里》，第176～177页，香江出版社1987年版。

③ 同上，第179页。

泰戈尔高举的“梵我合一”思想，在他的诗作中，有过生动的体现。

> 小孩子在无边的诸世界之海滨相聚。无垠的天空，在头上寂然不动，流水却喧噪不宁。小孩子在无边的诸世界之海滨相聚，他们欢呼、跳跃。他们用沙子造房子，又用空贝壳做游戏。他们用枯叶编小船，然后微笑地放船入大海。小孩子在诸世界的海滨自得其乐。
>
> 他们不会游泳，他们不会撒网。采珠者潜水摸珠，商人扬帆航行，小孩子却捡拾石子而又一把撒掉。他们不搜寻宝藏，他们不会撒网。
>
> 大海带着笑声上涌，海滩闪露淡淡的喜色。凶险的波涛，像摇着婴儿摇篮的母亲，向孩子们哼着没有意义的歌谣。海和小孩子游戏，海滩闪露淡淡的喜色。
>
> 小孩子在无边的诸世界之海滨相聚。暴风雨在辽阔的天空飞翔，大船在无迹可循的海上翻沉，死亡处处，但孩子游戏。在无边的诸世界之海滨，有小孩子的大聚会。
>
> ——《祭坛佳里·六〇》

这段诗歌，确实高举起了“小孩的宗教”：自得其乐、自由聚合、无惧无畏、无忧无虑、物我和谐、梵我合一。“大海”、“海滩”、“暴风雨”等大自然，对于“采珠者”、“扬帆者”，只是谋求生存的对象和障碍；而对于“小孩子”，则是“摇篮”、“母亲”、互相喜悦和“游戏”的对象。人与自然、人与人、人与自己的内心达到了这样的和谐，当然称得上是爱的典范、世界的福音。

都是“儿童之爱”，都以儿童、婴孩为单纯、天真、充满爱心的天使，也都希望将自己的“儿童之爱”推向成人世界；基督教思想的“儿童之爱”与泰戈尔的“儿童之爱”仍有明显区别。基督教思想中的儿童爱，是以上帝为中心。儿童由于上帝的创造与救恩，成为有福者，清心者，充满爱心、谦卑和依靠之心的“神的儿子”。泰戈尔的“小孩子的爱”，充满了泛神论的色彩：大自然的造物，未经尘世雕琢、磨蚀的儿童，是和谐、充满人性与神性的典范，当然也是充满爱心的天使和真神。或者可以说，在对“儿童爱”的肯定、赞美上，二者之间基本一致。而且，泰戈尔明显受到了《圣经》以来流传了多年的“儿童爱”思想的影响。但是，在对“儿童爱”原因的解释方面，泰戈尔则背离了基督教思想，走向了非基督教的泛神论。

作为诗人、小说家、散文家，冰心在创造文学世界中的“儿童爱”时，似乎比创造“母爱”谨慎得多。她没有像创造“母爱”那样，表现出大幅度的摇摆，而是一方面对上帝创造的“神的儿子”进行赞颂、勾勒；另一方面，则将泰戈尔“儿童爱”中的大自然景观、儿童与大自然的关系，糅进了自己的“儿童之爱”。

小说《世界上有的是快乐……光明》是冰心在文学中“实现”“儿童爱”的又一“神话”，泰戈尔在《祭坛佳里·六〇》中的思想、意象，都糅进了冰心的构思和文学表现中。

故事自然又是发生在海边，故事的主角也是一群儿童和一个“采珠者”、“撒网”人——不过是一个已经厌倦了“采珠”、“撒网”经历的“采珠者”和“撒网人”：“一个悲观厌世的神经质的男子在河滩（应为“海滩”——作者注）企图自杀，在奇妙的一刹那间，他发现了河滩（同应为“海滩”——作者注）上可爱的一群小孩们底神圣的生命之花了。她设法使这两者——一悲观，一快乐——相对照，而末了使那些小孩底玲珑可爱的小嘴中喊出天使般的声音道：‘先生！世界上有的是光明和快乐！’”①

与其说这是一篇短篇小说，不如称它为一篇在《祭坛佳里·六〇》的基础之上经过增删、扩充的散文。大海、海滩、儿童等意象，成人与儿童的对比关系，都一一呈现在这篇“扩充了的散文”中。更具有“神话”色彩的是，自杀者在听到“天使”的声音后，仿佛听到了神的声音：

> 这时他不禁泪流满面，屈膝跪在沙滩上，抬头望着满天的繁星，轻轻的说道，“我知道了，世界上充满了光和爱，等着青年自

① 直民：《读冰心底作品有感》，载《小说月报》第13卷第8号。

己去找，不要走那黑暗悲惨的道路！”

泰戈尔思想与基督教思想中的“儿童观”，也就这样一次性地糅进了冰心的“儿童爱”中。

身在中国，处在“五四”时代，许地山、冰心等这些与基督教渊源颇深的作家，出现了“杂糅之美”、“稀释之美”、“斑驳之美”；那么，上述第二类作家，将自己的“东方思想”杂糅到西方的耶稣思想中去，就更不足为奇了。

当这些在新文学潮流中的作家，共同拿起“爱的放大镜”去观照、烛照现实时，“母爱”、“儿童爱”、“正义之爱”等，既流润着西方耶稣之爱，又不是完全的耶稣之爱，甚至不同于耶稣之爱；既承袭着东方的传统之爱，又不是完全的传统之爱，更不同于传统之爱——以斑驳之美，出现在中国现代文学的发展历程之中。

三、梁实秋与中国现代悲剧意识

20世纪上半叶，中国现代戏剧悲剧意识变化较快。这种变化，在戏剧家与理论家两方面均有体现。就理论家而言，受现代社会思潮、艺术思潮的影响，他们的悲剧意识不可避免地发生着许多变化。加之批评者与被批评者之间的互动，更推动着西方多种悲剧意识在中国的传播，也推动着中国现代戏剧悲剧意识的发展与深化。

（一）关于《莎乐美》的论争与梁实秋的“非主流”批评

随着王尔德作品译介的发展，在中国现代译介者中，出现过不同的批评。

王尔德的著名悲剧《莎乐美》在中国上演后，更引发过一场论争。论争中，主要论辩对手是梁实秋与田汉。梁实秋在观看了《莎乐美》的演出后，即撰文对此剧及上演此剧的南国社进行了尖锐的批评。田汉多次发表文章，针对梁实秋进行反批评。此次论争，直到田汉逐渐转向了左翼戏剧运动，冷却了对王尔德的热情，才算完全告休。

在这次论争中，梁实秋批评《莎乐美》并反对在中国上演此剧，不仅意在批评王尔德与剧本，更是要通过批评进而“清算”所谓的中国现代文学中的“浪漫主义”，因而这场论争，实际上超出了其自身的理论含量与意义。

王尔德作品在中国的译介，开始得比较早。1909年，周作人在他与鲁迅合译的《域外小说集》第一册中，即用文言形式翻译了王尔德的童话《快乐王子》（当时译名为《安乐王子》）。1915年7月，陈独秀在为苏曼殊小说《绛纱记》所作的序言中，论及王尔德“书写死与爱，可谓淋漓尽致”，是“蜚声今世”的“剧作家”①。此后，陈独秀在《新青年》上发表文章，频频论及王尔德，如称其为与易卜生、屠格涅夫、梅特林克并列的“近代四大代表作家”②。

梁实秋与田汉之间的论争，爆发于《莎乐美》在中国上演之后。1928年，田汉和南国社同仁经过多方努力，将《莎乐美》搬上了中国舞台。经过田汉和南国社同仁的顽强努力，《莎乐美》等剧的演出获得了很大成功，并在社会上产生了较大反响。

梁实秋看了南国社演出的《莎乐美》后，立即写下了《看八月三日南国第二次公演之后》一文，刊登于《戏剧与文艺》第5期。在文中，他批评并嘲讽道：“原来莎乐美有这样伟大的意义，我以前的确是不曾知道的。”并告诫道：“田先生的伤感主义的戏和唯美派的肉欲主义的戏，我希望他们不要再演了罢。”③

正在组织演出的田汉，闻讯后立即针锋相对地进行反击。在《第一次接触“批评家”的梁实秋先生——读〈看八月三日南国第二次公演之后〉》一文中，他反驳道：梁实秋是“以古典派的尺寸来量唯美派的东西”，“除掉莎乐美的肉以外看不出别的东西”。而“唯美派也不坏，中国沙漠似的艺术界也正用得着一朵恶之花来温馨刺戟一下”。并声称：要打破“肉欲主义的戏”的旧评，“为着自己”做出“新的解释”。田汉还表示：“竭南国社全体的力演《莎乐美》这是南国的光荣”；面对梁实

① 陈独秀：《绛纱记·序》，见《曼殊小说集》，上海光华书局1928年版。

② 陈独秀：《现代欧洲文艺史坛》，载《新青年》第1卷第3号。

③ 梁实秋：《看八月三日南国第二次公演之后》，载《戏剧与文艺》第5期。

秋的批评，要大叫“管它呢，管它呢”![1] 梁实秋的批评，没有动摇田汉与南国社的决心。他们一方面继续“公演”，另一方面努力做着“新的解释”。

梁实秋当然不会示弱，他对《莎乐美》及南国社的批评，也非意气之争。围绕着这场论争，他写下了一系列文章。他不仅要批评《莎乐美》及南国社，更是要通过这种批评，体现他用所谓“古典”精神，清理“浪漫的混乱”的用心，体现他对中国现代文学所谓“混乱”状况的批评。

（二）“非主流”的文学观念与悲剧意识

田汉与梁实秋论争的主要焦点，是如何看待《莎乐美》所携带的极端个人主义的道德观。田汉代表着陈独秀以来文化反叛者的主张：以破坏旧道德、提倡新道德，作为接受外来文艺的出发点，热烈拥抱、赞赏《莎乐美》及其中的极端个人主义的道德观。并期盼借用这种曾对西方文化形成较大冲击的“新道德”，为中国新文学运动的深入发展鸣锣开道，为正在蜕变中的现代悲剧提供价值基石。

梁实秋认为《莎乐美》展现的故事，充满“伤感主义”和“肉欲主义”；展现的道德，和王尔德的“主义”一脉相承，是“不道德即是非道德的”，不但有碍于“伦理的标准”，而且还“替真正不道德的文字张目”。所以，“我们不能赞成王尔德的主义”。[2] 后来，梁实秋还更明确地表示：“我的态度是道德的”，“教训主义”与“唯美主义”都是极端。[3]

有关道德之争，新文学在前进途中曾遭遇过多次。但是以前的论争，主要出现在“复古”与“革新”两大对立的阵营之间。田汉与梁实秋的这次论争，出现在新文学阵营的内部，这是因为田汉与梁实秋都是

---

① 田汉：《第一次接触“批评家”的梁实秋先生——读〈看八月三日南国第二次公演之后〉》，载《南国周刊》第6期。

② 梁实秋：《王尔德的唯美主义》，见王永生主编《中国现代文论选》第2册，第555页，贵州人民出版社1984年版。

③ 梁实秋：《文学的美》，载《东方杂志》第34卷第1号。

新文学阵营的成员。梁实秋是出发于“以现代的目光重新解释与发扬传统”[①] 的思想基础与学术立场，以“非主流”、“保守”的面貌，以反“浪漫主义”的姿态，对“五四”以来的新文学进行了一番别有心得的清理。

梁实秋所谓的“浪漫主义”，并非是指体现着某种创作风格或是由某个文学社团所代表的创作中的浪漫主义，而是指一种“极端的承受外国影响”的具有普遍性的文学风气。所以，他对浪漫主义的定义是：“凡是极端的承受外国影响，即是浪漫主义的表现。”他批评道：“外国影响侵入中国文学之最大的结果，在现今这个时代，便是给中国文学添加了一个标准。我们现在有两个标准，一个是中国的，一个是外国的。浪漫主义者的步骤，第一步是打倒中国固有的标准，实在不曾打倒；第二步是建设新标准，实在所谓新标准即是外国标准，并且即此标准亦不曾建设。”“所以新文学运动，就全部看，是‘浪漫的混乱’。”[②] 似乎新文学的翻译、创作等工作，都已走向了崩溃的边缘。

显然，批评者梁实秋在反对一种他所认为的“极端”的过程中，自己也走到了另一种极端。“保守的立场使他看不到或不愿承认新文学在借助外来影响猛烈反传统的‘混乱’中，还是有大致的‘标准’的，例如人的解放、个性解放以及反封建，争民主，等等，可以说，是五四新文学总的‘标准’与趋向。”所以，总体上看，“梁实秋这种呼吁并非给新文学‘补台’，而基本上是‘拆台’”[③]。梁实秋在与田汉论争中的种种表现，都与他所谓“清理浪漫主义”的动机与行动紧密联系，并且论争本身，也是他整个“清理”行动的一个组成部分。如果说田汉代表着陈独秀以来新文学中“主流”的声音，那么梁实秋则代表的是新文学中“非主流”的声音。

田汉所译《莎乐美》，正好出现在中国现代戏剧缺乏自己的“标志物”的时候，客观上给了中国现代剧作家，尤其是悲剧作家，一个他们

---

① 温儒敏：《中国现代文学批评史》，第73页，北京大学出版社1993年版。

② 梁实秋：《现代中国文学之浪漫的趋势》，见徐静波编《梁实秋批评文集》，第33~37页，珠海出版社1998年版。

③ 温儒敏：《中国现代文学批评史》，第89页，北京大学出版社1993年版。

所寻求的“标志物”的“替代物”。当一些中国现代剧作家致力于对“替代物”的潜心学习与摹仿时，多少有些忽视了在这个“替代物”所传达的“新道德”中，带有的“不道德”因素——极端的利己，不惜损人利己，甚至于害人利己的负作用。梁实秋的《王尔德的唯美主义》等文章，在激烈的态度与过分的话语后面，也留下了一些值得人们进一步思考的问题。如在《王尔德的唯美主义》一文中，梁实秋认为，作家在文学创作中，应该掌握两个标准：道德的与伦理的标准。他指出：在王尔德那里，“伦理的与道德的观点是没有分别的，所以他鼓吹唯美的艺术，颂扬艺术的独立，攻击道德的主张，而同时他也否定了伦理的标准”。

究竟何为“道德的观点”，何为“伦理的观点”，梁实秋没有具体解释。只是说：“伦理的态度”，就是在“描写变态之人格”时，应持有“限制之同情”。如果“描写变态之人格，而遽示无限制之同情，刻画罪戾的心理，而误认为人性之正则，这就是有所偏蔽，不能观察人生全体，只有局部的知识，换言之，便是缺乏伦理的态度”。所以，作家可以在作品中描写罪恶与美德，关键是描写罪恶时，作家的态度与观点，必须是合乎“伦理”。[①] 梁实秋试图努力将“道德的观点”、“伦理的观点”，作为批评中两个不同的“标准”。可是，在具体论述中，他又把二者混在了一起。为此，斯洛伐克学者玛利安·高利克指出：“梁实秋把道德与伦理区别开了。他有关这方面的论述不是很明白，他似乎反对‘道德的教训’，赞同‘伦理的原则’。”[②] 或者说，梁实秋试图将道德标准区分成“伦理的标准”与“道德的”“标准”两个部分。但是，他自己也没有区分与定义好他所谓的两个标准。所以，到了具体的论述中，他只好又将“伦理的标准”与“道德的”“标准”合二为一，混为一谈。

梁实秋所谓“描写变态之人格”时，应持有“限制之同情”的说法，是对《莎乐美》携带来的“新道德”的一种质疑——一种以“对

---

① 梁实秋：《王尔德的唯美主义》，见王永生主编《中国现代文论选》第2册，第554~555页，贵州人民出版社1984年版。

② ［斯洛伐克］玛利安·高利克著，陈圣生、华利荣、张林杰、丁信善译：《中国现代文学批评发生史》，第281页，社会科学文献出版社1997年版。

立者”身份进行的质疑；同时，也是对中国“摹仿者”的一种提醒——一种以“非友善”面貌进行的提醒。也就是说，在“质疑”的同时，“提醒”着中国现代戏剧家，在“同情”“莎乐美们”，以“变态”方式反抗社会的同时，有必要对其“新道德”中极端利己、不惜损人利己，甚至害人利己的成分，进行必要的“限制”，尤其是“伦理”的“限制”。例如，在翻案剧《潘金莲》中，潘金莲的反抗，包括“变态”反抗，均被表现得痛快淋漓；但是，作者对她那不惜牺牲他人的极端个人主义的快乐观，确也还缺乏某种必要的“限制”。

当新文学的“主流”忙于对旧文学的战斗，忙于从西方“搬运”“替代物”来作为中国现代悲剧的“标志物”时，少有时间质疑“替代物”中需剔除或需改造的因素，少有时间顾及作为“替代物”所涵盖的悲剧观念之外的中西方悲剧观念，尤其是中西方传统悲剧观念。梁实秋在论争中表现出来的代表着新文学大潮中“非主流”一面的文学观念、“非主流”的悲剧意识，恰好对“主流”的疏忽起了某种质疑与补充的作用。故而，梁实秋的批评，除去其中偏颇性的“拆台”之外，有些“说法”对中国现代悲剧意识的深化与发展，也还具有一定的补益作用。

（三）对亚里士多德悲剧理论有倾向性的介绍

梁实秋在以“古典”立场“清理”“浪漫主义”的过程中，针对王国维、田汉等人，在不同时期、从不同侧面，介绍西方现代悲剧理论及现代悲剧的状况，有意从西方的古典悲剧理论中选择亚里士多德的悲剧理论，进行了有倾向性的评述与介绍。

在《亚里士多德的〈诗学〉》一文中，他谈道：“亚里士多德论悲剧，重剧情而不重人品”，“所以在悲剧的六个原素里，剧情占首要的位置”。可见，梁实秋依然是从“道德”的立场来评述西方的古典悲剧理论：一面介绍亚里士多德“悲剧的六个原素”，一面批评其将情节置于“六个原素”之首，乃为“重剧情而不重人品”的缺陷。

梁实秋还介绍了亚里士多德关于“悲剧英雄”的说法，即亚里士多德悲剧理论中的“过失说”。他写道：“亚里士多德以为，最理想的悲剧英雄必定要：一、其人必非全善，二、其人亦非全恶。”“所以悲剧的英雄，必须介乎二极端之间，不全善亦不极恶，质言之，即必须像我们一般的一个平平常常的人。”但是，“他的情感则应丰烈，其意志亦应坚强，必须有伟大之奋斗力，而结局仍不能脱于悲惨之命运。且其人愈为显赫，则其颠覆时愈为悲惨”。通过介绍、分析“亚里士多德全部的批评精神”，他得出的结论仍然是“文学批评应以理智为至上之工具，即文学创造亦应以理智为至上之制裁”。简言之，他还是要用“中庸的精神”，以“古典”清理“浪漫”，以“理智”节制“情感”。正像温儒敏所说：“他用儒家大中庸来解释亚里士多德的批评信条。”①

可见，梁实秋对亚里士多德悲剧理论的介绍，是一种有倾向性的介绍；是一种试图用儒家的“中庸”，“整合”西方的“古典”，再以这种“整合”过的“西方古典”，清理“西方现代”，清理中国现代“浪漫主义”的有倾向性的“介绍”。他对“悲剧的恐怖与哀悯，最好是缺乏严重性”以及“悲剧要哀而不惨”的看法，也充分体现出他在悲剧观念上的“古典”色彩与保守性。

但是，在论争中，梁实秋所介绍的对象——亚里士多德的《诗学》，确实值得中国现代戏剧家注意。这不仅是因为“《诗学》是亚里士多德最主要的美学著作”，更因为中国现代戏剧家在向西方现代悲剧观念靠拢时，有必要加强对西方古典悲剧观念的了解。从而使自己能在对西方悲剧意识有较全面了解的基础上，去评判自己悲剧的“替代物”、“摹仿物”，能够更好地去确立自己的“标志物”。

梁实秋介绍亚里士多德的“过失说”，正值田汉推崇《莎乐美》、欧阳予倩“摹仿”《莎乐美》的时候。田汉、欧阳予倩推崇、“摹仿”《莎乐美》中大“善”与大“恶”交织的悲剧人物观，构成了对传统悲剧意识的冲击，取得了突破性的战果。但是，也留下了“生搬”西方“现代”悲剧观念，脱离中西悲剧传统的痕迹。梁实秋将亚里士多德的“过失说”纳入“中庸”之轨的说法不一定妥当，但是，梁实秋对“过失说”所作的介绍基本是准确的。其意义在于，即提示中国戏剧家：所谓

---

① 温儒敏：《中国现代文学批评史》，第80页，北京大学出版社1993年版。

悲剧性人物，在西方古典悲剧理论中是善恶交织，而且“所受之困苦又远过于其应得之罪”；并非仅有《莎乐美》似的“大善”与“大恶”交织。从而为中国现代悲剧与悲剧意识的成长，又拓开了一片新的天地。从引进西方悲剧理论的路径看，尽管梁实秋是有倾向性地介绍，但还是为中国剧作家“补上”了介绍西方古典悲剧理论“这一课”。

第二编

宗教文化与中国话剧

一、对中国话剧的影响

基督教文化与古希腊、罗马文化已成为西方文化的两大源头，成为西方文化中重要的历史因素。由于不断受到时代思潮的严峻挑战与颠覆，基督教文化在某种程度上以自己的方式回答着时代的挑战与颠覆，因而它也是一个动态的文化系统，固守着自己，发展着自己；在西方文化中，又成为一个重要的现实因素。在中国现代史上，思想家、文学家注视与解读的所谓西方基督教文化，实际上比它本身更复杂——既是一个自成体系的基督教文化，也包含有以挑战、颠覆为特征的西方反基督教文化的各种因素。而且，这二者时相伴随、时相纠缠。正是这种难以言述的复杂体、混合体，与中国现代文学、与中国话剧发生着关联。所以，本文涉及的所谓基督教文化，是中国现代思想家、文学家注视与解读的西方基督教文化；是一个自成体系的西方基督教文化，与历史上反基督教文化思潮时相伴随、时相纠缠的复杂体、混合“物”。

就外来文化影响而言，精神意义上的基督教文化，也是一部分中国话剧作家的思想文化资源之一。尽管它不像传统的儒、道和佛教深深潜入作家们的心底，却也诱发了一部分话剧作家在话剧意识方面的转化，并对中国话剧产生了多种影响。

（一）基督教文化与中国早期话剧

中国早期的话剧艺术，明显地包含着基督教文化艺术。西方戏剧在我国演出，最早是从教会学校所演出的宗教剧开始的。“上海的学生演剧最早是受了欧洲人办的教会学校在圣诞节的恳亲会上演戏娱乐的影响，开始搞起来的。”“迄今为止，我们所能看到的学生演剧最早的记载大约只有两则”，其一即“是汪仲贤（优游）在《我的俳优生活》里讲到的1898年圣约翰学校演出的《官场丑史》”①。宗教剧不是严格意义上的“西方戏剧”，起码不是本世纪中国话剧所主要借鉴的西方戏剧。上海教会学校的学生演剧，从主观动机来看，依然和传教与娱乐有关，以至在演剧“内容”得到重视时，演剧艺术相对受到轻视。欧阳予倩在谈到此事时曾批评说：“从那些戏的编排来看他们并不懂得分幕的方法，他们还是依照章回小说那样，把一个戏分成若干回——其实就是场。”这也就是说，新中有旧——引入新的戏剧形式，却“依照章回小说”的方式“分成若干回”——因为忽视艺术而造成的亦新亦旧②。

由于此时尚属基督教在华传播的第二个历史时期，人们对基督教文化往往采取有意“忽视”与回避的态度，故而此番演剧未能超越学校的圈子广泛进入中国社会。但从客观效果来看，演得“新中有旧”的西方宗教剧，因其具有以世俗生活为对象，以讽刺为特色等话剧艺术因素，使渴求变革的中国文艺家感到新鲜，在“意外”中，对中国早期话剧产生了较大刺激。所以，西方宗教剧对中国早期话剧的影响，主要体现在两个基本方面：话剧形式的影响——只说不唱的演法；话剧观念的影响——追求真实的、生活化的表演观念与方法，而非传统戏曲那种象征的、虚拟的表演观念与方法。

真正揭开中国话剧史序幕的，是20世纪初由留日学生组织的“春

① 丁罗男：《中国话剧学习外国戏剧的历史经验》，第106页、第107页、第91页，中国戏剧出版社1983年版。

② 欧阳予倩：《谈文明戏》，见《中国话剧运动五十年史料集》第1集，中国戏剧出版社1985年版。

柳社”。春柳社首演的是法国小仲马的《茶花女》第三幕，其后上演了根据林（琴南）译小说改编的《黑奴吁天录》。“《黑奴吁天录》这个戏，虽然是根据小说改编的，我认为可以看作中国话剧第一个创作的剧本。因为在这以前我国还没有过自己写的这样整整齐齐几幕的话剧本。”① 该剧于1907年首先在日本演出获得成功。“辛亥革命后，春柳社回国演出，形成了‘文明新戏’的热潮，使得传统的戏曲长时间被称为‘旧戏’，也使得传统戏曲的编剧方法与表现形式有意无意地接受了新戏剧的影响。”②

林译小说本作《汤姆叔叔的小屋》，是美国女作家斯托夫人的代表作，问世于1852年。斯托夫人生长在一个虔诚的基督教家庭中，她自幼受父亲影响，虔诚信仰基督教，关心道德、宗教和社会问题，具有强烈的传播福音的愿望。在美国，最早反对奴隶制的是基督教的魁克派（即教友会）。斯托夫人痛恨南方奴隶制度的残暴，怀着“基督教‘仁爱为怀’的伟大宗旨”，用小说揭示社会的黑暗。《汤姆叔叔的小屋》被西方历史学家认为是美国南北战争的导火线之一，林肯总统也曾把斯托夫人称为“发动南北战争的妇人”③。

鸦片战争之后，中国面临着被瓜分的危险。不少有志之士为了挽救国家的命运，为了民族的独立、自由、平等，或奔走呼喊，或投身运动。林琴南、魏易翻译此书，也意在唤醒国人，反对外族的侵略和奴役。根据欧阳予倩在《回忆春柳》中提供的当时的节目单上的分幕简介可以看出，改编后剧本的主要情节大致符合原作。但是，有两个明显的改动，首先，抹去了原作中的基督教立场与颂扬、传播福音的印迹，使既是一个深受压迫的黑奴，又是一个具有虔诚信仰与美德的基督徒的汤姆，简化为一个深受压迫、性格善良的黑奴汤姆。随着他身上宗教色彩的减退，他所代表的种族色彩更加浓烈。受难的背后，全失基督徒主动“承担”的宗教意味，转为强化性地象征着一个弱小种族整体受难的命运。其次，

---

① 欧阳予倩：《回忆春柳》，见《中国话剧运动五十年史料集》第1集，中国戏剧出版社1985年版。

② 田汉：《中国话剧艺术发展的径路和展望》，见《中国话剧运动五十年史料集》第1集，中国戏剧出版社1985年版。

③ ［美］斯托夫人著，黄继忠译：《汤姆大伯的小屋·原序》，上海译文出版社1982年版。

改变了原本是悲惨的结局，使不肯出卖难友、被毒打致死的汤姆，“和哲而治一同逃走了”；使原作中极度悲惨的结局，变成“中国化”了的“悲喜交集”[1]式的结局。

对此，欧阳予倩阐述得很清晰：“照斯托的小说着重在基督教的人道主义，极力描写汤姆信教的虔诚。在春柳这个戏当中从头到尾没有涉及宗教思想。还有一点就是原书的结尾是解放黑奴，而这个戏的结尾却是黑人杀死几个奴贩子逃走了，以战斗的胜利闭幕。”“编者的心理，是愿意汤姆也一同逃走，在当时也可能以为这样做使戏比较容易结住，同时也让观众舒一口气，不致过于压抑。”[2]

与中国早期话剧的先驱者们对待教会学校所演出的宗教剧的方法基本上一样，“放送方”弘扬宗教的愿望，被按照“强国保种”的需要所涂抹、所删除。“放送方”所传递的西方悲剧精神，被视作“巧于叙悲”的技巧，为“宣传”的需要，也为观众的习惯，理所当然地被“淘汰”。在与基督教文化艺术相遇时，“接受方”主要是根据自己的意图，以“外在”于基督教文化的方式，“拿来”基督教文化艺术中的“养分”。真正意义上的基督教文化、西方悲剧观念，并没有对中国早期话剧形成实在的冲击。其实，这也是中国早期话剧对待、接受基督教文化艺术的启迪与影响的基本方法。它既由当时“强国保种”的政治取向所决定，也与对基督教文化进行抨击、抗拒为主调的文化取向密切相关。

（二）基督教文化与中国现代话剧

基督教文化对中国现代话剧的影响比较广泛、深入，中国现代话剧对基督教文化的接受方式也是各种各样。这种深入的影响与多样的接受，可以在对中国现代剧作的考察中看出一些端倪。

陈独秀将基督教称为爱的宗教和促使欧洲文明的主力，并将基督之“爱”的内涵做了扩展。这种说法推动了中国现代思想家、文学家注视与解读基督教文化的步伐，也预示着基督教文化在现代文学时期被解读、

①② 欧阳予倩：《回忆春柳》，见《中国话剧运动五十年史料集》第1集，中国戏剧出版社1985年版。

被接受中的复杂化趋势。

中国现代话剧剧作在发展历程中，就反复出现过这一复杂化趋势。翻译剧、改编剧曾是中国现代话剧剧本的一个重要来源，基督教文化与中国现代话剧的关联，首先表现在翻译剧、改编剧的翻译、改编、上演中。这一时期的翻译者、改编者，从注视与基督教文化有关的剧本，过渡到注视上一时期教会学校所看重过的圣经题材剧。但是，他们注视的目的不是为了传教，而是“意在教外”，别有所图。

其一，他们的“所图”乃在于取材于经典，背离经典。从王尔德的《莎乐美》被翻译、上演，到欧阳予倩的《潘金莲》等剧作的问世，都反映着这一动向。王尔德取材于《圣经》的《莎乐美》，较早地被介绍到中国，并对现代话剧产生过深刻的影响。1921 年 3 月，田汉翻译的《莎乐美》发表于《少年中国》。经过多年努力，田汉亲任导演将该剧搬上了中国舞台，并引起了较大反响。田汉并不想去追究，唯美主义的王尔德是要光大基督精神，还是要大做自己唯美主义的文章。他从中感受到的是一种借用经典，去发挥、演绎自己的思想、自己的善恶观念的艺术方式。

所以，与其说田汉关注的是《莎乐美》中的圣经故事，不如说他关注的是王尔德讲述圣经故事的方式和支撑这种方式的思想。而这种取自“经典”，又背离“经典”的创作取向与精神，正是“五四”新文学所赞赏与渴求的。这种取向和精神，很快便具有了为新生的现代戏剧鸣锣开道的意义。如南国社曾专注于用这种“精神”，解构中国文学中的“圣书”——《水浒传》。并且选取了一个莎乐美式的女性——潘金莲进行试验，产生出有名的“翻案剧”，即欧阳予倩的《潘金莲》，为以潘金莲为代表的女人正名。欧阳予倩的《杨贵妃》，王独清的《杨贵妃之死》以及向培良的《暗嫩》，都蕴涵着王尔德通过《莎乐美》所传递的精神与艺术表现方式。

其二，他们的“所图”乃在于借西方之神，斥东方之鬼。这一意图，清楚地表现在茅盾译介的一些客观上有助阐明或宣扬基督教的圣经题材剧及小说中。1934 年 3 月，著名的左翼作家茅盾翻译了比利时著名剧作家莫里斯·梅特林克的《耶稣与淫妇》，并刊载于《文学》杂志第 2 卷第 3 期。莫里斯·梅特林克出生于比利时，从小受到过基督教文化的熏陶。《耶稣与淫妇》是他的三幕剧《抹荅莉的玛丽》中的第一幕。梅特林克的《耶稣与淫妇》一剧，直接取材于《圣经》，宣扬着基督的伟大，弘扬着基督教“爱”的精神。

在《约翰福音》第八章中，有如下记载：“文士和法利赛人，带着一个行淫时被拿的妇人来，叫她站在当中。就对耶稣说：夫子，这妇人是正行淫之时被拿住的。摩西在律法上吩咐我们把这样的妇人用石头打死。你说该把她怎么样呢？……（耶稣）对他们说：你们中间谁是没有罪的，谁就可以先拿石头打她。于是又弯着腰用指头在地上画字。他们听见这话，就从老到少一个一个的出去了，只剩下耶稣一人，还有那妇人仍然站在当中。”可见，通过如何对付“文士和法利赛人”，如何对待“行淫时被拿的妇人”，既显示出耶稣的智慧与耶稣之爱的伟大，也显示出一班“文士和法利赛人”的卑鄙、无耻。茅盾翻译的梅特林克的《耶稣与淫妇》，分为四场。剧中写抹荅莉的玛丽，因诋毁耶稣和为金钱出卖肉体，犯下了双重大罪。耶稣并未嫌弃抹荅莉的玛丽，用著名的“八福”感化了她的心灵，使她有了悔改和皈依之意。在她受众人围攻时，耶稣发出了拷问灵魂的声音：“你们中间谁是没有罪的，谁就可以先拿石头打她。”耶稣威严的声音，使围攻者畏惧于自己的罪，终于羞愧地放下了石头。抹荅莉的玛丽也因此获得了“第二次生命”。

比较《圣经》与剧作，梅特林克仅做了一点小小的改动。如剧中的“她”，由被“文士和法利赛人”当场“拿住”押来，改为“她”在耶稣传播“八福”的那充满柔和又威严的声音中，受感悟而自愿走来。这样的改动，主要是为了方便剧情的连贯和发展。不仅未损伤《圣经》称颂耶稣的原意；相反，在传达《圣经》中耶稣的智慧与行迹的同时，以艺术的方式，渲染、强化了耶稣的宽宏、仁慈、威严，强化、突出了“八福”对世人的巨大感化作用。

翻译、发表《耶稣与淫妇》这部圣经题材戏，尽管它“客观上有助阐明或宣扬基督教”，非但不能说明茅盾信服基督教，甚至亦不表明他比前一时期更欣赏基督教文化。茅盾的主观意图，乃是为了以西方之神击东方之鬼，以西方基督教文学来曲折地表现自己需要表达又无法直接表达的心声。

不论取材于经典、背离经典，还是借西方之神斥东方之鬼，其目的都不是为了传教，而显现出一种宗教之外的复杂：或者从中学习“精神”，或者将其作为隐喻。但是，从客观方面来看，各种译作的出现，使中国既出现了一批反基督教精神的作品，也出现了一批有助阐明或宣扬基督教精神的文学作品。

（三）基督教文化与中国现代话剧文学家

基督教文化与中国现代话剧的关联，也表现在中国现代话剧文学家对基督教文化的汲取中。由于主观意图的变化，现代话剧文学家经历了一个从注视与基督教文化有关的剧本，到注视基督教文化内涵的变化过程；既输入西方的文艺，又钻研基督教的《圣经》。

田汉是中国现代戏剧的重要开创者，也曾是一个《圣经》的钻研者，一个对基督教文化持“容忍”态度者。在中国现代史上，曾出现过几次“非教运动”。新文化运动时期，在科学主义、理性主义的旗帜下，宗教——不论是何种宗教，都在检视与批判之列。1920 年至 1921 年，少年中国学会对宗教批判较为激烈。1920 年 8 月，少年中国学会北京评议部曾拟通过《拒绝有宗教信仰者入会》一案。当时身在日本的会员田汉，去信反对通过此案，并引发了一场争论。最后，此提案被取消，改“拒绝有宗教信仰者入会”为“不妨用极慎重的方法，暂且容忍入会”。田汉似乎不止于满足这种争来的容忍，在给友人的通信中，进一步表明过自己对基督教、基督教文学从容忍到钻研，甚至到“有好些喜欢”的态度：“弟近又研究 Biblical Literature，有好些喜欢的地方，并且有点爱 Christ 那种伟大崇高的人格呢。”[①]

有趣的是，这时候的田汉正在忙于译介悖离《圣经》之道的唯美主义的戏。他曾这样记叙：“（1929 年 7 月 28 日）《莎乐美》一剧，因是反基督教，金陵大学校长陈先生再三再四拒绝我们借该校的大礼堂，……我们感觉得艺术与宗教的冲突了。”[②] 田汉向中国的读者、观众展示出了

① 田汉：《少年中国与宗教问题》，载《少年中国》第 2 卷第 8 期。
② 《田汉论文集》第 14 卷，第 217 页，中国戏剧出版社 1987 年版。

他的复杂性：对《圣经》有“好些喜欢的地方”，且“有点爱耶稣那种伟大崇高的人格”，但是这并不妨碍他译介、上演反基督教的戏剧的积极性。与之类似的还有向培良等剧作家。向培良熟识《圣经》，但他的《暗嫩》有意打破了《圣经》完整的叙述结构，使以劝戒为目的的“例证”孤立起来、独立起来，产生因断章取义而出现的歧义、反义。与早期话剧家相比，这时候的话剧家以更主动的方式对待基督教文化。但是，由于他们的理解与发挥，使基督教文化变得非常复杂，其中充满了以挑战、颠覆为特征的反基督教文化因素。

中国现代话剧界的这种局面，由于曹禺的出现发生了一些变化。曹禺以一部《雷雨》震惊了文坛，为中国戏剧史写下了新的一页。曹禺坚持着“五四”以来新文学的两大基础理论的基本主题：反封建与个性解放。他在学习西方、探求出路的过程中，对基督教文化也很留意。他说过：“我曾经找过民主，也就是资产阶级民主，譬如林肯，我就佩服过。甚至对基督教、天主教，我都想在里边找出一条路来。”“我接触《圣经》是比较早的，小时候常到教堂去，……人究竟该怎么活着？为什么活着？应该走什么样的人生道路？所以那时候去教堂，也是在探索解决一个人生问题吧！”① 在基督教文化中，找社会的出路、找个人的出路，这种明确的说法，在中国现代剧作家中还不多见。虽然这不说明曹禺在其中找到了什么出路，但是应该可以说明他不想用基督教文化来装饰某种思想，或者演示某种艺术，而是想看清楚西方基督教文化的真实面貌。在创作中，他也受到他所认识的基督教文化的影响。

田本相在《曹禺评传》中写道：“1934 年暑假”他回天津，任教于“天津河北女子师范学院的外文系”。“是外国文学教授，……由于要讲《圣经》学，因此更多地接触《圣经》。《圣经》中的故事自然引人入胜，而它漂亮的文笔，特别是其中的箴言，更给他以深刻印象，也引起他的兴趣。他不但选择其中片段教学生，而且在后来写《日出》时，在前面引用了若干段，并精密地加以编排，借以抒发他难以直接表达的思想。他说，他从小说接触过《圣经》，但对《圣经》却‘懂得不多’。基督教

① 曹禺：《我的生活和创作道路》，见《北京作家谈创作》，十月文艺出版社 1985 年版。

的经典的确给他的创作带来一定的影响，而这种影响是有限度的。”①

曹禺未成为基督徒，基督教文化对他的影响确实很有限度。但是，在这个有限的限度之内，曹禺的“兴趣”，不仅在基督教艺术，也在基督教思想。1936年7月，曹禺在《日出》“跋”中说：“……我读《老子》，读《佛经》，读《圣经》，我读多少那被认为洪水猛兽的书籍。我流着眼泪，赞美着这些孤独的心灵，他们怀着悲哀驮负着人间的酸辛，为这些不肖的子孙开辟大路。但我更恨人群中一些冥顽不灵的自命为‘人’的这一类的动物。他们偏若充耳无闻，不肯听旷野里那伟大的凄厉的唤声。他们闭着眼，情愿做地穴鼹鼠，避开阳光，鸵鸟似地把头插在愚蠢里。……我恶毒地诅咒四周的不公平，除了去掉这群腐烂的人们，我看不出眼前有多少光明。诚如《旧约》那热情的耶利米所呼号的：‘我观看地，地是空虚混沌；我观看天，天也无光。’我感觉到大地震来临前那种‘烦躁不发’，我眼看着要地崩山惊，‘肥田变为荒地，城邑要被拆毁’，在这种心情下，‘我已经听见角声和打仗的喊声’。我要写一点东西，宣泄这一腔愤懑，我要喊‘你们的末日到了’！对这帮荒淫无耻，丢弃了太阳的人们。……我们要的是太阳，是春日，是充满了欢笑的好生活，虽然目前是一片混乱。于是我决定写《日出》。”②

可以看出，这时候的曹禺仍然在寻找社会的出路：旧的必须推倒，新的是什么又不明确。被陈独秀视为穷人的宗教，而又为他所熟悉的宗教——基督教思想，对他自然产生了一些影响。也许可以说，在观照社会、拟定主题时，他不仅仅是借用了《圣经》中的某些语言，还借用了《圣经》中的某些思想。而且，他的这种借用，不同于田汉、向培良的借用，即不同于前时期以挑战、颠覆为特征的借用。

此外，基督教文化中一些重要的观念、意识，也不时潜在于曹禺的作品中。如在《雷雨》与《原野》中，周朴园之罪与仇虎之罪有本质上的不同。但是，在“上帝”面前，他们都是“罪人”。周朴园有“意识地”进行着忏悔，仇虎被潜意识驱使着忏悔。

---

① 田本相：《曹禺评传》，第78页，重庆出版社1993年版。

② 曹禺：《日出·跋》，见沐定胜编选《中国现代文学百家·曹禺》上卷，第376页，华夏出版社1997年版。

在《原野》中，意欲复仇的仇虎，冲突的对象显然是整个黑暗的社会。他坚定不移地活下来，就是为了血债血偿、命命相抵。就此而言，他的目的达到了，起码是部分地达到了。复仇后的仇虎，冲突主要发生在自己的内心——因而被称之为心中之狱。朱栋霖在《论〈原野〉》一文中说："要正确解释仇虎的'心理谴责'，必须弄清'这"地狱"里的魔鬼'是什么？导致仇虎失败的悲剧根源何在？"答案是"仇虎'心狱'中的魔鬼是'愚昧与迷信'……而造成愚昧、迷信，控制这一切的则是封建统治势力，这就是仇虎悲剧性内心冲突的本质"。[①]"心狱"中的魔鬼，是"愚昧与迷信"的说法，不能说不对，但是有点失之笼统。幻象、鬼怪因为仇虎陷入"心理谴责"，而出现在舞台上。这说明仇虎头脑中，确有愚昧与迷信思想因素。其实，血债血偿、父债子还、命命相抵的复仇行动，早已显示了仇虎的愚昧与迷信。

因而"愚昧与迷信"早已潜在于他的心底深处，关键问题是要追究：仇虎到底为什么在这时候会产生幻象、害怕鬼怪、迷失方向？实际上，也就是要直接叩问：仇虎为什么在坚定不移地完成了复仇任务之后，又"坚定不移"地踏上了"心理谴责"的路途？所谓的"心理谴责"到底是谴责什么？

马佳认为"这一切又都仿佛在寓示着一个高高在上的神，一双盯牢仇虎灵魂的眼睛。所以实际上仇虎一直笼罩在无法摆脱的矛盾纠缠中，一面是他的意志、他的精神、他的理智，另一面则是神的追问、神的意志和神的审判，'两个鬼'在他心中用力地打架争执"。"在仇虎的心目中他其实是一直把焦氏作为焦阎王的象征和替身来对待的，他对大星残酷的异化行径正是想让焦氏得着极深的苦痛和欲罢不能的煎熬，是想最大程度地刺激焦氏，使自己有面对阎王复仇后一样淋漓尽致的快感，但小黑子的惨死，一个更脆弱的更羸小的纯洁的生命却不幸地等于死在他刻毒的设计中，于是，即使得到快感也一时间彻底转化为无穷无尽的忏悔、辩白、申述、祈求，当所有这一切举动都无法平息自己'心'的罪

① 朱栋霖编：《曹禺自传》，第19～20页，江苏文艺出版社1996年版。

恶时，他只好选择死亡！”[①]

可见，马佳认为是“两个鬼”在他心中用力地打架争执：一面是他的意志、他的精神、他的理智，另一面则是神的追问、神的意志和神的审判。如果仇虎是一个西方国家的农人，马佳所认为的“两个鬼”十分可能。但是仇虎只是一个生活在“民国初年”的中国农人，马佳所说的前一个“鬼”存在于仇虎心中，十分可能；后一个“鬼”，则较为牵强。如果说后一个“鬼”是“神的追问、神的意志和神的审判”，倒不如说是仇虎在实现了复仇计划，手刃了好友——焦阎王的替死者焦大星，与客观上造成了小黑子的惨死之后，心灵的自责——对为了复仇而造成的滥杀无辜的行为的内心自我谴责。有了这种强烈的如同复仇行动中坚定不移的自我谴责，仇虎心灵又经历了一场战争，一次升华。

曹禺写道：“在黑的原野里，我们寻不出他一丝的‘丑’，反之，逐渐发现他是美的，值得人的高度的同情。他代表一种被重重压迫的真人，在林中重演他所遭受的不公。在序幕中那种狡恶、机诈的性质逐渐消失，正如花氏之在半夜的折磨里由对仇虎肉体的爱恋而升华为灵性的作家心中。”[②] 所以，与其说是仇虎心中有了一个“西方的神”，不如说是作家心中有了一个“西方的鬼”。是作家按照“西方的神”的理念，在仇虎心中安排了具有灵魂升华性质的忏悔——强烈的自我谴责。作家的如此安排，不仅使仇虎的心灵陷入极端的矛盾与分裂，而且也使仇虎的性格在失败中显得伟大。

雅斯贝斯说：“人不是神，这使人渺小和走向毁灭。人的伟大在于把人的能力发挥到极端程度，自己知道会因此走向毁灭。”“悲剧主人公，即抬高了的人，无论他本人是善是恶，是满怀善心还是渺小丑恶，作为生存两次都由于坚定不移而失败，无论是真实的还是臆想的无条件性。他的反抗、他的固执、他的狂妄促使他成为‘伟大’的恶。他的坚忍、他的爱又提升他到善。他总是通过体验极限境遇而被抬高。”[③] 曹禺

---

① 马佳：《十字架下的徘徊——基督宗教文化和中国现代文学》，第 96 ~ 97 页，学林出版社 1995 年版。

② 舒乙主编：《中国现代文学百家·曹禺》（下），第 134 页，华夏出版社 1997 年版。

③ 雅斯贝斯：《悲剧知识》，见刘小枫主编《现代性中的审美精神》，学林出版社 1997 年版。

通过悲剧主人公——仇虎，与社会及自身的两次冲突，以及在冲突中“都由于坚定不移而失败”，使仇虎的性格在失败中显得伟大起来——一种充满现代悲剧色彩的伟大。

曹禺展现的仇虎这种坚定不移地复仇与被潜意识驱使着忏悔，使得《原野》在悲剧艺术与悲剧主题上都显得更加复杂。尽管许多批评者对此提出了批评，或者进行了否定，但无疑《原野》展现出的新的悲剧内容与批评者对新悲剧内容的批评，都为中国现代戏剧增添了新的内容。

“中”有陈独秀的鸣锣开道，“西”有王尔德的成功范例；前有春柳社的早期话剧家，继有“唯美派”的田汉、欧阳予倩，后有“里程碑”似的作家曹禺，这种“千年等一回”的基督教文化与中国话剧“汇合”的局面，既成为中国话剧蜕变、发展的重要条件，也使中国话剧剧作显得更加丰富多彩。

二、对中国话剧悲剧意识建立过程的影响

中国现代话剧经历了演西方剧本、模仿西方剧本、写自己的剧本三段历程。这个三段式，显示了中国现代话剧创作走向成熟的艰难曲折及其与西方文学的密切关系，也显示了中国现代悲剧意识形成过程的艰难及其与西方文化、意识的密切关系。重新研读这个三段式中的代表剧作，尤其是与基督教文化关系密切的代表剧作，有助于我们从一个新的角度，了解中国现代悲剧意识产生、形成过程，把握其内涵延变的特性。

（一）《莎乐美》：作为替代性的“标志物”

20世纪20年代初，是中国现代话剧的开创期。由于缺乏现代戏剧悲剧的创作经验与现代戏剧中悲剧意识的“标志物”，中国现代话剧作家们把眼光放在了西方。他们不仅希望从西方学习现代话剧中悲剧的样式，也希望从西方学习现代话剧中悲剧的观念。直到“找到”《莎乐美》这部西方戏剧悲剧，才算找到一个他们所寻求的“标志物”的外来“替代物”。

田汉翻译的《莎乐美》，刊登于1921年3月15日出版的《少年中

国》第2卷第9期。经过努力，他还亲任导演，将该剧搬上了中国舞台。王尔德的《莎乐美》，取材于《圣经》。经过他的改造，情节与主题都有了较大变化。他将原来的希罗底谋杀约翰的故事，改造为莎乐美与希律、约翰、叙利亚少年之间异常复杂的爱恨交织的故事。《圣经》故事的原意，本是演示一种“不可犯罪”、“不可悖主”的道德教训，经过王尔德修改，《莎乐美》的主题也发生了重大变化。

王尔德展示的是一种充满欲望、饱含罪过、疯狂追求、极端痛苦的人生观，一种与自我克制相对立的极端的利己主义思想。约翰、叙利亚少年，或者为了爱神，或者为了爱人，都是宁愿赴死也不肯迁就。尤其是莎乐美，一方面决不屈服于残酷而淫荡的暴君希律；另一方面又残酷地叫人砍下约翰的头，以便去亲吻约翰的双唇。这一切，都是以自己的生命为代价的。这大约就是王尔德追求的所谓新希腊主义：从个人角度出发的“新道德”——凡是减轻个人精神痛苦、增加个人精神快乐，哪怕是瞬间快乐的就是善，反之即是恶。这种“新道德”在特定的环境中，有可能对庸俗社会、人生形成挑战与冲击。

这种“新道德”以及取自“经典”，又背离“经典”的创作取向，正是“五四”新文学所赞赏与渴求的。中国的译者、上演者、推介者，为之辩护，为之付出心血，正是欲用这种取向来为新生的戏剧、文学、文化鸣锣开道。但是，其缺陷在于不惜牺牲他人的利益为代价，以实现某个个人的所谓快乐。因而从价值观上看，只是一种极端个人主义的善恶原则。当然，是与《圣经》所言爱人、爱神，尤其是克制、忍让、成全、牺牲之爱，完全背道而驰的。

作为翻译剧，《莎乐美》为中国话剧展现出一种全新的悲剧意识。

首先，悲剧人物性格极端复杂，而且“善”“恶”交织。王尔德说过：“困扰大多数艺术家的真正悲剧都是他们实现自己的理想太绝对化了。”“正是通过这种不绝对的完善，艺术才能取得完善的美。”[①] 具体到悲剧人物，也就是意味着要反对性格的绝对“善”化，要追求人物性格的复杂化——“善”“恶”交织化。悲剧人物性格的主要方面，指向作

① 王尔德：《评论员也是艺术家》，见王春元等主编《英国作家论文学》，第266页，三联书店1985年版。

家所求之善，同时又挟带某些缺陷，这样才会使作品在艺术上显得完善。也就是说，在不纯当中表现善，甚至是在丑恶交织中表现善，才是艺术的美。当然，王尔德这个艺术方面的“不完善”论，是为了配合他的“新道德”。但是，人们往往在关注他的“新道德”之时，忽视了从悲剧理论的角度去关注他所阐述和表现的“不完善”论。

其次，悲剧表现受难，更应表现反抗；而且是主动选择的反抗，以死为代价的反抗。《莎乐美》中的爱情，可谓一片血光火影。叙利亚少年对莎乐美的爱、莎乐美对约翰的爱、约翰对天国的爱，都是以血与死为代价的受难。他们三人都为自己的爱，失去了生命。王尔德把人世间最温情脉脉的爱，逼上了血与火的死亡之途。但是，因为是一种主动的选择，死——人生毁灭的最痛苦的瞬间，又被表现得极为轻松、自若。死已不再是单纯的受难，也不是莎士比亚构置的误会，而是自我选择，是爱的证明，也是对畸形社会的反抗。所以，悲剧人物的毁灭，既是外界的压迫、摧残，更是悲剧人物主动选择的结果。这一点，与朱光潜后来表述的观点不无相似：悲剧不仅表现受难，还应表现反抗，悲剧表现的是受难与反抗。

《莎乐美》是一部翻译剧，严格来说，它只是向现代中国展示了一种全新的现代西方悲剧意识。况且，中国的译介者，当时的主要注意力在于它的反叛方法和反叛精神，而不在其悲剧精神和悲剧特征。

尽管如此，田汉翻译《莎乐美》，在中国现代悲剧意识的转换途中还是极具意义的。

首先，它的发表时机恰好在中国文化的转型期。文化的转型，要求着文学的转型，文学观念的转型。此作的出现，适应了文化、文学、文学观念转型的背景与要求。

鲁迅的小说，曾以极强的悲剧性震动了中国社会。但是，小说的对象，是有一定阅读能力与文化修养的读者。而戏剧的对象，是全社会的民众，其中大部分是并非具备较高阅读能力与文化修养的民众。中国古代悲剧意识，很大程度上正是为这样的民众愿望所左右。因此，戏剧家对小说家在作品中表现出来的悲剧意识及其结构方法是否能为自己在戏剧中所借用还留存疑问。当中国现代小说家沿着鲁迅开辟的悲剧方向大步前行之时，中国现代戏剧家还在左寻右盼，显得有些犹豫。《莎乐美》作为一部世界性的悲剧名作，思想上虽有缺欠，但其悲剧结构、悲剧冲突、悲剧效果都是相当杰出的。在缺乏自己的现代悲剧“标志物”时，《莎乐美》这部西方悲剧译作的出现，客观上给了中国现代剧作家一个他们所寻求的“标志物”的“替代物”，而且是一个极“现代”、高水准的“替代物”。仅此而言，田汉的译作《莎乐美》，对中国现代悲剧意识的转换功不可没。

其次，《莎乐美》与中国古典戏剧悲剧的“悲喜交集、苦乐相错”的传统大相径庭。田汉的引进，是有选择性与创造性的。这种选择，本身就是中国现代戏剧家在观念上发生了变化后的选择。

中国近现代之交的翻译，尤其是戏剧的翻译，“自由”度颇大。有些被命名为翻译的作品，实际上可能是一种改编本，甚至是一种再创作。洪深搬上中国舞台的《少奶奶的扇子》，可以说就是王尔德《温德米尔夫人的扇子》的一种“改编本”。其中剧名、人名、地名，都被改变成为中国的了。1901 年，林琴南、魏易将斯托夫人的小说《汤姆叔叔的小屋》翻译为《黑奴吁天录》时，有过一段专门的说明：“节去其原文稍烦琐者”，“本以取便观众，幸勿以割裂为责”。但是，这还毕竟是对小说的翻译。被他们“节去”了“烦琐者”的《黑奴吁天录》，仍然保留着原作极度悲惨的结局：汤姆“怂恿”“二女奴，令其逃亡”后，遭“穷诘”、“痛殴”，却“不欲言”，直至“忽尔气逆，奄然遂逝”①。曾孝谷将其搬上戏剧舞台时，悲惨的结局就有了根本改变：原本不肯出卖难友、被毒打致死的汤姆，“和哲而治一同逃走了”。极度悲惨的结局，竟然变成“战斗的胜利”收尾。

如果说“翻译本身也是一种创造性的工作，其中又包含着对原著的‘选择性共鸣’”② 的话，那么中国近现代时期的这种翻译法，尤其是戏剧的“翻译法”，正是翻译者顾及着自己所在的传统，包括美学传统的一种“选择性共鸣”。田汉翻译《莎乐美》时，同样处在这样的文学传

① ［美］斯士活著，林纾、魏易译：《黑奴吁天录》，第 2 页、第 196 ~ 197 页，商务印书馆 1981 年版。

② 田本相主编：《中国现代比较戏剧史》，第 118 页，文化艺术出版社 1993 年版。

统中。但是，他却能忠实地译出《莎乐美》的悲惨结局——希律狂叫："把那个女人杀了！""兵士们抢上前去，把这个犹太的公主希罗底的女儿，莎乐美压倒在盾牌底下。"这种不合"潮流"的翻译法，显现着译者的"选择性"已有所变动，并且这种变动在某种程度上，预示的是中国现代剧作家悲剧意识正在出现的微妙演变。

（二）《暗嫩》：摹仿"替代物"的一种尝试

中国现代剧作家，一方面以《莎乐美》这部西方戏剧悲剧作为他们所寻求的"标志物"的"替代物"；另一方面也在试图尝试以摹仿"替代物"的方式建立自己的"标志物"。向培良的《暗嫩》，就是这种探索途中的一次没有成功却值得注意的尝试。

洪深改写王尔德的《温德米尔夫人的扇子》为《少奶奶的扇子》，虽然地点、人物姓名变为中国的，或具有"中国味"，但是情节与风格仍属西方。向培良依据《圣经》创作的剧本《暗嫩》，比起洪深的改编，应该是"个人化"了许多。

《暗嫩》取材于《圣经·旧约》的《撒母耳记下》。《圣经·旧约》的原意是要通过以色列国王大卫及其家庭成员的故事，把建业与守业、家庭盛衰与国家的命运联结在一起，以警诫人们：个人的所作所为，不仅影响个人、家庭的命运，而且影响国家的命运。

向培良学习王尔德，到《圣经》中寻找题材，却没有采用王尔德"断章取义"、背离"圣道"的编剧方法。独幕剧《暗嫩》，结构上是由一个内在的"三部曲"构成，可以依次命名为：原罪、教唆、新罪。

第一部分"原罪"，是通过二个人物：奉大卫之命来给暗嫩传话的武士亚东、暗嫩的武士希利斯与以拉之间的谈话揭示的。"众王之王大卫"，看上了他忠诚的部下乌利亚的妻子——年轻、美丽的拔示巴。大卫先是"叫她到宫中，玷辱了她"。继而大卫想永久占有拔示巴，就"写信叫约押把他放到战线最危险的地方，所以乌利亚便被亚扪人杀了"。乌利亚死后，大卫立即收拔示巴为自己的妻子。尽管暗嫩没有出场，但是剧本已经暗示暗嫩将犯之罪与父亲大卫已犯之罪，即"原罪"

存在着的某种联系。

第二部分“教唆”，主要由约拿达与暗嫩表演，表现约拿达如何像魔鬼一样，一步步煽动、诱发起暗嫩身上潜伏着的人性之恶，一步步鼓动、诱导着暗嫩走向犯罪。

第三部分“新罪”，是表现暗嫩强行玷辱他玛及由爱到恨的过程。暗嫩向他玛示爱时，竭力赞颂他玛身体的美丽。当强行玷辱他玛之后，暗嫩终于遂了约拿达之愿，变成了彻头彻尾的恶魔。他疯狂地喊叫着：“把这个妇人赶出去，给我关上门。”“我恨你！”

通过这个由原罪、教唆、新罪构成的“三部曲”，可以看出，向培良的《暗嫩》也有一个相对“完整的叙述结构”。通过这个叙述结构，作者暗示着“原罪”有不可避免的遗传性与潜在性；暗示着欲望在“恶魔”诱导下，会产生的疯狂性与毁灭性。从这个意义上看，《暗嫩》叙述的罪恶事例，有“通过反面教材”来实现“劝告读者”的意味，也就是说，从作品的整体构成看，向培良并没有像王尔德那样，取材圣经，背离圣道；也没有像王尔德那样，通过“断章取义”，变更矛盾的中心，使戏剧的主题发生根本性的变化。

向培良使整体结构保持着道德教训，又想将暗嫩改变成能够承载某种思想的“新人”。他先是通过重笔描述“原罪”、“教唆”，试图使暗嫩显得多少有些“无辜”。继而又将莎乐美式的狂热转接在暗嫩身上。但是，暗嫩不是莎乐美。莎乐美在刀尖上，第一次也是最后一次表演自己狂热的爱恋。她害了别人，也以自己生命做了代价；暗嫩却把刀尖指向猎物，还要向垂死挣扎的猎物大表“爱恋”。他害了别人，却只不过证实了自己“理想”的破灭。一方面是构置符合《圣经》教训的、相对“完整的叙述结构”；另一方面是倾注大量王尔德式的、具有颠覆意义的“热情”及其“热情”的语言；这种“旧”的“结构”与“新”的“语言”的冲突，使得《暗嫩》的主题变得两面摇摆、动荡游移。

作者的悲剧意识也显得比较模糊。以暗嫩作为悲剧主角，显示出作者对悲剧的本质缺乏深入认识。暗嫩以害人始，到害己终，主导方面始终是恶，并非王尔德所说的“善”“恶”交织。所谓“热情的幻灭”，也许在某种程度上具有一定的象征性，象征着激进的青年，经过左冲右突后的失望情绪，但是，与他的害人相比，这一点“象征”，远非王尔德赋予莎乐美的“大善”。暗嫩的“瞬间”与生命的顶点，与自己的“死”毫无联系，还制造了别人的悲剧。

作者无论用“原罪”，还是“教唆”，都无法赦免暗嫩的罪行，提升出他的善心，反而情节的指归落入了张扬“始乱终弃”这样一个既传统又陈腐的怪圈中了。同时，在《暗嫩》中，所谓“理想”的幻灭、“热情”的消逝，都无法作为“悲剧”的毁灭性事件。暗嫩伤害了别人，还以此作为自己的“爱情”悲剧、“理想”悲剧，这既不同于王国维所说的“原罪”引起的毁灭，也不是王尔德鼓吹的“精神”引起的毁灭，更不是鲁迅注视的“社会”制造的毁灭。事实上，是强者毁灭了弱者，作者却把弱者放在一边，反过来把毁灭了弱者的强者之“空虚”作为“毁灭性事件”。这种安排显然不是《莎乐美》中王尔德的方式，或者说是作者在摹仿《莎乐美》途中，对悲剧的“毁灭性事件”缺乏理解而导致的失误。

向培良在《暗嫩》中的尝试，是现代剧作家试图通过“摹仿”建立“新悲剧”的一次“投石问路”。其中悲剧意识的混乱，某种程度上代表着中国现代悲剧意识在蜕变、转换过程中的一种迷惑与阵痛。如何走出这种迷惑与阵痛，实际上也是向培良带给中国现代戏剧家的一个亟待回答的问题。

有必要说明，向培良的《暗嫩》并不符合本文对现代戏剧悲剧的定义。之所以选择向培良的《暗嫩》进行论析，主要是为了从田汉引入的“标志物”出发，经由向培良的“摹仿”性尝试，再到欧阳予倩的中国古典题材的悲剧创作，较清晰地展示中国现代戏剧悲剧意识的发展过程。

（三）《潘金莲》：在摹仿中转变观念

当向培良注重对“替代物”的形式进行摹仿时，欧阳予倩注重的是对“替代物”的精神进行摹仿。故而欧阳予倩的摹仿，带有了灵活与变通的性质，避免了生硬与照搬。他创作的“翻案剧”《潘金莲》，是通过摹仿转变中国现代戏剧悲剧意识的一次较为成功的尝试。

中国本土没有产生犹如基督教、伊斯兰教这样的世界性宗教，也没有类似《圣经》这样的宗教经典，然而由于“文以载道”和“文史哲”同体的传统，中国社会的众多读者、听众、观众，尤其是下层民众，往往怀着一种虔诚情感，欣赏、接受一些文学名著。儒家的思想、史家的观念、文学家的意识，往往借着这些“经典”，占据民众的心灵。欧阳予倩借用王尔德的“变形”精神后，即转向解构中国文学的“经典”——《水浒传》，并且根据自己的愿望，选取了一个在我国家喻户晓的人物——潘金莲，进行试验。由此产生出有名的“翻案剧”——《潘金莲》。

施耐庵的《水浒传》，曾用“三回”之篇幅，生动、形象、具体地描绘过潘金莲，尤其是她如何撩拨武松，如何与人通奸，如何谋害亲夫的故事。潘金莲在施耐庵看来已经是一个无耻的淫妇，再加上评点家的评点，潘金莲更是邪恶与乱伦的化身。作家与评点家的合作，不仅使“经典”更加“经典”，也使潘金莲成为淫妇与坏女人的代名词。欧阳予倩的《潘金莲》在取材于“经典”之后，即着手于背离“圣道”：与施耐庵、金圣叹的立场相对，处处为潘金莲辩护，为潘金莲翻案。

此剧共分五幕，主要写潘金莲谋害了武大之后，武松回来如何报仇，潘金莲如何对待武松。在第一幕中，欧阳予倩即抓住施耐庵、金圣叹评说过的那个“大户”——张大户，为潘金莲翻案：把张大户代表的恶势力的“不正”之心与压迫摧残视作造成潘金莲悲剧的重要原因。就在潘金莲杀夫之后，这个曾“缠她”，又“白白地”将她“嫁”人的张大户吩咐王婆：“我有意拿她仍旧收回来”，“我一切都能替她作主”。奴才高升也说：“只要跟着我们员外爷，我们员外爷，就会替她作主，慢说是谋死一个亲夫，就是多谋死几个，也没有什么了不得。”但是，潘金莲依然要反抗到底。第二幕中，她怒斥来“听回话”的高升，选择了一条必死的道路。最后，面对武松的尖刀，潘金莲直言：“我不愿死在你哥哥那种人手里，我就用毒药杀了你哥哥！”“归根究底，害死你哥哥的人，就是张大户。”作者在此剧“前言”中也说：“戏里认为潘金莲的犯罪有其社会原因，她由于被摧残压迫产生了变态心理，致成疯狂状态，罪恶是由于当时社会造成的。”①

可见，欧阳予倩改造之后的潘金莲，被恶势力所逼迫，却不屈从于恶势力；为了反抗恶势力，不惜“作恶”且宁死不悔。作者在她的身上注入了现代精神，使她的形象具有了现代意义。

与此同时，作者又在潘金莲身上注入了莎乐美那种为爱而死的精神。犹如莎乐美对待卫兵大尉——叙利亚少年一样，潘金莲在西门庆面前宣称：“他（指武松）不爱我，我爱他，那只能由着我。”“所以我敬爱他，我不过是可怜你。”第五幕，面对武松的尖刀，潘金莲没有痛苦，只有喜悦：“死是人人都有的。与其寸寸节节被人折磨死，倒不如犯一个罪，闯一个祸，就死一个痛快！能够死在心爱的人手里，就死，也心甘情愿！”“雪白的胸膛，里头有一颗很红很红的心，你拿去了罢！”可见，欧阳予倩笔下的潘金莲，已经明显地注入了莎乐美式的爱心、疯狂和冲动，注入了莎乐美式的从个人角度出发的“新道德”。

如果说田汉翻译《莎乐美》是客观上显现出中国现代剧作家悲剧意识演进的话，那么《潘金莲》作为中国现代剧作家创作的戏剧悲剧，意义与影响都大不相同了。它不仅表现出中国现代剧作家在悲剧观念方面至关重要的转换性的变化，而且在整个中国现代悲剧意识转换的过程中，还“扮演”着以“摹仿物”真正替代“替代物”的“角色”。

首先，欧阳予倩借鉴、“摹仿”了王尔德对悲剧人物的认同与表现方式：悲剧人物性格极端复杂，大“善”与大“恶”交织。

在中国古典悲剧中，悲剧性格的善与恶非常分明。美与丑、善与恶分别被设置在矛盾冲突的两个互相对立的方向。而且剧作家常使用夸张的手法，在“善”的方面，“夸张美的东西”；在“丑”的方面，“夸大坏的东西”。在欧阳予倩的笔下，潘金莲作为主要悲剧人物，她的“美与善”——对“爱”与“欲”的不懈追求被“夸大”；她的“恶与丑”——损人利己、害人利己的疯狂行为没有被“删节”，也没有被缩小。她不同于传统戏曲中“全恶”或“全善”的女性，而是一个性格极端复杂，带有全新意味的中国戏剧中的悲剧人物。潘金莲的“与其叫人

---

① 欧阳予倩：《欧阳予倩选集·前言》，人民文学出版社1959年版。

可怜，不如叫人可恨”的生存观念，与“善”“恶”并举的复杂人性，以“极端”的方式，代表着中国现代悲剧意识在变动过程中的一种取向，给中国现代悲剧意识带来了巨大震动。

其次，欧阳予倩借鉴了王尔德对悲剧毁灭性事件的理解：悲剧表现受难——以死为代价的大苦大难，悲剧更应表现反抗——受难者主动选择的以死为代价的反抗。“五四时期已经出现了一些现实主义悲剧”，但是在当时的剧作中，“真正符合悲剧美学原则的作品不多”。“作者把戏剧重心放在揭示‘社会是造成悲剧根源’这一社会问题上，剧中人物与社会的种种冲突没有得到充分展开，人物悲剧式的反抗精神没有得到充分表现。作者忽视了悲剧式人物执著于反抗的审美魅力，并因其过于注重研究人物的生存环境而失去了悲剧美。”①

《潘金莲》主要借鉴了王尔德悲剧中的“毁灭意识”与安排“毁灭”的基本构思：强调悲剧人物对生存环境的顽强拼搏，强调“受难”之前“壮快淋漓”的反抗，而且还是一种带有强烈“唯美”、“唯爱”色彩的反抗。当不少戏剧家将悲剧重心放在揭示“社会是造成悲剧根源”，从而形成“人物悲剧式的反抗精神没有得到充分表现”的单一化趋向时，《潘金莲》作为西方现代悲剧意识的“摹仿物”，对当时的“理解的局限”和“社会学视角”构成了一种冲击，或者说是一种值得注意的补充。潘金莲在“刀尖”上的“最后狂舞”，尽管有着“舶来品”的生硬，但是毕竟已经脱离了“替代物”，成为了“摹仿物”，并且还以自己的艺术的实践，启示中国现代戏剧家：“悲剧美领域”尚有待向“纵深”“开拓”。

或者说，意识的“摹仿”自有“摹仿”的缺欠；意识的“摹仿”也有“摹仿”的原因；意识的“摹仿”还有“摹仿”的“震动”。“震动”所引起的“摇晃”，促使中国现代悲剧意识在一个更开阔的思维空间进行转化与合成。

---

① 田本相主编：《中国现代比较戏剧史》，第215页，文化艺术出版社1993年版。

（四）《雷雨》与《原野》：显示“自我身份”

到了曹禺的《雷雨》与《日出》，受到基督教文化影响的中国现代戏剧中的悲剧意识便又进入了一个新的发展历程——由翻译经摹仿到转换——再到此时的进入高峰与成熟。

曹禺之前，中国现代剧作家取材《圣经》、取材经典，主要是为了背离圣道、背离经典。在他们的剧作中，圣经故事、“经典”故事，只不过提供了一种素材；圣经思想、“经典”思想恰恰成为作家反叛的对象。曹禺的剧作取材于现实生活，却与《圣经》及其所代表的基督教文化有着某种联系。所以，曹禺的出现，也标志着中国现代剧作家在经过一段主要接受以挑战、颠覆为特征的西方反基督教文化之后，又出现了另一种接受方式：注视、解读并有选择地接受作为一个自成体系的基督教文化，以悲悯的心态看待悲剧作品中的所有人物。

《雷雨》的整体架构以及作者对整体架构的说法，便透露着这种讯息。《雷雨》原载于《文学季刊》1934 年 7 月第 1 卷第 3 期，由“序幕”、第一幕至第四幕及“尾声”共同组成。后来有些版本删除了“序幕”与“尾声”。对此，作者曾表示过不满：“这些天我常诧异《雷雨》和《日出》的遭遇，它们总是不得已地受着人们的肢解，以前因为戏本的冗长，《雷雨》被斫去了‘序曲’和‘尾声’，无头无尾，直挺挺一段躯干摆在人们眼前。”[①] 在作者眼中，“序幕”与“尾声”相当重要。因为只有将它们包括在内，《雷雨》才算构成了一个完整的戏剧，不至于“无头无尾”，犹如“直挺挺一段躯干”。

那么作者如此重视的“序幕”与“尾声”，叙述的是什么？透露的又是什么？《雷雨》的“序幕”与“尾声”，时间相接，都发生在第一幕至第四幕——这个“躯干”之后十年；地点相同，都是在原为周家住宅，现为教会医院的客厅。这时的繁漪与侍萍成了精神病人，繁漪在这里“住”了十年，侍萍在这里“住”了九年。“一位苍白的老年人”，

---

① 曹禺：《日出·跋》，见沐定胜编选《中国现代文学百家·曹禺》上卷，第 384 页，华夏出版社 1997 年版。

“头发斑白，眼睛沉静而忧郁”，“脸上满是皱纹”，冒着“刺骨”的风雪来医院探望两位病者——他就是周朴园。周朴园衰老了，“衰弱地咳嗽”，在看护的“怜悯”、“矜怜”目光中，显得有些窘困。他去看望侍萍，看护拦住说：“走错了”，“你的太太在楼上呢”。直到“尾声”，周朴园才见到侍萍。可是，这“老妇”“呆呆地望着他，若不认识”，“面上无一丝表情”。“老人绝望地转过头，望着炉中的火光”；“老人又望一望窗前的老妇，转身坐在炉旁的圈椅上，呆呆地望着火”。“尾声”就这样结束在周朴园的“呆呆地”、“绝望”之中。可见，作者不仅对两个疯女人充满了悲悯，就是对“衰老了”的周朴园，也有一种悲悯。在“躯干”部分，作者通过周朴园的家庭变故，形象、具体地暴露着封建“大家庭”的罪恶；暴露着周朴园在社会、家庭制造的许多罪恶。到了“序幕”与“尾声”中，周朴园“衰老”了、变化了：性情变得“沉静而忧郁”，外貌变得“可怜与窘困”，言行透露出愧疚与悔意。比较而言，这时的周朴园，对侍萍更愧疚；他的关心，更多地放在侍萍身上。探望繁漪，只是虚写；探望侍萍，才是实写。对周朴园的这种变化，曹禺后来在做“自我批判”时，有过“实证”：“旧本《雷雨》的序幕和尾声”中，“周朴园衰老了，后悔了，挺可怜的，进了天主教堂了”①。

与此同时，环境的变化也构成一种对人物性格变化的暗示：“周家客厅”改作“教堂附属医院”；大厅之中，“一个钉在十字架上的耶稣”，高“悬”在墙上。作家“安排”的这种变化，多少有些类似巴金的《家》中，“高老太爷”的“临终发善”。然而，“高老太爷”的“临终发善”，只是小说中一个小小的细节，只是“高老太爷”临终前一瞬间，短暂的“良心发现”。曹禺的《雷雨》，以一个相呼应的“结构”，叙述着周朴园的“变化”，而且这个结构还提示着“变化”中的周朴园，拥有“高老太爷”所不具有的漫长时间。可见这个“完整的戏剧构架”，以环境的外在变化，透露着一种宗教气息；以人物的内在变化，透露着作者对悲剧中包括周朴园在内的每一个人的悲悯。显而易见，这是一种超乎阶级意识的、具有基督教“泛爱”色彩的悲悯。

---

① 曹禺：《我的生活和创作道路》，见《曹禺研究专集》上册，第 107 页，海峡文艺出版社 1985 年版。

作者在“序幕”与“尾声”中所叙述的周朴园，并非一个绝对全新的周朴园。在作品的“躯干”部分，作者已经以悲悯的心态，为周朴园后来的性格“变化”，“埋下”了伏笔。

首先，作者写足了周朴园作为一个“坏人”之坏。曹禺认为，《雷雨》叙说了“一件错综复杂的罪恶”[①]。周朴园集矿主、家长角色于一身，是造成“错综复杂的罪恶”的“祸首”。曹禺一笔笔地清算着周朴园的罪恶，一点一点地勾勒着这个罪恶之人的灵魂。在旧中国，周朴园是封建家长的代表，他的家庭是社会的一个细胞、一种缩影。清算周朴园的罪恶，揭露他的种种专横，应合、反映着时代的基本精神。接着，作者以悲悯之心，写出了周朴园作为一个稍有“忏悔”之意的“罪人”“认罪”的开始。周朴园遭到了多重嘲讽、剖析，却并没有被作家从“罪人”之人中放逐出去，而得到了一份意外的“悲悯”——被送上了怀有“罪感”的忏悔之途。

由于特定的阶级立场与观念，周朴园对许多罪并不认为是罪，也没有“悔”。但是，对侍萍的悲剧，他已开始“认罪”，走向“忏悔”。周朴园的“变化”，开始于用钱打发侍萍未果后。第四幕刚开场，他就再三叮嘱仆人“汇一笔钱到济南去”，给“一个姓鲁的”。他拿着侍萍的像片不放手，对繁漪说：“后天搬家，我怕掉了。”最后，他终于撕掉了“保持”多年的“面子”，在“全家”人面前，坦白了他最为讳言的“始乱终弃”的真相，并逼着周萍认“生母”。周朴园“后悔”的戏剧效果，是暴露了周萍与四凤的兄妹关系，导致了悲剧中“毁灭性事件”的到来。但是，从对人性的诠释看，周朴园此时的“后悔”，带有“认罪”与“忏悔”的内容，与他在“序幕”、“尾声”中的“变化”互相呼应，形成了一种罪恶之人站在自己特定立场上的“认罪”、“忏悔”之音。

在基督教思想中，“认罪”与“忏悔”是非常重要的“词语”，牵涉到人与神、人与人的多重关系，指向着人的精神归依。基督教认为，在上帝面前，每一个人，不论什么人，都是罪人，而且是犯有双重重罪的罪人。罪名之一，为原罪。由于亚当对上帝的背约与违抗，从而犯下

① 曹禺：《雷雨·序》，见沐定胜编选《中国现代文学百家·曹禺》上卷，第176页，华夏出版社1997年版。

了人类的始罪。这也是万罪之中的首罪——背弃上帝之罪。亚当的后人，即地球上所有的人，从诞生之日起，都在血液中承传了始祖的原初之罪。罪名之二，为本罪。本罪指个体除原罪之外，自己所犯的罪。实际上，亚当不仅有原罪，也有本罪。他在犯下原罪之后，没有完全悔悟，也没有认罪。

不悔悟、不认罪，就是原罪之外的——本罪。人类不仅世袭了亚当的原罪，而且还世袭着、扩展着亚当不认罪、不悔罪之罪——本罪。人一旦不信上帝只爱自己，贪欲之心就要无限扩张，两罪并在，恶性膨胀，“罪人”之罪就更加深重了。如此“罪”的观念，显然充满宗教劝喻意味。正所谓“罪在作为伦理之前是一种宗教取向；罪不是对抽象准则或价值准则的违背，而是对私人契约的违背”①。具体说来，“罪”意识引出的宗教取向是：其一，必须信仰上帝，在信仰之中，通过上帝的恩赐和意志，拯救自己身上的罪；其二，要认罪和忏悔，认罪是指每一个人都要认识自己对上帝的背约与违抗，认识自己是一个双重罪人。因而认罪也是忏悔的开始。忏悔是指每一个人都要在上帝面前真诚地悔悟，悔悟自己的罪心、罪性、罪行。世俗所称的“好人”，要作为“罪人”忏悔；世俗所称的“坏人”，也要作为“罪人”忏悔。并且在认罪与忏悔中，走向“信靠”，走向新人；其三，在上帝面前，人人平等，人人都是“罪人”。所以，要爱人如己，直到怀着悲悯之心，去“爱你们的仇敌”。②

显然，曹禺只是从精神的层面接受着基督教思想中“罪”与“爱”的观念。他的这个“爱”，具有“普爱”的性质，而且他把这个“爱”化作悲悯，给了剧中的每一个人物。但是，他的这个“爱”，既不来自上帝，也不归属上帝，更不具有劝人归属上帝、归依教会的性质，因而“它不是属于基督教的，而是属于基督教意识的”。③ 有了这个“意识”的曹禺，自己仿佛就是一个“上帝”：处处显示、呼唤着“泛爱”之心，

① ［法］保罗·里克尔著，翁绍军译：《恶的象征》，第56页，台湾桂冠图书股份公司1993年版。

② 《圣经·马太福音》第五章，香港圣经公会1991年版。

③ 许正林：《中国现代文学与基督教文化》，载《文学评论》1999年第2期。

或者叫悲悯之心。“我用一种悲悯的心情来写剧中人物的争执。我诚恳地望着看戏的人们也以一种悲悯的眼睛来俯视这群地上的人们。”① 因为有了这种以悲悯为核心的“泛爱”，虽然“家庭”的罪恶骇人听闻，但“家庭”中的人物最终不算“太坏”，连周朴园都“不坏了”。所以，既淋漓尽致嫉恶如仇地“暴露大家庭的罪恶”，又以“悲悯的心情”对待每一个人物——受罪者与有罪者，把他们每个人都当做人——受罪的人与有罪的人，这便是曹禺《雷雨》与同时代主流作家创作思维的一个很重要的差异。

这种以“悲悯”为核心的对人性的诠释方法，曹禺也运用到了《原野》中，并且写了另一种“罪人”——仇虎，站在他的特定立场与思想背景上的“认罪”与“忏悔”方式。

仇虎是一个被压迫、被欺凌者。“焦阎王”霸占了他家的土地，活埋了他的父亲，夺走了他心爱的女人，拐卖了他的妹妹，把他也投进了大牢。他活着的目的，就是要向他的仇人“焦阎王”复仇。他背负着替全家复仇的使命，千辛万苦地逃回来，要杀焦阎王，焦阎王却死了。根据“父债子还”的传统观念，他只好杀了焦阎王的儿子、他儿时的朋友——焦大星。如果作家只写仇虎的复仇，《原野》不过讲叙了一个古老的复仇母题。曹禺的独特，在于为仇虎安排了人性的自我“流放”历程——复仇之后的“认罪”与“忏悔”。

夺回“金子”、杀了大星、报了血海深仇，本是一件大好事，仇虎却变得恍惚，变得更痛苦。“整个第三幕，与其说他逃不出现实的人间地狱，倒不如说他终于也没有逃出他心造的地狱。”他的心灵陷入了极度的矛盾之中。从“父债子还”的传统观念出发，他认定自己血淋淋的复仇行动合情合理、天经地义；从现实的情景看，他又对自己“借”焦母之手，杀死无辜的小黑子，深感内疚、深感悔恨。

这时候的仇虎，十分类似莎士比亚在《麦克白》中塑造的那个被基督教文化中罪意识所摧毁的麦克白夫人。麦克白夫人曾一再鼓动她的丈夫杀死国王邓肯。但是，当她与丈夫一起杀害了邓肯，并成功地转嫁了

① 曹禺：《雷雨·序》，见《曹禺戏剧集》（一），第230页，上海文化生活出版社第26版。

罪名之后，她变得惊惧、焦躁起来。在清醒的时候，她尽力压抑着这种来自罪恶感的惊惧与焦躁。一旦入睡，她就会起来梦游——下意识地不断洗手，洗她那双沾满了邓肯的鲜血，代表着罪恶、永远也洗不干净了的双手。仇虎在丛林中，反反复复地自辩，多少有些类似麦克白夫人在密室内，反反复复地"洗手"——都是被那个"罪"字压抑得无法逃避，都多少带有些逃避不了的"下意识"的性质。

从某种意义看，不是仇虎跑不出黑树林，而是他的心跑不出"有罪"的"惊惧、悔恨"。他不是死在别人手里，而是死在自己的"惊惧"与"悔恨"之中。一方面，他从"父债子还"的伦理出发，认定自己血淋淋的行动是合情合理的；另一方面，他又对自己"借"焦母之手，杀死小黑子，深感罪孽与负疚。

应该说，《雷雨》、《原野》都"表现出来"了"'新鲜'的东西"，那就是曹禺在中国现代剧作家经过一段主要接受以挑战、颠覆为特征的西方反基督教文化之后，又选择了另一种接受方式：注视与解读作为一个自成体系的基督教文化本身，并从中选取了"泛爱"、"悲悯"等基督教的意识，通过吸收、消化，把其中的宗教取向转化为一种艺术精神取向，运用于反封建与争取个性解放的新文学之中。这样，不仅坚持了新文学的方向，而且也拓展了现代悲剧的人生视野与精神视野，从而把悲剧中各种各样的人展示得更"新鲜"，把人的各种各样的灵魂也展示得更"新鲜"。

曹禺接受的西方文化影响是多方面的，并不仅止基督教文化，但是从基督教文化与中国现代悲剧相互碰撞的路径来看，《雷雨》、《原野》的出现，标志着20世纪30年代中国现代悲剧意识也从"另一种路子"走向了高峰；标志着中国现代剧作家走出了对西方现代悲剧意识的"摹仿"，开始以自我的身份，确立起自己的"标志物"。

曹禺领会着欧阳予倩曾借鉴过的西方现代悲剧意识中的某种观念：悲剧人物性格极端复杂，大"善"与大"恶"交织。但是，他将"悲剧人物性格极端复杂"改为悲剧中人物性格极端复杂；将"大'善'与大'恶'交织"改为"善""恶"交织。

与王尔德、欧阳予倩相比，曹禺更加重视从社会、道德、伦理三方面对人物进行综合判断。并且根据其“罪行”，确立其性格的主导方面。例如，无论从社会、道德、伦理哪方面看，周朴园都以恶占主导，其“认罪”与“忏悔”，都只不过是“小善”，是次要因素，“小善”不抵“大恶”。作为悲剧的制造者，“小善”与“大恶”交织的描述方法，使周朴园更像一个真实的“家长”，一个性格极端复杂的“坏人”。这样，虽然他只是一个“悲剧中人物”，作者也使他的“性格极端复杂”起来了。又例如，仇虎的复仇，有他的社会、道德、伦理方面的原因与理由；加之“小黑子”也确实“不是”他“弄死的”。作为一个纯朴的农民，他的主导方面是善，是被愚昧所笼罩着的朴实。复仇之后的“悔恨”，更使他原本的善得到了加强与提升。但是，“小黑子”的死，他在其中“间接”地起了作用。“大星”的死，无论如何也还属滥杀无辜。这些恶，作为次要因素，与他善的方面交织在一起，使他成为了一个性格极端复杂的悲剧性人物。并且由于心灵的大战，使他的性格悲剧显得更加悲惨与悲壮。

曹禺也体会着欧阳予倩曾借鉴、“摹仿”来自王尔德悲剧中的“毁灭意识”与安排“毁灭”的基本构思：强调悲剧人物对生存环境的顽强拼搏，强调“受难”之前“壮快淋漓”的反抗。但是，曹禺的剧作反映出他不仅消融了反抗中的“唯美”色彩，还更加注重对“毁灭性事件”中反抗的发挥。他把悲剧性人物的反抗，从“‘受难’之前‘壮快淋漓’的反抗”，“拉长”成一个曲折、复杂、无奈的反抗过程；把一个以“受难”为“舞台”，以“壮快淋漓”地展示某种“思想”、“主义”为目的的突现型反抗改变为悲剧性人物不断反抗“受难”、挑战“受难”，最后在走投无路中被迫陷入“受难”的挣扎型反抗。例如，《莎乐美》中的反抗，是悲剧人物在被毁灭前，以“飞蛾扑火”的方式燃烧自己、炫耀理想的突现型反抗。“毁灭”是莎乐美的选择，也是她突现“自我”，突现“唯美主义”的惟一时机和战场。

《潘金莲》中的反抗，也是悲剧人物在被毁灭前，以“飞蛾扑火”的方式，燃烧自己、炫耀理想的突现型反抗。“毁灭”是潘金莲的选择，是她痛快淋漓地突现比打虎英雄更加英雄的气概和宣泄无畏无惧的“唯美”、“唯爱”精神的舞台与战场。

而在《雷雨》中，所有的反抗都不是“一步到位”，而是一层层展开，一环环相套，一步步递进。悲剧性人物通过“反抗”进行挣扎、进行自救，但在“反抗”中，反而越陷越深，无一逃脱无可奈何的“毁灭”命运。繁漪是个刚烈女子，被称为“最‘雷雨的’性格”。她不甘于没有爱情的生活，不愿受人控制，“抛弃了神圣的母亲的天责”[①]，去爱周萍。她试图用这样的反抗，救出自己，逃避“受难”。但是，她一次又一次的反抗，不但没有救出自己，反而使自己陷入更深的“受难”之中：被周萍“抛弃”，失去儿子，精神失常。

周萍的反抗，也是一种挣扎型的反抗。为了摆脱与后母繁漪的一段畸情，他喝酒、胡闹，爱上四凤，既是情感转移，更是他在忏悔中所选择的一种逃避个人“毁灭”的“反抗”。他的这个反抗过程，堪称曲折、复杂。反抗的结局，却是间接地导致了所有反抗者，包括他自己在走投无路中被迫陷入“毁灭”。

复仇者仇虎也不例外，他在反抗社会之魔、与反抗心中之魔的道路上徘徊、挣扎，好不容易取得的反抗成果，反过来又成了他新一轮反抗中的“对象”，并且最终还是“毁灭”在无法绕出的“反抗”途中。

可见在“受难”的阴影笼罩下，悲剧人物从反抗的起点走到反抗的终点，愈逃避“受难”、愈反抗“受难”、愈挑战“受难”，反而愈接近“受难”，最后不得不被迫陷入“受难”。就这样，挣扎期越长，毁灭来得越痛苦；挣扎力度越大，毁灭来得越残酷。而现代悲剧表现的就是这种既没有光辉，也没有光荣的毁灭。就是这种被拉长了挣扎期，加强了挣扎力度，充满痛苦，非常残酷地毁灭。

这种由外来“替代物”，经“模仿物”，到“标志物”构成的三段式历程，是中国现代悲剧以及悲剧观念发展的一个轨迹。这个轨迹，也从悲剧作家、作品角度显现出中国现代悲剧意识在转化、形成过程中的基本方式与主要特性。这种主要存在于作家方面的悲剧意识，经过与批评的碰撞，美学的中和与提升，又返回于悲剧作家，而创作与理论之间的互动、互存、互鉴、互补，便构成了完整意义上的中国现代悲剧意识。

---

① 沐定胜编选：《中国现代文学百家·曹禺》上卷，第137页，华夏出版社1997年版。

三、“罪”意识与中国现代戏剧悲剧观

就外来文化影响而言，精神意义上的基督教文化，是一部分中国现代作家的思想文化资源之一。尽管它不像传统的儒、道和佛教思想深深潜入作家们的心底，却也诱发了一部分现代批评家、作家，尤其是剧作家，在悲剧意识方面的转化。

（一）中国近现代悲剧观念的蜕变、发展

中国近、现代戏剧中的悲剧观念，指的是中国近、现代文学中，剧作家、理论家在悲剧作品、批评文章、理论著作里表现出来的对戏剧中悲剧的种种认识或看法。主要有：何为戏剧中的悲剧，如何构置戏剧悲剧的冲突，如何把握戏剧悲剧中的悲剧性格等。

“罪”意识指的是西方基督教文化中，从“原罪”及其“本罪”概念体现出的人性恶、罪恶感等观念。“罪”意识对西方文化发展具有某种引导性。这不仅表现在中世纪前后的西方哲学、文学中，也表现在19世纪以后的哲学、文学中。在对中国现代文学影响较大的西方学者、作家，如叔本华、托尔斯泰、陀思妥耶夫斯基等人身上，都很容易看到这些影响与表现。

进入20世纪，中国社会不断发生着巨大的变化。在西方思潮的冲击下，悲剧观念也处在不断变化之中。王国维、鲁迅、朱光潜的著述，在中国悲剧观念的蜕变、发展的过程中，可以说具有坐标与基石的意义。而他们多少都受到过基督教文化的影响，其中王国维、朱光潜更为典型。

王国维是中国最早接受西方哲学、美学思想，并且运用到自己所研究学科中的学者。在初刊于1904年《教育世界》的《〈红楼梦〉评论》中，王国维论述的三个问题：什么是悲剧、第三种悲剧、彻头彻尾之悲剧，对中国近现代悲剧意识的蜕变、发展具有深远的意义。

王国维认为，人的出生、生存本身就是痛苦，就是悲剧。他借用老子的话说："人之大患，在我自身。"① 但是，"王氏意不在老庄，不过借以旁证叔氏所宣扬的那个'原罪'说而已"②。王国维阐述道："世界人生之所以存在，实由吾人类之祖先一时之误谬。""夫人之有生，既为鼻祖之误谬矣"，"则鼻祖之罪，终无时而赎，而一时之误谬，反复至数千年而未有已也"。③ 可见，王国维论所说悲剧的起源与他所谓的"欲"，明显通着叔本华的原罪，也即基督教文化中的"原罪"。叔本华在《作为意志和表象的世界》中写道："悲剧的真正意义是一种深刻的认识，认识到［悲剧］主角所赎的不是他个人特有的罪，而是原罪，亦即生存本身之罪。"他还引用西班牙剧作家加尔德隆的话说："人的最大罪恶就是：他诞生了。"④

王国维深受叔本华这种悲观主义理论的影响，认为在罪的"轮回"中，个体求得解脱之法，只有拒绝意志、拒绝一切生活之欲，即"解脱之道，存于出世，而不存于自杀"。因为"出世"与"在世"相对，意味着拒绝一切生活之欲。自杀的结果"去世"与"来世"相对。"去世"之后，一经轮回，又会依然"在世"。《红楼梦》的伟大，就在于既将

① 王国维：《〈红楼梦〉评论》，见张正吾等选注《中国近代文学作品系列·文论卷》，第312页，海峡文艺出版社1992年版。

② 佛雏：《王国维诗学研究》，第55页，北京大学出版社1987年版。

③ 王国维：《〈红楼梦〉评论》，见张正吾等选注《中国近代文学作品系列·文论卷》，第313页、第325页，海峡文艺出版社1992年版。

④ ［德］叔本华著，石冲白译：《作为意志和表象的世界》，第352页，商务印书馆1982年版。

“人人所有之苦痛”“一一掇拾而发挥之”[①]；又通过“出家”，展示了一条正确的解脱之道——中国式的出“欲”之道。

王国维将悲剧分为三种：“第一种之悲剧，由极恶之人，极其所有之能力，以交构之者。第二种，由于盲目的运命者。第三种之悲剧，由于剧中之人物之位置及关系而不得不然者；非必须有蛇蝎之性质，与意外之变故也。”在这三种悲剧之中，王国维认为第三种悲剧“贤于前二者远胜，最为感人”。因为它所描写的是生活中“普通之人物”，在“普遍之境遇”中，“逼之不得不如是”。揭示出“人生最大之不幸，非例外之事，而人生之所固有故也”。[②] 王国维的第三种悲剧论，同样来源于叔本华的悲剧说。

叔本华曾将悲剧划为“三个类型”：其一，“造成巨大不幸的原因可以是某一剧中人异乎寻常的，发挥尽致的恶毒”。其二，“还可以是盲目的命运，也即是偶然和错误”。其三，“也可以仅仅是由于剧中人彼此的地位不同，由于他们的关系造成的”。“道德上平平常常的人们”，“在经常发生的情况下”，“处于互相对立的地位，他们为这种地位所迫”，“互为对方制造灾祸，同时还不能说单是哪一方面不对。我觉得最后这一类［悲剧］比前面两类更为可取，因为这一类不是把不幸当作一个例外指给我们看”，“而是当作一种轻易而发的，从人的行为和性格中产生的东西，几乎是当作［人的］本质上要产生的东西，这就是不幸也和我们接近到可怕的程度了”。[③]

叔本华的悲剧类型说，在美学上有一定的意义。但是，从根源上看，显然又是来自基督教思想中的原罪说，是“‘人生即是悲剧的诞生’的论点的一种反映”。从社会效果看，可能会使人认为“苦难是与生俱来的”，“作为受苦受难的悲剧之人，只须一心一意赎他的‘原罪’就行”，而“对世上的邪恶、非正义和不公平不要有任何的抱怨和斗争”。[④]

---

① 王国维：《〈红楼梦〉评论》，见张正吾等选注《中国近代文学作品系列·文论卷》，第320页，海峡文艺出版社1992年版。

② 同上，第322～323页。

③ ［德］叔本华著，石冲白译：《作为意志和表象的世界》，第352～353页，商务印书馆1982年版。

④ 程孟辉：《西方悲剧学说史》，第332页，中国人民大学出版社1994年版。

就这样，王国维没有主动靠拢基督教文化，基督教文化中的一些重要因素，尤其是“罪”意识，却通过王国维所接受的叔本华的悲剧理论，也通过王国维所阐述的悲剧观念，在中国近现代悲剧意识的蜕变与发展过程中产生了影响。

朱光潜是中国现代时期“把文学批评的理论上升到实用美学的高度来研究”[①] 的学者。他在《悲剧心理学》中，对悲剧学说进行了卓有成效的探索，其中一个重要观点：悲剧表现的是受难与反抗。

论及其理论源头时，多认为朱光潜与克罗齐美学关系密切。“但是有一点是不能忽视的，作为朱光潜美学理论的起点是叔本华。可以说，比起其它外国的哲学美学家来，叔本华给予朱光潜的影响更是根本性的。朱光潜几乎同他所赞赏的美学前驱者王国维一样，在人生观上也倾向过叔本华，从而一开始就以叔本华的文艺‘解脱说’作为自己美学观与文艺观的第一块基石。”[②]

朱光潜在继承与批判黑格尔与叔本华理论的基础上，提出了自己的观点。不过，就悲剧理论而言，他对黑格尔的批判似乎多过继承。他批评“黑格尔像讨论过悲剧的大多数哲学家一样，采用一种很不好的方法，即从一个预想的玄学体系中先验地推演出一套悲剧理论来，而不是把悲剧理论建立在仔细分析古代和近代悲剧杰作的基础之上”。他认为：“黑格尔很少谈论悲剧中的受难。然而叔本华却把这一点变成唯一重要的因素。”“对于悲剧来说，只有表现大不幸才是重要的。”并说：“叔本华也许比黑格尔更接近真理。……他对于我们认识悲剧至少作出了两大贡献。一是他比别人更能使我们生动地感受到悲剧悲观的一面。……强调悲剧中的受难，就填补了黑格尔留下来的一个空白。”在此基础上，他也批评了叔本华，并形成、提出自己的看法：“严格来说，叔本华说‘只有表现巨大的痛苦才是悲剧’，并不符合实际情形。……悲剧全在于对灾难的反抗……对悲剧来说紧要的不仅是巨大的痛苦，而是对待痛苦的方式。没有对灾难的反抗，也就没有悲剧。引起我们快感的不是灾难，而是反抗。”“悲剧正是描写悲剧英雄甚至在被可怕的灾难毁灭的情况

① 温儒敏：《中国现代文学批评史》，第249页，北京大学出版社1993年版。

② 同上，第251~252页。

下，仍然能保持自己的活力与尊严，向我们揭示出人的价值。”① 在对叔本华的悲剧理论有所继承、批评的基础上，朱光潜提出了自己的观点：悲剧不仅表现受难，还应表现反抗，悲剧表现的是受难与反抗。

朱光潜和王国维、鲁迅一样，严厉批评中国传统的“大团圆”方式。他认为大悲痛和大灾难，在一切伟大的悲剧中是不可避免的。他借用尼柯尔的话“悲剧认定死亡是不可避免的”，并发挥道：“人非到遭逢大悲痛和大灾难的时候，不会显露自己的内心深处，而一旦到了那种时刻，他心灵的伟大就随痛苦而增长，他会变得比平常伟大得多”。但是，在中国“戏剧情境当然穿插着不幸事件，但结尾总是大团圆”。他认为没有了大悲痛和大灾难的结尾，等于就没有了悲剧。“中国文学在其他方面都灿烂丰富，唯独在悲剧这种形式上显得十分贫乏。事实上，戏剧在中国几乎就是喜剧的同义词。”论及造成这种现象的原因时，他倾向于批判剧作家的“道德感”，认为是“他们强烈的道德感使他们不愿承认人生的悲剧面”。②

朱光潜关于悲剧的这些观点以及他研究悲剧的思路与方法，在现代悲剧理论的发展中具有积极的意义。如温儒敏说：“当时很少有人像朱光潜这样认真地把批评原理的研究提升为一种实用美学，也很少有人用科学的方法分析文艺创造和欣赏心理的事实，并以此探讨批评的本质。”③ 朱光潜关于中国“在悲剧这种形式上显得十分贫乏”的说法，已经引起过不少的争论，且还有待争论。但他对中国传统的“大团圆”方式的严厉批评，是醒目与有益的。他的“受难”——“反抗”说，对王国维的“苦难”——“出世”说，是一种修正；对鲁迅的“愚昧”“毁灭”说，也是一种有益的补充。

从王国维经鲁迅到朱光潜，中国悲剧观念有了极大的变化。它既标志着中国悲剧观念时代性的转换，也影响、制约和呼应着中国现代戏剧悲剧观念的多向流变。

---

① 朱光潜：《悲剧心理学》，第 122 页，人民文学出版社 1983 年版。

② 同上，第 207 页、第 218 页、第 221 页。

③ 温儒敏：《中国现代文学批评史》，第 249 ~ 250 页，北京大学出版社 1993 年版。

（二）中国现代戏剧悲剧观念的转化过程

西方戏剧在我国演出，最早从教会学校演出宗教剧开始。中国早期话剧，由此受到基督教文化艺术的重要启迪与影响。但是，其对中国早期话剧的影响，只限于话剧形式——只说不唱的演法；话剧观念——追求真实的、生活化的表演观念两个方面。

基督教文化对中国现代话剧的影响比较广泛、深入。中国现代话剧，经历了演西方剧本、模仿西方剧本、写自己的剧本三段历程。通过五部剧作，可以对这个三段式以及“罪”意识与中国现代戏剧悲剧观念的转化过程看得较为清楚。

1. 作为替代性“标志物”的《莎乐美》

20 世纪 20 年代初，是中国现代话剧的开创期。由于缺乏现代戏剧悲剧的创作经验与现代戏剧中悲剧意识的“标志物”，中国现代剧作家们把眼光放在了西方。直到“找到”《莎乐美》这部西方戏剧悲剧，才算找到一个他们所寻求的“标志物”的外来“替代物”。

《莎乐美》为中国话剧展现出一种全新的悲剧意识。首先，悲剧人物性格极端复杂，而且“善”“恶”交织。其次，悲剧表现受难，更应表现反抗；而且是主动选择的反抗，以死为代价的反抗。

《莎乐美》是一部翻译剧，严格来说，它只是向现代中国展示了一种全新的现代西方的悲剧意识。尽管如此，田汉翻译《莎乐美》，在中国现代悲剧意识的转换途中还是极具意义的。首先，它的发表时机，恰好在中国现代剧作家亟待转换悲剧意识，而又缺乏明确的“实例”导引之时，《莎乐美》译作的出现，客观上给了中国现代剧作家一个他们所寻求的“标志物”的“替代物”，而且是一个极“现代”、高水准的“替代物”。其次，《莎乐美》与中国古典戏剧悲剧的“悲喜交集、苦乐相错”的传统大相径庭。田汉的引进，是有选择性与创造性的。这种选择，本身就是中国现代戏剧家在观念上发生了变化后的选择。

2. 试图摹仿“替代物”的《暗嫩》

中国现代剧作家一方面以《莎乐美》这部西方戏剧悲剧作为他们所

寻求的“标志物”的“替代物”，另一方面也在试图尝试以摹仿“替代物”的方式，建立自己的“标志物”。向培良的《暗嫩》，就是这种探索途中的一次没有成功却值得注意的尝试。

向培良学习王尔德，到《圣经》中寻找题材。从作品的整体构成看，向培良并没有像王尔德那样，取材圣经、背离圣道；也没有像王尔德那样，通过“断章取义”，变更矛盾的中心，使戏剧的主题发生根本性的变化。

作者的悲剧意识也比较模糊。首先，暗嫩以害人起，到害己终，主导方面始终是恶，并非王尔德所说的“善”“恶”交织。以暗嫩作为悲剧主角，也显示出作者对悲剧的本质缺乏深入认识。其次，《暗嫩》中所谓“理想”的幻灭、“热情”的消逝，都无法作为“悲剧”的毁灭性事件。事实上，是强者毁灭了弱者，作者却把弱者放在一边。

向培良在《暗嫩》中的尝试，是现代剧作家试图通过“摹仿”，建立“新悲剧”的一次“投石问路”。其中悲剧意识的混乱，某种程度上代表着中国现代悲剧意识在蜕变、转换过程中的一种迷惑与阵痛。

3. 在摹仿中转变观念的《潘金莲》

当向培良注重对“替代物”的形式进行摹仿时，欧阳予倩注重的是对“替代物”的精神进行摹仿。他创作的“翻案剧”《潘金莲》，在中国现代戏剧悲剧意识建立过程中，是通过摹仿、转变观念的一次较为成功的尝试。

欧阳予倩借用王尔德的“变形”精神后，即转向解构中国文学的“经典”——《水游传》。在《莎乐美》为中国话剧展现了一种全新的西方悲剧意识之后，《潘金莲》继以创作的成果，摹仿、实践、张扬了这一全新的悲剧意识。

首先，欧阳予倩借鉴了王尔德对悲剧人物的认同与表现方式：悲剧人物性格极端复杂，大“善”与大“恶”交织。而在中国古典悲剧中，悲剧性格的善与恶非常分明。美与丑、善与恶，分别被设置在矛盾冲突的两个互相对立的方向。潘金莲作为主要悲剧人物，她的“美与善”被“夸大”；她的“恶与丑”没有被“删节”，也没有被缩小。因而她是一个性格极端复杂，带有全新意味的中国戏剧中的悲剧人物。

其次，欧阳予倩借鉴了王尔德对悲剧毁灭性事件的理解：悲剧表现以死为代价的大苦大难，更应表现受难者以死为代价的反抗。《潘金莲》强调悲剧人物对生存环境的顽强拼搏，强调“受难”之前“壮快淋漓”的反抗。

如果说田汉翻译《莎乐美》客观上显现出中国现代剧作家悲剧意识演进的话，那么《潘金莲》作为中国现代剧作家创作的戏剧悲剧，意义与影响都大不相同了。它不仅表现出中国现代剧作家在悲剧观念方面至关重要的转换性的变化，而且在整个中国现代悲剧意识转换的过程中，还“扮演”着以“摹仿物”真正替代“替代物”的“角色”。

4. 显示“自我身份”的《雷雨》与《原野》

到了曹禺的《雷雨》与《日出》，受到基督教文化影响的中国现代戏剧中的悲剧意识便又进入了一个新的发展历程——由翻译经摹仿到转换，再到此时的进入高峰与成熟。

曹禺的出现，标志着中国现代剧作家在经过一段主要接受以挑战、颠覆为特征的西方反基督教文化之后，又出现了另一种接受方式：注视、解读并有选择地接受一个自成体系的基督教文化，以悲悯的心态看待悲剧作品中的所有人物。曹禺说：“我曾经找过民主”，“甚至对基督教、天主教，我都想在里边找出一条路来”。[①] 在基督教文化中，找社会的出路、个人的出路，也许只是作家的一段历程，但它宣示着基督教文化中一些重要的观念、意识，有了潜入了中国戏剧作家意识的可能。中国现代戏剧悲剧观念的转化过程，也揭示了这种可能。

《雷雨》的整体架构以及作者对整体架构的说法，便透露着这种讯息。在“序幕”与“尾声”中，周朴园“衰老”了、变化了；性情变得“沉静而忧郁”，外貌变得“可怜与窘困”，言行透露出愧疚与悔意。这时的周朴园，对侍萍更愧疚；他的关心更多地放在侍萍身上。对周朴园的这种变化，曹禺后来在做“自我批判”时有过“实证”：“旧本《雷雨》的序幕和尾声”中，“周朴园衰老了，后悔了，挺可怜的，进了天

① 曹禺：《我的生活和创作道路》，见《北京作家谈创作》，北京十月文艺出版社 1985 年版。

主教堂了"。[①] 可见，这个"完整的戏剧构架"，以环境的外在变化，透露着一种宗教气息；以人物的内在变化，透露着作者对悲剧中包括周朴园在内的每一个人的悲悯。显而易见，这是一种超乎阶级意识的具有基督教"泛爱"色彩的悲悯。

在《雷雨》的"躯干"部分，作者同样显现出对人物的这种悲悯。作者写足了周朴园，作为一个"坏人"之坏。接着，作者也以悲悯之心，写出了周朴园作为一个稍有"忏悔"之意的"罪人"其"认罪"的开始。由于特定的阶级立场与观念，周朴园对许多罪并不认为是罪，也没有"悔"。但是，对侍萍的悲剧，他已开始"认罪"，走向"忏悔"。

曹禺领会着欧阳予倩对悲剧人物的看法，但是他将"悲剧人物性格极端复杂"改为悲剧中人物性格极端复杂；将人物性格外显式的"大'善'与大'恶'"，内化为人物内心世界的"善"、"恶"交织、"善"、"恶"冲突。曹禺也体会着欧阳予倩曾借鉴、"摹仿"来自王尔德悲剧中的"毁灭意识"与安排"毁灭"的基本构思，但是他不仅消融了反抗中的"唯美"色彩，还更加注重对"毁灭性事件"中反抗的发挥。他把悲剧性人物的反抗，从"'受难'之前'壮快淋漓'的反抗"，"拉长"成一个曲折、复杂、无奈的反抗过程；把一个以"受难"为"舞台"，以"壮快淋漓"地展示某种"思想"、"主义"为目的的突现型反抗，改变为悲剧性人物，不断反抗"受难"，挑战"受难"，最后在走投无路中被迫陷入"受难"的挣扎型反抗。

从基督教文化与中国现代悲剧相互碰撞的路径来看，《雷雨》、《原野》的出现，标志着20世纪30年代中国现代悲剧意识，也从"另一种路子"走向了高峰；标志着中国现代剧作家走出了对西方现代悲剧意识的"摹仿"，开始以自我的身份，确立起了自己的"标志物"。

（三）中国现代戏剧悲剧观念的新特点

在基督教文化曲折、迂回、复杂的影响之下，中国现代戏剧中的悲

① 曹禺：《我的生活和创作道路》，见《曹禺研究专集》上册，第107页，海峡文艺出版社1985年版。

剧意识立足于中国现代社会，汲取着西方文化与艺术的智慧，从而形成了一些新的特点。

其一，悲剧的起源论——打上了社会性与时代性烙印的欲望或追求。

自王国维从叔本华的悲剧理论中以“欲”为纽带触及基督教的原罪说，一种新的悲剧起源说便被介绍到了中国：将人的欲望与人的生存相连，作为生活的本质与悲剧的起源。运用这个理论，王国维分析了《红楼梦》并取得了较大成功。当时的话剧家虽未主动认同这一理论，但是随着时间的流逝，王国维的悲剧理论作为一种观点依然存在着。由于《莎乐美》的示范效应以及曹禺的成功，悲剧起源于追求或欲望的意识逐步形成。

从《莎乐美》中的莎乐美、《潘金莲》中的潘金莲、《暗嫩》中的暗嫩，到《雷雨》中的繁漪、《原野》中的仇虎，都可以看出：他们的悲剧，既不是生存竞争中的悲剧，也不是政治斗争中的悲剧，而是在于他们拥有一种曾经是非常执著的追求与欲望，或为爱情、婚姻、自由，或为感官享受，或为复仇。这些追求与欲望，既是体现着社会性与时代性特征的思想意识，也是打上了社会性与时代性烙印的作为个体的人的追求与欲望。如果没有这些追求与欲望，莎乐美、潘金莲、繁漪们会在她们的位置上生活得很好。在她们的社会中与时代中，有许多人就这样不思不虑地活着。她们的生存处境，不同于鲁迅笔下的祥林嫂、郭沫若笔下的屈原——连基本的生活保障与人身安全都丧失殆尽。复仇之后的仇虎，若不是为自己的“心魔”所困扰，也不会迷失在从小就生长在此的树林中。

其二，悲剧性冲突——既是悲剧人物与社会的冲突，又是悲剧人物自身性格的冲突。

由于将悲剧视作具有时代意义的追求与欲望遭受毁灭的悲剧，视作人性在愚昧中觉醒即遭毁灭的悲剧，中国现代悲剧意识对悲剧性冲突的理解有所扩展：悲剧性冲突，既可是悲剧人物与社会的冲突，也可是悲剧人物自身性格的冲突，更可以是两种冲突的纠缠、交织。戏剧中悲剧冲突的逼迫与毁灭性力量，既可能来自社会，也更可能来自内心。就悲剧主人公的毁灭而言，有时来自内心的逼迫更甚于来自外在的逼迫。莎乐美、潘金莲、繁漪，因为有了追求与欲望，才从愚昧与平凡中挣脱出来。但是，很快就因为她们的追求、欲望与社会、环境发生激烈冲突而走向毁灭。

《原野》中的悲剧性冲突，较为典型地体现着悲剧性冲突的两重性：既是悲剧人物与社会的冲突，也是悲剧人物自身性格的冲突。复仇时的仇虎，冲突的对象显然是整个黑暗的社会。他坚定不移地活下来，就是为了血债血偿、命命相抵。就此而言，他的目的达到了，起码是部分地达到了。复仇后的仇虎，冲突主要发生在自己的内心——手刃了好友、客观上造成了小黑子的惨死之后，心灵的自责——强烈的自我谴责。尽管当时许多批评者对此提出了批评，但《原野》展现出的新的悲剧意识与批评者对新的悲剧意识的批评，共同为中国现代悲剧意识增添了新的内容。

其三，悲剧人物性格——既非全善，也非全恶，而是善恶兼备、善恶交织。

中国传统的悲剧理论，有关“英雄”与“恶人”的说法就比较简单：“英雄”与“恶人”的“道德实体”是统一的。“英雄”的“道德实体”，统一于良善、纯洁、忠诚、崇高；“恶人”的“道德实体”，统一于邪恶、卑鄙、奸狡、低劣。

王国维推崇叔本华并引入西方悲剧人物性格论时，实质上便已经引入了悲剧人物——既非全善，也非全恶，而是善恶兼备、善恶交织的观念。待到以王尔德的《莎乐美》进行实例“示范”时，对悲剧人物性格构成要素的理解要激进得多：“道德实体”的“分割”、“冲突”，成为了大“分割”、“大冲突”，而不是一般意义的“分割”、“冲突”。所以，莎乐美之后，还出现了潘金莲这样大善与大恶交织的悲剧人物性格。

曹禺对基督教文化有较深入认识，写剧本时又怀有深厚的“怜悯”之心。他的悲剧作品显示出的悲剧人物性格构成要素，更吻合亚里士多德以来的西方主流性悲剧性格理论——悲剧主人公必须是与我们十分类似的中等人——悲剧主人公的性格存在着“道德实体”的“分割”、“冲突”，既非全善，也非全恶，而是善恶兼备、善恶交织。曹禺的“怜悯”，使他对“恶人”周朴园的性格描写，也出现了“道德实体”的“分割”、“冲突”现象。周朴园成为了中国现代戏剧悲剧中，为数不多的在“道德实体”方面有所“分割”、“冲突”的“恶人”，“身上仍然找得到人性”的“恶人”。如此一来，在基督教文化影响下，中国现代戏剧中的悲剧，对所谓悲剧英雄与悲剧中的恶人，都有了不同于以前的阐释方式与构建方式。

就这样，在基督教“罪”意识曲折、迂回、复杂的影响下，中国现代悲剧意识在起源说、冲突论、性格塑造等观念方面，都具备了新的特色与变化。

第三编

台湾文学中的宗教情结

一、台湾地区宗教的渊源

台湾是一个多宗教的地区，有佛教、道教、基督教、伊斯兰教等十几种宗教。这些宗教大多是从大陆、欧美及日本等地传入，其中佛教与基督教影响较大，尤其是在台湾知识界影响较大。

佛教是台湾地区各宗教中最大的宗教，有寺庙四千余座，佛堂精舍数千间，僧尼四千多人，信徒号称八九十万。台湾地区的佛教，最初是由大陆传入的。郑成功收复台湾时，随之来台的大陆移民在台湾建立了最早的寺庙：台湾南部的竹溪寺、弥陀寺和龙湖岩。清代时，台湾的佛教有相当大的发展，形成了大岗山、观音山、大湖山和月眉山四大派系。1887 年，台北被确立为台湾省会之后，台北成了全台的佛教圣地。日据时代，日本佛教传入台湾，主要有日莲宗、真言宗、天台宗、临济宗等八宗十二派。从此，佛教在台湾地区形成了两大系统：日本佛教和台湾佛教。台湾光复后，台湾佛教开始进入复兴阶段。1945 年，“台湾佛教会”成立，本圆法师为第一任理事长。1949 年，大批大陆僧人来到台湾，使台湾的佛教有了更大的发展，并在台湾地区重建了“中国佛教会”。目前，台湾有“中国佛教研究院”等十余所佛学研究机构，有《中国佛教》、《海潮音》等十余种期刊。一些院校也相继成立佛学研究团体，近年更有佛光大学建于山林之间。

基督教在台湾也有着较大影响。据称，高峰时期，天主教与基督教信徒的总数曾有七十余万人。台湾的基督教，是从西方传入的。1619年，西班牙殖民者入侵台湾北部，天主教道明会传教士随之来台传教。1624年，荷兰殖民者入侵台湾南部外海的沙丘。1627年，荷兰马达维亚基基督教宗教会议，即决定派传教士来台传教。1631年，传教士在台湾建立了第一座基督教教堂。后来，荷兰殖民者用武力赶走了在台湾的西班牙人，使得更多的基督教传教士来到台湾。1661年，郑成功根据朝廷的禁令，对基督教实行限制，基督教各派在台湾的发展一度中断。鸦片战争爆发之后，基督教各派再度进入台湾。天主教以高雄为中心，向南传到屏东，向北沿台湾西岸的主要城市，如台南、彰化、台中、台北、基隆发展。基督教则以台中为界，形成南北两大派，南部属苏格兰长老教会，北部属加拿大长老教会。

日军侵占台湾后，推行“皇民化”政策，既限制中国传统文化，也控制基督教各派的活动，欲将所有宗教“日本化”，故此时的基督教会处于停顿状态。

抗战胜利后，台湾地区的基督教会始得恢复元气。尤其1949年以后，西方教会和一些原在大陆的传教士纷纷置身台湾，刺激了台湾教会的发展。在20世纪60年代，终于形成了台湾基督教发展史上的高潮。这时候，台湾的基督教派已多达数十个，教徒达到了七十余万人，成立有“中华福音礼堂院”，创立《宇宙风》杂志。台湾基督教会注意扩大在知识分子中的影响，先后创办了东海大学、东吴大学、中原理工学院等院校。但是，高峰期过后，台湾基督教教会的发展有所减慢。如林治平所说：“台湾教会发展情势，可以1965年为教势发展盛衰的分界点——1965年以前是基督教在台湾蓬勃发达的增长期，而为民间宗教的停滞期；——1965年以后，台湾社会越来越走上现代化之路——可是却自那时起进入发展停滞期，甚至有反成长。”①

佛学与神学研究的兴旺、发展，是佛教与基督教在台湾社会，尤其是在知识分子中产生较大影响的重要原因。

---

① 林治平：《基督教与中国论集》，第111页，台湾宇宙光出版社1993年版。

近期台湾地区从事佛学研究并颇有成就者，主要是佛教徒中的高僧、重尼，如殷训、石晓云、巴壶天等；学术界人士如方东美、黄公佛、李士杰等。殷训所著《中国禅宗史》，有“比其他同类著作具有更高深的学术造诣”之评。作者认为提倡佛教就能导致创立一种真正的以爱和以自由、平等为特点的新的世界文化，故称“只有佛教才是世界上兼容并蓄的宗教，改信佛教的人不需要放弃他从前的宗教信仰，因为佛教尊重其他宗教的真正价值”①。他的《艺海微澜——禅与诗》一书，将禅宗与中国诗歌融会贯通，在学术界与文学界均有较大影响。巴壶天对禅宗的贡献还在于他对“公案”的解释、阐发。据说，他能用明白、直观和理智的方式，译出每一“公案”。

近期台湾从事神学研究并颇有成就者，主要有罗光、钱志纯、傅碧瑶、邬昆等。其研究特点在于融合天主教教义与中国的儒家思想，融合天主教教义与西方的存在主义。在台湾地区，罗光被认为既是天主教教义研究的权威，也是哲学研究的权威。他努力寻求神学与儒学之间的共同点，寻求基督之爱与孔子之仁的贯通处，为台湾教会的“本色化”做了许多探索。邬昆在台湾被誉为“青年哲学家”，他将基督教神学与存在主义融会贯通，研究成果颇有特点。他们的研究方法与成果，一度在知识分子中影响较大。

台湾地区的作家，有的是因信仰，有的是因对佛学或神学的关注，还有的是因为受到西方文学的影响，而与宗教发生关联的。

宋泽莱是一位由崇尚神学转而崇尚禅学的作家。他的忧郁、他对人间罪恶的关注，曾经导引他走向教堂。他说：“我往基督教寻求救援，并学会祈祷和唱诗，但不久，我又从教堂溜掉，因为我不同意‘上帝创造万物’这个观念，这种说法伤害了我。”从教堂溜出来的宋泽莱转向了参禅。他说：“我的那一点渺小的经验使我如释重负地摆脱了半生包袱，三十年来，我未曾像现在活得这么自在，我也惊奇发现，参禅并没有改变我的文学观，相反，却肯定我从前的文学观是正确的。”②

---

① 参见李世家《近期台湾哲学》，第 411 页、第 412 页，第 349 页，贵州人民出版社 1989 年版。

② 参见宋泽莱《禅与文学体验》，第 6 页、第 15 页，台北前卫出版社 1983 年版。

小说家陈映真因为家庭的原因，少年时即信仰基督教。他说：“在我的少年时期，刻骨铭心的宗教经验是我终生难忘的。”曾有一个时候，面目黧黑的、饱经风霜的、贫穷的、忧愁的、愤怒的，经常和罪人、穷人、被凌辱的人为伍的、温柔的耶稣，成了他青少年时代的偶像。他的父亲曾告诫他：“儿子，你要记住：第一，你是神的儿子；第二，你是中国的儿子；第三，你才是我的儿子。”父亲的话，对陈映真影响很大。“身为父亲的儿子，陈映真的小说具有伦理的关怀；身为中国的儿子，他的小说充满民族的襟抱；作为神的儿子，在他的字里行间无疑是流溢着信仰的情操与宗教的品质的。”①“神的儿子”，强调的是子对神的信仰，而非对教会的盲目信仰。信仰的核心，在于像神那样关注人生。正像王晋民指出：“他既有基督教人道主义思想、民族主义和民主主义思想，也有社会主义思想，这些思想都在他以后的作品中反映出来。”②罗宾逊也指出：“陈映真认为真正的宗教信仰和人类有许多敏感问题密不可分。”一旦他发现台湾基督教会“思想、文化的贫穷”，“信徒不知不觉跟着世俗的潮流走，狂热地追求物质欲望的满足，从而丧失了活而深刻的信仰”，他就会离开教会。罗宾逊说：“他脱离教会，那是因为教堂‘高高在上，不知真正疾苦’。”陈映真也曾说：“我这所以离开教会——最大的原因，还是在于我感觉到教会太出奇地漠视思想和学术、文化的重要。相形之下，天主教在外界看来‘僵化’、‘仪式化’的条件，却有不可忽视的学术力量。——这却是天主教文化自有丰富的信仰生命，使他们能自由出入于‘世俗’的文化与知识。”

张系国也有相同的经历与看法，不过，当失望于基督教会时，他“改信罗马天主教”③。

作家王幼华与宗教没有直接的关系，但受到佛学、神学的影响，也受到西方文学中的宗教意识的影响，且表露在自己的小说中。有人认为：由60年代到80年代，只有王幼华才表现出深厚的思考能力，反映复杂繁忙的工商社会，才有透视中国大陆和台湾未来动向的意图。并认为王

---

① 参见陈映真等《曲扭的镜子》，第23页、第74页，台北雅歌出版社1987年版。

② 参见王晋民主编《台湾当代文学史》，第324页，广西人民出版社1994年版。

③ 参见陈映真等《曲扭的镜子》，第117页、第74页，台北雅歌出版社1987年版。

幼华具有"可怕的才华"与"伟大的资质"。叶石涛特别指出：王幼华的小说"有浓厚的宗教性意味"，"角色背负着沉重的原罪意识"。[①] 王幼华在接受采访时回答："有关'原罪'观念在作品的表达，我想它的因素有二，第一是来自阅读经验的累积影响。第二是自身的经历与心理倾向，发展出来的。"[②]也许，还有第三个因素，即来自批评家的影响。如夏志清在《中国现代小说史》中曾说："现代中国文学之肤浅，归根究底说来，实由于对于'原罪'之说——或阐释罪恶的其他宗教论说——不感兴趣，无意认识。"[③]夏志清的言说，有其独到之处，也不无偏颇之处。但此言不仅对王幼华，对不少台湾作家，都有较大影响。他们不曾成为信徒，却有意无意在作品中显现出某种宗教情结或对宗教关怀的热诚追求。

可以说，佛教、基督教的发展，佛学、神学研究的成果与影响及其在文学家、批评家主动的感应、批评与呼应中，使当代台湾地区文学生发出一些值得注意的新质和动向。

① 叶石涛：《谈王幼华的小说》，见《两镇演谈》，台湾时报出版公司 1984 年版。
② 张深秀：《有乱石巨呼访问记》，见《狂者的自白》，台湾晨星出版社 1985 年版。
③ 夏志清：《中国现代小说史》，第 13 页，香港友联出版社 1979 年版。

二、“出世意念”的新质

一般来说，“出世”意味着远离尘世、游离于现实、回归空寂与淡泊的内心。中国文学史上不乏这类具有宗教“出世”意味的文人与作品，著名的如王维与他的山水诗。

台湾文学中，也不乏王维式的“出世”作家与作品。但是，不少台湾地区的文学家，是以积极而非消极的态度来对待宗教的出世论，是以进取而非逃避的心态来选取佛学和神学的。如陈映真信仰宗教，是因为他认为真正的宗教信仰和人类许多敏感问题密不可分。陈映真投身于文学，同样因为他以为文学和人类许多敏感问题密不可分。他说：“文学教人反省，教导人之所以为人的条件。当世俗的力量使人不再成为人，不管其外来的力量是否出于政治、经济或人内心的罪恶，使人的形象扭曲了，这时文学便启发人思考的力量：思考什么是爱？什么是罪？什么是公义？什么是宽容？这些都是向来一切伟大文学的主题。”所以，在他那里，宗教与文学的共通点，即在于探究与思考人类的敏感问题。当他觉得教会游离于“敏感问题”之外，便怀着真诚的信仰走出教会。当他觉得“我们的文化生活越来越庸俗、肤浅；我们的精神文明一天比一天荒废、枯索”，便发出“我们抵死不肯相信”[1]的呼喊，竖起《人间》杂志的大旗。

张系国也说：“事实上，宗教原是一种极好的主义，信教也是极好的事情。”[2]所以，信仰未妨碍张系国深入生活、探究灵魂，而是有助于他通过长篇小说《皮牧师正传》，揭示出缺少信仰的“皮牧师”之流的贪婪与教会的庸俗。

由于大多数台湾当代“出世者”们内在的一些变化以及他们对“出世”意味的新解，致使台湾文学中的“世纪意念”变化出许多不同于从前，甚至相悖于从前的新质。

细加考察，台湾文学中的“出世意念”，起码有三个新的表现层面。

其一，以“受难”之心看死亡——出“庸俗”之世。

20世纪60年代，台湾涌动过现代主义的浪潮，不少文学家曾投身其中。这不仅是单纯的学术研究、探索，而是有其特定的社会、政治、经济原因。

自从进入60年代以来，经济的发展给台湾带来了繁荣，同时也产生了许多严重的社会问题。特别是台湾当局奉行非常僵硬、违背人心的政策，致使社会政治问题尤显严重。这时，在台湾出现和形成了一个强大的中、小资产阶级群体。其中一些具有强烈社会正义感、责任感的知识分子，对面临的社会、人生等种种问题进行思索。他们在政治上反对独裁，在思想上促进民主，从而形成自由民主的社会思潮和现代主义思潮的社会基础。恰逢这时，在欧美社会，现代主义思潮与存在主义哲学，已经成为知识分子特有的一种生活方式、特有的人生观。尤其那些精神苦闷、压抑、无出路的知识分子，往往把存在主义与革命思想相提并论。一些激进的社会改革运动者，也把存在主义作为自己的思想武器、批判武器。以此为鉴，“台湾具有自由主义、民主主义思想和爱国主义思想的知识分子，有的也以存在主义作为其发动台湾政治改革的思想武器。而近期台湾存在主义哲学思想的传播者，也往往是近期台湾社会改革运

---

① 参见陈映真等《曲扭的镜子》，第116页、第112页、第33页、第37页，台北雅歌出版社1987年版。

② 张系国：《皮牧师正传》，第216页，台湾洪范书店1978年版。

动的发起者、推动者。”[①] 宗教哲学家在60年代台湾的存在主义浪潮中，起到了推波助澜甚至是引领浪潮的作用。台湾存在主义哲学思想的两个重要传播者，一个是兼任教授与天主教教父的赵雅博，另一个是被学术界认为宣扬了“基督教神学存在主义”的邬昆。赵雅博精于西方哲学、美学、伦理学，是近期台湾著名的哲学学者、教授。他对存在主义不仅仅做一般的介绍、宣传，而且渗入了他自己的见解，即神学家的哲学见解。邬昆被誉为“青年哲学家”、“现代学苑新秀”。他更是以基督教神学家的眼光来看存在主义，并提出“存在哲学是救赎哲学”的观点。他的有神存在主义，上承克尔郭尔和雅斯贝尔斯，再加上他自己的拓展与发挥，在台湾的学术界、宗教界、文学界产生了一定的影响。

陈映真早期最典型的现代主义作品《死者》，描写人的命运与死亡之间的关系。“死者”如同十字架上的耶稣，“经过大苦楚和大凄惨，此刻他的心，便仿佛经了剧烈波动之后的河水，便是涟漪也没有了。如今一心等着归去”。对于耶稣而言，受难是上帝的安排，是上帝拯救计划的一部分。十字架的大苦楚和大凄惨，使人性的耶稣和神性的耶稣既受到双重考验，也使他重归平静、获得复活并取得权柄——审判众生、审判末世之权柄。陈映真的“死者”，不是耶稣却魂似耶稣。他人性的一面，在命运的摆布下，受尽磨难；他神性的一面，面对十字架，经过大苦楚和大凄惨，有了救赎，得了希望。仿佛坐着木筏，“驶出山涧，驶向多雾的淡水河，驶过烟雨的村落，驶向清洌而朦胧的前程”。像复活的耶稣，在救赎的层面上，返回人世、透视人世。

所以有人说，陈映真这篇小说显然是与一般的写法不同。“简直是一首‘死亡’的赞美诗。”[②]受难、死亡、审判、拯救，这种十字架的“死法”，使得厌世、出世、消极的“死”，带上了入世、积极的色彩。可以说，“死”与“死者”，既映照出陈映真对台湾黑暗现实的厌恶、不满、绝望；也映照出陈映真受存在主义、“基督教神学存在主义”的影响，试图通过受难、死亡，“经过大苦楚和大凄惨”获得审判权柄与救赎力量的潜在愿望。

---

① 参见李世家《近期台湾哲学》，第349页，贵州人民出版社1989年版。

② 参见王晋民主编《台湾当代文学史》，第335页，广西人民出版社1994年版。

洛夫是台湾现代主义的第一个浪潮，即现代诗运动的代表人物之一。他在引进西方现代主义时，也有意将现代主义与宗教联系起来。不过，他只是比照了邬昆以基督教神学家的眼光来看存在主义的方法。他是将西方现代主义与东方的禅联系起来。他认为："（一）超现实主义重视潜意识之功能，强调人的本性。中国禅主张人的悟性圆融，须直观自得，方成妙理。因此它们都是非逻辑反理性的。（二）禅主张'不说'而悟，超现实主义则倡导自动写作。（三）超现实主义讲究'想象的真实'和'意象的飞翔性'，禅则主张不落言诠，无迹可求，言有尽而意无穷。"①因而，超现实主义与禅之间有着相通之处。

《石室之死亡》是洛夫早期的重要代表作，主要表现诗人对人的存在价值的探索，对生与死的沉思与领悟。诗人痛感：在悲剧性的人生处境中，人渺小而无奈，死亡成为一种诱惑、一种选择，于是"在太阳底下，我便种死亡"。但是，诗中的"死亡"，不是一般意义上的死亡，已带有了超越的意象与复活的希望：超越现实、超越生死、超越黑暗；暗示新生、暗示涅槃。所以，从死中仍能"读到橄榄枝上的愉悦，满园的洁白"，"美丽的死者，与你偕行正是应那一声的熟识的呼唤"。在这样的言说下，《石室之死亡》与郭沫若的《凤凰涅槃》，便都"具有某种'凤凰涅槃'的意味，虽然两者所代表的是两个时代两种风格"。

应该说，洛夫的《石室之死亡》与陈映真的《死者》都有一种"经过大苦楚和大凄惨"，得到新生并获得更大批判力量的希望，虽然两者所代表的是两种宗教与存在主义交会后产生的两种不同艺术风格。

其二，在物质之外寻觅精神——出"繁华"之世。

台湾经济的发展，在带来物质繁荣的同时，也带来了精神的沉沦、人性的异化。狂热地追求物质欲望的满足，一时间成为繁荣世道中的强大潮流。一些台湾作家，尤其是一些有着宗教信仰或者是体味着宗教学说的台湾作家，表现出顽强的"出世"动向——深刻反省台湾资本主义化之下，社会制度与人性的冲突，在物质之外寻觅精神，努力冲出众人皆醉的"繁华"之世。

---

① 参见王晋民主编《台湾当代文学史》，第535页，广西人民出版社1994年版。

陈映真被称为“是在文学上深刻反省台湾资本主义化之下，社会制度与人性冲突的第一人”。陈映真认为现时中最大的危险是卷入商品社会的世俗之气。陈映真在反映台湾工商社会的生活时，揭示的第一主题即是描写大众消费社会中人的异化。《上班族的一日》、《万商帝君》，都是这类因描写人性异化而著名的作品。《万商帝君》中，刘福金、陈家齐等虽然出身贫穷，但在资本主义思想和生活方式的影响下，变质为跨国公司的奴隶。作者对这类堕落现象痛心不已，充满批判。

陈映真不仅反省俗世，也反省教会。他指出：“两百年来的台湾教会，正肩负着一个巨大的责任。”“台湾教会的问题与台湾文化上最大的问题是相同的——思想、文化的贫穷。”“信徒不知不觉跟着世俗的潮流走，狂热地追求物质欲望的满足，从而丧失了鲜活而深刻的信仰。”他强调：“在这样的世代里，必须非常警醒，否则便被世俗所淹没。当别人炫耀自己的学历时，你要沉默；当别人只选择大教会去牧会时，你要选择弱小的；当别人只会探访有钱的长执时，你要去关怀那些贫困的弟兄，甚至是批评教会的人。”他认为真正的信仰，必定是出于物质之外的，是需要赴汤蹈火，在所不辞的。“当一个虔信的基督徒说明要把自己交托在上帝的手里，那意味着他放弃了出入人的、小我的计算，而惟独以信仰的原则（对教外人来说是信念和理想），决定他一生生活实践的方向。”“他从善于因人智的计算作为行动抉择的人，一变而为只向着原则和信念，而‘赴汤蹈火，在所不辞’的人。”[①]如果要用“出世”这个词语的话，这里出的只能是狂热地追求物质利益、物质享受的潮流，出的只能是资本主义社会制度下人性扭曲之普遍态势。

张系国也善于将自己的文学主张付诸于创作实践。在他自称比较满意的小说《棋王》中，通过各种不同类型的知识分子形象，充分反映和批判了当代台湾教育界、文艺界的商品化倾向以及拜金主义思想的泛滥和人性的变异。然而，张系国的批判，不仅仅只有谴责，更有同情。他的批判更像充满爱心的基督的批判一样——谴责、仇恨罪恶，同情、怜悯罪人。所以，余光中说：“张系国审视的人性，是弱点，不是罪恶。

① 参见陈映真等《曲扭的镜子》，第114页、第105页、第107页、第82页，台北雅歌出版社1987年版。

他是一位宽厚、笔锋略带漫画谐趣的讽刺作家，点到痛处，并不刻意伤人。”[①]也许张系国相信，有上帝就有罪人，上帝永远不会遗弃罪人。只有理解人性之恶，且用爱来联结所有的罪人，社会之罪才能有所遏制，罪人之罪才能获得救赎。“同情”就是这样在他的文学中展开了自己的面貌。可以说，当每一个作家都陷在分裂的世界之中时，他的“同情”表面上用来温暖着人间，而事实上也是在用来拯救自己。拯救自己一往无前地在物质之外寻觅精神，从而能够既帮助自己，也能带领世人逃出“繁华”之世。

其三，从弱小者立场看生命——出“世俗”之世。

基督教原本是穷人的宗教。耶稣出生在马厩，耶稣的门徒也大都是赤贫者。耶稣的跟随者，更是一些社会最底层的人：渔夫、盲人、麻风病人、娼妓。耶稣既是穷人的朋友，更是穷人的代言人。但是耶稣创立的教会，在流传的过程中发生了许多变化。历史上最大的变化，是教会曾经与世俗权利合流，成为官方的代言人。

陈映真信奉的基督教，是穷人的宗教、弱小者的宗教。他的基本出发点，是如同耶稣那样，以弱小者、被压迫者、被凌辱者的立场，去看待真理、看待社会、看待人。他说：“在教会历史上，每一次改革，都是回到信仰的原点。”“早在多年以前——就对这种从弱小立场看生命，与一般大众传播媒体者以幸福者立场、虚浮角度看人生截然不同的表达方式深感共鸣。”“如果一个教会作家不理解现代社会和世界的不义、掠夺和压迫的结构，不以弱小者、被压迫者、被凌辱者的立场——如耶稣当年以盲人、麻风、娼妓、税吏、渔夫——的立场去看待真理、看待社会和人，他就无法把握今日基督教精神最核心的问题。”他创办了主旨为“从弱小者的立场看生活、世界与人”的《人间》杂志。由于这种鲜明的立场和明确的取向，《人间》杂志被称为“逼视生命的真相”的杂志，代表社会良心的杂志。小说家王拓曾说过：“《人间》是只有陈映真才能办得出来的、奇迹般拔萃的杂志。”[②]

---

① 参见王晋民主编《台湾当代文学史》，第351页，广西人民出版社1994年版。

② 参见陈映真等《曲扭的镜子》，第116页、第112页、第33页、第37页，台北雅歌出版社1987年版。

"从弱小者的立场看生活、世界与人"的主观追求，使台湾文学在世俗化、拜金主义的时代，汇成一股"出世"潮流。陈映真、黄春明、王文兴、张系国等一批作家，主动、自觉地汇入这个潮流。不论他们写城市还是写乡村，都能突破世俗化、拜金主义的潮流，给人一种强烈的"出世"之感。

三、对东方智慧的探寻

在中国文化史上，儒、佛、道既相斥又相容。这种矛盾性与兼容性，推动了中国文化的发展，丰富了中国文化的内容。进入现代以来，基督教与中国文化传统，也处在既矛盾又兼容的过程之中。中国知识界由全方位抗拒，到有选择地吸取；基督教会从外在于中国文化，到逐渐形成的本土化要求，都从不同侧面显露了这一动向。

近期台湾教会为了更好地传教，积极提倡了解儒家、研究儒家，并由此兴起了一种经院儒家哲学，即天主教化的儒家哲学。美国学者吴森指出："当代中国哲学的另一种宗教哲学活动就是'中国经院哲学'。我采用这一专门名词有两种用意。第一，这一活动中的主要代表人物对中国文化传统极为尊崇而且不十分了解。第二，这种努力不仅是在中国提倡天主教主义或经院主义，而是要努力把经院主义的基本精神与中国文化传统，特别是与孔子的价值融合在一起。"①

教会的所谓经院儒家哲学，自有其实用性目的，即找出其基督教教义通向儒家思想或儒家思想通向基督教教义的桥梁，使中国人尤其是中国知识分子，从儒家的某些观念出发也能较为顺利地接受天主教思想，

① 吴森：《大陆中国以外的当代中国哲学研究概况》，载美国《国际哲学季刊》1979 年 2 月。

从而减少可能发生的一些抵触情绪。但是，从文化交流和文化互补的角度看，台湾知识界的变化与台湾“经院哲学”的出现，对融通中西文化，探寻东方智慧十分有益：减少了阅读中的心理障碍，提供了交流、融通的桥梁。

王文兴说：“我读《论语》、儒家的书——读基督教的书籍后，发现两个根本是一致的，没有一点点不同。除了形而上的方面，因为儒家都是不涉及形而上的哲学。除了这个方面以外，其他的人的伦理、道德，还有像修持的方法，儒家与基督教完全相同。有时候为了要了解基督教，我反而看佛。中国儒家思想的人认为基督信仰是伤风败俗的，完全是误解。”①

王幼华的看法似乎有所不同，他说：对“基督教思想的认知，也是这两年的事情，我一方面研究‘神’的真义，并且也同时研读世界宗教的历史、类型和发展。也许要向很多教徒感到抱歉，因为我宁愿使用较知性的方法，如人类学、心理学、精神医学，以及历史的客观材料等。这种知识观念，了解事物的方式，我想是来自儒家思想中的理性。”②

这两位作家的两种说法，标示着阅读者的两种角度。但是，不论何种角度都已说明，拆除了障碍、走过了桥梁的阅读者，能够更自由地出入于儒学与神学之间，能更方便地沟通中西文化，丰富台湾当代文人的精神内涵。

其一，引“十字架”为己任——知识分子的原罪感与承担意识

台湾当局曾经试图隔断“五四”新文学与当代台湾文学的血脉关系，查禁现代文学作品，封锁海峡两岸交流。当代台湾文学却顽强地表现出与“五四”新文学之间的继承性。尤其“五四”时代知识分子强烈的忧患意识、内省意识，在当代台湾文学绵延不绝。加之宗教意识的介入，显得尤为强烈。

“五四”新文学诞生在新时代交替之时，新文学家作为新兴的现代知识分子的一员，而且是极为重要、中坚的一员，承担着思想启蒙、社会良心、救世者等多项使命。鲁迅在极端孤独中的呐喊、反抗，巴金、

① 康来新编：《王文兴的心灵世界》，第22页，台湾雅歌出版社1990年版。

② 张深秀：《有乱石巨呼访问记》，见《狂者的自白》，台湾晨星出版社1985年版。

曹禺对封建家长制度的控诉，沈从文对都市道德的清算与对理想的人性的不懈追求等，共同显现着“我不承担谁承担，我不受难谁受难，我不下地狱谁下地狱”的历史精神。

《圣经》中，有一批自动背负着十字架，在被诽谤中、被逼迫中、被误解中，不辱使命的英雄，他们就是耶稣和众先知。耶稣为了救世，降临人世。从他降临时起，就开始遭受迫害、被人暗算、被人追杀。直到被送上十字架，还饱受污辱，受尽诽谤。在一种人神共弃的绝大孤独中，耶稣终于被他意欲拯救的人，送上了死亡之途。以利亚、以利沙、但以理等先知，高瞻远瞩、看破凡俗、预见未来、传达神喻，却也都屡受误解、受尽污辱，直到被人陷害，或客死异国，或惨死故园。

耶稣和众先知背负时代与历史的所有苦难勇殉所奉之道的牺牲精神，早在本世纪初年就成为中国新文学家学习的楷模。陈独秀曾高度赞扬耶稣的牺牲自己、拯救他人的献身精神，认为这些美德即基督教的本质，无论科学怎样发达，这样的基督教是不会消亡的。他特别强调：“我们今后——要把耶稣崇高的伟大的人格，和热情、浓厚的感情，培养在我们的血液里。”并且认为：“耶稣是穷人之友。”① 情绪激昂之际，他还说过：“吾之社会，倘必须宗教，余虽非耶稣教徒，由良心判断之，敢曰，推行耶教，胜于崇奉孔教多矣。以其利益社会之量，视孔教为广也，事实如此，望迂腐勿惊疑吾言。”②

鲁迅也高度赞赏耶稣在孤独中的开创精神，将他视为“众数”时代为数不多的“个人”。他指出：“一耶稣基督也，而众犹太人磔之，后世论者，孰不云谬，顾其时则从众志耳。”③在散文诗《复仇》（其二）中，鲁迅还通过详细叙说耶稣受难一事，表达了自己与耶稣相同的莫大孤独以及与耶稣相同的献身气概。

可以说，自陈独秀、鲁迅以降，许多现代作家都从受难的耶稣身上汲取过力量。“五四”新文学的自我承担意识、自我牺牲精神中，已经留下了耶稣的影子。

---

① 陈独秀：《基督教与中国人》，载《新青年》第7卷第2期。

② 参见林治平《基督教与中国论集》，第155页，台湾宇宙光出版社1993年版。

③ 《鲁迅全集》第一卷，第52页，人民文学出版社1957年版。

当代台湾文学得到引进宗教意识的便利，又得到有神论存在主义的推动，能够比“五四”新文学家更方便地接受耶稣和众先知的殉道精神。在邬昆“存在哲学是救赎哲学”的观点中，两个基本命题就是：人的存在即人的原罪存在，信仰基督乃人的存在的基础。从目的论来看，第一个命题乃是为了推动第二个命题。从对文学家的影响来看，第一个命题的意义远远大于第二个命题。它使得台湾地区文学家能够更方便地将“五四”新文学中的“宗教精神”继续加以推进。

陈映真从《圣经》中的各种受难者——十字架上的耶稣、被逼迫的先知身上，汲取过独立于世、醒世警世的力量。他说：“一个正直的作家往往严肃地探讨人生及存在的意义。此外，作家也是时常与世俗体制相悖的，因此会有来自各方不同的压力。旧约中的先知苦苦呼吁人要警醒，末世将至，却受到民众、君王的嘲笑和逼迫。当大家在淫乐荒唐之际，只有先知超越了人的软弱，他是被孤立的；因作家经常是寂寞的。”对此，乐蘅军指出：陈映真早期之作承袭了“五四”新文学的血脉，并且认为“他笔下知识分子的‘原罪感’，与‘五四’人物遥遥相应”。康来新也说：“引‘十字架’为己任，凡事要一肩挑起的过敏症也多是从新文学以降的作品里所感染到的，这其中当然也包括了陈映真的。”①

所谓知识分子的“原罪感”，早在郁达夫的作品中就有浓郁的映现。如果说郁达夫作品中的“映现”尚属于感应式映现的话，那么当代台湾文学家的“映现”，则更具有理知的意味。

就此而言，台湾作家的推进之一，则在于他们已经有意识地进入基督教教义所言的“原罪”、“人性恶”的层面，进一步在宗教的层面上强化“十字架”意识，深究社会之罪与自我之罪。

王文兴在谈到善恶观与进化论时分析道：“原罪者也，无非也就是说人性里面有许多恶的部分。难道说儒家思想里就不承认‘人之初，性本恶’的这个可能吗？中国人都承认。性恶的存在也就是原罪最基本的意思。不相信原罪那才奇怪，每个人都相信人天生是完美的，这个想法不是太简单了吗？——即使你只相信心理学的弗洛伊德，也会知道人潜

① 参见陈映真等《曲扭的镜子》，第 103 页、第 8 页、第 21 页，台北雅歌出版社 1987 年版。

意识里有多少野蛮的成分、有多少犯罪的倾向。所以，不相信原罪我倒是觉得奇怪。”人性之恶，必然表现为、蔓延为社会之恶。“不宁静的都市，它的脱轨就是它的常轨”。问题在于罪人对罪恶的不知不觉、不醒不悟、不改不悔，连起码的罪恶感都没有。哪怕是“落入精神分裂”，也是渊源于罪恶感。一个人意识到自己的罪恶，是件幸事，因为“他的罪恶感也因此证明了他的得救”。[①] 现状如此恶劣，“周围若有任何的不义，那就是义人之罪，我岂敢自称义人？然而只要周遭有任何的不义，岂不就是自认‘有知’之人的承担与责任吗？”[②]这样，知识分子的原罪感，已经在转化为对社会罪恶的一种义不容辞的自我承担。

台湾作家的推进之二，则在于他们身在现代工商社会、资讯社会，始终以超越的眼光、悲惨的心境看待某些发展，成为具有“先知”意味的自觉的社会批判者。

在禅学中汲取养分的宋泽莱何尝不是一样。他说：“自从我大学开始写作之后，悲惨的感觉并没有丝毫减低的趋势。”“我想禅与艺术在我们东方世界是一种紧密的结合——它们，不是两样的东西，文学与禅都是人间的挣扎。”“若有人把我的文学谈话当成和我的小说一样是严肃的人间事，我将视他为知音。”[③]他始终以“悲惨”与“挣扎”的呼喊，来告诫、警醒人世。

陈映真对有些教会与教徒的麻木提出过尖锐的批评：“基督徒的批评要出于爱心与信仰”，“过去教会对 Sin 与 Crime 的观念有很大的区别，教会对罪的要求标准特别高，只要人心中动了恶念便犯了罪。今日却不同，那些无神论都视之为无罪的，教会却噤口不语，比如劳基法的问题、待遇问题、平民问题、环境、公害的问题等等。那些无神论者拼命呼吁要解决的问题，有些教会却从来不曾关怀过。冷漠是今日教会的致命伤。”他在自己创办的杂志中，努力实践自己的追求，以致“有人批评《人间》的报道有时过于黑暗、无奈，让人看后有一股无可言喻的压力

---

① 康来新编：《王文兴的心灵世界》，第 22 页、第 14 页、第 139 页，台湾雅歌出版社 1990 年版。

② 参见陈映真等《曲扭的镜子》，第 21 页，台北雅歌出版社 1987 年版。

③ 宋泽莱：《禅与文学体验》，第 6 页，台北前卫出版社 1983 年版。

拥塞心头；陈映真强调：好的报道作品应该让人在问题之外看到希望，但那要指生命最原始的盼望，而非刻意创造出来的曙光”[①]。

在小说中，陈映真力图实现他所认定的信仰，以致“陈映真小说中的小知识分子，便是怀着这种无救赎的、自我破灭的惨苦的悲哀，逼视着新的历史时期的黎明。在一个历史的转型期，市镇小知识分子的惟一救赎之道，便是在介入的实践行程中，艰苦地作自我的革新，同他们无限依恋的旧世界，作毅然的决绝，从而投入一个更新的时代”[②]，一个凸现人性恶，深究社会末世像的时代。

其二，凸现人性恶——深究社会的末世像。

诚如鲁迅在《复仇》其二中所叙，十字架上的耶稣是“悲悯”的耶稣，也是“咒诅”的耶稣。他在“四面都是敌意”中，悲悯着、咒诅着，并将复活后再临人世、审判人世。当代台湾作家既背负着耶稣的十字架，也肩负着类似十字架的审判权柄——凸现人性恶、审视人性恶。

在中国传统文化中，并不缺乏性恶论。战国中期的告不害，在与孟子辩论人性之罪恶时，已提出了性无善恶论。紧接着，荀子就提出了性恶论的人性理论。荀子在《性恶》中说：“人之性恶，其善者伪也。今人之性，生而好利焉，顺是，故争夺生而辞让死焉；生而有疾恶焉，顺是，故残贼生而忠信亡焉；生而有耳目之欲，有好声色焉，顺是，故淫乱生而礼义文理重亡焉。”其后，又有韩非子继承了荀子的性恶论，并有所发展。他认为：“人无毛羽，不衣则不犯寒；上不属天，而下不着地，以肠胃为根本，不食则不能活。是以不免于欲利之心。”[③]后来，许多古代思想家都以此思想作为前提和思想材料，对人性问题进行探讨。但是，由于孔孟思想在中国的主流地位，孟子的性善论成为中国传统人性论的主流。以荀子为代表的性恶论，只得退为支流或潜流。

得天时地利之便，当代台湾文学家潜在的对人性恶的看法，受到西方思想的刺激而得到了强化，并呈现在文学创作与文学观念中。

---

① 参见彭海莹《心心念念在〈人间〉的陈映真》，见陈映真等著《曲扭的镜子》，台北雅歌出版社 1987 年版。

② 许南村：《试论陈映真》，见陈映真等著《曲扭的镜子》，台北雅歌出版社 1987 年版。

③ 转引自姜国柱《中国历史上的人性论》，第 31 页、第 38 ~ 39 页，中国社会科学出版社 1989 年版。

王幼华是以擅长在作品中凸现人性恶而著名的作家。1982年1月发表的短篇小说《狂徒》，即重在凸现人性恶，与凸现因人性恶而生发出的令人恐怖的遗传症。1982年7月发表的中篇小说《妄夜迷车》，1982年12月发表的长篇小说《恶徒》，1983年4月发表的《健康公寓》及后来的《两镇演谈》，标志着他找到了合乎自心灵境界的小说形式，得心应手地使这个小说世界扩展起来，终于完成了不容人效仿的独异风格，达到他小说艺术的高峰，预告台湾文学将要出现千里马的讯息。

《狂徒》描写来台后季系三代人，由于原罪的遗传因素所遭受到的不幸。退休警员季老头的两个儿子季牙和季齿都患有精神疾病。第三代阿弟患上了蒙古症，并成为神棍的工具。子孙的不幸，连累季老头也发了狂。虽然王幼华的这篇小说令人想起陀斯妥耶夫斯基的《卡拉马佐夫兄弟》，但是缺乏像陀斯妥耶夫斯基的以希腊正教来统合俄罗斯民族的对光明的梦想。王幼华用遗传学的因素来考虑，这三个人物的塑造，让第一个角色背负了沉重的原罪意识。

到《恶徒》时，无可救赎的遗传之罪开始减退，作家有意挖掘着环境逼迫下产生的罪孽。在《健康公寓》中，作家转从人性的现实状况入手，借用、合并基督教的末世意象与佛教的地狱意象，凸现人性恶并深究、审判社会的末世像。在共同居住于一栋公寓的八户人家身上，王幼华充分表现出：现代都市生活的嘈杂、污秽、自私、疏离；现代都市人道德与精神的畸变。批评家叶石涛指出："在小说世界里出现的这些形形色色的人物像却是堕落和腐败的；也许说苛刻一点，那是末世现象，活像旧约圣经里创世纪十九章所提到的罪恶的城市所多玛与蛾摩拉(Sodor Gomora)，就是缺少一把天火把它烧毁了。也许，现代都市里败德丧行，就是由于制度不良的恶果吧?""如果让我应用想像力说一句话，那么《健康公寓》倒是很像佛教里饿修罗地狱。好似每一个人都担负着因果报应的原罪，正等待着轮回的来临。""人们为了偿还前世积下的恶果，在痛苦中苦苦挣扎，以泪和血洗涤灵魂。祈求救赎的一天早点到来。"①

---

① 叶石涛：《谈王幼华的小说》，见《两镇演谈》，台湾时报出版公司1984年版。

借用、合并基督教的末世意象与佛教的地狱意象，凸现人性恶并深究、审判社会的末世像的追求，在《健康公寓》中获得成功。但在《狂徒》里，王幼华就开始酝酿既借鉴基督教的原罪说、末世意象，又欲出于基督教的原罪说、末世意象。他自称是虽有“救赎和希望，但不是基督教的方式。而是真正的生存的方式——金枝在被季牙强暴后，她没有放弃腹中婴儿，那是一种集痛苦、羞辱、恐怖的罪孽。虽然环境逼迫，他仍然坚持在重重阴暗岩层底下的一丝希望，虽然她的第一个儿子的‘蒙古症’带给她无穷的痛苦与累赘。虽然她憎恨他的丈夫季牙，孩子也可能遗传疯狂的血液，但是未来仍然是她的希望所寄。她要和未来角力一番。她的母性会使她壮大、坚强、勇敢。”①

王幼华所谓“真正的生存的方式”，未免不包括生活中隐退为支流或潜流的以荀子为代表的性恶论。所以，可以说正是由于王幼华勇于出入于东西方宗教之间、东西方思想之间博采所需，方能使他得心应手地凸现人性恶——深究社会的末世像，成就了旁人难以摹仿的独特风格。

有的台湾地区作家不一定能直接从基督教的教义中接受性恶观，而是出于自己对“真正的生存方式”的感悟，从西方现代思潮或西方现代文学中，间接地接受到性恶观影响，并且运用到自己的文学创作中。

欧阳子从弗洛伊德、劳伦斯、乔伊斯那里引进的性恶观，突破了许多文化与社会的禁忌，大胆地暴露人类潜意识中的恶，被称为“心理外科医生”。李昂从西方女权主义那里引进的性恶观，同样突破了许多文化与社会的禁忌，大胆地暴露人类潜意识中的恶。她的《杀夫》，写林市与她的母亲两代人遭人强奸；林母因为饿得没有办法要了两个米团子，被一个军人强奸；林市长期受被迫嫁给的男人的性虐待，精神与肉体饱受摧残。忍无可忍的林市，在恍惚中杀了被称为丈夫的男人。《杀夫》在台湾引出过争论，李昂所持女性主义立场、对人性恶的直面描写方式，给她带来了赞誉，也带来了批评。

还有的台湾地区作家在比较了东西方宗教，尤其是对基督教的原罪说有了较深入的把握之后，便努力在东方禅学里找出对应点，并对其进

① 张深秀：《有乱石巨呼访问记》，见《狂者的自白》，台湾晨星出版社 1985 年版。

行强化与发挥。如宋泽莱便认为：在环视东西方宗教之后，应该说在东方更深的宗教文学里，具有深刻的人类之罪的体验。他说："由希腊神话到陀斯妥耶夫斯基，人类的罪行由无知之罪变成故犯之罪，但不论怎样，人类是割除不了他的罪行的，文学作品必然会继续探究着人类的罪行，直到罪行消失的一天。西方文学无疑对罪是有着深切体验的文学，有些人认为东方在这点比不上西方，然而，在东方更深的宗教文学里，却更深刻地体验着人类之罪。基督教把罪定义为成人对上帝的背信和反叛，因之，当人发明了上帝时，人便犯罪了。"就这样，西方宗教性恶观、西方现代思潮与西方现代派文学中的性恶论，加之从东方禅学中引发出来的性恶说与作家自己对"真正的生存的方式"感悟，共同强化了当代台湾文学对人性恶的扫描和审视，强化了文学对社会的批判力量。而这一切也更赋予台湾文学以借古讽今，既现代又传统的中国色彩。

第四编

香港文学中的宗教情结

一、基督教文化与香港地区文学

与香港社会现代商业化、都市化步履相适应，20 世纪六七十年代以来，香港文化、文学发生了一些变化、转换。变化的内容、转换的方式以及转换与变化的原因，多种多样。本书仅就基督教文化精神在这种变化、转化中的参与，略加论析。

（一）基督教文化与香港文学的“亲和”

文学多元化过程，也就是对主流倾向、主流意识的消解过程。相对大陆文学、台湾文学，香港文学率先步入“政治文学”的消解、文学“阶级意识”的淡化过程。

如果说 50 年代中叶兴起的现代主义运动，已开始消解“政治文学”；文学“阶级意识”的淡化在创作与理论中形成气候，则是在六七十年代之后。至 80 年代初，淡化已较普遍。例如：在一次香港作家对香港小说的研讨中，论及舒巷城时，专列了“舒巷城作品的阶级意识”一节。当有人“和舒巷城谈过”，“觉得作品中有这意识”时，作家本人声明："没受大陆阶级观点文学理论所影响"[1]。创作主体对"阶级观点文学理论"影响的否认，批评者对"阶级意识"的不贬之贬，昭示的不仅是文学中阶级意识的淡出，更是社会思想中阶级意识的淡出。

社会在消解、淡出某种意识、规范时，也在寻找、强化新的意识与规范。华洋杂处的香港，寻找的目光，盯住过"华"之"本源"——《论语》，"洋"之"源头"——《圣经》，这大概是香港人既西化得可以，又传统得"正宗"的原因。

梁锡华写道："基督教的《圣经》和儒家的辉煌要籍——《论语》"，"它们影响过的人多少呢？算不来。要是算得来，那个数字应该有几十亿，以后一定还有"。"《圣经》和《论语》的教训，不是我能全部接受的，其中好些榜样，我也不愿无条件跟随，但总的说来，是教训也好，是榜样也好，许许多多，光耀万丈，至少在我心中，永远是明确的路标和人生苦海的慈航"[2]。将《圣经》、《论语》视为"明确的路标"、"苦海的慈航"，也许更多是代表梁锡华的个人心愿，但反映出"寻找"中的香港，对华洋文化二源头——两个古之又古的精灵的注目与亲和。

基督教文化与香港文化、文学亲和并非偶然，有其内在的原因。

其一，香港实行的资本主义制度与基督教文化精神有着天然的亲和力。近代资本主义伦理，有许多直接受益于其文化源头的基督教文化，尤其是基督教清教的"天职论"，与资本主义伦理精神——资本主义文化的核心，血脉相连。当香港进入现代都市化之后，"血缘之缘"推动着"亲和"在形而上的进程。

其二，"圣者"俗化的亲和力。70年代之后，香港教会进入发展期。教会的遍地开花，和基督教文化精神与香港文学的亲和固有联系，但教会的"圣事"，对非教徒毕竟还相当遥远；倒是些基督徒新的思维——"俗化"取向，却对香港文化、文学意识产生较大影响。如《文艺》杂志的创办，展示了基督教文化"入世"的倾向。

其三，中产阶层的壮大，尤其是中产阶层中贯通中西的学者群的壮

---

① 参见《文艺座谈会——香港小说初探》，载《文艺》杂志1983年第6期。

② 梁锡华：《光辉万丈》，见《情系一环》，台湾三民书局1994年版。

大，使得香港文化理念、主体学养，均生发出对基督教文化精神的亲和力。可以说，消解与构建的需要以及“先天”与“后天”的亲和力，共同推动了基督教文化精神在香港文学意识转换中的渗透和参与。

（二）“天职观”与香港文学意识

宗教改革之后的基督教新教教派直接从《圣经》“办事殷勤”、“重视自己的职务”、“‘主’以‘天命’来划定每一个人的职责”等教训中，引申出新教禁欲主义的核心概念——劳动，即辛勤劳动，是获得救赎的惟一途径。劳动又分为两种：一是献身于直接服侍上帝的教会“事工”，二是投身于世俗社会的合法职业。为了强化劳动的禁欲作用，好的教徒即使参加了服侍上帝的劳动，也还需努力参与世俗的劳动。而“未能更直接地服务于上帝，那就全身心地投入你的合法职业”，“在你的职业中辛勤劳作吧”！①

所以投身职业，尽职尽心尽力地劳动，成为道德上的绝对命令。职业劳动这个观点既为新教禁欲主义奠定了禁欲的基本律令，也为宗教意识浓厚的西方日常世俗活动注入了宗教意义。马克斯·韦伯指出：“近代资本主义精神的一个基本要素，或者说不仅仅是指近代资本主义精神而且包括整个近代文化精神定额一个基本要素——以职业观念为基础的理性行为，就是从基督教的禁欲主义精神中产生出来的。”②

香港当代文学秉承过“五四”新文学的批判精神，又继承着香港现代文学的批判传统，在相当多的作家身上，在相当长的时间内，流传着与香港社会对立的社会意识。阶级对立、贫富悬殊主题以及对上流社会的揭露，对黑暗现象的抨击等，都显示着香港作家与香港社会整体性的尖锐对立，显示出一种以阶级对立为主调的意识自觉。

六七十年代之后，新的社会意识不断出现。在西西小说中，展现的是一种宽容意识。《我城》等作品，通过人物、情节，展现的是对大众与社会的宽容与认同。整体性的反抗、对立，走向了淡化。

---

① 参见张志刚《宗教文化论》，第73页，东方出版社1996年版。

② 同上，第75页。

长于西学，又精于中学的香港学者作家群，更是有以宽容取代对立的自觉。黄国彬《见港督》一诗，从简单的、情绪化的对立模式中挣脱出来，以平凡人、平常心的方式，思考与组织诗中之思——现代社会和平时代，人与职的理想方式。

在宽容意识发展过程中，对既有对立意识、单向思维模式的怀疑，亦在文学中得到显露。犁青的《在狄士尼奇幻世界》一诗，借对新时代中复杂现象的感受，抒发了有别于前的相对意识、复杂意识。

例如贫困问题：我找不到谁个贫困得/一无所有的无产者/工人们有些是十万/百万的小财主/老板们有的是债务/贷款无法还清像只蜗牛在蠕行。实事求是地分析贫困，以复杂眼光对待社会，大胆地从新的社会问题中形成文学意识的要求，至此已经提升到理论的层面。

也斯是一个主张宽容的作家。借都市文学的概念，他提出了一个新的理论："发现的诗学"。"即诗人并不强调把内心意识笼罩在万物之上，而是走入万物，观看感受所遇的一切，发现它们的道理。""城市由许多事物构成、受众多因素影响"，"尝试摸索去写我生活其中眼见它日渐变化的城市"。①"发现的诗学"，不只是诗的形式、艺术的发现，更是诗的意识、思维的发现，是既有对立意识之外，经历了包容仪式之后"调适"意识的发现。可以说，"调适"意识比宽容意识更宽容，是主体对复杂的客体、变化的客体，多方位体验、认识、怀疑、认同的多维过程。

"调适"要求是理论自觉的过程。在"调适"要求明确提出之前，香港文学意识已在逐渐调适。

在文学对立意识向宽容意识、调适意识扩张中，人性意识变得生动复杂。如果我们从基督教文化的角度，分析香港文学中的人性观念，可以在"抽象"中看到一些"具象"的内容。

西西的处女作《玛丽亚》，即以一个在刚果工作的白人修女为中心，以她的心与眼建构小说。小说《像我这样的女子》被认为是西西短篇小说的代表作，评论甚众。假如我们从基督教文化的角度来看，也许对悲剧的原因、悲剧的性质理解有所不同。新教禁欲主义在承认"原罪"基

---

① 梁秉钧：《梁秉钧诗选》，第 143 页、第 304 页，香港作家出版社 1995 年版。

础上，以天职论来判别人性中罪的救赎或加深——向善与新恶。上帝已经毫无例外地为每一个人安排了一种职业，这种安排实质上就是一种道德上的绝对命令。因此，人人须服从这种安排，各司其职，辛勤劳动。热爱职业献身于职业，就是救赎——既是上帝的救赎，也是自我拯救，因而是向善。耻于职业，疏忽职业，是拒绝上帝的恩赐，因而是不道德的，是自我的新恶。正像有的学者指出："对于道德行为所能采取的最高评价形式，应当是看其能否在世俗职业中履行义务。"①

西西笔下的这位"女子"，从事的是给死人化妆的职业。她忠实、安心于这份职业，这本身是道德之向善。然而，人性中向恶之心甚众。把职业的选择放在尽心于职业之上，是堕落与新恶。可惜，"我"与"我"的姑母，两代向善者都面对着弥漫于世的道德之恶。富者不爱其职，贫者也不爱其职。两代职业女性的爱情悲剧，与其说是社会的悲剧，不如说是人性的悲剧，是人物愚昧堕落继续犯罪的悲剧。

依新教天职论，财富不是罪恶。通过职业劳动获得财富与合理使用财产、合理消费，都是正当的。具体来说，财富道德有一个标准：动机。"哪一种职业能博得上帝的亲睐，要看该种职业的为整个社会创造了多少财富。哪种人更获上帝亲睐，要看其通过职业所获利益的多少来决定。热爱天职、履行天职、发财致富不仅是道德的，也是理当如此。而当人们为了享乐、奢侈去追逐财富，便是不道德的。"②

从这种道德观出发，我们可以看到许多香港作品中富人有好有坏、穷人也有坏有好的复杂描写背后的道德因素。当然，财富作为劳动成果的标志，在社会中常常变形为拥有财富作为身价的标志。香港文学也免不了这种媚俗作风。但是在海辛、陶然、白洛、东瑞等作家的一些作品中以及梁凤仪小说中，有钱本身并不是恶，以恶劣手段攫取财富，利用财富为富不仁，才是人性之恶。

享用财产，也要看动机。新教禁欲主义强烈反对非理性地享用财产，严格限制消费，尤其是奢侈品的消费，坚持反对封建主义华而不实、故作高贵的消费态度。进入到现代社会，则把中产阶级纯正而适度的舒

①② 参见张志刚《宗教文化论》，第172页，东方出版社1996年版。

适观作为理想之善。

这种舒适、适度的消费道德观，与日益壮大的中产阶级形象成正比的越来越多地出现在香港文学中。在亦舒、林燕妮、西茜凰的作品中，美丽、洁净、博学、富有的主人公，时装、名车、雅居等特别的“包装”，均有着中产阶级现代生活的道德基因。同样道理，贫穷也不等于道德，因为贫穷也可以产生不道德。例如颜纯钩的《天谴》，反映的即是好人因为贫穷、善意而构成的非道德事件。

可见，热爱职业，通过敬业致富，成为香港都市化时代文学道德观的一个重要内容。

（三）基督教文化与香港文学中的两种情结

基督教文化精神不仅渗透在以调适为要求的都市化时代的文学意识中，也体现在都市文学的创作趋向中。

1. 文学中的“宗教情结”

商品经济的高度发展，使得生活其中的都市人变得非常现实、易变。因而现实与易变，常被认为是香港文化精神的特点。香港发展甚快的各种宗教团体，例如基督教会，却是现实又易变的社会中，固守传统，以传统戒律应付现实与易变的保守型人群。历史哲学家汤因比认为：“在文明社会的转型过程中，社会成员的‘灵魂分裂’反映在人们的每一种人类活动的方式都分裂为一对互相对立，彼此冲突的类型，即面对挑战分化为被动反应与主动反应，但这两种反应方式均缺乏创造力。前者过于‘灵魂放松’，有意无意识地采取了‘反道德主义’，后者专重于‘灵魂控制’，依然将战胜自然欲望作为恢复创造力的唯一途径。”

天职观奠基于新教禁欲思想，一旦汇入为近代资本主义的伦理精神，在理论上又具有非传统、反保守的活跃基因。在香港文学中，现实、多变的人物个性以及文风在文学中颇成景观。而在文学界影响不大，但一直从文不辍的香港基督徒作家的作品，也自成“灵魂控制”的风景线。梁锡华的小说，在这两种风景之间，展现着另外一种风景：变中之不变，非控制的“控制”。

在“立人”方面忠于两个职业：教授与作家。作为学者，他吃过乞丐之苦，著述颇丰；作为作家，散文、杂文、小说等作品等身。其消费观念也类似于清教徒，跻身中产阶级之中，自甘清淡、朴素的生活。长篇小说《独立苍茫》的标题，即预告着其小说创作的理想：面对苍茫，独立独行。《头上一片云》、《太平门内外》，均非以艺术创新、表现奇特而著名。奇特与新奇的倒是小说中贯穿始终的人生态度：在变中守不变，重在塑造人生理想，重在人生追求。

正如《香港大学生》中的人物方密微所说：“我盼望人人都有这份浪漫情怀，也就是与宗教相通的敬虔的火热情怀。”以火热敬虔之情，投身并献身于自己的职业：或商界或学界或宗教界，只要谨守本职，劳动有成劳动致富，便是至善。如严家炎指出：“构成梁锡华浪漫主义的核心却是一种作者称之为具有满腔宗教情怀的人生理想、人生追求，也就是前文所说的那股‘痴’劲，或者叫做‘赤子之心’。”①

2. 文学中的孤独情结

“五四”时代的冰心、许地山、王统照，因作品中那特别的宗教情怀，在缺乏爱的社会中表现爱与美的理想，成为文学界的明星。相比之下，商业化时代，再以“宗教情怀”从文，或文中带“宗教情怀”，反倒成为人与文的拖累。

黄维梁在分析黄国彬的《诗人》一诗时曾说：“很有宗教徒背负十字架的况味。诗人的肉身在岁月里耗损，最后剩下晶莹的裸体，接受星光的祝福。”黄国彬没有信奉宗教，他有宗教者的情操——对诗执著而深情。因为这点情操，他体会到无限的孤独，犹如走向十字架的耶稣，在荒野中苦苦哀告：

> “父啊，怎么荒野总走不尽？
> 天穹下，只有我的足音伴我。”
> “父啊，你也不派一雪白的鸽子
> 扇着你的光华下降，
> 让死寂的荒野知道，

① 严家炎：《我所认识的梁锡华》，见《香港大学生》，中国文联出版公司1994年版。

此刻你就在我左右。”

耶稣走向十字架，用自己的血肉之躯挽救有罪的万民。可惜，这些有罪的万民，却像走向十字架与背负十字架的耶稣吐口水。这时上帝也隐没在了天空的尽头。人性的耶稣，在死亡之前感受到了荒野之中被遗弃、被羞辱的大孤独。鲁迅因此曾经哀叹民众的昏睡，借用荒野的耶稣，抒发过自己的孤独。黄国彬因尽职的悖论，亦借题发挥，抒发都市社会中文学家的孤独。

黄国彬的《荒野里——耶稣的独白》，被认为非常接近《圣经》的精神：不仅在荒野中体验、承受着孤独，还准备永远、自愿地选择孤独。

我既然选择了这条路，
独自走进荒野，
自己已经准备
一个人面对寂寞，
准备深入飞鸟和走兽绝迹的地方。

鲁迅无可奈何地面对孤独，别无选择地承受孤独；黄国彬自动地选择孤独，通过孤独去领悟人性与神性的矛盾，领悟悖论中孤独的价值。同样都是取材于耶稣受难，黄国彬体现的是都市时代文化人的孤独：因尽职而选择孤独，在孤独中领受炼狱的境遇，最终从孤独中恢复自信，以更舒泰更澄明的心境挑战孤独。

可见，文学的“宗教情结”既有赖于又有别于基督教文化精神，孤独情结虽生发于社会现实，则也“假借”了基督教文化中的孤独境界。因而基督教文化精神对香港文学产生的“形而上”的影响，也使人们感受到基督教文化与香港文学在“形而下”的牵连。

渗入、亲和着资本主义伦理的基督教文化，难免浸润在香港的都市生活中，并作为一种文化源头、文学素材流入“华”、“洋”相融的香港文化“土壤”中。研究基督教文化对香港文学的影响，比较香港作家吸收、利用基督教文化的不同原因、方式、程度，也许对我们认识都市化时代香港文学的本质有所帮助。

二、《文艺》杂志与香港文学

香港文学由昔日所谓“沙漠”走向今日的一片葱郁，各种文学期刊、报纸专栏功不可没。

应该说，《文艺》杂志便是上述功不可没者之一。它从1982年2月创刊，到1986年6月停刊，共出版了十八期。尽管期数不算多、时间不算长，《文艺》杂志却在香港文学发展史上做出了杰出的贡献；并且可以说在香港发展史上，它也做出了一份应有的贡献。

（一）逆潮流的创举

1. 逆商业化之潮流

在香港这个工商社会中，一切都要按“经济规律”办事。由于销路窄小与印制成本不断提高，在香港办文艺类出版社和办文艺类杂志，几乎成了一种使人“倾家荡产”的行业。许多文艺出版社和文艺类杂志曾雨后春笋般地诞生，又曾“物竞天择”似地先后被迫停业、停刊，也都印证了此“物”不可为的“规律”。

《文艺》杂志的创办者与继承者也深知“不可为”的内情以及在“不可为”的情形下勉力而为将带来的“苦难”性“后果”。

黄耘蔚在《社长的话》中曾说："搞文字工作的朋友中，早就流行着一句戏谑的话：'你想害一个人，就叫他办一份杂志。'这不是借刀杀人，而是言尽了办杂志的不易和必须经受的'苦难'。"①

不仅社会认定或决定了办杂志的"苦难"，在文学圈内也充满了对文学期刊、杂志前景的失望。在这种时候，创办者们承受的压力当然是十分沉重了。

黄道一在《文艺》杂志创刊号的《宠儿，我们祝福你——代发刊词》一文的开头，就叙述道："那些没有眼光的人说你的存在没有多大价值，而顾虑过多的人也怕你夭折。"但是，尽管有种种的"内忧外患"，创办者们偏有点"明知山有虎，偏向虎山行"的无畏精神、牺牲精神、殉道精神。他们不怕"拉人落水"，也不怕"坠己下马"，在不可为中奋力而为地创办了《文艺》杂志，并且还将它视作——"我们的宠儿"！

2. 逆文学退潮之潮流

香港文学界人士为发展与繁荣香港文学付出了许多心血。在20世纪的60年代，以及70年代之初，香港文坛曾出现非常繁茂的气象。其表现在于：

（1）各大报纸纷纷开办各种文学副刊或专栏。

（2）文学社团与文学期刊盛极一时。

然而，70年代之后，由于经济的压力以及社会关注点的转移，香港文坛相对而言进入了一个低潮期。

3. 逆重信仰轻艺术之潮

综观香港几十年来的文艺期刊，一般都属于以下两种情况：报纸的专栏；文学工作者的同仁刊物。《文艺》杂志则属于第三种情况，它是由香港热爱文艺的基督徒如黄道一、何世明、余达心、黎海华等人发起；以香港基督教文艺出版社为基地，并取得了香港一些教会机构"从精神和经济上都大力支持"而组建、经营的。

香港基督教会机构颇多，教徒人数颇多，隶属于教会的各种出版机

① 黄耘蔚：《社长的话》，载《文艺》杂志1986年6月第18期。

构与报纸杂志也颇多。但大多数出版机构，主要出版的是福音类书籍。即使在香港社会较为知名的《突破》杂志，虽有时刊登一些文学作品或评介，但也属综合类期刊。

香港基督教文艺出版社，先后出版过不少文学作品。但此前所办的杂志，如《展望杂志》、《灵修日记》、《快乐家庭杂志》等，也都属非文学类杂志。因而创办《文艺》杂志，对于香港基督教会，对于香港基督教文艺出版社，不啻都是一种创举，是“开创另一种园地去拓展服务”①的创举。

《文艺》杂志并非没有自己的宗教观点、宗教倾向，创办者与编辑者们是基督徒，而且也是虔诚的基督徒。他们同样认为文学也归属于“教会传福音的事工里”，并且“永远扮演着最基层、最前线、最先锋”的角色。创办《文艺》杂志的目的之一，是“透过你，教会入世的形象可以更清楚地呈现；而在我们所属的社会，我们要表现关心的焦点也才更鲜明地显观出来。因此，你也是教会和社会间的桥梁”②。

但是，《文艺》杂志的创办者和编辑者又是热爱文学并且尊重文学规律的基督徒，有些还是在文学研究和文学创作方面有杰出成就的基督徒。他们强调“文学亦有她独特的生命、角色和使命”，坚持“是否文学则一定要从文学的观点去评判”，坚持“只有真正的文学（有别于宣传性功用性的作品）才能打进人的心坎”。这样，他们就与教会中存在的“文学附庸观”有了极大的差异。在体现“教会关心文学发展”的同时，他们尽力做到不以宗教观念影响文学，不以“附庸观”和“工具论”来看待文学；在组稿、选稿、发稿中，“尽量突破狭隘的观念。采取更开阔的态度，重质素，而不标榜‘宗教’特色”；“以兼容并蓄的襟怀，接受各方不同的文学见解或主张”。

《文艺》杂志的编辑者，为了实现上述观点与主张，确实用心良苦。他们首先通过精心编排栏目来体现《文艺》杂志既有宗教特色又不以“宗教特色”干扰文学的方针。《文艺》杂志每期都有十个左右的栏目。编辑者以其中大多数栏目刊载文学方面的内容，同时又从其中分出两至

---

① 黄耘蔚：《社长的话》，载《文艺》杂志 1986 年 6 月第 18 期。

② 黎海华：《编者的话》，载《文艺》杂志 1986 年 6 月第 18 期。

三个栏目以专门反映杂志的宗教特色。编辑者们更通过“从文学的观点”办好文学栏目的方法来实现不以“宗教特色”干扰文学的方针。

《文艺》杂志的文学栏目颇多，如《文学评析》、《文学座谈会》、《大陆文学篇》、《儿童文学篇》、《新诗》、《散文》、《短篇小说》、《戏剧》等。这些栏目的作者数量众多，涵盖面极广。80年代初活跃在香港文坛的许多作家、评论家以及活跃在台湾的作家，活跃在欧美的华文作家，部分大陆现当代作家都在《文艺》上发表过佳作。如余光中、梁锡华、黄维梁、也斯、钟玲、黄国彬、钟伟民、陈德锦、思果、王良和、小思、西西、刘以鬯、洛夫、白先勇、沈从文、朱自清等等都在这里汇聚过闪耀过。作家评论家的思想、观点、文学主张与创作方法有许多不同，但是他们的作品与评论以及别人对他们的评论，都充分体现出文学上的创新精神与自由精神。即使《文艺》杂志的创办者、编辑者，如黄道一、陈锡麟、黎海华等在这些栏目中出现，也皆能以文学的思维或文学的方法撰文、讨论。这样，就有意识地避开了重说教轻艺术的所谓“文学方法”。

由基督徒文学家主办，以基督教出版社为基地，却能在兼顾宗教特色的同时，以推进文学为己任，这无疑又是一难得的逆潮流的创举。这一创举也许比前面两项逆潮流之举更有特殊意义。它不仅支援了正在逆境中的香港文学，而且使香港社会直至所有热爱文学的人士，对香港基督教会的文学“事工”，产生新的认识与新的希冀。

（二）致力于繁荣香港文学

《文艺》杂志的编者，不仅懂文学，尊重文学，而且在香港社会并不太看好文学的时候，勇敢站出来利用该杂志的文学栏目，努力促进与繁荣香港文学。

1. 举办系列文学专题研讨，多方促进文学的全面复苏与发展

自《文艺》创刊号起，编者就颇费心思地从复苏、促进、繁荣香港文学的目的出发，设计出了一个文学专题讨论系列，如《中国文艺园地的展望》、《香港文艺期刊在文坛扮演的角色》、《新诗座谈会》、《中国现

代小说座谈会》、《中国现代散文座谈会》、《香港小说座谈会》、《香港小说管窥》，《台湾女作家座谈会》、《宗教文学中的死亡主题》、《香港儿童文学读物》、《浅谈圣经文学座谈会》、《“香港剧作回顾与前瞻”座谈会》、《“闲话散文”笔谈会》、《“香港青年诗人创作面面观”座谈会》等。

这些文学专题涉及到文学的方方面面，既是对香港文学的研讨与总结，也为香港文学的发展做了各方面的准备与探索。

例如，关于香港文艺园地的两次讨论，动员了许多当年的编辑者与撰稿者，由多个角度回顾、总结50年代至80年代的多种报纸专栏与文学期刊。其中的许多发言记录与笔谈，现在已经成为研究香港文学史的宝贵资料。随着时间的流逝，这些资料将越加珍贵。

为了将这个系列讨论办得有声有色且具备相当高的学术水准，《文艺》编者邀请了当时活跃在香港文坛的许多著名作家、学者参加讨论，如余光中、梁锡华、黄维梁、钟玲、也斯、黄国彬、陈炳良、陈德锦、小思、宋淇、叶娓娜、胡菊人、施叔青、余达心、黄道一等以及台湾的张晓风等都参加并主持过某些专题讨论。

一个仅仅出版了十八期的《文艺》杂志，在短短的时间内能够组织起如此庞大的著名作家、著名学者的队伍，围绕为促进香港文学发展而设计的一系列专题进行研讨，这本身已经是一个了不起的贡献。

2. 走严肃文学之路，努力向社会推出精品

香港社会，消费文学可称铺天盖地。《文艺》杂志虽然很少在口头上标榜如何以高举严肃文学大旗为己任，但在行动上却始终走着严肃文学之路，并且努力向社会推出文学创作与文学研究中的精品。

稍稍浏览一下《文艺》杂志，人们会很容易地发现，当年刊载在《文艺》杂志上的文章，经过岁月的洗礼，现在有许多已经成了文学中的名篇。如余光中的散文《催魂铃》及黄维梁的《余光中〈催魂铃〉的赏析》、黄国彬的新诗《责子》、散文《不设防的城市》、梁锡华的散文《我为山狂》、也斯的短篇小说《革命大道路旁的牙医》、施叔青的短篇小说《最好她是尊观音》、钟伟民的诗作《梆声》、钟玲的诗作《情意结=帖》、洛夫的诗作《墨荷无声》、古苍梧的诗作《海天之间》等等。评

论方面，名作也甚多，如梅子《刘以鬯及其文学成就》、黄维梁《轻松有趣地载道——评西西〈我城〉》等，都在香港文学研究中产生过较大影响。

3. 全力帮助、推荐青年作家

《文艺》编者认识到在向社会推出精品的同时，必须全力向社会推出香港的青年作家，香港文学才能持续不断地向前发展。为此，他们组织了一系列的专题与作品展，如《香港青年诗人创作面面观》、《香港青年作家小说创作展》、《香港青年作家新诗选》、《香港青年作家管窥》等，集中性地研讨与推出香港青年作家的作品。例如仅在《文艺》第十八期《香港青年作家新诗选》专栏中，登载作品的青年诗人有钟国强、叶辞、郑镜明、吴美筠、洛枫、陈德锦、钟伟民、胡燕青；在《香港青年作家小说创作展》专栏中，入选的青年作家有吴煦斌、钟晓阳、叶娓娜、骆笑平、钟玲玲、颜纯钩、邓转、施约。上述青年作家，在90年代有许多已成为香港的著名作家，并且正逐渐成为香港文坛的中坚力量。

许多青年作家都对《文艺》的这种编辑态度充满感激，"好些青年作者坦言，其创作历程，几乎是与杂志一同成长的。他们有份于耕耘，自有一份不能割舍的依依之情"。

以短篇小说与电影剧本著名的香港作家颜纯钩在谈到自己初期创作时说："那时候的退稿十分多，原因是自己未曾习惯香港的文风，而小说的技巧也不成熟。""由教会办的（《文艺》），那时候也有向他们投稿。基督教《文艺》那时候有两个负责人，我虽然不太成熟，但他们很耐心地在电话中跟我谈。"①

由此可见，《文艺》杂志为繁荣香港文学做出的努力越多、付出的心血越多，《文艺》在香港文学界及香港社会中的地位就越高；而且，《文艺》为"教会办的"这一客观事实也传播越广。如此，"教会入世的形象"便可以自然而然地在香港社会"更清楚地呈现"出来，真正成为"教会和社会间的桥梁"。

---

① 颜纯钩：《走向文学》，见《从20世纪到21世纪研讨会文集》，岭南学院现代中文文学研究中心1994年4月编。

（三）致力于沟通宗教与文学

教会不应以信仰、宣传代替文学；也不应因文学的固有特性而轻视文学、漠视文学。历史上，曾有过重信仰而轻文学的年代；也曾有过具有虔诚宗教信仰的教徒在文学史上创建丰碑、名垂千古的范例；更曾有过宗教影响文学、引致文学获得新质的景观。《文艺》在尊重文学规律的前提下，有意识地做了许多有益于沟通宗教与文学的工作。

1. 探讨、沟通宗教与文学的关系

从古到今，文学与宗教关系十分密切。当文学以自主的身份与宗教交会，不被信仰任意地支配时，文学会在多个层面受到宗教的影响，并且产生出辉煌的作品或者是富有创造性的作品。《文艺》在认同文学独立性时，也十分注重宗教对文学的作用，曾组织过一些专题研讨与专题文章，有意识地探讨宗教信仰、伦理、情感等与文学的关系。

余达心的《杜斯妥也夫斯的悲剧观照》、陈慎庆的《析〈卡拉马佐夫兄弟〉〈叛逆〉一章所说之罪恶问题》属于理论探讨；托尔斯泰的中篇小说《魔鬼》、但丁的《神曲》节译、泰戈尔的《祭坛佳里》皆是译作例证。“宗教与文学中的死亡主题”座谈会，梁佳萝的《祭坛佳里与圣经》等，更将沟通的进程推进了一步。此外，《文艺》所载文学家与宗教意识或宗教人物有关的作品，还在另一层面推进了文学与宗教的交流。如梁佳萝所选朱自清的两首提及上帝的诗《战争》与《朝鲜夜哭》，余光中献给苏恩佩的诗《毋忘我》，黄国彬描写死之后的诗《我躺下的时候》等，都表明了文学与宗教的复杂关系。

2. 研究与探讨基督教文学

《文艺》杂志编辑部举行多次座谈，并多次发表文章研讨“圣经文学”及“圣经文学评论”等问题，试图加大从文学角度理解《圣经》的力度，加大研究《圣经》文学价值的力度，梁佳萝还发表了《基督教文学的辨与辩》、《基督徒的创作历程》等文，参加关于基督教文学的讨论，并提出了如何定义基督教文学的主张。

梁佳萝是一个对《圣经》颇有研究的基督徒，又是一个颇有成就的文学家。他的上述文章及观点扩大了基督教文学的影响，也较为客观地界定了基督教文学的内涵。

3. 重视与培养基督徒作家

香港文坛活跃着的基督徒作家中，不少人都与《文艺》有过密切的关系。比较著名的如梁佳萝、思果、胡燕青、谷颖等。他们有的早年便已成为教徒，有的先以文学出名而后才成为教徒。

不论出道的早晚，他们都曾以独特的心境感受生活，更以文学的方式反映生活，并在文学上获得了许多次成功。《文艺》非常重视这些作家及作品，曾组织了《梁锡华小集》，既刊登梁锡华的作品，又刊登对梁其人其作的评述。思果的散文，胡燕青的散文、诗歌、诗论，曾多次出现在《文艺》杂志中，且其中有许多作品都是他们创作中的精品。

《文艺》在不以信仰取代艺术的基础上，仍然从尊重文学、发展文学的角度出发，沟通着宗教与文学的关系，沟通着基督教文学、基督徒作家与社会大众的关系，达到了把《文艺》办成读者与作者对话的场所，文艺园丁们的园地，社会和教会的桥梁的目的。

逝去了的，不都是宝贵的。《文艺》在香港文学、香港教会、香港社会中，却都堪称宝贵的。它虽然仅仅生存了几年，却留下了许多光辉的足迹与有益的启示。

三、梁锡华：挥之不去的宗教情结

梁锡华在教书、研究之余，埋头于文学创作，既写散文、杂文，又写小说。虽然散文、杂文与小说都可归于文学一类，但是阅读梁锡华的文学作品，可以明显感觉到不同文体之后的不同韵味，或者说是不同的“自我”。

（一）挥之难去的“自我”

从创作时间看，梁锡华写散文、杂文早于写小说。70 年代中期，梁锡华已与沙田诸子齐飞，因散文、杂文之名在文坛展露头角。第一部长篇小说《独立苍茫》，于1983 年10 月1 日起才在香港《快报》连载。然而，梁锡华似乎对后“开步”的小说有着偏爱。

在谈及创作时，他曾将自己散文、杂文的“开步”之因，称之为外在的“推动”。

真正讲写作，是1976 年回到香港之后。这件事和余光中先生的荐引和鼓励是颇有关系的。70 年代中期至80 年代中期，沙田文风大盛，我有幸在中文大学和余先生做同事，此外，还有蔡思果、黄国彬和黄维梁诸先生，他们都是文学创作方面早做得有成绩的人，我在这种氛围之中，受推动而“开步”是很自然的。[①]

文学创作，是一种主体性极强的内在心灵活动。外在的推动，只有当内在的冲动潜在之后才可发生作用。但是，同为内在的潜在冲动，梁锡华对自己的小说“开步”，却用了另一种话语：

> 小说方面，个人的偏嗜是长篇……
>
> 长篇巨制的超卓作品有一股慑人的气势和力量，令我低头敬拜之余盼望昂首跟上，所以属意写长篇小说，感觉非长不足以使笔头喝饱墨汁似的。在写作过程中，有时如中风魔。与创造出来的人物共悲欢的经验虽然免不了使自己有时心力交瘁，但沉迷之乐极大，简直可以说是另类吸毒了。[②]

我们不能因此去说梁锡华“偏嗜”长篇而轻散文、杂文，更不是说其长篇的成就甚于散文、杂文。我们注意的是，作家在两种话语之后，隐约显露的对迟来的小说冲动毫不修饰的叙述方式。

在散文、杂文中，梁锡华自然地携带着学者的本色——贯通中西的才识、幽默诙谐的情趣、助益社会的宗旨以及灵转抒情的文字等。在小说中，梁锡华当然也仍携带着学者的某些特色，但似乎他不想用心去承载过多的负荷。夏志清曾说：

> 锡华是伦敦大学的文学博士，饱读西书，生活习惯也非常现代化，但骨子里他仍是个中国式的典型才子，执著于一个“情”字……《独立苍茫》是部带些自传味道的小说，萧晨星凭其职位、谈吐和人生哲学，也就是单身返港教书的梁锡华。[③]

夏志清认为梁锡华写小说最执著的是一个“情”字——男女之情的情，《独立苍茫》就是为情牵引着的带些自传味道的小说。如果将讨论的范围由《独立苍茫》扩大至《头上一片云》、《香港大学生》的话，夏志清的看法依然有些道理，即执著于一个“情”字，“带些自传味道”。

---

①② 梁锡华：《谈个人创作》，见《个人创作生涯的回顾与前瞻》，第32页，岭南学院现代中文文学研究中心1994年4月编。

③ 夏志清：《当代才子梁锡华》，见梁锡华著《独立苍茫》，香江出版公司1985年版。

但是，也需要做些补充：

第一，所执著的那个“情”字，当然是男女之情的情，又不只是男女之情的情，还应该包括对所“执著”之人、之事、之道的执著之情。

第二，“带些自传味道”里的“自传”，不仅是指外在经历的叙述性自传，更指内在心灵的告解性自传，且后一种自传的浓烈程度尤甚于前一种自传。

也许我们可以借用一个比喻：梁锡华立于散文、杂文与小说，某种程度上有些类似于唐人之于诗与词，宋人之于词与小说。尽管二者均有自我、均有情，但前者更多的是社会性的自我、人人共赏之情，后者则洋溢的是较充分的个体性自我、相对“私有化”的魂牵梦萦之情。

> 锡华从小即受惠于教会人士。中学年龄失学、免费为他补习英文，准他听一门课的倒是三四个美国人，想来都是教会人士；教他法文的则是一位“慈祥得像圣母”的“白衣修女”。我们可以想像，既有好几位洋人爱护他，少年失学的锡华感激之余，也就信了教，且热心为教会服务。想来他赴加留学费用，头几年都是教会供应的。他的头任太太，想来同陈最亨娶的王玛利一样，非常热心教会事业，连丈夫也分不到半点爱。黄连的日子过得久了，锡华终于决定同太太离婚，也脱离了教会。①

与之相印证的是梁锡华自己的一段话：

> 这样直到大发宗教热心时期，在教会的导引下，虔诚地、荒唐地步入爱情的坟墓——婚姻。②

从这些描述与告白中，可知梁锡华在爱情与宗教两个问题上都曾触了礁。而这两个问题又互为因果，互相纠缠。作为一位“大发宗教热心”的虔诚的基督徒，梁锡华曾与一位同样具有宗教热心的虔诚的基督

---

① 夏志清：《当代才子梁锡华》，见梁锡华著《独立苍茫》，香江出版公司 1985 年版。

② 梁锡华：《探袖话爱情》，台北九歌出版社 1981 年版。

徒，虔诚地步入婚姻。其结果，并非因为虔诚而美满幸福，反而因为虔诚“荒唐地步入爱情的坟墓”。

《圣经·新约》中，耶稣曾经对“休妻”问题做出过明确的教训：

夫妻不再是两个人，乃是一体的了。所以神配合的，人不可分开……我告诉你们凡休妻另娶的，若不是淫乱的缘故，就是犯奸淫了。①

耶稣明白无误地讲明：只要妻子没有犯淫，在上帝面前结合的婚姻，永不能分开。梁锡华的离婚，在许多虔诚的基督徒看来无疑是有违于至高的教训，有违于基督徒的虔诚。离了婚的梁锡华，脱教也就成了自然的事情。热衷了半辈子的宗教，渴望了多年的爱情，似乎陡然都被掀翻。梁锡华几乎是捂着受到双重打击的受伤的心灵，回到了久别的故土。

作为沙田的学者，他博古通今、颇有建树地做着学问。作为沙田的散文家、杂文家，他潇洒、豪气、犀利、痛快地挥着彩笔。作为沙田、岭南的小说家，他曾试图像徐志摩写诗那样挥挥衣袖，不带入一点“西天的云彩”。但是，做学问时可以，写散文、杂文时可以，写小说时则不然。一旦作家沉迷于小说的构思、创作之中，心灵的伤痛、伤痛的心灵，便如“中风魔”般地化入小说中。并且在《独立苍茫》、《头上一片云》和《香港大学生》三部长篇小说中，化入的程度——也许是有意识，也许是无意识，可谓愈来愈重。

（二）挥之不去的对教会的反思

《独立苍茫》主要写知识分子的爱情与婚姻，通过萧博士之于李梅、杏林，聂博士追麦若兰，陈博士“嫁”王玛利，表现出三种恋爱情趣、婚姻模式，并从中透视着三种不同的人生哲学。博士写博士，梁锡华很努力地把握着自己的情绪，但是感伤就像一种幽灵，随时出没在整部作品之中。也许，正是被恼人的感伤拉扯得过猛，一个本来可塑得更生动、立体化一些的人物——王玛利，被揉捏成了一个既笨又俗的吃教女子，

① 《圣经·马太福音》第十九章六至十节，香港圣经公会 1991 年版。

一个不可救药的“扁平人物”。

到了《头上一片云》，作家视线转向1997年时香港的人心民情。可是，从前的伤痛与感伤未能褪去，相反还在反复回旋。不过，这时的作者行之有效地进行着调控，将伤痛与感伤引入到反思的轨道中。

《独立苍茫》首先是自嘲，嘲讽包括自己在内的知识分子。其次是讽刺，讽刺“吃教者”王玛利，使她的面目非常可憎。《头上一片云》则发生了调换：

> 作者讽刺焦点有三：（一）伪教徒。（二）假知识分子。（三）愚昧小市民。像嘲讽《独立苍茫》中的王玛利等极端基督徒，作者再次在第二本巨篇中讽刺那些口是心非的伪教徒，丁向经夫妇就是主要的对象。①

将小说的重心由自嘲转为讽刺；将讽刺的首务，指向伪教徒，这正是体验伤痛又压抑伤痛，咀嚼感伤又调控感伤，并且将化不开、抛不去的伤痛和感伤纳入理性的反思之途的尝试。

梁锡华用清晰的语言，对这种反思的力度与指向进行过剖白与陈述：

> 至于伟大的道常会发霉而滋生一些鄙陋的道上人，这是自古已然，于今为烈的恨事。②

梁锡华的信仰与爱，都曾起之于此“道”。一个“恨”字，加上“道”之“霉”处及“鄙陋的道上人”，反思力度之强烈，情绪之激烈及反思目标之明确已跃然于纸上。

作为一个有着多年经验的“道”中人，作为一个比牧师毫不逊色的读经人、解经人、译经人，梁锡华对“道”之“霉”与“道上人”之“霉”的反思，主要集中在三个层面：教会与传道人的发霉、救赎与善工之理的颠倒、婚姻律令在当代的谬误。

---

① 王晓堤：《写实、讽刺再出发——评梁锡华的〈头上一片云〉》，载《文艺》杂志1985年9月第15期。

② 梁锡华：《独立苍茫·后记》，香江出版公司1985年版。

基督的教会，应奉基督为首脑，以教会与会众作为肢体。因而对于基督教而言，教会与教会里的传道人，就像羊群的牧人一样，负有牧养羊群并为人榜样的重任。然而，现实中的教会并非如此。丁向经身为某教会的专职传道人，却是一个口是心非的伪教徒：表面上笃信基督教，内里处心积虑谋求个人的出路；表面上忠诚于基督的教训，内心里全为一己私心。

> 丁向经的为人，在对话中全然显露，对九七的逃避，他解释为“我不是逃，是为了事奉主而盼望去美国的”，他利用柔顺的女儿为移民资本，结果把她一生的幸福毁掉，也间接害死女儿。①

对于教会与传道人的“发霉”，基督教内有识之士亦早有认识。改教运动的重要领袖约翰·加尔文（Jean Calvin）在他所著并被奉为基督教著名经典的著作《基督教要义》中，早就反复重申：在这教会内，有许多假冒为善的人，他们没有基督，只在名义和外表上有它；另有许多自大、贪财、嫉妒、诽谤、生活放荡的人。

奥古斯丁将这种现象抽象为狼与羊的比喻，以预言性的口吻说：

> 按照神的奥秘预定，教会之外有许多羊，教会之内也有许多狼。②

牧羊人的良心变成了狼的虚情恶意，爱的忠诚推进者、体现者，成为爱的扼杀者。丁向经不仅混进于教会传道人之列，且即便“间接害死女儿”，也依然若无其事。《香港大学生》中一个“热心敬虔的基督徒”——戴良士，更加凶残。为了争夺恋人，亲手将一个假想的情敌推入荷花池中。

发霉的教会与发霉的传教之人，就公而言，必然会败坏教会的声誉与教徒的信仰；就私而论，必然以私心扼杀他人的幸福，尤其是纯真的爱情。因而梁锡华不仅以普通人的立场，亦以“道”中人的立场，历数

---

① 王晓堤：《写实、讽刺再出发——评梁锡华的〈头上一片云〉》，载《文艺》杂志1985年9月第15期。

② ［法］约翰·加尔文《基督教要义》下册，第13~14页，基督教文艺出版社1959年版。

出某些教会与传道人的“霉点”，并引发着读者对一切“假冒为善的人”的反省。

救赎与善工之理，看似更像教义的思辨。在基督教的历史中，人到底是因基督的救赎得以成为义人，还是因为自己虔诚的善工得以称义，是一个反复争论的重大问题。加尔文早就愤愤而言：

> 我们的对敌对什么也不比对“称义”一点，即对称义是由于信还是由于善工一点，更是尖锐同我们争执，更是顽强反对我们。他们总不让我们称基督为我们的义，将这光荣归于他。①

加尔文的立场是，人因信服基督且因基督的救赎而成义人，即因信称义。他的对敌则认为，人若想获得救赎，靠的是自己善工的补偿，而不是白白的赦罪。

这个看似非常抽象的思辨性问题，与梁锡华的信仰与爱的伤痛，起码是与梁锡华小说中的信仰与爱的伤痛有着直接的关联。夏志清分析梁锡华与前任太太的婚变，起于其前任太太“非常热心教会事业，连丈夫也分不到半点爱”②。这“非常热心教会事业”的理由，如对一个不信教的人，或是一个只是跟着牧师所讲之道而行的人，也许足以构成离婚的全部原因。对于梁锡华这样一位从小就“信了教，且热心为教会服务”的教徒，尤其是对他这样既译经、解经，又能以学者身份从事宗教研究的教徒，似乎就不是至关重要的理由了，至少不会成为全部理由。

前任太太的“非常热心”，显然热心的是加尔文所说的“善工”。梁锡华并非反对“善工”，只不过对“信”更执著一些。这样，曾经有过共同信仰的两个人，便在加尔文所说的因何称义问题——尖锐而又不可退让的原则问题上，出现了“热心”善工与信服救赎的严峻分歧。这分歧的结果，虽不至于像历史上的宗教之战，大约也促使了“锡华终于决定同太太离婚”，甚至梁锡华还因此脱离了“善工至上”的教会。

也许，这些分歧有助于我们明白梁锡华为什么如此大力地硬将王玛

---

① ［法］约翰·加尔文：《基督教要义》下册，第 352 ~ 353 页，基督教文艺出版社 1959 年版。

② 梁锡华：《独立苍茫·后记》，香江出版公司 1985 年出版。

利揉捏成了一个“扁平人物”，一个既笨又俗的不可救药的吃教女子——一个并非与基督精神同行，却自以为是基督虔诚信徒的女子。

过于艰涩的宗教义理，加上异常难忘的心灵创痛，使得梁锡华曾经难以自如地驾驭主观情感。故而王玛利这个人物，性格突出却也有失简单。“脱教”之后的梁锡华，从《独立苍茫》中王玛利的阴影中走出之后，一个更深刻、更“脱教”的反思——对婚姻之律，起码是对基督教婚姻之律的诠释法的反思，又沉重地回旋在心头。

《圣经·旧约》中，关于婚姻问题有过许多教训：

> 不可与他们结亲；不可将你的女儿嫁他们的儿子，也不可叫你们的儿子娶他们的女儿，因为他必使你的女儿转离不跟从主，去事奉别的神；以致耶和华的怒气向你们发作，就速速的将你们灭绝。[1]

对于基督徒而言，《圣经》应是至高无上的声音。此律令的要点，在于信教的与不信教的不得结婚。历史上的许多教会、教徒，都曾信守着这一律令。萧乾的《皈依》，就曾对此律令对现代中国青年心灵的伤害进行过揭示。

《皈依》中，压制青年自由恋情的是怀有私心的神父与守旧保守的“姑母”。《头上一片云》中，借婚姻律令压制女儿并迫使女儿发疯致死的都是既为传道人也是“父亲”的丁向经。萧乾笔下的神父，抬出婚姻律令，是想棒打鸳鸯后，为自己的儿子娶个好媳妇。丁向经抬出婚姻律令，则是为了使自己在1997年之前能找到一块飞往美洲的跳板。因为女儿的男朋友博耀不具备跳板的条件，所以婚姻律令便成为他狂挥乱舞的工具。

比之于《皈依》，《头上一片云》对人性丑恶面的鞭笞更加严厉。《皈依》之中，姑母压制侄女的恋情，尚是出于服从律令的真诚。《头上一片云》里，父亲与女儿的关系，应该说比《皈依》里的姑母与侄女更亲一层，然而这父亲却把女儿，甚至把神圣的婚姻律令，都一并拿来做了挤入“太平门”的工具。

---

① 《圣经·申命记》第七章第三至五节，香港圣经公会1991年版。

在“借刀杀人”、“假公济私”等丑行之外，作者还对教会内虔诚的“自伤者”的内心世界也进行了深入的探究。

文贞是博耀的学生，真诚地爱恋着博耀。她的父母完全不像丁向经，体谅女儿，也谅解博耀。但是，陈腐的教条使文贞把洗礼形式看得重于是“狼”还是“羊”的实质性辨析。她深知博耀，也深爱博耀，却在“名”的骚扰下，最终选择了修道院。

慈基是被外力所毁灭，使人感到弱小者的孤苦无依。文贞则是一个自动的殉道者。她在放弃渴望与追求了多年爱情时，似乎还表现出一种献身者的荣耀。然而，文贞这种自愿的“献身”与这份牺牲时的“荣耀”，比慈基的被毁灭更让读者惊心。

对慈基这样的弱者，人们掬一把同情之泪；对文贞这样的“强者”，这样的自动献身者，就无法掬一把同情之泪了事。人们不得不深入到文贞们的内心，去探究婚姻律令对纯情青年的损害；不得不去探究婚姻律令在当代的合理性，起码也要质疑诠释中的准确性了。

在中国现当代文学史中，以教会为题材的小说并不少见。但在抨击与反思之时，能够深入、细致地展现出文贞型的“自伤者”形象的作品还十分少见。

（三）无法释怀的爱之希望

《独立苍茫》已有了几位令人讨厌的教会中人，《头上一片云》又加上了丁向经与婚姻律令，再有《香港大学生》中推人下崖的戴良士之流；梁锡华“脱教”之后是否对基督教只有没齿之痛、切肤之恨呢?

事情并非如此。与萧乾写下多篇反思教会小说时的心情相似，梁锡华的内心恰恰是出于对基督耶稣的挚爱与崇敬。

耶稣作为穷人之子，宣扬的是不论贫富的普遍之爱。这爱之福音在传播过程中，有些体现了耶稣的心愿，有些则被口颂福音心想个人的假教会歪曲。故而，梁锡华对耶稣崇敬爱慕之情愈深、愈强烈，对假教会、假教徒的丑行恨之愈深。梁锡华说：“这个圈子我知的很多，笔下的鞭挞，往往是源于爱的鞭策。圣经里的许多美善的教训，和儒、释、道三家的一样，是我平素所钦仰的。”①

爱与恨在梁锡华的思想中已是互绕互缠。正如常言所称：爱之愈深，恨之愈烈。恨过之后，甚至恨的同时，对忠心挚爱“伟大的道”之人以及对“伟大的道”的敬慕之情，也自然在梁锡华作品中露头且茂盛地扩展。

在《独立苍茫》中，有李竹与王玛利形成对应。“李竹虽是较俗的传教者，但他心地善良，作者给他的名字也不俗”②。在《头上一片云》里，由胡坚道与丁向经形成对应。胡坚道大学毕业，已小有文名，被称为“青年才子”。因为崇敬耶稣之道，他放弃了世人羡慕的高薪之职位，放弃了可以帮助他获取绿卡的恋人。在1997年将至的历史关头，一门心思地扑在传播伟大之道而非护卫发霉之道的善工之中。令人欣慰的是，丁向经已经江河日下，而胡坚道却走着蒸蒸日上之途。在这种意向鲜明的对比中，作者的爱与希望已经得到了生动的显现。

在《头上一片云》中，作者还安排了另外一种对应：为人父母者的对应。文贞的父母，都是“天主的虔诚的儿女”。真正的爱心，体现在他们的一言一行之中，体现在他们对人，包括对儿女的关心、体贴、宽宏大量之中。与丁向经的“父性”相反，文贞的父母非但未曾阻拦过文贞与博耀的恋爱，还或明或暗对他们进行帮助。

梁锡华的小说，不仅描写出挚爱“伟大的道”之人，还极为生动地描写出“伟大的道”在人生中的力量与奇迹。

《香港大学生》中，戴良士曾是教会中的一只“狼”，口中传颂福音，心中动着邪念。为了与同学争夺女友，不惜将耶稣的爱踩在脚下，在一个昏暗之夜将毫无防备的“情敌”推下崖头且使之堕入水池之中。然而，作者并未将戴良士自始至终视作一只“狼”。在宗教的奇妙神力下，他转变为了“羊”。

作品是这样描述的：

他，当年的确是推我下荷花池的凶手。他从嫉妒所生的憎恨与

① 夏志清：《当代才子梁锡华》，见梁锡华著《独立苍茫》，香江出版公司1985年版。

② 梁锡华：《香港大学生》，第457页，中国文联出版公司1994年版。

> 残暴，使他丧尽天良。他在那段日子，名为基督徒，其实按他们的术语，他完全没有“得救”，以后得救了，蒙圣灵光照，才知道他所犯的罪有多大。再后，蒙召献身作全时间的传道者，乃有“认罪”的壮举。他在我面前，声泪俱下，紧执我的双手求饶恕，耶稣基督的荣美，圣灵的大能，在一个曾经是魔鬼那样的人身上，彰显无遗。我受雷轰电击的震撼！
>
> 细看戴良士的脸面，我发觉他以往阴鸷奸狡和俗陋的表情不复见了。他清癯的容貌，隐隐然透露神圣的光辉，叫我惊奇和盛赞！如果说我不是基督徒而毋庸为基督徒添了一个上帝的使者而欣喜，我必须为世界死了一个坏蛋长了一个志清情洁的好人而欢忭。①

从一个凶手、一个罪人、一只教会中的狼，到得救、认罪、悔悟变成一个真正的信徒，这其中的奥秘不在戴良士的善工。因转性之前，他并不缺乏善工。转性的关键原因，乃是“圣灵光照”的大能，是耶稣为人舍命的献身之爱。以自己的善工解救自己，其结果不是类似王玛利，便是接近为“狼”时的戴良士，惟有信靠圣灵的大能与耶稣的献身之爱，“阴鸷”、“奸狡”才能转变为“清癯”甚至“神圣”。在《香港大学生》中，梁锡华虽然没有像托尔斯泰在《复活》中那样：一面猛烈抨击官方教会的虚伪，另一面积极传扬自己所信奉的耶稣的福音。但是，通过李竹、胡坚道这样一组教会中的中坚人物，又通过戴良士由“狼”至“羊”的神奇转变，梁锡华同样形象地传达出了自己对耶稣无法释怀的爱。

（四）意犹未尽的理想之爱

梁锡华在《独立苍茫》、《头上一片云》这两部小说中，颇动情感、颇为投入地操练了一番偏重于外在经历的叙述性“自传”之后，到了《香港大学生》便稍稍改变了一下所谓“自传”的方式：由偏重于所谓

---

① 梁锡华：《谈个人创作》，见《个人创作生涯的回顾与前瞻》，第33页，岭南学院现代中文文学研究中心1994年4月编。

外在经历的叙述性“自传”，过渡为偏重于内在心灵的告解性“自传”。

由“叙述”转而为“告解”，梁锡华的长篇小说创作出现了明显的变化：创作方法的变化与宗教指向的变化。梁锡华说：“写小说，我属于所谓现实主义这一路吧……”

这里的所谓现实主义，似乎主要是与现代主义相对应。针对现代派小说的难懂、晦涩等特质，梁锡华主张小说不应完全抛弃传统之法，起码“不盼望把它弄得难懂”。其次，所谓的现实主义，又与浪漫主义甚至唯美主义相对应。作家认为自己尽力“把文学创作和社会搭上了关系”①。

纵观《独立苍茫》与《头上一片云》，我们基本上赞同梁锡华上述对自己的解析。但是，到了《香港大学主》，作者的创作路径有了明显变更：由偏重所谓现实主义，转而偏重理想主义。

当然，现实主义与理想主义并不完全对立。现实主义之中，不乏理想与浪漫。恰如《复活》一书，如果没有对福音之大能的信念，对人性可以由恶到善的诚挚信念与理想，托尔斯泰便不可能使作品中的人物最终走向复活。同样，即使在最具理想意味、浪漫情怀的“乌托邦”故事中，我们照样能找到现实之影像。但是，相对而言，二者毕竟在重心落在何处的问题上有所区别。

《独立苍茫》与《头上一片云》，应该说其重心是偏重于现实主义一边的。现实生活中的美与丑以及现实生活中的美丑组合方式的复发性、多变性，均获得了相当大的言叙空间。人们在阅读这些作品时，仿佛看见的是在生活中曾经碰见过的某个人，甚至害怕写的就是自己。

《香港大学生》分为上、下两篇，上篇——在香港，下篇——在加拿大。就创作倾向而言，基本上可算偏重于理想主义一类。应该承认，作家在作品中亦展示出了人性中复杂与变幻的一面，甚至丑陋的一面，例如，以花和尚闻名的某神父、推人入池的戴良士、捉鬼的神学家等。但是，就作品的主线以及作品中主要人物而言，理想的成分大于现实。

小说以初是香港某大学学生，后为加拿大博士的“我”为主要人

① 梁锡华：《独立苍茫·后记》，香江出版公司1985年版。

物，以“我”在香港与加拿大的经历为主要线索展开描写与叙述。在香港读书时期，是“我”的性格与品德的培育、生长阶段。在这个阶段中，“我”五体投地地崇拜一位在学术上有敬虔精神，在爱情上“从一而终”的方老师。一言一行，都惟方老师是从。到加拿大读书之后，“我”的性格与品德进入稳定期。在这个阶段，“我”成为一个堪称楷模的理想性人物——一心一意求学问，一心一意为别人、爱别人。

若就年龄而论，《香港大学生》中的“我”，比《独立苍茫》中的三位博士、《头上一片云》中的博耀都可说小一截。但“我”在品性、心胸、处世方法等方面，却比年长者成熟得多。梁锡华在自己的杂文、散文中曾大叹过留学生在国外精神的痛苦与生存的痛苦。有名的《博士“真腻拖”》，曾满怀伤感又颇为真实地将“洋博士”在异国他乡“洋插队”时的双重痛苦述说得淋漓尽致。《香港大学生》中的“我”，到了“博士真腻拖”过的同一国度，似乎并没落在这一国的土地上，而是站在了半空的云端——不仅能同去“洋插队”的香港人、台湾人、大陆人之不能，且还能土生于斯或后迁居于斯的“洋人”之不能。可见，比之于梁锡华过往小说，更不用说写实性散文中的博士，“我”在才能、命运诸方面，比偏重外在经历的叙述性“自传”带出的人物，幸运许多、优胜许多。也许，正是由于这些成熟、幸运、优胜以及堪称爱人如己的美德，使得读者既用不着像从前一样为是否写自己而担心，也使得读者不得不思索：作品中的“我”是否因为过于优异而显得有点“地上无双”的味道。

由理想的人物演绎出一个理想的故事，复由理想的故事强化一个理想的人物，这还只是作者由“叙述”转而为“告解”的第一步。作者还进一步续写着内在心灵的告解性“自传”——抒发意犹未尽的理想之爱。

作家曾有过的不愉快的宗教经验，不再与小说的主要人物与主要情节发生密切关联。“我”未隶属于任何宗教也未受惠于任何教派。不过，在“我”的身上，显然有着一种可以称之为类似宗教精神的精神：学术上敬虔无比的精神，爱情上敬虔无私的精神。为了强调“我”之精神的宗教意味，作者还曾借“我”之口多次强调：

不必一定信什么教，但必须持守宗教虔敬的心。

虔敬的宗教情怀，是很有欣赏和培养价值的。

这种由爱亦基督教、恨亦基督教，到“不必一定信什么教”，但须持守一种“虔敬的宗教情怀”、“宗教虔敬的心”的转变，正是本文所谓的宗教指向的变化：由特别关注基督教，到不必一定信什么教，再到提倡一种超乎宗教的宗教之心、宗教情怀。

作家不仅有意使“我”与教会脱离，而且一再让“我”以语言与行动表明：“我”不是教徒，也未曾受惠于教会。但是，从潜在的层面分析，上文所述宗教指向的变化便显得复杂与微妙：就在提倡超乎宗教的宗教之心、宗教情怀之时，其宗教指向却已悄然地回归到基督的爱中。

这种悄然的回归，依然体现在作品的最主要人物——“我”的身上。

“我”在香港时，还遗存有前两部长篇小说中人物的一般性特点：牙尖舌利、讽世不饶人。到了加拿大后，“我”如同在太平洋中换过了心性，成为了一个非常完美的爱的使者。

在学术上，“我”以敬虔之心拼出了地位、名誉。在处理与“邻人”关系时，“我”有难必助，有助必成。如对在飞机上偶遇的马普旭，不仅帮其找工作、住宿，还帮其全家顺利移民。又如为帮助因车祸失腿的陈怡曼，先结为兄妹，再带头出资，既帮她度过眼前困境，还帮她做出长久安排。在对待“仇敌”之时，“我”不仅不以怨报怨，且还报之以德、报之以爱。戴良士曾推“我”堕崖，可称仇人。然而，他乡相见之时，“我”不仅不记前嫌，且拿出钱财暗中相助。尤其在处理爱情与婚姻时，更是大有“成全”之心。“我”先后喜欢过三个女性——云拉结、杜珍妍和马普旭。但是，有时是出于对学术的专注，有时是出于对恋人的尊重，还有时是为了成全三角恋爱中处于劣势的朋友，“我”先后三次都做了回避。最后“选择”的妻子，竟是自己大学时代最不喜欢的女生“尖嘴鸡”。婚姻的基调，不是激情，而是饶恕、成全等来自基督的爱的福音。

在《非理性的人》一书中，巴瑞特（William Barrett）曾说：“几乎没有一个从小受到过基督教熏陶的人能够避免模仿基督。”①

巴瑞特从分析尼采入手，指出尼采在理智上攻击基督，但因从小受到熏陶的原因，尽管企图在情感方面也否认基督，却没有办法做到。最后，他的潜意识终于无可救药地公开化，他不仅在内心“模仿基督”，而且还完全将自己交给基督掌握。巴瑞特的说法，也许多少有些绝对化。但是，却也提示我们注意梁锡华在塑造理想的人物时，是否也会因此而不可避免地“模仿基督”。

“模仿基督”，不等于“我”即基督。而是说“我”的心灵，也许只是在作家无意识的安排下“充满基督”：爱人如己之爱，爱仇敌之爱，宽恕之爱，成全之爱，牺牲之爱。

我们并不以为作者是有意绕了个圈子来宣扬基督精神，但是作者在绕了一个圈子之后，却在无意识中回到了基督精神。也许可以这样认为，梁锡华将教会与基督并未视作一体。作为一种宗教，在代代相传、多派争执中，教会也许随时都会偏离基督的教训。基督与基督的精神，作为一种人格的榜样、爱的理想，却会超出时代、超出教会的局限，永久流传。故而，“模仿基督”既有回归基督之意，又有超越教会局限之意。所谓宗教指向的变化与回归，其变亦暗寓未变，其归则又并非完全的回归；因变而去的是对教会的恩恩怨怨，未变永存于心的是基督的美善的人格与“美善的教训”。

以上述及的两种“自传”，可能仍非作家复杂而又个性化的“自我”的全部。然而，起码是作家“自我”的一部分，一种渗透着作家挥之不去、饱蘸宗教情怀的“自我”，一种作家也许并非有意却说了又说的“自我”。

---

① 转引自林治平《现代人的痛苦》，第98页，香港基督教文艺出版社1974年版。

第五编

泰华文学中的宗教情结

一、陈博文：入佛出佛，交映生辉

泰华作家陈博文，原籍广东澄海县。1974 年曾获泰国《新中原报》暨八属会馆主办金笔文艺比赛冠季军。1980 年获泰华文艺创作比赛冠军。历任曼谷泰商文友会主席、《泰商日报》泰商副刊主编、《工商日报》副刊主编。现为泰华写作人协会理事、《世界日报》编辑。主要文学作品有：短篇小说集《人海涟漪》、《蛇恋》，散文集《雨声絮语》，杂文集《三不斋谈薮》、《畅言集》。与他人合作出版的有《轻风吹在湄江上》、《尽在不言中》等书。

（一）入佛——熏染与渗透

提起宗教，人们往往想起西天上的佛，天上的神，想起寺庙的烟、教堂的顶。然而，除此之外，正像文化学学者指出的：宗教就在我们周围的世界上，就在人们的心中。其涉及与联系的，既有哲学思想、文学艺术、政治经济、文化教育，又有道德伦理、价值取向、社会心态、行为模式，甚至语言表述等等。

陈博文的专栏文章，尤其是杂文，在泰华社会影响颇大，其原因有多重，如容量丰富、涉及面广，直抒胸臆、生动活泼、形式多变、文字畅快等。但掩卷之余，人们更会感到一种特有的风情与意蕴，这里姑且以“入佛”而代之。

泰国为著名的黄金佛国，不仅百分之九十二以上本土公民信奉佛教，而且在社会意识、制度、民众心理、处世方式、社会关系诸方面，都呈现着浓郁的佛国特色，都与佛家思想有着密不可分的联系。陈博文与其他一些泰华老作家，青少年时代即离开故乡，迄今已在泰国生活了三四十年。在漫长的岁月中，他们忠诚地服务于泰国社会、泰国人民，家园意识发生了由“落叶归根”到“落地生根”的转化；正是由此，其文学的性质，也从初期的侨民文学成长为名副其实的泰华文学，成长为泰国多元文学中的一元。

扎根时代的作家，必然有扎根时代的特色。陈博文的杂文，就表现出了这种特色：既取材于、服务于泰国社会，也接受泰国文化、佛教文化的熏染、渗透。最终，以新的姿态汇入泰国文学主流，并汇入世界华文文学主流。

佛教的熏陶与渗透，在陈博文的杂文中，起码表现在三个方面。

其一，佛语的渗透。

佛教在泰国的发展中加深了它自身世俗化程度，作为宗教，它自有神圣的一面。作为日常生活中的一项内容，又与民情、民风、民俗相联系。陈博文的杂文，深入到泰国社会的方方面面，尤其深入到泰华社会的民情、民性深处，在语言上自然而然的出现不少佛国、佛教的特色，仅从文章题目上，就可以看到《报应》、《善有善报》、《果报之说》、《六根净五》等佛家用语。深入到文章之中，这种用法更是随处可见。归纳来说，主要也有两种用法：

1. 现实生活中佛语的再现，即作者对佛语的自然沿用。泰国民众的口头语言中，流传诸多佛语。陈博文根据杂文的需要，将这类语言构置在自己的文章之中，使之更加生动、形象，贴近生活。

2. 作者的有意借用。如果说佛语的自然沿用偏重表现民俗、民情的话，有意的借用则重在以讽刺之法，挖掘民性。《乞丐天地》中，作者严厉批评邪恶丐帮残害儿童之术，即言：“所以可以说，天下唯一最称意的求生法门，莫若乞丐这一行了。”而“芸芸众生”、“二世祖”等用法，也随处可见，均带有讽刺之意。

可以看出，上述佛语的引进，经过了作家的选择，并为表现特定的思想服务，这样的“渗透”，不仅使杂文形式更接近泰国人生，亦使语言更生动、诙谐、精炼。

其二，佛教善诱艺术的熏陶与启示。

佛教，不仅是教条的宗教、理论的宗教，也是哲学的宗教、艺术的宗教；佛教为了发展，为了扩大影响与深入宣传，形成了循循善诱的宣传、教育艺术。譬如在讲经传道过程中，讲究：针对问题，对症施教；区别对象，因人施教；喜闻乐见，形象施教。

杂文，是文学世界中反映现实与作家思想最快捷、灵便、直率的一种文体。针对问题，有的放矢，对症下药，当然应是杂文的一般通性。陈博文的杂文，正是这样，题目或大或小，总与人生问题、社会问题紧相联系，具有极强的针对性。佛教善诱艺术的影响，在陈博文的杂文中更体现于区别对象，因人施教及喜闻乐见，形象施教两方面。

区别对象，因人施教，作为佛教的重要善诱原则，即要求施教者要分别听众根性的利钝而因人施教。具体来说，就是对根性高的人，以悟的方式施教；对根性不高，但有知识的人，以说启佛理的方式施教；对低层次的愚夫愚妇，以布施祈福、通俗易懂的语言施教。

陈博文的杂文，对象性很强。但不像有的杂文作者，总是面对固定或一定的读者群。他的对象性在于，善于面对各种读者群；而且每当变换对象，文章的风格、论述方式、语言和内容都会有所不同。

对“悟性”较高的读者，他谈《人生的最高境界》、《人字难写》、《入世与遗世》、《人间的至情》、《盛衰无定烦恼自生》、《今古人心》等。这类文字多做哲学的思辨、文化的反思，语言比较抽象，情趣比较高雅；意在启发思维，充实精神。

对“悟性”居中的读者，他谈《忍的故事》、《枷锁人生》、《读小说》、《孔明再展羽扇功》、《名登黄纸》等。这类文字讲究述事论理、文情并茂；既有情趣，又有启迪。

对层次较低的读者，他谈《闹市怪剧》、《奢侈浪费不是好事》、《食趣闻》、《离婚怪谱》、《风流遗下的祸根》、《粉红色的陷阱》、《荒淫颓废的生活》等。这类文字涉及面广，三教九流、形形色色、趣闻怪事无所不有，语言通俗、情绪激烈，警世性极强。

喜闻乐见，形象施教，是佛教甚为注重的善诱方式。广造寺塔，修造佛像，绘制壁画，是客观化的形象施教。传经中的俗讲、歌谣、故事，则是艺术的形象施教。如今，在一些国家，佛教的典籍已流传不广。但佛教中的故事，还仍以书面与口头语言的方式广为流传。这些活跃在人们生活中的佛教故事，起到了不可低估的渗透与影响作用。

杂文虽源于散文，愈到当代则愈显相对独立性。评述、思辨、推理、论战，已成为杂文的特征，当然不乏抽象推演、论说。陈博文有的杂文，仿佛只是在讲故事：熟人、朋友、朋友的朋友以及各种历史人物、文学人物的故事。譬如，《恶少心安》是一个职业枪手自残的故事；《听来的故事》是一个小贩的故事。在这些小巧、诱人的故事之后或者之中，作者仅用三言两语画龙点睛，杂文的主旨与论述尽在其中。这类杂文不仅适应着专栏文章的特别需要，也体现了现代杂文家新美学风格的追求。

其三，佛学观点的渗透。

佛教，是一种宗教，具有自己的宗教权威，宗教秩序。佛教，也是一种思想体系，具有比较完整的宗教理论和思维方式，如唯心主义思想，辩证法因素，因果报应说，轮回，涅槃论等。这些思想、理论、观点，经过千百年的传播，深入民心，流润社会，并且影响作家的思想观念与艺术思维。

在陈博文杂文中，最明显的是因果报应说，不少文章即干脆以此命题，如《报应》、《善有善报》等。因果论，是佛法的核心，并有现世因果与三世因果之分。现世因果即为行善得善，行恶得恶，现世即报。三世因果是指现在世、过去世、未来世因果互存，即佛语所言："要知前世因，今生受者是，要知未来果，今生作者是。"从佛教上看，陈博文杂文主要集中于现世因果，着眼于警醒人们扬善去恶，以求善果。

《善有善报》，文如其题，一个好心的行人，救助了一个掉到阴沟的瞎子。这瞎子是一个卖彩票的小贩，为了报答好心，他随手撕下一张彩票给了行人。结果，这张彩票居然中了奖，这行善人得到一笔可观的奖金。《听来的故事》带有一种神秘色彩，行文之中带有陡转的机锋，一猪肉贩子临终时，给儿子留下了为数颇多的家产和老秤。儿子卖肉时偶然发现“老秤竟少了十分之二的重量”。为了对得起良心他特意换了一把足量的新秤，谁知换秤之后，他的两个小儿子接连死去。这一来破碎了他善有善报的信念，痛苦中他打算重用老称。然而，朦胧中有个声音知会他：死去的两个儿子长大都会是十足的败家子，原因是老父作恶报在孙子。正是鉴于此，这肉贩子知错就改，“冥冥之中收回成命，召返两个败家子，让他重新生两个儿子”。

这两个故事，一个明快，一个曲折，却都印证和形象地表现了释迦牟尼的根本定论：种瓜得瓜，种豆得豆，善有善报，恶有恶报，若是不报，时候未到。

（二）出佛——以儒立身、析佛、非佛

陈博文的杂文虽有“入佛”倾向，受到佛教的熏染、渗透，但是“入佛”的同时，他又显示出“出佛”的一面，他的主导倾向仍然是儒学，而不是佛学。

“出佛”的基础，在于陈博文对传统文化持着一种分析、批评、继承的求是态度，既不盲目反对，亦不全盘照抄。他热爱中华文化，弘扬中华文化，但不妨碍从传统社会中看出弊端，从习俗中找出病根。《最不平常的事》针对现代社会风气的败坏现象指出：嫖妓，是春秋以降的坏传统，至今危害颇深。《符录奇谈》则以形象方式，显示出道教符录无非骗人之术。正因为这种独立思考的谨慎精神，他虽然“入乡随俗”，入于佛中，但他还是保持“不信命运”的唯物主义观点。这个主见，就是他“出佛”的基础，“析佛”的必须条件。

“出佛”的理论支点，在于对儒家观念的潜心认同。儒家学说自孔孟时起，就形成了以忠孝仁义为核心的思想体系，形成了主张入世建功立业的人生哲学模式。作为一个华族人，陈博文以潜移默化的方式，对这些儒家思想烂熟于心，并作为自己的价值标准与行为模式。

陈博文的杂文中谈到过不少中国历史人物：秦始皇、项羽、曹操、

李世民、苏轼、岳飞、李煜等。他更谈到泰华社会中的人物：老板、小贩、文人、工友、农人等。他知人论世的一个重要标准，是忠孝仁义。为忠孝仁义者击节讴歌，为不忠不孝、非仁非义者树碑为戒。

如《人间的至情》论述了几种理想的境界：其一，爱国：为国尽忠，他称“岳飞的壮志饥餐胡虏肉，文天祥的朗诵正气歌，这些都是为国族而流露出来的人间至情……是伟大深远，为国族树立典型的楷模”。其二，孝悌：孝顺父母、敬爱兄长，即孔子所说：入则孝，出则悌。他称：“汉文帝虽贵为天子，然天性纯孝，为母病忧心如焚，终夜祷天，李密为奉养自小相依为命的祖母，而辞官不仕，写下感人肺腑的陈情表，韩愈的祭十二郎文，全篇充满了手足之情，这些都是至亲情感毕露的人间至情。”其三，至仁至慈爱，以忠孝之心推及社会、他人。“季扎墓前持剑，为完成好友的心愿。鲍叔牙不嫌管仲昧财，亦使管仲得成王佐之业，蔡为报董卓知遇之恩，哭董而身受极刑。”他称这些都是经过升华、值得光大发扬的人间至情。《还有孝行人》一文，他转向现实人生，称颂孝敬父母的泰国华人，并为普通华人中有着点滴儒家思想而欣喜。

建功立业，入世、济世的儒家传统精神，更深植于陈博文心目中。他据此畅发心中之言，也以此规范毕生之行。

《时不吾予》流露出建功立业，入世、济世的紧迫感，通过描述中国传统思想，作者发出自己的心声：“人生苦短，古今相同，有生之年，人人应该做些有意义的事，不管是长寿还是短命。”

畅言心迹不为足，他更以儒家的以天下为己任的积极人生态度与深沉的忧患意识，用杂文与世相争，他的杂文几乎触及社会的所有问题。对各种社会问题，他都以一己之力，疾呼、愤懑、抗争。

《满汉全席》、《斗富争豪》、《米仓边缘有饿殍》，令人看到今世的“朱门酒肉臭”与“路有冻死骨”。贫富悬殊，两极分化，这一新时期愈来愈明显的社会问题，始终为陈博文所关注。

《乞丐天地》、《粉红色陷阱》等揭示出阳光之下的社会黑幕：色情陷阱、丐帮虐童。

《寂寞退休年》、《冷暖人间》等涉及老年人的人生、情感诸多问题，为争取社会风气的好转与社会对老人的关注，作者竭尽一己之力。

在《读书风气》、《女人的花花世界》等杂文中，作者抨击社会风气的浮华与虚荣。《汉字存在中国不忘》则主动出击，批驳全盘西化论，张扬中华文化精神。

在上述理论基础与理论支点的作用下，陈博文在杂文中开始了析佛与非佛。

泰国是个佛教国家，大家都以慈悲为怀，法律亦以佛法好生之德为依归。对作奸犯科之徒，往往以宽大为原则，只要“直认不讳”即减刑一半。有些凶残之徒，钻了这个空子，获得宽大之后又凶恶如旧。陈博文撰文对此表示异议。《泰国应有断手之刑》指出：如此宽大为怀的减刑方式，会使得奉公守法的良善大众处境惨然，主张“治乱世用重典”，“泰国应有断手之刑”。这里，人们不难感应到儒家重德亦重刑的治世主张。

针对社会风气的变化，陈博文的不少杂文都指出佛地淳厚之风正在消逝。如《解渴什谈》举出商业气息之下，佛国乐善好施之风衰减。《幸运》一文则以贫富悬殊、利益之争为例，暗示着佛心对此类社会问题有所不及。例如，面对佛法，一面是如雷贯耳的巨额幸运奖，另一面则是缺钙无依的孤儿。

对佛学的重要理论观点，陈博文也表示了非议。

其一，非“六根清净”说。佛法上称：要想证入阿罗汉果，就要“杀贼”，杀掉烦恼之贼，即把眼识、耳识、鼻识、舌识、身识、意识的六根，也就是把见惑烦恼与思惑烦恼断得干干净净。陈博文的《六根净五》一文认为：在现代社会，即使一些人能超然物事之外，不为眼耳鼻舌身所诱，也断然逃掉意根，或称为是非根。“悲欢离合是情，哭笑怒骂是情……人却无法排除一切情感的影响。”“有人说，真正能大彻大悟，跨越净化六根，应在六十之后，看来这个标准也不尽然。”“总之现代社会，要找一个稍微纯洁的人还难，又何来六根清净者哉?”

其二，非“随缘而安”、“与世无争”论。由于佛教视万物为空无，人生无常，一切只是因缘的凑合。主张人们只能皈依佛门，随遇而安，与世无争。佛家的这种人生哲学模式，在中国思想史上，曾与儒家乐天知命、安贫乐道、顺应时势的思想联系，又与道家无为不争、安时处顺的态度相沟通，特别与庄子避世、游世思想相一致，具有阻碍民族进取精神的消极作用。在《何时无“争”?》一文中，陈博文指出：以古到今，人均有争。“人争一口气，佛争一炉香”。

近二百年来，人类又展开新的争夺，那就是西方列强争殖民地，争统治弱小民族，“争”是百祸之源，然而从另一方面看，人类却因有“争”与无为、无争的人生相反。陈博文主张积极的人生态度：“积极的人生应该对自己的生命负责，对社会人群尽一己责任。”他还以激烈的证据批评一些“名曰参透人生，走出红尘”之人，称“其实这种人是在逃避现实”。“这样的人虽然也寄存于这个世界上，但却是徒虚此生的人生”。

（三）儒佛交融：以儒迎佛，以儒汇佛

儒佛交融是中国文化思想发展进程中一再显示的特性：李白思想中，儒道释三家杂糅。王维、白居易与佛教的渊源则更深。杜甫这样的醇儒，年轻时也有凭借佛、道二家出世的念头，据其诗文所记，他曾交游的僧友就是景常、元惠、文畅、广益、高闲、澄观、令纵、大颠、灵、盈、颖等人。佛学丰富的辩证法因素，严谨的逻辑，缜密的分析，色彩斑驳的故事，正是这样逐渐糅合到儒道之中，给中国的思想领域带来了新成分。

以儒迎佛，以儒汇佛，这种积极融合方式，亦适应了华族人士在佛国社会的生根与发展。“扎根”时代，泰华社会面临着比“归根”期更多的难题，也迫切需要极大地丰富既有文化思维的内涵。即“入”又“出”，“入”中有“出”，出中现“入”，是泰华社会经过多年摸索，寻出的具有特质与前途的文化融会方式。

陈博文的杂文，以理性的方式，点滴积聚经验，摸索规律，其贡献不仅在于对现实的观照、及时的针贬，更有利于促进文化的创造性发展与多种文化的融会并进。

与此同时，文化上的“出”与“入”，亦带来了杂文艺术与美学风格的变化与新个性。

其一，艺术思维与艺术表现中的“佛风儒骨”。

陈博文的杂文中，价值观念、伦理道德、处世方式主要来自儒家思想，如知足常乐、慈爱仁善等，从而形成杂文的内在主干，这里姑且称之为“骨”。而大量吸收佛语、消化佛家的善诱艺术，则形成一种颇有佛风的艺术氛围，对此姑且称之为“风”。因而入世的思想、观念，他可以用出世的言辞、艺术方式来展现，内刚外柔。摇曳多姿、体裁灵便、艺术翻新，正是这种“佛风儒骨”的客观外现。

其二，冷峻严厉与平和从容“二美”并存。

杂文素来讲究快人快语，一针见血，冷峻严厉。陈博文亦不乏此类刚烈严峻之作。但他仿佛有两种心境和美学风格，在国外一些作品中，甚至就在冷峻严厉的作品中，他会十分自然地呈现出平和从容的一面：平和的语调、和缓的情绪，甚至抒情的方式。难得的是，严峻与平和这两种朝向不同的美学风格，被他自然而然地汇入一炉，融为一体。

其三，主形象，重直观的思辨方式。

陈博文的杂文，归纳、推理类理性化文字亦有，但这种类型的杂文，在整体框架中显得比较少。较多的杂文，是以形象、直观的方式面世。深奥的人生哲理，复杂的内在情绪，被作者对象化、情感化、通俗化，以事论理、以人论理、以形论理，成为杂文思辨艺术的重要方式。杂文篇幅短小，势必会受到多数人的拥戴和欢迎。

陈博文已属当今泰华文坛的老作家，但他仍在不断探索。新作《泰国河山》与编撰的《中泰古今钱币图录》，都具有强烈的文化精神与探索意识。文化的融会与艺术的揽胜，将永远是一个动态的过程，渴望陈博文在这两个方面做出更大的贡献。

二、陈博文与泰华“佛幻现实主义”小说

泰国华文小说创作，近年呈现出欣欣向荣的气象：老作家笔锋更加锐利，新作家集群奋起。更可贵的是，作品风格的多样化，乃至创作方法的多元化趋势正在逐渐形成。

现实主义作为小说创作的主流在泰华文学界渊源深远，聚集起了越来越坚实的队伍。西方现代主义的某些因素亦开始渗透到某些作家的作品之中，并使一些作品的艺术特色、美学风格出现新质。还有另外一些作家，在现实主义精神的光彩之下，脚踏黄金佛国的大地，力图把现实、传奇、神话、佛学糅为一体，探索出一种新的小说表现方式。他们的小说，既现实，又超现实。出于现实之外时，给人以新鲜、神奇、神秘之感；入于现实之中时，使人踏实、信服，备受启迪。对泰华小说界的这种创作趋向，我们姑且称之为“佛幻现实主义”。陈博文的部分小说，正显示着这种所谓“佛幻现实主义”的特征。

（一）超越现实的“佛幻”之幻

陈博文的具有佛幻现实主义特征的小说，集中地体现在被他冠以

“佛国传奇”系列的《金孩儿》、《魔女》、《阴阳赌局》、《蛇恋》四篇小说以及《剥皮亭》等作品之中。

这类小说与大多数其他作家的小说，甚至陈博文自己的许多小说相比较，都具有一个明显的特色，就是具有超越性。也就是说，在科学发达的今天，人们认为在现实中根本不可能出现的人和事，总会奇异而神秘地出现在他的某些小说中。

如在《金孩儿》中，出现了一个法力无边、神幻莫测的“灵物”——金孩儿。初看起来，这个由小说主人公蔡宏从市场上买来的“洋娃娃”就很奇怪：“肤色看起来倒像小孩的肉色，按下去竟有点像人的肌肉。”它的眼睛中，会流露出明确的喜怒之色。夜深人静时，这小东西还会自动在奉供它的桌子上跑来跑去。更为奇妙的是，这个小东西既可福人也可祸人。它使蔡宏一家发财致富，也使蔡宏因财丧子。

怪诞之事不仅出现在作品中的某些“灵物”之身，还直截了当地发生在小说的主人公身上。《阴阳赌局》中，两个大活人硬是坐在坟地中与一个死人豪赌。如果不是两个巡夜的警察冲散了赌局，这场阴阳赌局还不知何时方休。《魔女》中美得令人目眩神飞的新婚妻子奥澜娜似乎是一个“女妖”。每到深夜，她不是用尖尖利爪抓裂丈夫的咽喉，掀开丈夫的腹部，就是张着血盆大口，吞食丈夫的小腿，竟然还把丈夫的“脚趾嚼得吱吱有声”。

这类奇异、神秘、怪诞的描写，人们很难从现实生活中找到原型。或者说，这类人、事，本身就超出了现实之外，是一种非现实、超现实的艺术表现。古希腊的哲学家、文艺理论家亚里士多德，在《诗学》第二十五章曾谈到艺术摹仿可以有三种对象，这就是过去有的或现在有的事，传说中或人们相信的事，应当有的事。陈博文具有超现实特征的作品，其“摹仿”对象显然不属于“过去有的或现在有的事”，也不是“应当有的事”。而较靠近亚里士多德列举示人的第二种“摹仿”对象——“传说中或人们相信的事”。

文学艺术是作家对生活的客观而又能动性的反映的产物。古人“胸有成竹”之说与“心手相应”之说，已经揭示出即使是“客观地”描绘“现实之竹”，也首先有一个主观感应、消化、重造的过程。在这个艺术创造的过程中，虚构绝不可少。甚或可以说，创作的本身就是作家面对现实之时的一种主体性极强的艺术虚构。也正是有了这种艺术性虚构，梅的香气，竹的傲气，松的骨气，才能跃然画上、出入字句，使现实转化为一件件艺术品。

亚里士多德言及的“传说中或人们相信的事”，严格来看，也应该是一种存在。不过，不是存在于现实的客观世界，而是作为一种传说、一种观念、一种信仰，存活在某些人的意识中。这些传说、观念、信仰，本身已是人们在“现实之竹”基础上的一种抽象和虚构。陈博文的部分小说，与《西游记》、《聊斋志异》等作品一样，所表现、反映的不仅仅是“现实之竹”，更是虚构和想象之后的，甚至是对“胸中之竹”的再次“虚构”。

《西游记》是佛教思想、艺术与中国传统思想、艺术碰撞、交融的产物，其艺术价值与艺术经验使无数后人仰慕不已。但是，在中国社会的发展过程中，佛家思想始终只能偏居一隅，佛教艺术也只能在有限的领域中发挥功用。《西游记》似的“虚构”，已经渐渐成为“传统”；在当代中国文学中，因为没有丰沃的土壤和适宜的气候，而难以“推陈出新”。而身居黄金佛国的泰华作家陈博文等，得天独厚地具备了拓展这种中国“传统”的条件和机遇——可以充分地利用“佛幻”之幻，去拓展艺术上的“超越”之道。

佛教既是理论的宗教、哲学的宗教、教条的宗教，也是艺术的宗教、生活的宗教。在佛教盛行的泰国，现实生活和社会意识都流露出鲜明的佛教特色。一些在其他国家、地区不可能产生和流传的神话、传说、幻想，在泰国民众中不仅层出不穷，且能久盛不衰。陈博文的大量散文、杂文，都记载和反映了这类神话、传说、幻想。如小说《魔女》的“佛幻”方式，受惠于建立在宗教情意结上的幻想；《阴阳赌局》中的“佛幻”，折射着民间的“果报”之说；《金孩儿》中的“佛幻”之幻，直接渊源于民间传说。在泰国，传说中的“金孩儿”，是一种既可损人也可福人的“鬼役”。据说，是由一些术士，将盗取的婴孩尸体加上药物、咒语后，“制成”的具有奇异力量的“灵物”。

可见，特定的民间的传说，既给陈博文的“佛幻”之幻提供了创造的“要件”；而产生这类神话、传说的幻想方式，也影响和刺激着陈博文构造“佛幻”之幻的思维方法。

（二）化入现实的“佛幻”之幻

尧天在《蛇恋》的《序》中写道：“陈博文的数篇传奇小说，情节离奇，别具一格，每篇内容都能做到一气呵成，只要读了首段就很自然的会把它读完，当然这就是写作技巧发挥出的吸引力，没有相当的写作经验，是达不到这般境界的。”

尧天与陈博文之间的文字之交已十余年，他对陈博文传奇小说的特色及产生原因的概括和描述较为精当、准确。充分的写作经验和娴熟的写作技巧，确实是作品“一气呵成”和引人入胜的重要原因。除此之外，我以为陈博文传奇性小说，之所以可以称为“佛幻现实主义”之作，并且能够给人以“另具一格”之感，还在于他在处理“幻”与“实”的关系上，有自己的独到之处：既超越现实，又适时而充分地化入现实。

在《西游记》中，“佛幻”之幻同时体现于作品的细节描绘与作品的整体构思这两个方面，作者试图以神的世界来暗示人的世界。因而，中国民间宗教中的各方神圣与佛教传说中的各种神圣，都被编织成一个完整的神妖体系。整部作品，从人物、场景到结构、氛围、艺术表现，都建立在超出现实的“佛幻”基点上。

陈博文的传奇小说，显然不完全类同于《西游记》。

其一，陈博文的“佛幻现实主义”小说，并不为构筑，也不着意去表现西方的神系和东方的佛谱。其全部作品的着眼点，都在于表现现实社会中的人：人的私欲，人的兽性，人的悔悟……

例如在小说《金孩儿》中，虽用不少笔墨交代“鬼役作祟”，但作品的着眼点不在渲染与铺陈金孩儿的神通，而是意欲通过一些较为特殊的事件，强化和展示蔡宏夫妇的小市民心态。

其二，“佛幻现实主义小说”在艺术表现上参照或说应和了西方现代主义文学的某些特征，即将写实与写梦相结合，尤其将梦境、梦语、醉态、醉语穿插融合到常态之中；即使人生仿佛如梦，又使梦话、梦境即为人生。这种“真真假假”，不同于《西游记》中真假孙悟空或真假唐僧式的魔法妖道，而是为了在半梦半醒之间，寻求一种以假乱真、以假见真的艺术表现方法。

《魔女》和《阴阳赌局》都是这样的例子。“小罗”婚后与朋友谈及妻子的魔法、魔相，只是一种梦后的回忆，是“一连十多天，夜夜都有怪梦”的记忆。“亚城”和“亚伦”坟场夜赌，则是因为醉酒。真话、假话、酒话、醉话全部糅合在一处，形成了一处阴森森的气氛和怪异的结局。

其三，佛幻现实主义小说讲究将神奇和怪诞巧妙而精当地设置在现实描述的关键之处，从而使作家笔下的现实具有类同于西方“神奇的现实主义”作家所称言的神奇性。古巴著名作家阿莱霍·卡彭铁尔于1974年在委内瑞拉中央大学举行的一次讲座中，阐述过“神奇的现实”这一概念”。

> 1943年，我偶尔去海地，我在那里看到一个魔幻世界的奇迹。那个世界处在富有生气的原始状态，一切都如天造地设，像超现实主义作家们精心虚构的一般……于是就在我心中产生了一种概念，并且在我的心里扎了根，这就是我所说的“神奇的现实”，它既不同于魔幻现实主义，也不同于超现实主义①。

所谓“一个魔幻世界的奇迹”和“富有生气的原始状态，一切都如天造地设”，都是说那里生活、存在着奇迹和神奇的事物，并且神奇、奇迹、魔幻就存在于周围的现实之中。《蛇恋》中那条青银灰色的大蛇就非常神奇，它几次在关键时刻帮助了自己的恩人。《剥皮亭》中的神奇则接近奇迹：一伙精兵强将武装看管下的鸦片，居然神鬼不觉地不翼而飞。“银灰色的大蛇”的“显灵”和鸦片的失踪，其艺术构思方式类同于阿莱霍·卡彭铁尔的“神奇的现实”。也就是通过对偶然性事件的

① 柳鸣九主编：《未来主义　超现实主义　魔幻现实主义》，第426～427页，中国社会科学出版社1987年版。

强化、夸张和渲染，使现实生活的“神奇”性变得更加突出，更加神奇。

如果将陈博文的“佛幻现实主义小说”与中国古典名著《西游记》进行对比，就会发现二者之间的一些差异：

首先，《西游记》是以写人的方式写神，陈博文的佛幻现实主义小说是借鉴了写神的方式写人。神在《西游记》中，是一种人格化了的客观存在，是独立和超越现实人生之上的完整世界。神在陈博文的小说中，则只是一种传说，一种被夸张和强化了的偶然，或者是半梦半醒、半醉半醒间的一种感觉。而且，这种传说、偶然和感觉，都化入了活生生的现实人生画卷之中。

其次，《西游记》是以重笔、实笔写神，完完全全地在进行“虚构的虚构”。陈博文的“佛幻现实主义”小说，是以较“虚”的方式写神。大凡在进行“虚构的虚构”时，都采取了一些闪烁和虚写的方式。

（三）佛学思想与儒学主张的渗透融合

佛教自从传入中国之后，就已经与中国文化、思想进行过反复的融合。身在泰国的华文作家，一方面继承着中华文化、儒家思想的血脉，一方面也从传入泰国数百年的佛学思想、艺术中，汲取了一些有益的养分。

泰华作家对佛学思想并非一概接受。相反，他们表现出极强的选择性。如陈博文在杂文中，曾以儒家学说中忠孝仁义的思想、建功立业的人生理想，非议过佛家的出世之说、六根清净之说和随缘而安、与世无争之论等。泰华作家往往对佛学中的一些能应和中国文化思想、艺术思想的观点，表现出较大的热情。最为突出之处，就是对文学社会功用的理解和赞同。

中国传统文人历来重视文学的社会作用。从“诗可以兴、观、群、怨”，到文章乃“经国之大业，朽之盛事”；再从“文章合为时而著，歌诗合为事而作”，到“新一国之民，必行新一国之小说”。可见对文学的社会功用的重视和肯定。

作为艺术的宗教，佛教自有一套循循善诱的宣传、渗透和教育方式。佛教劝人们相信业（即自己的行为）会带来的因果报应；希望告诉人们什么是善恶；希望信众能够确信善举，能给人带来平安、幸福和繁荣。有研究显示，佛陀很有文学才能，他开创了利用文学来传播宗教、表现宗教的传统。在这样的宗教文学中，其“社会功用”突出地表现在传世、劝世、警世等宗教观念的反复叙述之中。

泰华作家很注重文学的社会功用。陈博文的佛幻现实主义的小说，在主题确立、题材聚合、艺术结构诸方面，都较大限度地服从于、满足于小说的“社会功效”的需要，因而使得他的小说，具有明显的警世、劝世效应。在《金孩儿》中，老道士有一段话语道出了作者的这种心态：“凡事守本分点最好，你们中国有两句老话‘祸福无门，唯人自召’，大概就是劝人守本分吧！”

劝人守本分，也成为陈博文小说的重要主题。尽管人物不同，结局不同，但作品的主题之后都隐约响着“劝人守本分”这个声音：蔡宏之妻，因心不守本分，招来祸事；小罗（《魔女》）因身不守本分，引来痛苦；亚伦、亚城因做人不守本分，惹出麻烦……在《蛇恋》中，所有“守本分”者皆得表彰：终得善果，皆有好报。

《剥皮亭》不属于“佛国传奇”系列，但也可以视为佛幻现实主义小说中较优秀的篇章。在这些小说中，作者仍然不变地关注着作品的警世作用：警戒泰国边界上的各色贩毒行为。但是，作者又将这种发自内心的警告，深沉地隐藏在作品本身那十分铺张、奇诡、曲折的情节之中。边境武装集团的威严，山区边民的艰辛，大小山寨间奇特的交际与规矩，构成了一幅别致、质朴并带有几分野蛮的风俗画。人生是世界上最复杂的运动过程，人心是变化不已、最难预测的“内宇宙”。《剥皮亭》能够描绘出这个“三不管”区域中的弱肉强食以及在这个特别世界中复杂的人心、人性——义气、豪爽，善中孕育着恶，恶中又显现出善——不能不算是同类小说中的佳作。

与《剥皮亭》相比较，《蛇恋》的主题显然过多受到佛教劝世、警世思想的牵制。时至今日，小说的社会效用似乎应有更多的理解。如对世界复杂性的描述，尤其是对“内宇宙”多层次的探索，都是一种有益的艺术尝试。

与小说的艺术性思维相比，杂文等来得更加复杂，一因多果，一果多因。如果佛幻现实主义小说，能够像《剥皮亭》，既写外宇宙，也写内宇宙；能够像《魔女》、《阴阳赌局》等小说，使严肃的人生主题，以奇诡、奇异的方式充分消融在曲折的情节结构中，将会使作品的社会作用表面上淡化，实质上得到深化。人们在仔细解读情节和人物的内涵时，才会因其中丰富的意蕴被震撼与打动。

第六编

台湾：女性文学

一、台湾女性文学中的母性审视

女性的解放程度，是衡量社会进步的一个重要标志。女性的解放，并不仅限于未婚、未育的女人，而应贯穿于女人的一生。做母亲，是绝大多数女人的必经之路。做了母亲之后的女人解放程度如何，即西方社会学家所说，女人的第二个高峰期的解放程度如何，已愈来愈为社会所关注。台湾女作家，较注重以家庭、婚姻、亲情、爱情为支点，透视女性人生、社会变迁及人性的沉浮。她们对女人的命运，尤其对第二个高峰期前后女人的状况非常关注。在她们创造的文学世界中，一个原本面貌与性格都较单纯的角色——母亲受到高度重视。各个时代、多种类型的母亲，均呈现于文学作品中；各种特质、各种风采的母性也在文学中得到充分展示，直至受到严厉的拷问。

（一）异样的母亲类型与多样化的母性

20世纪50年代初，台湾女作家创造的母亲形象与母性内涵较单纯。如林海音塑造的母亲主要有两种：其一，受难的母亲。这类母亲受困于各种枷锁，生存于种种人生苦难中。她们的母爱既无从展现也不受人重视，最终消灭在自身的毁灭中。《金鲤鱼的百裥裙》、《烛》塑造的都是这类悲剧性母亲。其二，慈爱的母亲。不论居身顺境、逆境，这类母亲均给子女博大、无私的爱，且不惜以双肩承受所有的痛苦。《城南旧事》等多是这类至慈至爱的母亲。

塑造这些母亲时，作家重在述说她们自身的命运与处境。就母性而言，基本上大同小异，都对子女有着无比的爱心，区别主要在于处境不同，有些母亲能够将爱心化为行动，有些母亲不便或者不能化为行动。女作家描写母亲的受难，正是要解除母亲身上的枷锁，使她们既活得像一个人，也能有条件去尽其所能地释放内在之爱。此时女作家对母性的体察与描绘，可谓童心慈母。

60 年代前后，女作家笔下的母亲形象开始深化。首先，既有母亲的类型不断扩展。如母亲的受难，在李昂《杀夫》中的林市之母身上，被表现得淋漓尽致。母亲的慈爱，也由一批女作家不懈地进行着传神的描述。其次，前所未有地以集群形式涌现出大量灰暗性的母亲。其结果，使原呈单向性，以无私无源为特征的母性受到冲击，母性逐渐变得复杂化、多向化。

女性文学画廊中灰暗性的母亲，大体可分为两大序列。

第一，据母亲的主体特征，即从社会关系、家庭关系角度看母亲，至少有弃妇型、自役型、外遇型、未婚型，还包括部分强人型。

弃妇既是时代的产物，也是女性自身缺陷的产物。台湾女作家笔下的弃妇有新、旧弃妇之分。月琴（肖飒《小镇上的医生》）、赵妻（狄宜《米粉嫂》）属于旧式弃妇。丈夫移情别恋，她们失去了生活保障，也丧失了全部精神家园。叶蓉芳（廖辉英《窗口的女人》）等，则是新时代的被弃者。她们有能力、有职业、有依靠，但婚变之后，也一如旧式女子自寻短见，抛下弱子幼女不顾。

自役型母亲出现在转折时代的女性文学中。廖辉英《油麻菜籽》中的母亲，无论学历、门第、才智都胜过丈夫一筹。但她习惯于自我压抑、自我贬责，传统的重男轻女观念不仅摧毁了她的自尊，还使她进而宠子抑女。她的苦难既为生活所致，更有自我奴役之因。自锁、自役，使她与调整、发展的时代精神脱节，也使她的人格黯然，母性失色、偏执。

外遇型母亲对子女之童心伤害更重。廖辉英《落尘》中的沈宜芩、郭良蕙《四月的旋律》中的石玢尼等，在外遇中不仅冷淡了家庭，更冷淡了需要照顾与关爱的儿女。欧阳子《魔女》中的倩如妈，中邪般地哭求一个道德败坏的男人，给倩如纯洁的心灵带来了巨大的阴影。廖辉英在《不归路》中，更塑造了一种奇特的母亲、母性——怀孕生子不是因为母心、母爱，而是为了多一分在外遇中争夺的筹码，为了在拉锯式的消耗战中取胜。

未婚型母亲在文学中多种多样。犯罪率上升，婚姻方式变化，均造成了大量未婚母亲。季季在《涩果》中描写的未婚母亲最令人瞠目，李艳丽生下儿子，出于无奈，竟与恋人一起亲手杀死了儿子。

强人型母亲涌现于 80 年代的台湾女性文学。这些母亲同时在几条战线作战，身心交瘁。虽然她们亦力争成为慈母，但并不总能如意。廖辉英《盲点》中的丁素素，尽管爱子如命，也不得不从失业、家庭考虑，退居于“周末母亲”。

上述母亲有思想上的新与旧，事业上的强与弱，但她们都程度不同地造成了子女的不幸或心灵阴影。她们或者因守旧而扭曲了母爱，或者因逐“新”而伤害了母爱，或者因事业而影响了母爱。总之对于子女而言，由于母亲自身的种种原因，人类天性中博大、无私的母爱，不是发生畸变，就是出现了阴影。

第二，从母亲在亲情关系中的特质看，灰暗性母亲也有虐待型、掠夺型、冷淡型、继母型等。

虐待型母亲往往从自虐开始，进而虐待子女。齐玉瑶（《盲点》）与敦治（欧阳子《觉醒》）在年轻时压抑自己的正常愿望，将子女视为人生的太阳。但子女成年后，试图永远保持对子女的精神控制，成为儿女人格、心理、情感的压抑者。齐玉瑶女儿的死，儿子婚姻的触礁，都与这位母亲的过分精神控制、心理压抑不无关系。敦治走得更远，儿子既是她的皇帝又是她的囚犯，她甚至容不得儿子的社交、恋爱，容不得儿子在母爱之外接触更广阔的人生。

掠夺型的母亲恰与传统文学所描绘的无私型母亲成为对应。葛洪的母亲（廖辉英《蓝色的第五季》）视母子、婆媳如债主和负债人，她直言不讳生儿育女就是为了他日的索取，每当她远涉重洋将儿子、儿媳的钱财搜罗一空时，总要加上一顿阔论："辛辛苦苦养大儿子，拿也是本分！"

冷淡型的母亲不同于传统文学中的慈母。这类母亲往往将自己在生活中的受挫感，在家庭、婚姻中的受挫感，无缘无故地转嫁到子女身上。王浮山（施叔青《困》）五岁起在冷淡的境况中生活，母亲无端而持续的冷淡，使他终身苦恼而不得其解："二十多年，我一直想不通，我到底做错了什么，我母亲是个很冷淡的女人。"母亲的这种态度，给王浮山幼小的心灵带来了严重的创伤，也影响着他的人格发展。他终生都对母亲，甚至女人怀着一种疏离之情。

移恨型母亲比冷淡型母亲走得更远。由于婚姻关系的不幸，或者严重受挫于男人的世界，不少母亲往往把仇恨转泄到自己可以摆布的小男人——儿子身上。欧阳子《近黄昏时》中的丽芳，因憎恨丈夫而公开宣称儿子不再是自己的，儿子只属于丈夫。杰生的母亲（施叔青《回首·蓦然》）更加奇特，她常常无缘无故地仇视儿子，并差一点有意将五岁的杰生闷死。在这种家境中生长的儿子不仅心灵受损，也容易导致情感的畸形。成人后的杰生不仅想不通母亲的行为，还因此仇视所有的女人，并由此引发出许多家庭矛盾与悲剧。

继母在文学中常是坏女人的代名词。作为文学中的一种人物类型，在台湾女作家笔下既包括着亲情关系中的继母，也涵盖着某些自身人格分裂、变异而肆意摧残儿女的恶母。郭良蕙《睡眠在哪里》中的继母，不仅道德败坏，赶走亲夫并逼自己女儿与自己的姘夫结婚，以便将花心的姘夫长久地拴在自己身边。无独有偶，西莲的母亲（李昂《西莲》）的行径完全类同于郭良蕙笔下的继母。为了自己的声誉与私欲，西莲的亲生母亲先是粗暴地干涉女儿的恋爱，然后强行将自己的姘夫塞给女儿做丈夫。在这种令人发指的非人性的母女关系中，一方面是"继母"式的自私、冷酷，另一方面则是儿女的受辱、牺牲、毁灭。

在上述不少母亲身上，传统文学中所赞颂的母性荡然无存。在母子、母女关系中，人类最崇高的感情，母爱中的无私、奉献、仁慈、关注等成分，被虐待、掠夺、冷淡、施暴等部分地取代甚至全部地取代。这个世界已不再是童心所能体察的温馨的乐园，而是令人忧戚、令人震惊的昏暗之境。集中于一个不算太长的历史时期，文学世界中出现如此之多的灰暗性的母亲类型，出现如此不完满、多向化、异变式的母性，堪称一种奇特的文化现象。其中有些母亲类型，尚属中国女性文学史中，乃至整部中国文学史中都不曾有过的。

（二）“审视文学”的思维特性

文学是现实生活在作家头脑中的反映，但这种反映又是能动的，包括着作家主观的思考与审美选择。透过上述多样化的母亲类型与母性内蕴，可以认为，母亲画廊或称母亲谱系的大大扩充，主要渊源于现实生活的发展与作家内在世界的变化。首先，台湾社会迈入转型期后，乃至最圣洁的情感世界——母性，都受到挑战，并发生了微妙的变化，甚至出现变异。文学世界因此获得了异彩、异声，且可能在一个不长的时期内形成气候。其次，涌现了一批具有异向性思维的女作家。她们正以各自不同的方式，自觉不自觉对现实中的母亲、母性进行着审视。因而，同是生活在当代台湾的女作家，一些人习惯以传统的笔调赞颂母亲的伟大与母性的完美；另一些人则总能在此之外建立一个个新的文学视点，创造出一种种令人震惊的母亲类型。

女作家的异向思维，主要指她们在观察生活、反映生活时，以强烈的女性意识为导向，对母亲、母性进行着两个审视。

其一，对母亲的社会角色、家庭角色的审视，以破除“母亲神话”，还给母亲女人的本色。

中国文化典籍中，颇重尊母、敬母。《诗经》、《尚书》中，有赞颂商周女祖先和赞誉周室三母的篇章。孔子在《礼记·表记》中，也主张“事亲孝”，敬对父母双亲。但是，“五四”之后，尤其现代女性主义运动高涨之后，人们发现，这种“尊母”并不是对作为母亲的女人的尊重，并不意味着父与母在家庭中可以平分权利。孔子称：“母亲而不尊，父尊而不亲。”① 这一“尊”一“亲”，即透露了父母家庭关系、社会关

① 见《礼记·表记》。

系的不同。以“亲”为主要内容的所谓尊母，归结起来，不过是尊母亲的独立人格与家庭地位。如此尊法，不过是要将女人紧锁在家庭的小天地，将巨大的社会、人生舞台拱手让给属于父亲的男人。

台湾女作家的角色审视，既带有无视时代妇女解放的痕迹，又有特定环境的思维方式。其基本点之一，是通过处在旧式家庭结构中的母亲的惨状，揭示出儒家文化的“母亲神话”的虚伪。“韩太太”、“金鲤鱼”一类旧时代的母亲，恰如柔石笔下的“奴隶”。她们如同摆在砧板上的鱼肉，终生受着宰割。一不能因生子荣耀，二无苦熬成婆之望，家庭地位、社会地位，甚至人的价值也丧失殆尽，更不言受人亲与尊。尊母、敬母之于她们，不过宛如一个遥远虚无的神话。

角色审视的基本点之二，是充分渲染、解析母亲的内心世界、隐秘世界，以破除经过修饰、歪曲而流传久远的“圣母性”。封建时代的文人，在文学中常以塑造圣人的方式塑造文学中的母亲。通过强化母亲的神性，抹杀母亲作为女人的正常人性。不论是东方的“良母”，还是西方的“圣母”，一旦母亲被人为地拔高至神的地位加以敬奉之时，其女人的人性也就同时被压抑、限制到了极致。台湾女作家一反传统的圣化之法，以异常的勇气观察并强化地表现母亲作为常人的七情六欲、私心杂念。沈宜芩、石玢尼为追求、沉溺于情感、情欲，不惜搁置母子之情；倩如妈仿佛中邪般陷入漩涡不能自拔；即使女强人丁素素，也曾跌倒在某导演的怀抱中。这些“不贞”、“不洁”的母亲所演出的人间故事，当然不乏可指责之处。但是，她们不再是天国天神，也不是任人拿捏的艺术偶像，而是在尘世中或者说是在炼狱中挣扎、呼嚎、冲撞的普通人。她们有人的身躯、愿望，也有人的错误甚至恶行。女作家以非礼之笔调，详述母亲内心之隐秘、隐情，即为了在反思、冲撞“圣化”的同时，以文学的方式告白母亲作为女人的本质：既普通又平凡的人性。

其二，审视在亲情关系中，母爱的分裂性、复杂性，意以打破“母性神话”，使母性与父性在家庭中同构、平行。

母性中包含着对子女最深沉、持久、无私的爱心，包含着对人类事务的自觉责任与对后代子孙的忘我精神。但是，在人类历史的一个很长阶段，作为母亲的女人，几乎完全外在于社会。她们被封闭在家中，隔绝于社会生产之外，成了单纯的生产人类的工具。在狭小的家庭范围内，她们自然而然地把感情生活作为精神生活的惟一天地。自我克制、自我虐待的忘我型母爱，就是这个畸形时代的奇异造物。传统社会对母性的赞颂与肯定，是要把母性完全限定为生儿育女的义务，限定于牺牲了女人的性爱、自我的母爱之中。西蒙·波娃指出："自从母性的宗教宣扬母亲都是神圣的以来，母爱便被歪曲了。因为，母性的奉献虽然可能是十分纯正的，但事实上的情形并不如此。母性往往含有自我陶醉、为他人服务、懒散的白日梦、诚恳、不怀好意、专心或嘲讽等等因素，是一种奇怪的混合物。"① 女性主义者认为，母性的神话或母性的宗教愈被大肆渲染，父亲在家庭中的责任与义务愈松弛，父性的重要愈被世人忽视。在不平衡的母性、父性变得愈加倾斜时，做了母亲的女人只得纷纷从步入社会生产的途中全面地退缩回人类的自身生产之中。而且，这并非只是女性的自忧。80 年代初，社会学家在调查台湾妇女就业问题时业已指出：未婚女性参加工作的比例为 58%，已婚后的妇女参加工作者仅为 39%。

为了打破神化的母性，台湾女作家们往往以冷峻的方式，审视母性在实际生活中的多元流向。

首先，母性中蕴含着爱心，但母性并不完全等于完美无瑕的母爱，甚至包含着冷酷的恨。《困》中的冷淡型的母亲，《近黄昏时》和《回首·蓦然》中的移恨性母亲，显然不是出于爱心以应有的惩罚管教子女。她们的心并不在孩子身上，而仅仅是迁怒和移恨。当孩子还没有出生或者并未出现过失时，她们意识的深处已经积蓄了潮水般的恨。借惩罚幼子的机会，她们在报复男人，报复世道，或报复自己的身世。

其次，母性中自有无私无怨的奉献，但其中也包含无尽的索取甚至冷酷的掠夺。当母亲以被虐待狂的方式，牺牲了自己的性爱、自爱，将自己全部奉献给子女之后，母性中也暗藏着有偿的索取，甚至掠夺之心。葛洪的母亲以金钱狂的方式，伸展出母性中残酷的统治意志。养育之恩、奉献之情之后，潜行的是掠夺、挤压、虐待之心。

---

① ［法］西蒙·波娃著，桑竹影、南珊译：《第二性——女人》，第 294 页，湖南文艺出版社 1986 年版。

再次，母性中也包含着人间最珍贵的美与善，但也不尽是至美至善，甚至也潜伏着人性中的恶。

继母型的母亲，集中地代表了台湾女作家对母性残忍面的思考。类似母亲的此类恶行，文学作品或者社会的一般心理总是要推托到后母身上。生母善良无比，继母残忍成性。郭良蕙表现母性中的恶，还依然用着过去的方式。在直面人生的同时，避免着对母性神话与社会心理的剧烈冲突。李昂则竭力将母性并入社会化了的人生范畴。既然母性的善在人性的范畴之内获得特殊性，母性的恶也在人性的轨道上有着必然性。

母性既然如此多向、畸向，单纯地注重母性在家庭中的作用而轻视父性，显然是社会的重大失误。何况那些忘我型的母爱，常常是丧失自爱、性爱的结果；完全将子女交给这样的母亲，未尝不是社会的更大失误。台湾女作家多方审视母亲的分裂性、复杂性，就是为了使社会正视“母性宗教”的谬误以及“母性宗教”给母亲与子女带来的巨大不幸，从而唤起社会对母性与父性的同等重视，使做了母亲的女人如同做了父亲的男人一样，既能在社会化的生产中充分实现自我，又能在家庭结构中正常地发挥自身角色的作用。

（三）“审视文学”的艺术“翻越”

由于女作家对母亲、母性的体察与理解有了变化，文学的表现方式也呈现一些特征。

其一，创作主体的位移：由女儿到女人。

在林海音的时代，女作家创作时的心态多呈女儿状态，即作者是自己所要表现的母亲所重视的女儿。她们以仰视的方式，领受着母亲的慈祥，依恋着母亲的温馨，也表现着母爱的广博；她们又以仰视的方式，感受着母亲的苦痛，不平于母亲的苦痛，也表现着母亲的苦痛。但是，惟因仰视，她们无从进入母亲的内心，无从发掘也不愿发掘母性中特质迥异的内涵。她们的创作，多沿着冰心、沅君的方式推进，甚至张爱玲式的冷峻，也为持有童心的作家所不能包容。

转入自觉地审视期之后，女作家逐渐实现着主体的位移，由女儿到女人。创作的视角也有仰视转为平视，甚至俯视。她们不再只满足于对母亲世界的客观描述，而要进入母亲的内心世界进行各种探秘与分析。从此之后，母亲不再只是一个单纯的家庭角色，更是一个情感丰富、性格复杂、欲望强烈的社会角色。作家打破母亲的外壳进入人性深处后，母亲的思想意念、灵魂震怵以及内心的罪过，便公开而合理地进入了创作。尤其是那些被世俗压抑着，认为是不光彩、性欲的非分冲动，也同母爱一样堂而皇之地出现于文学殿堂。这时的女作家，不再只是一般人的“心灵的医生”，也斗胆称为“母亲”的心灵的医生。她们开始既描写母亲言语行动的善恶，也思考、分析着连心底的思想意念也算在一起的内心的欲、内心的罪。向内转，向母亲心灵深处挖掘，母亲便只是如同男人一样的普通的、寻常的人，文学中的母亲也从此成为生活中的活生生的人。于是，主体与客体之间，不再有意识的鸿沟，表现的障碍。欧阳子称“我总是在揭露他们自己都不敢面对的内心的罪，以及他们被迫面对真相之后的心灵创伤”[①]。这其中的“他们”，便一视同仁地包含着男人与女人，包含着人伦关系中的父亲与母亲。因母性与人性沟通，母性折射出时代演进过程中在泥沼中拖曳的社会化了的人性的特质。多维性、复杂性取代了单向性，冷峻性、现实性取代了温情性与浪漫性。作家再也不满足昔日的文学出发地：爱女甚至逆子。她们呼唤着母亲是人，是女人，以解剖自我般的严厉，呼风唤雨般地出入于母亲世界，拷问起母亲的魂灵。

其二，跳出“阴柔”之外的美学尝试。

女性文学在人们的集体无意识中，仿佛总应以阴柔美为美学思维与风格的特性。相对于阳刚之美，女作家在很长的历史时期内创作的文学人物的基本性格与作家的总体性创作特点也主要是柔美：娇媚、细腻、秀美、优雅、含蓄。婉约的文风，美、秀、甜的风韵，既显示出女作家艺术思维所长，也反过来局限了女性文学的发展。钟玲论述台湾女性诗歌时也谈到女性文体的优势与弱势：女诗人在诗歌中呈现情感与意象时，与男作家有明显不同。（一）宽容意识，常以宽容之心待人，尤其对无

---

① 欧阳子：《关于我自己》，见《移植的樱花》，尔雅出版社1978年版。

情的情人；（二）“母亲基形”，像大地之母一样，默默承受、忍耐、复苏。因而，纤细敏感与幽怨哀诉，成为与宽容、忍耐既互为表里，又无法剥离的创作特征。①

以审视的勇气表现母亲、母性的女作家，进行着一种翻越。她们不满足“仍然是停留在墙的这一边”，即如罗丹曾言：“只有少数越过墙到另一边去”。她们也可以作为越墙的少数人。苦涩、怪异、冷峻，搅乱了一泓山泉似的温情，冲散了幽肠回荡的柔美。《魔女》、《觉醒》、《蓝色的第五季》、《困》等作品中，奇异得近乎刁钻的角度，苦涩得令人抖颤的目光，厉声疾色地撕扯着男作家都不曾触动过的人性遮饰物。宽容、承受的母题意识，也受到夺门而至的自我张扬的冲击波的强大冲击。

与秀美、纯美境界相对应的怪异、恶心意象也受到女作家的高度重视。以冷峻、严酷之心，剖析、展示母性之恶，并于不动声色之中鞭挞母性之恶，几乎使男作家在某些方面也为之逊色。发现张爱玲，超越张爱玲，几乎成为李昂等作家的强烈愿望与美学思维的重要特征。

从审视母亲到审视母性，可见台湾女性主义思想的演进。虽然其中不乏作家自身的思想矛盾、过重的存在主义暗影，但毕竟在最敏感的创作领域，高举起了反击男权主义的旗帜。并且在这原本是最适应于纯美、娇媚的艺术国度，奏响了超越传统女性文学特质的异声。

---

① 钟玲：《现代中国缪司——台湾女诗人作品析论》，联经出版公司1989年版。

二、郭良蕙：悲剧故事与牧歌情调

在台湾女作家中，郭良蕙是最引人注目者之一。她创作时间长，创作成果多。从自行刊印第一本短篇小说集《银梦》（1953 年）到现在，她已经在文学道路上跋涉了四五十年。截至出版短篇小说集《台北的女人》，已经出版中、长篇小说与短篇小说集五十五部。此外，还出版了一本游记《过客》。她的作品在选材上，往往具有惊世骇俗的特征：长篇小说《心锁》，曾因此被查禁。描写同性恋、婚外恋、早熟早恋的作品，如《两种以外的》、《黑色的爱》、《邻家有女》，出版之后也常引起各种不同的反响。但郭良蕙始终执著于艺术的探胜。遭禁也罢，冷遇也罢，畅销也罢，她总是一本接一本地写作。正像她第五十五本书的发行人隐地指出："这么多年来，她永远还在写作，冷漠和世态炎凉并未使她气馁，在写作的道路上，她始终直立不摇。"①

（一）专注于解剖"变异"与"问题"

郭良蕙小说的一大特点，就是作品的选材往往具有所谓"惊世骇

① 隐地：《一本寂寞的书》，载《台北的女人》，尔雅出版社 1980 年版。

俗”性。这主要表现在，她以一个资深作家的身份，较早开始对台湾这个极具变化着的社会中人性的跟踪。并且以一个女作家之笔，大胆而及时地将人性的堕落，道德的衍变，情感世界的裂变等时代性的“变数”一一真实而形象地呈现在文学世界中。她这种艺术精神与艺术魅力，数十年一贯始终，成为作家的一种较有特色的艺术个性。

50年代活跃于台湾文坛的女作家，大多是渡海来台湾的知识分子。她们初来台湾，感受较深的仍是过去时代的沉重压力。作品描写的也多是封闭型的小农社会中，封建意识与封建家庭所造成的人的困境与人的悲剧。也许正是因此，她们的作品冲破了文坛上的“政治化”模式，获得了持久的艺术生命力。成长于台湾的第一代现代派作家，在他们的初期，也同样善于反思性地描写逝去了的时代生活。如聂华苓60年代以大陆抗战时期为背景的小说《失去的金玲子》。不同的是，聂华苓等更善于利用逝去的生活，展现西方现代派东渐台湾后，台湾青年的现代感思。郭良蕙虽名列渡海作家，但她善于尽快调整自己的艺术视点，并且很快就确定并形成了一种创作特色：目光紧紧盯住正在变动的台湾现实生活，大胆揭示动态生活中人性层次的“趋恶”势头。

50年代，以“农业培养工业，以工业发展农业”的经济建设方针，使台湾得到较大发展。60年代，台湾采取的一系列开放性经济措施，进一步促进了经济的繁荣与社会形态的转换。社会发生重大变化和发展，或者即将出现重大变化和发展的关头，艺术家往往表现得比一般时候、一般人更加敏感。郭良蕙就是这样。她一方面为时代的推演、经济的繁荣所振奋；另一方面又为新旧交替时期，人们心理的惶惑、不少人私欲的暴涨而深感不安。

长篇小说《心锁》（1962年）即是在台湾社会形态尚未转化，但某些方面又呈现出一些转化的势头时，对在金钱至上的氛围中，人性沉沦、异化现象的一次大胆暴露。表面看来，这是一幕特定时代的爱情闹剧。范林本是丹琪的男友，但他却又费尽心机追求丹琪的女友——有钱有势的梦萍。范林与梦萍结婚之后，丹琪一气之下，嫁给了梦萍的大哥梦辉。从此，这个家就成为人欲横流之场所。范林、梦石（梦辉之弟）都向丹琪伸出了罪恶的手。在这个以欲的发泄为特征的闹剧中，作者勾勒出时代性的多重病症。

首先，作者描绘出一幅落破了的封建子弟借助婚姻关系无耻地图谋重新发迹的丑类图。社会经过变动，范林家的地位一落千丈。他的父母不甘现状，一方面不择手段地钻营于新朋故旧中图谋重新发迹；另一方面也把这种没落阶层的意识灌输到范林身上。无产无业的范林，将追求中产阶级家庭的丹琪作为进身之阶梯。通过丹琪结识富豪之女梦萍之后，他就毫无顾忌地抛弃了丹琪，最后，他以婚姻为手段，实现了他和父母的目的，重新攫取失落的产业、金钱与地位。

同时，《心锁》又是上流社会中一幅具有象征性的兽欲图、一部丑恶史。不论从旧时代走来的范林，还是新时期的显富梦石，心灵深处都充溢着兽性、兽欲。他们的人生哲学只有一条：极端的为我。正如范林所言："时代改变了，各人为各人着想，各人为各人打算。"他们为自己"着想"、"打算"，不惜损伤别人，损伤公德。争夺金钱，争夺与玩弄女性，他们有恃无恐，而且从不顾体面，也绝不计伦理道德。通过这些新贵与显富，作者揭示出动态社会中正在出现的一种非道德伦理趋势，而且这种揭示几乎是与社会中人性的变化呈现同步的态势。如果历史地看，甚至还有一种"超前"性。

正因如此，《心锁》中对婚变、情欲之中所表现出来的丑恶人性的描写，具有某种"惊世骇俗"性，也影响着为数不少后进作家的艺术视野与表现方式的形成。在以后的创作中，郭良蕙始终保持着大胆挖掘人性阴暗面的勇气。在《焦点》中，她巧布疑阵，层层剥笋，逼出了道貌岸然的"颜院长"人性的虚伪与魂灵的污浊。在《睡眠在哪里》中，她将批判的锋芒指向形形色色的男人与女人。女歌星陆家荷生活在一个兽性横流的王国中。"养母"的蹂躏、"丈夫"的摧残，各种男人的玩弄，使陆家荷处在一个黑暗无边的社会性牢狱中。

上述作品显示，转型期的台湾，人性的发展并不像经济的态势令人振奋。相反，为数众多的一些新贵、名流、"精英"，他们的灵魂已为金钱腐蚀，他们的人性已经扭曲为兽性。显然，对造成这种现象的原因的解析以及对这种现象的深层批判，在郭良蕙作品中还相当欠缺。她似乎还处在理性反映的摸索期。但是，作为一个小说作者，她总是能及时地把握社会中人性的动向，并将之大胆地揭示给读者，这也需要触须的敏锐与强者的勇气。

随着台湾社会的进一步发展，尤其是西方各种思潮与观念的涌进，婚姻观念与家庭观念也在发生变化。旧的观念仍然在人们头脑中延续、积淀，新的意识也在不断涌现、扩展。近年来，台湾不少社会学家、女性学者以及各种新闻媒介，都十分关注“外遇问题”。众多已婚者的“外遇”不仅冲击了原有的家庭观念、婚姻形态，也扰乱了社会的安定。产生外遇的原因，当然可能多种多样，但其中一个重要原因，即是新旧两种观念剧烈撞击时所产生的婚姻观念的裂变。郭良蕙小说系列中，为数不少都选择了“外遇”题材，如《四月的旋律》、《团圆》、《他们的故事》、《墙里墙外》等。显然，郭良蕙与大多数的探究者、关注者一样，对外遇问题持一种谨慎的、批评的态度。她在作品中，一方面放主人公到家庭之外的情感天地中去闯荡，让她或者他充分演示婚外恋的狂热；另一方面她又不像有的作家那样，使作品的主人公彻底走上人生的不归路。经历了天翻地覆的狂热之爱，郭良蕙作品的人物往往会“发乎情而止于礼仪”，从种种外遇纠葛中退回原有的婚姻和家庭。这种多生发于中年人之中的情感上、道德上的两难处境，与婚外恋过程中的自我谴责，既反映了不少人真实的生活状况、心理状况，也使郭良蕙的小说在选择题材时又找到一个新的“惊世骇俗”的切入处。

台湾社会伦理意识的变化，还更严重地表现在正要走上社会的青少年身上。他们不愿接受现有观念的约束，亦缺乏对自我行为的理性克制，所作所为，常带有极大的随意性与他们自己所不曾意识到的破坏性。郭良蕙善于从这样的青少年中发现素材。如果称不上“惊世骇俗”，起码也是惊人地展现出少男少女们道德意识的裂变与失落。《早熟》、《邻家有女》中的少女，或将爱情视作游戏，或将婚姻道德完全弃置。“爱芳”(《邻家有女》)毫无羞愧地追求有妇之夫，还有一套侃侃而谈的理论：“道德多少钱一斤呀!”“老实说我爸爸左一个道德，右一个名誉，我早就腻的想吐了!”《冶游》中的少女，更加令人触目惊心，十几岁的学生，背着家人偷偷走上卖淫之途。

工商时代人性的变化，道德观念、婚姻观念的裂变，都是台湾现实的社会问题。郭良蕙称得上是一个“问题作家”。她及时、大胆地将这些“变数”，以惊世骇俗的方式呈现在作品中，以期引人瞩目和反思。这种艺术取材与构思的方式，具有较强的个性特征与迅速反映生活的功效。但是，惟因如此，某些作品不时显露出一些欠缺：在艺术性的暴露或描写的同时，欠缺更清晰的更理性化的审视。例如《四月的旋律》中，作者过多演化了人物婚外恋的狂热，而对产生这种外遇的原因，没有给予理由充分地、深层次地展示。故而，整部小说多少有些落入一见钟情式的旧穴。作者虽然花大力气写出了有震撼力的感情狂澜，但终因整个故事欠缺恰当的依托，而产生不出李昂、廖辉英作品式的主题的震撼力。《心锁》也是一例，作者的暴露虽然大胆，也因主旋律中缺乏更深刻的鞭挞，使作品主题失却了进一步提升的可能。由题材的“惊世骇俗”到作品整体的震撼性，也许是一个漫长的探索过程。但是，在郭良蕙的不少作品中，尤其是体现出较强的女性主义精神的作品中，它们则往往更趋于较好的统一。

（二）理智的女性精神

郭良蕙较少直接阐发自己对女性问题的见解，但在她的作品中，明显地携带着一股较强的现代女性精神。作家塑造人物，既要通过文学形象反映生活的真实进程，也会主动地表现出作家对生活的态度。郭良蕙的女性意识正是循了这条艺术之途，通过各种各样的人物的经历，自然而然地呈现给读者。

台湾女作家对女性地位的关注以及为争取女人权利的呼喊，表现在文学创作中往往首先集中于一个基本主调：揭示历史与现实中女人的受难。郭良蕙亦不例外，在她的小说中，存在一个十分漫长而又是逐渐明晰的主旋律：女性的苦难。围绕这个主旋律，作家塑造、聚集了一大批各种各样、各个时期的不幸的女人。

《心锁》的创作，可称是女性受难的萌发期或称不成熟期。即便如此，其中也已经隐伏下了一条女性受难的暗线，这就是丹琪母亲的生活史。她是一个慈善的女人，也是一个悲惨的女人。她那卑鄙的丈夫，抛下她及幼女，和她的侄女私奔，理由只是她不再拥有新婚时的青春与容貌。多少年来，她独自承担着生活的重压与被遗弃的羞耻。可惜，这段女性人生在作品中逐渐被淡化，没有给予以醒目地、连贯地展现和深化。《焦点》时期，郭良蕙的女性精神有了较坚实的理性依托，她将批判的锋芒指向处于社会金字塔顶端的绅士阶层。作品中的周雅珊虽有弱点，爱慕虚荣、心存幻想，但她始终处于弱者的地位，被上流社会的男人玩弄、抛弃。她的存在，本身就是对给女人带来终身痛苦的有产者的控诉。她曾经那样单纯，她又曾经那样的提防，但还是逃脱不了遭人玩弄的结局。可见，女人的受难是经济地位悬殊的社会中，下层女性难以逃避的悲惨命运。

在《睡眠在哪里》中，作者进一步强调了经济地位低下或试图寻求经济自立的女性的艰难。陆家荷逃出牢笼式的家庭，几乎被一群兽性膨胀的男人所摧残。"教她唱歌的男人"、"小报记者阿丁"，影视界的"胡胖子"、"方导演"，法律界的"方律师"，无一例外地都趁她有求、有难时，在她身上发泄性欲。年轻的陆家荷只有任由有钱、有势的男人随意宰割，用她自己年轻的身躯去填补男人兽性的深渊。一旦青春逝去，她这样的女人必然"门前冷落"，且还要被社会加上"不贞"、"不洁"的咒语。

郭良蕙描写种种受难的女性，不像林海音那样，集中抨击封建婚姻与封建家庭造成的罪恶，她的侧重点在于描写金钱社会中的人欲横流带给女人的不幸。隐伏在上流社会绅士中的兽性，金钱社会中泛滥的人欲以及传统道德造就的女性的逆来顺受心理，共同形成了郭良蕙笔下女性受难的原因。

郭良蕙不仅关注女性苦难，更以清醒的态度关注女性情感生活中的苦难。她小说中另一个清晰的主线，是表现女性在多方压抑中的情感、性格的变异。

情感与性格的变异不同于前面所论及的人性的变异。《睡眠在哪里》中的"养母"，是一个人性的异化者，而不仅是情感与性格变异了的女人。她为了一己私欲，赶走了自己的丈夫，并且帮助姘夫奸污自己的养女。为了长久地拴住姘夫，还强迫养女与自己的姘夫成婚。"养母"已经丧失了母性、人性，变成压抑女人的罪恶势力的忠实帮凶。情感与性格的变异者，一般仍抱有较完好的人的价值观念，也大抵接受、遵守普通正常的观念，她们只是被动的受害者或受虐者。由于女人地位的低下，使得不少女人在长期的压力与压抑之下，本来应该正常的情感与性格发生变化。这是社会持续不断地摧残女人的结果，也是女人被迫接受既定生活的结果。

在郭良蕙的小说中，女性情感、性格的变异被刻画得最突出、最典型的是描写女人同性恋的作品《两种以外的》。同性恋是一种严重的性倒错行为，或者说是性的逆转。在心理学中，认定同性恋有先天性与后天性的区别，《两种以外的》中的米楣君，明显属于后天性逆转者，而且是个被强制性逆转者。她初来到人间，本是一个极正常的女婴，但是她的家庭不需要也不允许她成长为一个女人。在中国封建意识中，孝道是儿女们的根本之道。"不孝有三，无后为大"，又是卫道者们津津乐道的不变信条。而这个所谓的"后"，则不包括男女在内的后辈。在封建家庭中，女人并不能接续香火。没有儿子、孙子，就是无后。因而，只生女儿也就是对祖宗的不孝。从米楣君祖上开始，几代一脉单传。她的父母需要一个儿子而不是女儿，来向上辈表示孝心。生了米楣君这么个女儿，父母为了所谓的孝道，便把她作为一个男孩报告给长辈。米楣君也被假定为一个未来的男人。从婴儿、幼年、童年到少年，米楣君在家庭中都被当作一个男孩打扮、教养。正所谓心理学中"不正常的童年生活"造就了她的"性心理倒错"①，她从小也错误地认为自己是一个男孩，需要一个男人的性格、情感，甚至追求一个男子式的爱情生活。成人之后，她在意识上、情感上、生理上都误认自己是男性，穿着、打扮、气质无不模仿男人，可见，米楣君的悲剧，是重男轻女的社会对女人压抑的结果，是旧式家庭容不得女人的结果。

社会压抑、摧残着女性的正常成长。反过来，社会又贬低、嘲笑这类因压抑而变态的女人。米楣君的遭遇恰恰如此。对社会的这一不公正的态度，现代西方女权主义者一贯持以挑战的态度。法国著名女性学者

① 霭理士著，潘光旦译：《性心理学》，第311页，三联书店1987年版。

西蒙·波娃曾多次指出："事实是，同性恋爱既非天生之命运，亦非存心耽溺的变态。它是一种在某种处境下被选择的态度。"① 郭良蕙对米楣君的描写，正是出发于这样一种现代女性主义的立场，为被压抑的女性寻找恰当的申诉与说明。

台湾作家描写同性恋的作品并不少见。白先勇的小说《孽子》，就因为描写一个混乱的同性恋世界引起人们注目。但是，白先勇笔下的同性恋王国，是一个纯粹的男人世界。他主要从社会学角度，描绘西方社会病在台湾这块土壤中的滋生与蔓延。郭良蕙的《两种以外的》，既有社会学意义的剖析，更有对父系文化的反思。自始至终，均闪现着女性学者为争取女人正常生存的呐喊。也许正是由此，白先勇着重于大胆展现男性同性恋王国中的各种罪恶、混乱；郭良蕙则始终描写米楣君这一个女人的人生苦难。当米楣君沿着家庭为她设定的性别角色走向社会时，她的受难也就不可逆转。她的所谓恋爱对象白慧——一个四十多岁的女人，并不是一个真正的同性恋者。白慧之所以接受这个不光彩的角色，其一是为了通过米楣君满足自己施虐者的心态；其二则是为了以合法的借口，索取米楣君的钱财。社会的歧视，家庭的遗弃，"恋人"的欺骗，均将米楣君不断地推向毁灭的深渊。她惟一的出路，就是只有在自我折磨与受人折磨中终了一生。

郭良蕙小说的女性精神，还直接表现在对现代社会中造成女人不幸的一大群自私、寡情的男人的斥责。

传统社会的婚姻道德具有明显的两重性：一方面要求女人从一而终，将女人的贞操放在无与伦比重要的位置；另一方面又允许男人三妻四妾、寻花问柳。台湾进入工商时代后，妇女因就业率提高，社会地位与家庭地位也有了相应提升。但是女人地位的提高，与女人自我意识的提高，并不会总是成正比。传统观念既制约着女人屈从于已有地位，也作用于就业女性的深层次意识。从这个意义上看，郭良蕙抨击以渔猎、玩弄女性为特征的自私男人，也正是为了警醒女人们对自我意识、自主意识的关注。

---

① ［法］西蒙·波娃著，桑竹影、南珊译：《第二性——女人》，第 196 页，湖南文艺出版社 1986 年版。

短篇小说《午夜的困惑》描绘出一个趋向崩溃的家庭。“丈夫”是一个小有名气的编剧。当他一文不名时，妻子是他忠实的审稿人和生活中的良伴。一旦他功成名就，妻子就被视为“畜牲”。他开始把各种漂亮的女人带回家，还深夜不归地四处逐猎女人。对于这样一个不忠的丈夫，“妻子”已经失去诘问的权利与勇气。她当年并不比丈夫缺乏才干，只因她过于忠心地侍奉丈夫，失去了进取的机会，才成为今天这样一个束手待毙的女性。

长篇小说《黑色的爱》表现现代男性的虚伪，把对男人的揭露又推进一步。某贸易公司的经理高某，依靠岳父的势力春风得意。但在他翩翩风度、正人君子的外衣下，隐藏着一个污浊的灵魂。他利用已有的身份、金钱，尽力接近各式各样的女人：“妓女宋二”、“小恋人小秦”，甚至还以未婚者身份千方百计地纠缠新寡郁居的黑衣女人杜雪荻。千般柔情、万种甜言，孤傲的杜雪荻终于被他引诱上钩。得手之后的高某，则骤然逃遁。怀有身孕的杜雪荻进退无路，只好绝望地沉潭自尽。

长篇小说《我心、我心》也是如此。气质高雅、仪态万分的香港小姐施慕柔，先是被一个有妇之夫蒙骗。大梦醒来，她决心提防所有的男性，但终于熬不过自称爱情至上者的新加坡经理华来德的苦苦追求。如同《黑色的爱》中的高某一样，华来德一旦征服了施小姐的心灵与肉体，便像抛弃一个宠物般，毫不犹豫地悄然离去。可见，即使杜雪荻、施慕柔这类具有经济能力与屡受爱情磨难的女性，在自私与贪婪的男性世界中，稍一失却警惕，照样会落入圈套、陷入绝境。好在施慕柔不是杜雪荻，她经历了生与死的困惑之后，终于有了一个光明的选择：奉献全部精力于自己的事业，并且成为一个负有盛名的服装设计师。

揭示女人的生活苦难、情感世界的被压抑，期待女性自主、自强意识的迈进，构成了郭良蕙小说中女性精神的流向。她将批判的锋芒指向传统观念、父系文化以及现代社会中泛滥了的人欲，更使她不少具有题材“惊世骇俗”性的作品，亦获得了主题的“惊世骇俗”性。

（三）颇具特色的艺术表现

经过几十年的风雨人生和坎坷的创作过程，郭良蕙的小说已经形成颇具特色的艺术个性，且摇曳多姿，十分迷人。正如隐地指出：“她的小说艺术，在数十年如一日纸不离笔、笔不离纸的坚毅努力下，已经浑然有成，自树一格。”①

郭良蕙非常擅长把握、刻画人物的心理活动与情感脉络，并且以此组织情节，发展情节。一般来看，郭良蕙对人物的外在仪表、容貌也较留意。如施慕柔的温柔、漂亮，杜雪荻得端庄、持重，“她”（《睡眠在哪里》）今日的憔悴与昨日的俊俏。但总体来看，作者对人物外貌、行为的描写，更是为了强化人物内心的矛盾；作者将更多精力，投入在对人物内心世界的描绘。

与一般作家不同的是，郭良蕙刻画人物的内心世界很少依靠心理分析方式。她喜欢把人物置于一连串的事件中，通过人物心灵与外界空间的不断撞击，勾勒人物情感活动的轨迹、心理变化的进程。如在《我心、我心》中，作者下大力气铺陈、渲染、点缀的主要是施慕柔的狂热、受挫、再度狂热、再度受挫的心理趋势。《黑色的爱》展现的是杜雪荻锁闭自我、情感复苏、自我毁灭的心灵轨迹。《两种以外的》着重表现米楣君身不由已、自我异化的心理变态。这些女性的个性也十分复杂，几乎每个人都集脆弱、刚性、敏感、痴迷、开放、封闭的心理特征于一身。她们本身都是矛盾百端的复杂体。

人物内心矛盾的多重性亦体现在各个“反派”人物身上，郭良蕙鞭挞着父系社会中的各种男人，又细细地刻画着这些男人各有千秋的心灵。即使对那些逐猎情场、追求感官刺激的男人，也避免千人一态的刻板描绘方式。而是谨慎地依据他们的身份、教养、处境，写出他们不同的动机和多变的谋略。尤其是写出他们在各种处境和心态的驱动下，假假真真、真真假假，假中亦真、真中亦假的“戏子”式情感。

郭良蕙小说艺术的另一个显著特征是她十分偏好作品的动情性。本来，郭良蕙是一个有着严肃立意与人生追求的作家。但在创作每一具体作品时，她往往借助各种通俗文学惯用的艺术手段来强化作品的感人色彩。纯文学作家，一般比较排斥通俗文学的某些表现手段，例如动情性

---

① 隐地：《一本寂寞的书》，载《台北的女人》，尔雅出版社1980年版。

等，将纯文学与通俗文学置于对立之势。郭良蕙似乎不太在乎这种人为的隔膜，反而尽量使自己的作品处于“纯”与“俗”之间。她的《黑色的爱》、《我心、我心》这类很悲、很惨的故事，全都“穿上了”一件牧歌式的外衣。她犹如通俗文学家对爱情的处理一样，把骗情男子与痴心女人之间的追逐与反追逐，都强化性地处理为一个个具有很强的情感色彩和艺术感染力的故事。通过温柔的笔调、细腻的心声吐露、起落的情感波澜与强烈的灵魂震颤，编制出一个又一个少女型的美好梦幻。

换句话说，也就是郭良蕙十分善于以合理性的方式表现人生中种种不合理性，从而使她那些凄伤的人生故事，具有一个完美的外壳，一段临近峭壁之前的坦途。郭良蕙的这种艺术手法，多少有些类似沈从文的湘西故事，使优美的情调穿插在悲剧主题之中。即便是苦，也似曾甜过，或者仿佛是甜的回味。悲剧性与牧歌性结合，严肃性与动情性结合，这是郭良蕙在商业社会中的一种尝试。前景是否光明，还需实践的检验与相应理论的提升。但这已足以构成郭良蕙小说创作的一种个性化的艺术特征。

郭良蕙还善于以颇为曲折、环环紧扣的动态结构表现平凡的人生。大体而言，郭良蕙的小说有种基本的叙事模式：以正剧或者悲喜剧开端，以悲剧或者闹剧方式将情节推向高潮，复以喜剧或者含有微言讽喻、象征的正剧方式收束。例如《心锁》，起于爱情游戏般的情场追逐，突转于高潮型的“二虎竞技”之闹剧，收尾于讽喻性的、宗教性求赎之中。《黑色的爱》也因循了这种结构方式，不是将故事像别的作家一样顿止于杜雪荻之死，而是将故事持续到高某回到日本后的逍遥。这样一种高低起伏、喜而现悲、悲而有节、悲而又转的多层次逆转性的动态结构方式，使得作品不断呈现出平凡生活中的不平凡性，即“戏剧性”。加之作者在叙述情节的过程中，十分讲究人生危机和情感危机爆发前，对作品内在气氛与人物心理世界的描述、铺垫，使得作品中的人生故事充满转折，又不突然，从而易于吸引、诱导读者阅读时的心智投入，并积极地引导读者随作者一道，到作品中去做种种的人生探胜。

艺术的独特性标志着作家的创见与水准，但并不等于作家已到达了艺术的最佳境地。也许，正是为了这种独特性，郭良蕙付出了不少代价。

其一，作者侧重描绘人物心理世界、人物主体情感的同时，多少有些淡化对动态的社会性与时代性特征本身的描绘，因而作品中人物与环境、与时代的关系表现得较为模糊。有些人物性格的必然性与偶然性之间，似乎欠缺一些客观合理的解释。读者只能从作品内在主旋律中细细体会社会的特征与人物的典型性。其二，作者在刻意追求作品的动情性过程中，时而遮掩了作品中发展着的人生主弦。直率地说，就是男追女恋情节的强化性、多层次性、牧歌性描写，冲击着作品的严肃立意，甚至淡化，不时淹没了作者出发时的深心。其三，作者构造情节时，悲而有节，尤其是高潮之后再转入微言讽喻或者戏剧样式的收束方式，某种程度上亦淡化了作品的悲剧意识。从艺术表现看，影响了作品的警世性、苍凉感；从创作主体看，似乎多少还缺少几分将人生有价值的东西撕开来让人看的勇气。

总之，郭良蕙是一个极有艺术魅力与艺术见地的作家。她众多的作品，具有极高的认识价值与艺术价值。

三、李昂：救赎的困惑与理性的探寻

女作家李昂是当今台湾文坛人人皆知的“怪杰”。她三十六岁时，就已跻身台湾畅销作家之列。怪就怪在她的作品不如其他作家走运，常常引起争议。1983 年《杀夫》获《联合早报》中篇小说首奖，她一面得奖，一面听骂。改编成电影后，又被人指控为剽窃。事后虽澄清无此事，但各种争执仍不断见诸报刊。她的作品在论争中越吵越热，《杀夫》一年内在台湾售出两万册，且与其他作品一道传到海外和祖国大陆。

李昂本人亦在论争中逐渐成熟，以非凡的毅力，不断向文坛奉献自己的新作。

（一）冲出困惑之“城”

李昂原名施叔端，1952 年出生于台湾新化县鹿港镇一个商人家庭。父亲对古典诗词的爱好，使她从小受到中国传统文化的熏陶。她是家中老幺，有两个文学功底极深的姐姐。大姐施叔女是声望颇高的文学评论家，二姐施叔青亦为著名作家。她们的扶持、帮助，对她的文学创作产生过重要的影响。加之李昂自幼显露才气，小学六年级背会了唐诗三百首，中学时边读书边创作，从不觉为难。

本乡小学、中学毕业，1970年考入台北文化学院哲学系。1975年初赴美留学，1977年获美国奥勒冈州立大学戏剧系硕士学位，1978年返回台北，执教于母校文化学院。

李昂在文坛上已活跃了三十余年。十六岁发表短篇小说《花季》以后，便一发不可收。现结集出版的有短篇小说集《混声合唱》、《人间世》、《她们的眼泪》、《一封未寄的情书》及中篇小说《杀夫》、《暗夜》等。

李昂开始文学创作的60年代末，乃至70年代初，正是存在主义与精神分析学说在台湾盛行时期。以个人为中心抒发心灵的苦闷，一时成为文坛的主要创作方向。其中当然也不乏继续描写具有相当社会意义题材的作家，但主要潮流追随的是西方存在主义等思潮的余韵。大量阅读存在主义、心理分析与意识流小说，促使李昂年轻气盛、躁动不安的心灵与时代潮流共鸣。聪慧的天分、急切的求知欲、新奇动荡的时代感以及被各种新潮流煽动起来的青春期绚丽热情，也造成了她与自己置身的古老闭塞的鹿港小镇的极大隔膜。加之依恋的姐姐的远走他乡，更增添了她荒原似的寂寞、求赎的空茫和静坐待变的希冀。

她在《写在第一本书后》[①] 一文中写道："如果有人曾在小镇——尤其像鹿港那样残存过去光辉的地方长期住过，相信该更能了解这类由家族联合的小镇，只属于老年人，或至少必得已上年纪，才能和它真正彼此相连。对像我这年龄的女孩，是不大的一种负担。"出于苦闷、困惑，更有求知、求新、求变的希望，她把创作视为宣泄个人情感的良方，由此迈向了文学的殿堂。

《混声合唱》中的七个短篇是李昂背叛与自救期的心路历程的反映。《花季》开始渲染心灵的骚动。一个情窦初开的女学生，由素不相识的花匠骑车载往花圃买圣诞树。少女在成年男子身后，提心吊胆地防范可能的攻击，又禁不住渴望自己不甚明白的某种事件发生。一个并不复杂的故事，经过李昂的点染。买花女灵魂深处游丝般的性欲渴望被推向极致，给人一种异样的新奇。写《婚礼》、《混声合唱》，李昂将笔触深入

① 李昂:《花季》，台湾洪范书店1985年版。

到一个荒诞的身外世界，观照人们在莫名的情势下，丧失自我，无法驾驭自己命运的窘迫处境。《婚礼》的男主角奉家人旨意给叫李姑的女人送一篮素食。踏上行程，太阳、楼梯、蓄水池、行人，以至整个世界都与他作对。穿过阴暗的厅堂，微光的天井，历经无数挫折，他才在腐朽的楼梯尽头，找到要去的地方。不料那篮素食成了信物。他不由自主地被人牵引着，与一个毫无生气，从不相识的女子完成了一项必须仪式——婚礼。透过《婚礼》所烘托的梦幻，恶心、发丧般的氛围，人们不难悟出作者独运的匠心——婚礼，无异一幕蹂躏青年心灵、肉体的变相葬礼。

《混声合唱》的精神极相通于约瑟夫·赫勒的长篇小说《第二十二条军规》。"我"按计划赴教堂参加一次为比赛而召集的合唱排练。众人聚齐后，独不见召集人并且也是惟一懂得这支神秘曲子的牧师太太。最后连是否真有预期的比赛，也成为无法解释的谜团。"我"与众人不得不在无法忍受的环境中，疲惫无望地苦苦等待。这两篇小说貌似荒诞，表现手法也未脱尽他人的痕迹，但细细品味，仍令人怆然动情。

《混声合唱》中的人物，都生活在莫名的荒谬中。一切均不明不白，一切也不必明白，世界本身就一塌糊涂。可悲的是，无论"婚礼"还是"合唱"，李昂笔下的主角，全以"荒谬英雄"的姿态，不加抗议地承担着这一切。

这一时期的李昂，正在咀嚼西方现代派的梦呓。在《婚礼》中，她竭力表现人的厌恶感，"太阳像发臭了蛋黄冷冷的，无助的浮在一大堆似粘浓蛋清的云中"；竭力表现人在环境重压下的焦虑、恍惚，以致仿佛"各种呼啸的车子从我身体的每一个部位碾压过"。卡夫卡《城堡》式的意象，也出现于李昂笔下。因而，高标反叛的李昂，这时的思想与艺术都还幼稚。可喜的是，她还在不断地寻找，在社会生活与艺术世界中找寻属于自己的天地。

通过《海之旅》和《长跑者》，李昂进一步将人的自我追寻、人与人之间的不可沟通以及由此而生的寻找时的困惑，跋涉中的艰难，以诗化的方式裸呈给读者。在一切都无法阻止和避免的心理状况下，主角的思索、梦幻，构成了作品的第一人称叙述，性的诱惑，魔法般的绳索，暴力与血祭下的狂欢，《花季》少女的焦灼、躁动，到《长跑者》在黑森林中的消失，李昂的创作也进入一种不由自主地螺旋之中。她反省，她空茫：为成功而自豪，更为无法超越而忧戚。

1970年李昂到台北读大学。都市的现代意识，增强了她对故乡封闭性与保守性的批判勇气。恰逢现代派文学与乡土文学的更替期，一股回归传统的寻根浪潮逐渐兴起，在不少作家那里，乡土被以极大的热情几乎予以全部肯定。李昂的创作也开始出现了转变，她抛开昔日沉重的自我，踏上“返乡”之途，创作出《人间世》中的鹿城系列故事。

但她的回归，并非对乡土的盲目认同，而是立足于对故乡的一种新的认识。她以为时兴的乡土文学中，正培养出一种怀旧、感伤的情绪。逝去的、过往的事物，在人们的怀念下被美化，农村成了理想的乐土，甚至一些传统规则也为人们所盲目颂扬。李昂有意做乡土文学中的逆反作家。她刻画的人物与环境，无法让人由衷礼赞，不是病态也是极不正常的。《西莲》描绘的是一个古老、复杂、病态、排外，式微的鹿城封闭社会，《色阳》是对小镇社会颓废、人情淡薄的无情嘲讽。

从《人间世》系列开始，李昂扯旗扬帆大力冲撞文学中“性”的禁区。她仰慕福楼拜、劳伦斯，将冲破文学中的性禁忌作为一种冲破约定俗成的社会的深刻力量。试笔时，她有成功也有挫折。《讯息》中三哥对两个女性的情欲，欺骗以至忏悔，揭示出现代男性的情感虚伪；《莫春》、《昨夜》尝试为消除男女间隔膜，弥合感情危机做出努力，却也显露出信仰的空茫与单纯。而且某些性描写场面过于详细，欠缺艺术化的处理，无意中呈示出一种迎合读者趣味的倾向。无论如何，此时的李昂已迈出了关键的一步，由自我呻吟走向现实人生，从抒唱心灵幻想转入冷峻的社会批评。

80年代，李昂历经艰辛跋涉，从困惑走向理性与成熟。中篇小说《杀夫》、《暗夜》相继问世并拍摄为电影，极大地震撼了台湾和海外文坛。无论昔日的怀疑者或爱好者，都面对这样一个事实：怪杰李昂已经冲出困惑之圈，尝试着走上了充满理性且风格独异的探寻路程。

（二）“女性主义文学”的思维与视野

比较《混声合唱》与《人间世》，可见李昂创作呈现出一个重大转折。对自我追寻的倾心，正由对女性的社会地位与女性在人类文化中所扮演角色的关注所代替。这种关注并非开始就完全自觉，然而却带动与改观了李昂的创作，并且将艺术视野提高到一个崭新的社会层面。

作品中心的转移，是转变之初的明显标志。《混声合唱》时，人物性别没有特殊意义，且主角多为男性。到了《人间世》，女性成为构思与表现的中心。更重要的是作品出发点的更新：作者开始自觉站在受欺凌的女性立场上，为摆脱显示不平等观念的男性笼罩的阴影，为妇女在经济与情感两方面的独立自主而不懈努力。

中国自有社会制度以来，男性长期作为社会的中心，旧传统与礼教，严重压抑着女性争取自由与独立的正义呼声。台湾社会，妇女地位虽然较从前有所改变，但无论在政治、法律或女性意识上，这些改变都显得十分迟缓。尤其对妇女角色的认同，仍沿袭着传统社会以家庭角色为主的印象。作为知识女性与有责任感的作者，李昂刻意在创作中表现一种新的妇女观念与意识，尽管这种努力遭到过不少人的指责。

李昂热衷“女性文学”，与台湾妇女现状不无联系，也缘于不断日益高涨的世界性女权运动的鼓励。西方妇女的自觉，早在 17 世纪就已显端倪。但大规模的群众运动，则要迟到 19 世纪。20 世纪六七十年代，女权运动在美国出现高潮。与之相适应的，以女性为重心的女性文学与旨在服务于女权运动的女性主义文学批评，也渐趋高潮。这个运动也波及到台湾。70 年代初，大力倡导“新女性主义”，要求两性平等，反对重婚等原有的旧道德。80 年代，以李元贞女士为发行人的《妇女新知》杂志，继续推进女性解放思想，带动和启发众多女性，共同为女权运动及女性主义文学而努力。李昂的大学时代正是台湾女权运动兴起、发展期。赴美求学时，她还亲自感受了西方的女性意识。加之回国后长期为《中国时报》撰写一个妇女问题专栏，李昂广泛地接触了各类妇女，更坚定了文学中的女性主义倾向。

作为一位有见解的文学家，李昂既以自己的作品与新兴于台湾的女性意识相呼应，同时仍然保持着鲜明的个人特色。正像她自己所言：我不是对某种主义照单全收的崇拜者或者实行者。我的出发点毋宁是：以我自身，提出一个这个时代的女性切身经历的问题，以及我因我的工作，我所接触的或我的读者提供的问题，以此来探讨和反映。西方女权主义者出于女权运动的考虑，往往对男作家进行严厉指责。她们过于看重作品的性别倾向，往往导致出一种对男性作家艺术成就的盲目抵触情绪。李昂在小说中将两性放在同等位置。即使在性关系的描写中，也竭力回归主体关系的对等。例如《莫春》，即便做爱，双方也同样冷静、冷酷，甚至随意。仅是女性单方的一厢情愿因痴情而委身，不是终遭厄运(《讯息》)，就是成为兽性的牺牲品(《暗夜》)。

但李昂并没有因为思想、观念的某些差异，去呵斥或抹杀他人作品的艺术价值，她高度赞扬擅写女性角色的男作家在艺术上的杰出贡献。她极欣赏福楼拜、劳伦斯、白先勇等作家。欣赏他们的作品，在表现女性心理时所透露的一种淡淡的、生活的、平实与细腻的魅力。赞誉他们将女性的特质发挥到极限。同时，李昂在自己的作品中亦不讳言女性的弱点。她塑造了丁欣欣(《暗夜》）一类因“无知的开放”而随意委身的时髦女性，提醒女性深思这类事件所潜藏的社会危机；刻画出阿冈官(《杀夫》）一类卑鄙、愚昧、恶棍式的遗老，供人反省。

立足男女平等，反对男性为中心的传统观念，不放过传统思想带给女性的痼疾，挖掘新的经济关系带给女性的新劣根性，成为李昂成熟期创作的显著特点。循此思路不断努力时，她逐渐超越出一般女性主义文学的思维与视野。由此起步，她踏上了探寻“经过社会化后的人性”之程。

（三）饱含理性的批判之笔

李昂是有独特艺术追求的作家。她“希望在已被普遍耕耘播种的人类知识领域内找寻尚有的处女地，以便在此能种下一棵较独特的花草”。寻找处女地，种植“一棵较独特的花草”的愿望，成就了她大胆描写人类最平常又最隐秘的性关系的创作倾向。她作品的轰动与不断引起的争议、非难，也都与此不无关联。

《混声合唱》已显示出李昂对性意识的关注。首篇《花季》吟唱着未成年女性无从把握的性觉醒与性渴望，《有曲线的娃娃》试图真实地反映出童年期的苦难给女性带来的终身压抑以及由此而诱发的成年女性意识的扭曲与迷狂。《人间世》之后，性问题逐渐成为作品构思、布局、表现的主旋律。她确实大胆，笔触深入不少人视为禁区的性领域，毫无徘徊犹豫。性意识、性冲动、性关系，更有不登大雅之堂的性场面，她都写得从容、坦然。她的众多作品，倘若抽掉性关系，不仅事件与人物无法关联，作品主旨也模糊不清，苍白无力。

其一，性关系在人际沟通中的作用。

人与人之间的冷漠、隔离，存在于封闭的乡村，也存在于喧嚣的都市。备受孤寂折磨的是那些人生与爱情的失意者。他们心灰意冷，甚至丧失了认真生活，重建理想，寻觅爱情的信心。这种孤寂者，教养、地位、经历、痛苦往往极其相似。他们多属于知识阶层，一旦受挫便退回并固守个人的天地。两性间偶尔的接触，不经意的言谈，虽无法燃起他们昔日的爱情之火，却不时激起某些性方面的本能。李昂有意在作品中探讨这些人生的失意者，通过性关系互相沟通、慰藉的可能。何芳与杜决明(《昨夜》）的性关系，源于一种偶然事件诱发的相互同情。此前，他们彼此的感情隔得很远。习惯的交往方式，使他们愈发感到陌生，不期而至的性爱，成了救赎心灵的最佳方式。

李昂的这种表现与追求，既体现了她对人生战场中失意者的理解、同情与求赎的挣扎，也反映出她缺乏更积极的态度与必要的信心。作家表现沉沦与心灵的灰暗面并不奇怪，郁达夫早已在这方面做出了榜样。重要的是作者还应有更深远的希望，并以这点希望之光升华自己作品的格调。具体到李昂的作品中，便是在认识到以性关系沟通人们心灵无法奏效时，对人们性关系中显示的盲目性、随意性缺乏必要与中肯的批评态度。不久，李昂似乎对此有了一些反省，即没有爱情的性生活，对心灵沟通的作用，毕竟是短暂、沮丧、颓唐的。她开始或多或少地放弃原有的思路，转入对欲与情分离现状的剖析。

性欲与爱情的分离，是泛滥在西方世界所带来的主要社会问题之一，不少社会学家与有识之士都为此而忧戚。爱情本是男女之间的一种崇高感情，它引导人们为寻找完美与幸福而献身。所爱双方在精神与肉体上结为一体，由爱而生的两个人在性方面的结合，是一种真正的结合，而不是孤立的个人体验。由此产生的共享状态是一种新的引人向上、向善的引力场。然而可叹的是，在性行为如此普遍的时代，性行为所依赖的不是爱情，而是短暂的乐趣。双方注重的不是心灵沟通，而是性技巧和做爱的手段。随意的性关系，充其量不过渊源于双方对自己所面临的孤独感的恐惧。李季与唐可言旅途轻率苟合(《莫春》)以及此后不断的肉体交欢,正是停留在肉欲的层面,目的不过是对空虚与冷漠的消极逃避。

如果性关系能给身份与阅历相似的男女带来某种暂时的沟通，那么地位悬殊者，奉献了处女宝贵的贞洁，仍无法得到留洋学生“三哥”的真心。作为一个注重冷静、客观描写的作家，李昂在作品中没有直言结论。但人物的活动与命运，隐约地传达着作者的心迹：心理不沟通、情感受压抑时，轻率、频繁的肉体交欢是不足取的。

其二，金钱名利腐蚀下人性的堕落。

探讨性关系之于人际间沟通的作用时，李昂有时会陷入一种莫名的困惑。一旦从性关系入手，透视金钱名利对人性的腐蚀时，她立刻显得生气勃勃。台湾进入资本主义后，追逐名利甚嚣尘上。性关系愈来愈与各种利害关系靠近，甚或变相成为一种商品，导致了爱与性的进一步分离。《暗夜》通过篇幅众多的性关系与性场面描写，把人欲横流世界中的每个参与者都无情地摆上了灵魂的解剖台。在诸多近似疯狂的场面中，李昂首先解剖的是社会体面人物道德的堕落与虚伪。商业巨子黄承德、报社记者叶原以及某博士，是一群玩弄女性的老手。他们或用金钱或用名利，不计其数地勾引涉世未深的女性以至朋友之妻，尤其是黄承德这个道貌岸然的资产者，为了换取经济情报，不惜默许妻子成为他人发泄兽欲的工具。通过性描写，作者还讥笑了某些时髦女性为了虚荣与金钱，自甘沦为男性的玩物。丁欣欣是现代文明熏陶中长大的青年，金钱欲与虚荣心使她变得软弱而愚蠢。为体验一种她未能经历的生活，一种极度逸乐、享受的上流生活，她心甘情愿地做男人们“快乐的情妇”，在精神、肉体两方面，成为男人的附庸。可见，《暗夜》将性关系作为构思的主眼，展示出正常的性爱已彻底扭曲，纯洁的灵肉之爱已被金钱主宰下的性交易、性发泄所代替。

《暗夜》也许并非无懈可击，性关系描写未必完全依靠性场面的渲染。李昂处理性关系这个极复杂的社会问题时，往往过多依赖性场面的详细刻画与有意点染。虽然作家的用心是通过性场面揭示人性最隐秘的污点与堕落，但是作品在客观上却给人过浓的性方面的感官刺激，以致削弱或淹没了作品本来所应有的社会批判分量。

其三，人身依附造就的性掠夺、性虐待。

李昂一方面对西方思潮冲击下台湾社会出现的性变态、性疯狂感触万千，另一方面对仍然遗存的封建婚姻痛恨不已。《杀夫》的批判锋芒，指向传统的人身依附式婚姻。由于经济地位不平等，孤女林市被族人像卖牲口一样，卖给屠户陈江水做妻子。过门以后，她失掉了所有人的权利与尊严，成为陈江水纯粹的泄欲工具。一旦兽性发作，陈江水不择时间、地点，揪住林市拉裤子并强迫林市在性交中像牲口般叫喊、呻吟，以此作为乐趣。这种人身依附、买卖式的婚姻关系，极端地摧残女性身心。林市仅仅为了活命，为了一碗残羹剩饭，不得不屈从男人。性掠夺是一种最彻底、最野蛮的人身掠夺。描写这些掠夺的性场面，带来的是恐怖与警醒。所以，李昂重笔描绘林母嘴中嚼着米饭被人奸污，林市无可奈何被陈江水强行凌辱的场景，令人毛骨悚然。可悲的是，人们对惨无人道的性虐待习以为常。一旦被剥夺者起来反抗，面对的不仅是法律制裁，更有舆论的不容。

《杀夫》的情节并非虚构，而是日伪统治时期发生在上海的一件实事。李昂将其移到当代台湾的鹿港，加强了这幕悲剧的时代与地方色彩。通过冷静、客观而铺张的描写，李昂不仅鞭挞了陈江水一类人性的摧残者，也对纵容、庇护者乃至时代进行了无情的嘲讽。

以性关系作为小说主眼，古已有之，但绝非坦途。李昂有过成功的经验，也不乏探索中的教训，可喜的是，她正在逐渐摆脱困惑期的阵痛，十分固执地操着一支陆离缤纷、饱含理性的批判之笔，在人们精神最敏感处挖掘着丑恶与肮脏。

四、掀起过轩然大波的“龙卷风”

1985年，声势浩大，似乎又是突然而来的“龙卷风”几乎袭击了整个台湾创作界、批评界，以至社会各界。留美归来的女博士龙应台连续出版了文学批评集《龙应台评小说》、社会评论集《野火集》。一年左右时间，前者印了十七版，后者印了一百版。并且每次重印，都几乎被立即抢购一空。1987年，龙应台又出版了《野火集外集》。这段时期，龙应台的思想、龙应台的语言、龙应台的回声，就像野火般向四方奔窜、燃烧。支持者们，为之振奋、助威、呐喊；反对者们，也登场抨击、反驳。一时间，龙应台不仅成为文坛明星，也成为世人所关注的中心。

可以说，龙应台自美而归，带给台湾文坛乃至社会的冲击波，无异于一场“龙卷风”，或者叫“龙应台旋风”。

（一）直言与叛“道”的批评精神

龙应台是学文学、教文学的。她留学美国，攻读英美文学，所获学位也是英文博士。她的异军突起，固然与那本《龙应台评小说》的文学评论集关系极大。但她的社会批评：在《中国时报》所写的“野火集”专栏及后结集出版的《野火集》，亦带给了她巨大的声誉。

她的文学评论与社会批评一样，都是以直言的方式、叛道的形象，呈现在台湾社会各界面前。虽然赞誉总与非议同在，但人们不得不公认，她是台湾文坛继李敖、柏杨之后的又一怪杰。

龙应台是一个敢于正视现实，敢于揭示现实种种弊端的大胆的人，真实的人。近些年来，台湾社会发生着巨大的变化：经济起飞，社会形态转化。但是，与此同时，也出现一些值得人们正视与反省的社会问题。例如，一方面是西方现代思潮的涌入；另一方面传统思想仍继续在社会心态中发挥强大作用。现代的社会，鼓舞人们追求民主、自由、个性解放、男女平等；同时，亦免不了带来"金钱至上"与"性开放"等社会问题。传统思想的渗透与延续，使人们注重人伦亲情、修身奉业；同时也有封建意识在不断因袭，如社会心理中的守旧，对女性的歧视等。

龙应台颇有鲁迅遗风，她从美国回到台湾，不是随遇而安，而是以极其敏锐的眼光、敏感的心灵，感受和发现这新旧交替的时代，台湾社会的种种现实问题，并且大胆地、直言不讳地对各种不良现象严加剖析。她言个人所见，抒个人心中之不平。虽然态度有时显得有些偏激，但确实讲出了许多他人有所感而未曾言的"块垒"。

在《中国人，你为什么不生气》中，她写道：

> 在昨晚的电视新闻中，有人微笑着说："你把检验不合格的厂商都揭露了，叫这些生意人怎么吃饭?"我觉得恶心，觉得愤怒。但我生气的对象倒不是这位人士，而是台湾1800万懦弱自私的中国人。我所不能了解的是：中国人，你为什么不生气?

很显然，龙应台写一件事、论一个人，并不是只为了某件事、某个人。如同鲁迅当年的冷峻与严厉，她是试图从生活中的凡人小事、方方面面，去鞭挞、改造历史的又是现实的"国民性"。但言词如此激烈、怒斥对象如此广大，就不能不震惊、刺激许多人。

龙应台是有勇气的，她不怕"离经叛道"，也不怕"群起而攻之"。她以西方式的个性精神，不断地审视台湾现状。她认为：台湾人，失去了某种权利：反抗习俗、反叛庸俗、反对弊端的权利。干脆说，是不少人自动放弃了人应该具有的权利。她要揭露、要鞭挞的，正是这些台湾人，或者说是在传统思想与秩序中，形成了“委曲求全”、“习惯于容忍”的中国人的“个性懦弱”。她大声疾呼、痛下针砭：“所以忍呀！反正中国人讲忍耐！……在一个法制上轨道的国家里，人是有权利生气的。”

龙应台把火几乎烧到了台湾社会生活的每一个角落，环保问题、社会公德心、教育问题、家族观念、女性地位、“国民性”问题等等，她无所不言，无所不“恨”。

龙应台就是这样一个直言不讳的人。她的爱，体现在她的“恨”中。她爱台湾，爱得很深。所以，终于放弃了在美国大学的教席与优裕的生活，回到故园台湾。她发誓为她生长于斯的土地，为她的父老乡亲尽力。但是，她表现爱的方式，就是燃烧这片土地，以自己的理想改造这块土地。她把台湾比作一个生了“梅毒的母亲”。作为母亲的女儿，热爱母亲就要医治母亲，拯救母亲，而不是对母亲的病痛漠不关心。“我的母亲生了梅毒，但是至少她还没有死去，她还有痊愈的希望。我既不愿意遗弃她，就必须正视她的梅毒，站起来洗清她的发烂发臭的皮肤。”①

龙应台的手术刀、清洗剂就是她那锐利的词锋、灵转的文字、缜密的思考。她悍然无畏地揭开中国人社会的种种病象，让血淋淋的事实逼迫人们睁大眼睛去看、去想、去反省。“或许好多意见刺痛了我们民族的自尊，戳破许多神话，揭露了无数疮疤，可是《野火集》正想烧去一切腐朽，一切丑陋，一切不义不公，锻炼出一片清明天地。”

（二）实用的、短打式的文学批评

龙应台的文学批评与社会批评一样，别具个人特色。她试图以自己直言的、反叛型的批评，刺激台湾短打式的文学批评的发展，扭转台湾文坛时兴的批评风气。

在署名为胡美丽的《龙应台这个人》一文中写道：“我写书评其实

---

① 龙应台：《生了梅毒的母亲》，见远水编《美丽的权利：龙应台随想录》，转引自肖乾《热爱台湾的龙应台》，广州花城出版社 1989 年版。

抱着一个很狂妄的野心：希望推动台湾的批评风气，开始一个锋利而不失公平、严肃却不失活泼的述评，而且希望突破文坛的小圈圈，把述评打入社会大众的观念里去。”

“我很快乐，知道自己在为台湾文学做一件很重要的事——虽然只是一个微不足道的起步。”

一般而言，文学评论的思维与写作有两种基本模式：学院式、才子式。前者讲究严谨稳健，注重历史与现状的联系与差异，力求客观准确和科学性。后者长于天马行空，充分发挥批评者的个人才情。龙应台明显不同于学院式的“理论性”。她宁愿冲出“学院”的大门走到社会的舞台上，充分地展示个人的艺术感应。但她又不同于才子式的天马驰骋，不同于那种过于渲染得甚至带有点自我陶醉型的“主体性”。龙应台追求的是比较大众化，能够真正雅俗共赏的“主观型”批评。

可以说，崇尚的是个人的心灵的真实感受。她的书评的出发点很简单，就是要把她感觉到的好书，适合于读者的书，原原本本、实实在在，并且尽量简明扼要地告诉读者。她希望自己成为书海中的“伯乐”。对读者与作者，都具有“实用”的意义：使读者在茫茫的书海中，方便地找到自己喜爱的书；使作者摆脱独自“在黑暗中摸索”的境地，产生一种“千里马逢伯乐的喜悦”。因而，她声称：“我所彻底反对的，是不痛不痒、可有可无的所谓评语”，反对书评中的“温柔憨厚”、“善恶不分、赏罚不明的乡愿作风”。①

在《我在为你做一件事》中，她说：“我必须在灯下正襟危坐：第一遍，凭感觉采撷印象；第二遍，用批评的眼光去分析判断，做笔记；然后读第三遍，重新引证、检查已作的价值判断。然后，我才动笔去写这篇一个字三毛钱文章。我试图清清楚楚地告诉你这本小说好在哪里，为什么好；坏在哪里，为什么坏。我的书评一点都不温柔敦厚，因为做事、做学术的时候，我不屑于温柔敦厚。”

事实上，龙应台的书评也确实写得别开生面。她总能从自己的感觉出发，从作品的关键处切入，说出一些他人有所感而未能言之事。例如，

① 龙应台：《文学批评不是这样的》，见龙应台著《龙应台评小说》，作家出版社 1988 年版。

评白先勇的《孽子》，她以快人快语的方式指出此作的两大失着：(1) 语言上的瑕疵；(2) 情节单调重复。挑出书中“不值钱的沙石”之后，她又明确地指出书中自有金矿存在：(1) 不是政治八股；(2) 对比与象征运用成熟；(3)“爱与恨”的处理较为成功；(4) 描写出少年成长的心路历程。

龙应台的书评，不仅对读者的阅读选择是实用的；对于作者的创作反思与再出发，亦是有益的。她抱着对作品不对人，为艺术不顾情面的态度，总是一针见血地指出作品的长处与短处。她将读书比作进餐，好就是好，坏就是坏，来不得半点虚伪。否则，将会自误也会误人肠胃。“我吃到一块坏豆腐时，并不考虑是一块坏豆腐”。[①] 因而，龙应台书评的直率、短兵相接的白刃气氛，几乎使人在痛快淋漓之余，又感到评论者的“残酷”。她仿佛一个冷静的外科医生，拿着明晃晃的、锋利无比的手术刀直触作品的痛处。在《烛照夜夜》中，她曾这样评论马森的作品：

> 好论文不是好小说，“开卷有益”的书却不见得是成功的小说，《夜游》有两个缺点，第一是心理学的剂量下的太重。……心理分析当然没有什么不好，但是用得太多就显得雕凿，这些例子读起来倒象精神医师的个案资料。……《夜游》比较严重的缺陷是结构上的薄弱。主体庞大、思想丰富使这本小说不流于琐屑肤浅，但是作者专注于思想观念的探求，却也使《夜游》沦为论文，小说性反而单薄。

在《最坏的与最好的》一文中，她评论张系国的创作，开宗明义，毫不含糊：

> 从一九七七年以来，张系国写了四本科幻小说：《香蕉船》、《昨日之怒》、《黄河之水》以及《不朽者》。四部作品中，最好的是《不朽者》，最坏的是《昨日之怒》——最坏的却最畅销。

---

① 龙应台：《最坏的与最好的——评张系国〈昨日之怒〉与〈不朽者〉》，见龙应台著《龙应台评小说》，作家出版社 1988 年版。

书评的写法，各有千秋，应该不拘一格。并非只是自龙应台开始，台湾方有真正的书评。龙应台对台湾书评现状的一些抨击，是有感而发，击中了某些庸俗书评作者的要害。但是，她“一味的抹煞”，也确乎过于武断。即便如此，她确实给台湾文学批评界注入了一股生气。她的价值，除了方便读者、有益于作者；更在于她给文学批评界立起了一块巨大的警示牌：文学评论无论怎样写，借题发挥的理论弘发，偏重阐述的析论，还是实用、短打型的批评，都应该充分显示作者的人格力量与独到的艺术审视能力。

（三）“唯美”的艺术批评

龙应台的文学评论，除了批评态度与方式独特，信奉“唯美”的艺术批评尺度亦是一个重要原因。这里的“唯美”，并不是说她刻意承继或追寻王尔德一派西方的唯美主义思潮。而是说，她在掌握道德尺度与艺术尺度时，有自己的理解与标准。

与大多数评论者一样，龙应台也确认文学批评有两个基本的价值尺度。其一为道德尺度，其二为艺术尺度。但不同于大多数批评者，她主张这两个尺度的分量体现在文学批评中，应该有所不同：既不是道德的尺度先于艺术的尺度，亦不是道德尺度并行与艺术尺度；而是要求在评述一部文学作品的价值时，道德尺度要尽量的宽，艺术尺度要尽量的严。

在《批评不是乱来》中，她认为：“我们如果要艺术文学蓬勃生长，就必须在道德的尺度上极度的‘宽’，在艺术的尺度上极度的‘严’，也就是说，对于作品的主体意识、表现方式，愈容忍愈好，对于作品的品质水准，愈不容人，愈严苛愈好。”

由此，可以涉及到龙应台文学批评在价值取向和批评方式上的三个特点。

首先，文学作品中的美与善是相对独立的。善与美既有相关性，但也有严格的区别。具体地说，善并不能替代或者等于美。文学作品中的美，应该获得崇高的独立的地位。

黄凡的小说《反对者》，描写略有名气的经济学教授罗秋南被女学生指控“非礼”而面临被迫辞职的危机。小说透过罗的观点，紧紧追随他心理的发展，描写罗如何从一个怯懦无能的知识分子觉醒而成为一个敢于行动的人。这部小说在参加《自立晚报》“百万小说”甄选时，差点得了一百万元的奖金。在得到姚一苇、白先勇两位评委的肯定时，却因受到马森、司马中原、钟肇政三位评审的否决而未获胜。龙应台对这部有争议的小说的评论，明显地体现出她自己的个人选择。

投了反对票的评委马森认为《反对者》的失误的关键之一在于：“文中有意无意地透着一种虚假的人道主义的气息，这部小说既然写的是一个老师强暴学生的事件，但写来写去却把强暴者写成一个受害者，文笔一转成为一个政治迫害事件……实在叫人难以同情。”龙应台对此亦有同感，她批评道：“坏人不是不能写，但是把坏人当做受苦受难的英雄圣贤来写，而且正经八百的写，实在令人迷惑。”但是，龙应台更“苛刻”的是这部作品在艺术上的得失。因为在她看来：“我倒宁可相信是作者无法控制他的写作技巧，而不是他在是非观念上有所偏差。”

龙应台认为《反对者》的失误，关键在于“逻辑打结”。黄凡的人道主义主题，主要是因为安排了不合理的情节而产生了逻辑的偏差。“罗值得同情必须有两个先决条件：第一，他必须是无辜的；这一点没有成立。第二，他必须是学校政治和党派斗争的受害者、牺牲者；这一点也不能成立。”①

同样都是对《反对者》的批评，马森的否定，来自对主体的道德评价；龙应台的否定，更多是来自对作品构思与表现艺术的评判。谁更确切，当然值得进一步探讨。但明显可见，龙应台对艺术尺度的重视，也可见她对“宽”与“严”的主观把握。

龙应台对小说创作中以“意”害“文”的做法，十分不能容忍。她对张系国《昨日之怒》的批评，即是典型一例。在《最坏的与最好的》一文中，她指出：“政治小说又一个不易躲避的陷阱：文以载道的陷阱。《昨日之怒》也掉在这个陷阱里。”“这些高昂的情绪和政治意识（ideology）

---

① 上述引言均自龙应台《很累人的一本小说——评黄凡〈反对者〉》，见龙应台著《龙应台评小说》，作家出版社 1988 年版。

与故事本身的发展情况格格不入。他们是作者本身情绪的宣泄，这种宣泄没有经过艺术的过滤，使《昨日之怒》成为赤裸裸的论文。”这里，龙应台并不是说政治小说不能写，而是要求“善”要通过完美的艺术方式来表达。只“善”不“美”的作品，不但是有缺陷的，甚至是非艺术的、“最坏的”。

其次，道德尺度的“宽”，亦是相对的，至少不能倒退到对封建思想、传统道德的盲目赞颂。

龙应台所受的教育，使她对社会的倒退十分敏感。她所谓“道德的尺度上极度的‘宽’”，其中的“极度”还是有度的，并非完全无“度”。这个“度”，就是作品是赞同或盲从于封建思想、道德，还是反对封建思想与道德。

女作者萧丽红的长篇小说《千江有水千江月》，是1984年台湾最畅销的小说之一，并且获得《联合报》大奖。龙应台对作品的艺术成就也给予了一些肯定，但对其道德价值的失度也进行了严厉的批评。“《千江》动人的地方在它典雅却又写实的文字，更在于它对于中国民俗的细述——象《拣谷粒》的描写令人觉得新奇却又亲切。这是它的艺术成就。但是这本小说所流露的观念意识——凡是‘传统’，都是美好的——却令我坐立不安。作者以极度敏感式的、唯美式的、近乎盲目地去拥抱、歌颂一个父尊子卑、男贵女贱的世界，对这样一个世界没有一点反省与怀疑，使《千江》成为一本非常肤浅的小说，辜负了它美丽的文字与丰富的民俗知识。”①

可见，“宽”与“严”也是相对的。如果道德取向上逾度，艺术的“完美”同样不能不使作品沦为“最坏的”一流。

再次，对作品的艺术审视应该极度地“严”。因此，龙应台常常采用的是一种细读式的、严苛式的艺术批评。

龙应台留学美国期间，受到美国“新批评”学派的影响。她自己也不讳言：“新批评”学派的影响在“龙评”中非常明显。

“新批评”理论的直接开拓者是美国——英国诗人T. S. 艾略特和英

① 龙应台：《盲目的怀旧病——评〈千江有水千江月〉》，见龙应台著《龙应台评小说》，作家出版社1988年版。

国文学家 I. A. 瑞恰慈。虽然早期源出英国，第二次世界大战后，“新批评”则在美国进入极盛期，影响了主要的文学评论杂志和大学文学系。50 年代末，结构主义和现象学等欧陆派文论在美国风行，“新批评”开始衰落。但是，新起各派也继承起“新批评”的一些遗产。

为此，“有的人说，‘新批评’是美国五六十年代流行的理论，是‘老掉牙’的东西了”。对于这种说法，龙应台表示：“我是非常反对的”，“我想，这不是一个赶潮流的问题”。①

细读式批评，是“新批评”学派创造的一种具体批评方法，非常重视对作品，尤其对诗歌进行语言与结构方面的分析与批评。也有人将其称为狭隘的形式主义方法。但由于“新批评”学派学者有时确实道出人之所未道，又不能不引起文坛的重视。

龙应台的细读式、严苛式的批评方式，自然也晃动着“新批评”学派的影子。

其一，龙应台继承了“新批评”对主观“分辨能力”的强调，坚持主张对“文本”进行严格意义上的“细读”，从而排除一切不必要的外在因素的渗入。

瑞恰慈 20 年代在剑桥大学讲授诗歌。他给听课者分发去掉署名的诗篇，要求写出评论交回。其结果是：杰作被贬得一文不值，平庸之作却受到赞美。从中瑞恰慈发觉了诗歌评价中各种困难的因素。即评论者、阅读者往往受到先入之见的强大压力：只要诗篇署上名字，就提供了与诗本身的价值和意义无关的大量其他因素：作者的声誉，时代的风尚，宗教或其他伦理道德原则的影响等等。因而，瑞恰慈建议采用新的“提高分辨能力”的教学方法和批评方法。

龙应台显然受到过瑞恰慈所谓新的教学方法和批评方法的训练。她评论的对象，一般都是台湾当代文坛上的名家、大家，但她从不为“作者的声誉”等外在因素所干扰，而是本着“忠实”于作品的态度，尽力客观、公正，甚至是严苛地指出“内在的”得与失。从下列文章的标题即可见一斑：

---

① 龙应台：《盲目的怀旧病——评〈千江有水千江月〉》，见龙应台著《龙应台评小说》，作家出版社 1988 年版。

《最坏的与最好的——评张系国〈昨日之怒〉与〈不朽者〉》

《王祯和走错了路——评〈玫瑰玫瑰我爱你〉》

《很累人的一本书——评黄凡〈反对者〉》

《政治小说？唉！——评王拓〈牛肚港的故事〉》

上述都可谓名作家的名作，龙应台则半点不看“名气”，从艺术的角度，该喜则喜，该忧则忧，甚至不惜严加“呵斥”。

与“新批评”所要求的批评方式相吻合，龙应台尤其注重对作品“语言”与“结构”的“抠”与“苛”。而这种“抠”与“苛”又确然颇有成就，甚至得到不少作者的首肯。

在《淘这盘金沙》中，龙应台“抠”出了《孽子》的金中之沙。她指出：“第一颗碍眼的石头是这本小说的语言。《孽子》有两种文体，一是精心雕刻，极具现代美的散文；一是毫无掩饰的童言与下流白话。两者兼用并无不可，但两种截然不同的语文都出自叙述者阿青一人之口，就造成格格不入的冲突。作者一方面把阿青塑造成一个稚气十足的少年”，另一方面“这样稚气的少年在叙事时却变成一个洞悉世事的哲学诗人”。龙应台提议：“如果作者不用阿青第一人称来叙述，而用全知的观点（lmniscient point of view），这个缺陷也许可以弥补，因为叙述者（作者）可以用他老练成熟的语体，而阿青可以用他十八岁的口气，他的个性方显得完整一致。”

文学作品不同于影视艺术，人物的塑造与情节递进完全靠语言完成。龙应台对《孽子》语言的“抠”与“苛”，完全从个性的连贯、叙事观点与气势的协调出发，这就使她与所谓“狭隘的形式主义”脱节，从而“抠”出了意义，“苛”得有理。

对王拓《牛肚港的故事》也是同样。龙应台肯定其“生动的乡土素描”，尤其肯定作品中“对话的传真性”。但她仍“抠”出了“技巧上的缺失”：叙事观点的转换——“可惜王拓没有掌握好这个叙事者的塑造。小说很快就由旁观者的观点滑入全知观点，一会儿深入赵孝义的内心，一会儿揭露李娟的心理，一会儿又剖析杨美慧的观点。叙事者变成一个全知全能的声音……作者的主观意识也借着这个抽象的、全知全能的声音泄露出来。”①

对此，王拓的回音是：“你的大作在像我这样的人读来，便如空谷足音，大有耳目一新之感”，“在一九七七年所谓‘乡土文学大论战’中，虽然有几个大报及几十家杂志发动了数十百位作家点名批判我，却没有一个能令我心服口服的”。“你在《政治小说？唉!》的大文中批评拙著《牛肚港的故事》在技巧上的种种缺失，都深获我心。指出小说中把说故事的叙述者转变成全知全能的观点是一大败笔，这一点尤其令我心服。因为当初我在狱中写这部小说时，写到第三章以后就发现没有原来流畅了。但是，我一直没有发现问题的症结所在，现在经你一批，才豁然开朗起来”。②

由是可见，龙应台之“抠”亦并不是要“抠死”，“苛”也不是“棒斥”。如前所言，她仍是希望在细读与严苛中，发现一些艺术的短长，鞭策与提示作者加以改进。

龙应台的文学批评，在价值取向上虽有“唯美”的征兆，在批评方式上且显“新批评”的痕迹，但终不是“唯美主义”，亦不是“新批评”。这是因为龙应台本来就是一个主观性、思想性极强的人。不论是她的社会批评或文学批评，都有一个共同的不容争辩的主导指向：反封建、反庸俗、反陈规。因而，她永远都只能是她自己。“唯美”也好，“新批评”也罢，都是她借以显示艺术个性、批评个性，达到创新、进化的工具。

---

① 龙应台：《政治小说？唉！——评王拓〈牛肚港的故事〉》，见龙应台著《龙应台评小说》，作家出版社 1988 年版。

② 王拓：《王拓给龙应台的信》，见龙应台著《龙应台评小说》，作家出版社 1988 年版。

五、钟玲：实践一种新的批评精神

钟玲，生于1954年，原籍广东省广州市。台湾东海大学外文系毕业后，留学美国威士康星大学，获比较文学博士学位。学成后，曾任教于纽约州立大学、（台湾）中山大学、香港大学。钟玲是一个文坛多面手，既从事诗歌、小说、散文的创作，又从事评论、翻译、编剧工作。已结集出版的有诗歌散文集《群山的呼唤》、诗歌小说散文集《美丽的错误》、诗歌集《芬芳的海》、小说集《轮回》及《钟玲极端篇》、诗歌专论《现代中国缪司——台湾女诗人作品析论》等。

钟玲于60年代末开始诗歌创作。诗作多发表于《现代文学》、《幼狮文艺》、《联合报》、《蓝星》等处。她善于以古典题材入诗，并将传统的婉约风格与现代知识女性的心灵、气度相融会，再创诗人心中理想的世界。1984年至1986年间，钟玲写了十首《美人图》（收入《芬芳的海》），以古典美人或才女为题，用第一人称手法，按作者的心灵来披露她们的心事。对此，余光中指出："钟玲详考典籍，尽量掌握有限的资料，先做知性的整理，决定诠释的角度，然后在感性上伸出想象与同情的触须，深入人物的心灵去探讨她们的隐衷。其结果，有的以情境取胜，例如《苏小小》、《花蕊夫人》和《唐婉》，有的却以诠释的角度发人深省，例如《西施》、《王昭君》和《绿珠》。尤其后面这三首颇能提出自己的创见……这种种观点读者未必全盘接受，却不能不佩服作者穿针引线、烛隐显幽的苦心与妙想。”①

钟玲处理现实题材的诗作，也颇有独到之处。如《情意结二帖：活结》一首：

死命把门关上，
锁你在门外。
放过我。
你属于
去夏的暴雨。
而你穿破
层层脑墙。
履声橐橐
踏着梦归来。

诗人描写的是男女间的爱情，但明显不同于一般浪漫的温柔。诗中弥漫的是遮掩不住的爱的惶惑，情与理错位、交叉的不安与矛盾。在前半节中，诗人写实、写动，描写主人公绝交的理性。后半节写梦、写静、写心灵的感应，“蒙太奇”式地映视主人公欲止反泄的感情潜流。这种情与理二极交叉的矛盾心态，既恰如其分地勾勒出青年女性情变时的心灵挣扎，也隐约象征着现代人面临纷繁复杂世界时，进退皆难的困惑心境。

钟玲在创作方面颇有成就，留美求学又加深了理论造诣，她专攻文学批评，尤其是以一个女诗人之心批评台湾女诗人时，便在不长时期中获取了丰硕的收益。现代台湾文坛上，女诗人、女作家可称云集。但是像钟玲这样系统地评析台湾女诗人的学术成果还不多见。就世界范围而论，女性文学创作硕果累累，但女性文学的理论建设与批评专著还处在艰难的探索阶段。因此，钟玲的《现代中国缪司——台湾女诗人作品析论》的意义，不仅在于它是第一部由女性撰写的系统性的台湾现代女性

---

① 余光中：《莲的联想》，见《芬芳的海》，台北大林出版社1969年版。

诗歌批评专著，而且在整个华文文学的女性批评中，也具有先行的意义。

（一）执著的女性视角

钟玲是一位诗人，并且又是一位女诗人；钟玲是一位学者，并且又是一位女学者。这些给她建立一个新的批评视角，提供了有利的条件。这个新的批评视角，既不是中性的，也不是男性的，而是以一种新的理论态度出现在文学中——声张着女性地位的女性文学批评。

70 年代，欧美的女性批评理论曾划分为两大体系，一曰理念派，一曰经验派。理念派认为应该致力于建立良性创作心态的自由和不受性别局限的创作的恒动性。经验派则认为应当重视由性别经验不同而形成的不同批评价值，应当通过女性批评来建立女性读者与女性作者之间共识，构成文学中创作—欣赏—理论三位一体的女性经验体，从而伸张在文学中被压迫已久的女权。

钟玲非常关心女性的境遇与心态，非常注重女性人生、生理、心理经验在诗歌创作与诗歌批评中的作用，也非常关注文学中女性的地位。因而在艺术实践中，她更倾向于经验派的批评理论。当剖析与评论台湾女诗人诗作时，钟玲一方面表现出对这些作品的天然亲和力和敏锐的悟性；另一方面总是自觉或不自觉地夹带着女性的经验、女性的感受，并且以此去融合女性批评的审美与价值标准，在诗歌评价中竭力使创作与读者的欣赏、批评的理论融为一体。

例如，在论及女性诗歌与爱情主题时，钟玲指出：“在台湾女诗人的作品之中，尤其是青少女时代的作品反映爱情之重要无与伦比。”这是因为“战后这四十年也是台湾女诗人思想感情成熟成长的时期，她们的人生观必受社会成俗观念的影响。她们大多数像一般女孩子，以为真心的爱情必然导向婚姻生活，而只要遇到理想的男性，爱情与婚姻合一的生活，是生命至高的目的”①。当代台湾，一些传统的社会观念仍然支配着人们的行为，如“男主外，女主内”等。据统计，80 年代初，未婚

① 钟玲：《现代中国谬司——台湾女诗人作品析论》，第 109 页，联经出版公司 1989 版。

女性参加工作的比率为58%，已婚女性参加工作者仅为39%。可见女性婚后退回家庭者，与当代中国大陆女性相比人数谓之众。如果女性婚后放弃工作，婚姻生活便成为她生命的全部。由于婚姻之绝对重要，爱情在女性心目中的地位也相应提升至极高。对这些女性而言，爱情是一种理想，甚至会成为她信奉的宗教。

中国大陆女性当然也追求一种纯真并与婚姻合一的爱情。但是，她们不必为婚后失去工作而担心，也不必把婚姻生活作为未来生命的全部。她们毕竟在爱情与婚姻之外，还有另一些寄托生命与精神的处所。所以，台湾之外的读者，包括大陆女性读者，在阅读台湾女性诗歌时，对其中的爱情主题会有些共感，又免不了总会少了一些切身之痛。这就更需台湾的女性批评者，在台湾女性诗歌与广大读者之间，架起一座理解的桥梁。

与此同时，钟玲对台湾女诗人的不同人生阶段对于爱情的不同感悟和表现也做了充分论述。

依凭着对视为宗教般的爱情的信念，台湾女诗人“度过生命不同的阶段，像是浪漫的恋爱、婚姻、为人母、死亡等阶段，有时甚至依凭爱情的信念，面对死后的世界”。因而，在不同的人生阶段，“台湾女诗人笔下的情感世界，呈现不同的体验，不同的面貌”[①]。如果脱离台湾女诗人的这种创作心态与环境，就不能贴切地感悟诗作的真正情感。

根据自己的体验与分析，钟玲将台湾女诗人的爱情诗分作四种模式：（一）少女的诗——水仙花的清纯世界；（二）恋人的诗——生死缠绵的情歌；（三）失恋的诗——激情与痛苦；（四）反省的诗——冷凝的观照。并指出这四个阶段的诗作，在诗情、诗风、诗意方面，均有不同表现。

在“生死缠绵的情歌”时代，女诗人们往往相信她们的爱情是永恒的，只有死亡会对她们的执著追求构成一大挑战。由于东方存有轮回转世的信仰，人际关系，尤其是恋人关系，可以在此信仰的观照中，超生越死，无限延续。有不少台湾女诗人就采用了佛家轮回的说法，表现爱

① 钟玲：《现代中国谬司——台湾女诗人作品析论》，第108页，联经出版公司1989版。

情能超越死亡的信念。而在“冷凝的观照”阶段，由于女诗人们已经历过了千回万转的情感与生活历程，往往呈现出一种突变的风貌，竟是以客观的理性态度来处理这种感性的题材。罗英、夏宇、蓝菱、筱晓即是如此，用不同的手法表现她们对爱情主体冷凝的观照。

尤其在少女的诗——“水仙花的清纯世界”部分，钟玲另有更为独到的批评。

台湾大多数女诗人，如林冷、冯青、敻虹、沈花末等，在少女时代都呈现着含蓄、空灵、清纯的境界。就像白色的水仙花是透明的。女诗人们在这个时代，喜欢营造些不食人间烟火的充满理想和美梦的世界。钟玲认为从一些象征着顾影自怜、坚守情操的少女诗作中，可以抽象出一种“水仙花式的心态”。“少女们通常因为以下种种潜在的原因而沉溺于‘水仙花’式心态之中：期望能延长纯洁无邪的时期，避免与外面现实世界正面接触，逃避成长的痛苦，以及逃避社会经验，逃避与男性真正的交往。”①

通过对“水仙花式心态”的阐述，钟玲揭示了两个被以往的批评者所忽视的女性诗歌特征：其一，水仙花式的自恋——以情人自喻；其二，水仙花式的幻想——深化心目中的情人。

如冯青《水仙花》中的一段：

而每次
都是这样靠着你的肩
诉说　水的寂寞
你将会在冰凉中
逐渐　感觉我

一般看来，这是描写一对情人在河畔的依偎与情话。但从钟玲的“自恋”观出发，它是一首典型表现“水仙花”式自恋的诗。从诗中可以看到两个人物：“我”与“你”。而且“我”“靠着你的肩”，甚像描写一对情人。“但这却不是一般的情诗，因为诗中的内容全部描述‘我’

① 钟玲：《现代中国缪司——台湾女诗人作品析论》，第111页，联经出版公司1989版。

对自己的感觉。诗中的'你'既无形象，也无个性。而'我'的感觉全以自己为中心，没有表现对男方的爱意。"类似如此的还有沈花末的《水仙的心情》，"她甚至以此题目为她诗集的名字"。

凡·佛兰兹（M·L·Von Franz）认为：女性的理想爱人通常是她自我的投射，这个理想爱人在心理上，是她"把各种梦想织成的茧加以人格化而成，这个茧中充沛了自以为是的如意算盘与价值判断，因此这位女性与现实生活完全脱节"[①]。

这段分析恰与钟玲"水仙花式的幻想"合拍。一些女诗人在青少年时代与异性没有真正的感情交往，也正因此，她们水仙花般纯情的心态才能保持下去。在她们的此期诗作中，貌似写现实中的情人，实是些心目中的情人；而且是经过女诗人百般神化，寄托着自己美好幻想的情人。

又如敻虹的《不题》一诗：

从企盼中走出
请上阶石，踏着叮咚音符
有颜彩以缤纷来，有江海以澎湃来
我的神，请上阶石
豪华的寂寞，在你之后
……
我的神，请引我以升
从迢迢的视漠中走出
啊，蓝，请上我的阶
纷繁的声，在你之后

在钟玲之前，不少评论者对此诗做过探讨。一般认为这是一首精巧的爱情诗，但诗中的情感指向较难悟释。有的评析者通过精心揣摩，根据诗中"啊，蓝，请上我的阶"与诗人在诗尾的自注"谨以此诗赠给蓝"分析道："是一首'赠给蓝'的爱情诗"，因而诗作主要是写主人公

① 钟玲：《现代中国缪司——台湾女诗人作品析论》，第112页、第113页，联经出版公司1989版。

先是在企盼中等待爱情和爱人到来以及情人到来后的山盟海誓。[1] 但是，钟玲根据“水仙花心态”的特征之二指出：如此之说，还未完全领会女诗人所抒之意。“夐虹诗中这位地位至尊的‘蓝’，同样也是个没有形象、没有个性的人物。”“少女与这位神化的爱人之间，在实际生活上大多没有真正的交往与接触。”“蓝”更应是一个透射着少女自我形象的少女心目中的理想爱人。“正因如此，她‘水仙花’纯净的心境才能持续下去”[2]。这里姑且不论哪种评析更接近诗人的本意，无疑，钟玲的批评已为读者领会女性诗歌的内涵提供了又一新的途径。

在“激情和痛苦”部分，钟玲也颇有新论。

台湾为数不少的女诗人，将爱情视为宗教般的信仰与生命的最高目的。这种过分的依赖感与归宿感，必然会不时地在现实中碰壁。当女诗人们陷入爱情的涡流后，她们的诗歌就不再编织少女自恋的清纯梦境，也不再刻画超生越死的恋情，而是记录她们痛苦的呼喊。

如林泠的《微悟——为一个赌徒而写》：

> 在你的胸臆，蒙的卡罗的夜啊
> 我爱的那人正烤着火
> 他抬来的松枝不够燃烧，蒙的卡罗的夜
> 他要去了我的发
> 我的脊骨……

钟玲指出：“许多女性在身堕情网时，她们会无条件地投入……也许青年男女会同样地炽热，但过了这个阶段，男人会追求其它的生活目标。在这种情感的天平倾向一边的情况下，女性就必须承受内心的痛苦。此外，她必须要面对理想的幻灭。”因此，诗中的赌徒，并不是以金钱为筹码的赌场之徒。“男主角显然追求其它的生活目的，他是生命的赌徒。”“题目《微悟》点出女主角对自己身处的痛苦，有相当的了解，因

---

① 见《台湾新诗》，第 80 ~ 81 页，花城出版社 1985 年版。

② 钟玲：《现代中国缪司——台湾女诗人作品析论》，第 113 页、第 121 页，联经出版公司 1989 版。

而更加深其悲剧性。”① 应该补充的是，恋爱后的男子在客观上带给了女性以感情上的折磨，同时，女性将对爱情的关注完全替代了对人生、社会的关注时，也反过来加深了这种痛苦的内在悲剧性。

以上可见钟玲在以女性经验为基础的诗歌批评中，显现出一种感受——描述型思维的特征。她的批评智慧闪现在对女性作品深入、把握时，全力投入了自己的情感、悟性与创造。在她的努力下，诗歌批评确实成为了广大读者了解女性心灵、欣赏女性诗作的一座生机勃勃的桥梁。

（二）伸张文学中的女性地位与女性精神

钟玲诗歌评论的一个重要支点，是在文学中尽力伸张女性的地位，并通过系统总结台湾女诗人诗作，伸张正在文学中高涨的女性精神。

70 年代以来，兴起于欧美的女权主义有一个基本出发点，就是从女性的角度重新审阅整个文学史。并要求批评的文体要在文学中伸张女性的权利和地位。美国的女权主义批评，正是作为妇女研究的一个组成部分在女权主义运动中成长起来的。它声称首先是女权主义，然后才是文学批评。钟玲显然受到这种思潮的影响，有意识地在自己的诗歌评论中进行伸张女性地位与权利的尝试。

其一，论证诗歌中“女性主体”的存在。

以往的诗歌评论者，对诗歌中是否确有“女性主体”看法不一。这里所谓“女性主体”，指的是纯女性风格的诗，或者说是与男性作品不同的女性诗作。

对此，钟玲主要从文化传统对女诗人个性发展的特殊影响，女性生理特征和由此而引起的心理特殊感受对诗歌创作的影响以及历代文学批评家眼中的女诗人与诗作三个方面进行论述。

受几千年来文化传统的影响以及社会对男女角色的派定，直接间接地已经造成了男女个性上的不同特征。这种不同使得女诗人，尤其台湾女诗人在诗歌中呈现情感与意象时，具有一些明显特征：（1）宽容意

① 钟玲：《现代中国缪司——台湾女诗人作品析论》，第 113 页、第 121 页，联经出版公司 1989 版。

识：女性是良性关系的题材时，常常以宽容之心对待无情的情人。（2）“母亲基形”：自我承受、自我复苏、自我治愈心灵创伤的“母亲”意识，时常隐现在诗作的女主角背后，体现于物的象征多为大地、阴间、月亮、树林等；体现于情感的发展，则为常将苦难转化为生命的泉源。

“由于男性与女性在生理方面天生有差异，因此，有些女性经验大概男性不易深切体会的，例如怀孕、生产、流产、打胎、哺育等。”① 这种生理差异以及由此而致的心理差异，使女性诗作起码有两个特征：就题材而言，存在一种纯粹表现女性经验的诗；就情感而言，存在一种男性无法介入的强烈的创伤意识与恐惧意识。

历代评论家大多认为，女性诗作与男性诗作相比是有差别的。她们目光短浅，诗作缺乏社会性与时代感，诗风纤柔等等。钟玲利用这些指责女性诗歌“不逮”的言辞，反证出女性诗歌的自由特征与传统。当然，这种被人贬低的传统由当代女诗人正在改造和再造中。

总之，钟玲认为是有所谓“女性主体”的作品，伸张文学中女性的地位与权利，不应回避这个事实。这样既有利于明确作战的优势与不足，从而把握好女性诗歌发展中“传统”与“创新”的问题；同时，也有益于确认女性诗歌在文学中的贡献与地位。

其二，论证台湾女性诗歌在文学中的地位。

论证了“女性主体”的存在之后，钟玲的第二角度是分析女诗人的成就，比诸男诗人的作品，整体而言，有什么突出之处及缺失之处？第三个角度是探讨在中国文学史上，台湾这一批女诗人占什么地位？为此，钟玲做了大量的比较。

在一般人观念中，男诗人应占优势的领域，如气势磅礴的巨作、社会写实诗等，台湾女诗人确居次席。但是就婉约风格的作品而言，女诗人中卓然有成就者达十五位之多，占绝对优势，并且她们多方发展了此种风格，展现出多种风采。就呈现直觉感受或直接再现潜意识活动的作品而言，女诗人不仅人数众多，且比男诗人更为专注，情感更加澎湃动人。同时钟玲还将30年代以来台湾女诗人与诗作的勃起，看作一个特别

① 钟玲：《现代中国缪司——台湾女诗人作品析论》，第19页，联经出版公司1989版。

的文化现象。将其与历史上女诗人较多的唐代中末期和清代中叶进行比较。“唐朝女诗人成群出现的时期，长达二百年，清朝是一百五十年间，而台湾则仅只三十多年就涌现那么多女诗人。”“如此多女诗人在短期内出现乃中国文学史上的空前现象。”

通过多种比较，钟玲认为：“几乎举凡台湾女诗人所为，皆有历史价值。在古典时期，绝大部分婉约风格及闺怨体的诗词都是由男诗人执笔，台湾女诗人大力继承此传统，可说是扭转乾坤，收复了失地。而又婉约风格衍生出来的三种流变，则为台湾女诗人光大传统之实证，予传统女性文体全新的面貌。另一方面来说，这三种流变也是台湾女诗人试图突破传统的成功之举，尤以阴冷气质的风格、反叛戏谑的语调，及激情告解式的文体，都足以独步古今。此外，台湾女诗人试笔社会写实诗，或写出彻头彻尾现代主义的作品，或写出后现代主义特征明显的作品，或试笔气势恢宏的史诗题，或探讨女性自觉及女性地位，都在中国文学史上，为后来女性诗人奠定了一些新的立足点。”①

以上分析与论述，从中国文学史的角度，勾勒了女性诗歌发展脉络，尤其是清楚地描绘出台湾女诗人及诗作在中国诗歌发展中和台湾现代诗歌史中的重要地位。这无疑是体现女性文学批评的审美价值与审美观念的一个具体的尝试。

其三，系统总结台湾女诗人及诗作中的女性主义精神。

70年代在美国盛行的女性主义，提出了“两性角色分析”理论，认为男女地位不平等的原因之一，是社会夸大了男女生理上的差异，并且预定了男女不同的社会角色，强制女性接受，从而形成了实际上的“男子中心”。因而，这些女性提倡以“男女划一”论来代替“男子中心”论。70年代中期，激进的女性主义者更提出了“女子中心”论，析证“后天”社会培养的“性角色”与“性心理”如何导致了男女两性关系的扭曲与沉沦。

美国不少女诗人，如穆丽尔·鲁凯瑟（Munel Rukeyser）、埃德丽安·利奇（Adrienne Rich）、丝维亚·希拉斯（Syivia Plath）等，都纷纷

① 钟玲：《现代中国缪司——台湾女诗人作品析论》，第152页，联经出版公司1989版。

以诗作表现了正在兴盛的女性精神。或对迫害女性的社会、男性表示不满予以反抗，或呼吁女性凝聚起团结精神。有的激进诗作，甚至表示出对男性的深刻仇恨与敌意，并对性与欲持大胆公开的立场。

欧美女性主义文学，在台湾也产生了各种反响。70年代，台湾一些女性就开始介绍与提倡女性主义；同时，在台湾女作家的小说中，也透露出较强的女性主义意识。与小说相比，台湾女性诗歌中的女性主义意识出现较晚，表现方式也较委婉、温和。

例如，80年代苏白宇的诗作《一天》，即以高妙的手法，家庭主妇的口吻，抗议烦琐的家务事消磨去了主妇心中的理想与梦想。诗中以衣料变成褴褛、不能剪裁来比喻主妇追求新生活这一希望的幻灭。而用种种家务事，如洗衣机、鸡毛帚、油烟等，影射希望幻灭之原因。

夏宇的诗作，受到“女性中心”论的影响。《姜嫄》一诗，大胆、肯定地描绘女性的自然本能，如生殖能力等。诗中突出描绘了女性作为大地女神的形象，突出描绘了女性生生不息的天赋，并以周朝的始祖姜嫄为题，呼应中国远古时代的母系社会。

与欧美女诗人大胆描写情欲的作品相比，台湾女诗人处理此题材时表现得较含蓄，如钟玲的《卓文君》、利玉芳的《给我醉醉的夜》，都为正面处理情欲的诗作，但都能以女性的感觉为主，不偏重描写身体的器官。又如夏宇虽用词大胆，却讲究点到为止，而曾淑美注重的是潜心探索情欲之后的心理状况。

总的来说，台湾女诗人作品中，能呼应西方女性主义思想的为数不多，但钟玲仍细心地将这些诗作汇聚起来进行评述，尤其是对这些诗歌的寓意进行了阐述。她指出：苏白宇的《一天》，“是一首非常出色的女性主义的作品，抗议社会分派给女性的家庭角色”。并且还认为夏宇的《姜嫄》一诗，“可以说是符合女性主义中的‘女子中心’论之思想的”①。

钟玲对女性主义精神在诗歌中发展与呈现的总结并不仅限于上述专题性的论述，而且更体现在她对每个女诗人的具体考察、评述之中。事

① 钟玲：《现代中国缪司——台湾女诗人作品析论》，第96页、第97页，联经出版公司1989版。

实上，她在整个批评活动中，都以女性意识的觉醒与自觉程度为标准，检阅着每一个女诗人的诗作。

例如，她在评析蓉子时指出：在题材上，蓉子的一些诗作“塑造了中国现代妇女的新形象”，“她的组诗《维纳丽莎组曲》描绘处于现代工商业社会中的女性，一位独立自主，不假外求的女性”。“在大自然及女性形象两方面的主题，则有时代性的突破之作”[①]。论及李政乃，钟玲主张：把李政乃的诗，放在时代历史的框架之中，才益显出其突出。因为李政乃不但写过一些不落窠臼的主题，且有好几首诗营造出富有现代感的杰作。在50年代就以女性生子为诗的题材，在女诗人而言，从古典时期起，可说是空前未有的事。

在《初产》一诗中，李政乃写道：

火山终于爆发
到疲困已极她才体会
“结婚就是忍耐的代名词”。

钟玲称：“最后一行对社会派给女性的角色，间接地提出抗议。可说是女性主义的先声。”[②] 论及朱陵，即袁琼琼的《中元节的月亮》，钟玲指出：诗中“‘压挤’、‘惶痛’这些字眼反映强烈的被逼害的感觉。当然，此诗的主要贯穿意象是女人生产的痛苦过程。以苍天为女体，以月亮比死婴。可以说是一首以女性生理为主题的女性主义作品，而此诗受逼害的情绪、层层推出短句形式，可以说呈现一种阴谋暴力的女性主义文体”[③]。苏白宇除了表现抗议社会硬派角色的女性主义诗体外，“《炼》一诗更透露了女性中心主义的讯息：如果女性经过磨练考验，塑造自己，终能在男女之间的权力斗争中取胜。”“由于主妇生活局限了苏白宇在社会上、事业上及个性上的发展，她诗中出现很多囚禁意象，这也是女性主义文体的又一个特征”[④]。出发于女性主义意识的观照，钟玲

① 钟玲：《现代中国缪司——台湾女诗人作品析论》，第142页，联经出版公司1989版。
② 同上，第155页。
③ 同上，第189～190页。
④ 同上，第300～301页。

还对席慕蓉表现无怨无悔心境的情，略有微词，称席慕蓉“第一人称的女主角常心甘情愿自处于谦卑的地位”，而且“大部分诗作都有夸张泛情之弊”①。由这些批评文学可见，钟玲有意识地将诗歌中的现代女性意识与恰如其分的艺术表现作为女性主义诗歌评论的一个重要标准。她对女诗人的褒贬，都自觉出发于文学中女性权利、地位的思考。她那貌似不成系统的女性诗评，实际上可谓“形散而神不散”，正是台湾文学中注意诗歌批评理论深入化、具体化、系统化的表现。

（三）求实的批评态度

钟玲的诗歌批评专著《现代中国缪司——台湾女诗人作品析论》，洋洋二十万字，分九章，纵横论述了五十多位台湾女诗人的诗作，其中还穿插了大量古今诗歌、中西诗歌以及男、女诗歌的对比、阐述。全书虽然闪现着炫目的女性批评精神——新的价值标准、新的审美角度以及不少新的析论与批判，但同时又给人以知识广泛、分析中肯、态度严谨的强烈感觉。

首先，作者出入于现代文学思潮、哲学、社会学、心理学、女性学之间，并且将种种知识按照自己的观点与需要进行融会整理。论述的重点虽然是台湾女诗人的诗作，但论述的角度则变幻无穷，时而比较，时而做哲学、心理学层次的探讨，时而闪现女性批评的光彩。尽管批评的思绪活跃，文学随着批评的角度时而欢快，时而沉重，但批评的线索始终十分分明，得出的结论也十分贴切，十分符合台湾女性诗歌发展的实际。例如近十年来，欧美有关女性作品批评的理论一般分为四种模式：生理的、语言的、心理分析的、文化的，而西方女性主义批评者在实践心理分析的理论模式时，往往使自己陷入各种泥沼。为了反驳弗洛伊德的“阳具说”，即认为女性无阳具，故会产生妒忌与缺憾心理而常陷入为反叛而反叛的境地。她们或者竭力去寻找抗衡“阳具说”的理论，或者因无法找到批判的武器而陷入困境。钟玲则十分谨慎地选择了自己的

---

① 钟玲：《现代中国缪司——台湾女诗人作品析论》，第343～344页，联经出版公司1989版。

批评方式：她挣开了传统的心理分析的体系，将心理的分析穿插和融会在生理的与文化的批评之中。她认为："对女诗人而言，她自身的生理状况，以及她所处身的文化环境，一是小我，一是大我，一是切身体验，一是生存环境，对她的写作的心理状态，及她的语言表达，都有决定性的影响。"① 这样，钟玲既可以避开既成模式带来的批评的惶惑，又方便了自己根据需要，对各种批评方式、手段从实际出发的选择和运用。

其次，钟玲的批评既是女性意识的自觉张扬，又体现出求实的批评态度。

钟玲提倡文学中女性自我精神的崛起，但又十分注重文学的特殊性与文学史论的求实性。譬如，钟玲对女诗人的作品始终坚持从诗艺出发的批评原则。她对蓉子诗歌有时"用词不慎"、"用意不明确"及有个别作品"太过直说"的散文化倾向；对林泠一些诗歌形式上的欧化现象；对蓝菱早期诗歌中意象过分密集而造成的晦涩之弊及文法亦有较重欧化之趋向等，都做了中肯与诚挚的批评。

钟玲在如何对待男诗人与诗评时，也采取了一种求实的态度。她不盲从激进的女性主义者一概排斥男作家的主张，而提倡女诗人与男诗人的合作与互相学习。她实事求是地指出，不少台湾女诗人正是受到男诗人的影响而成长起来的。例如，蓉子的诗就显现出郑愁予的痕迹。而且回顾台湾女诗人涌现的原因，正是男性诗人对她们的爱护和提携。如纪弦、余光中、杨牧等都写过评论文章，赞扬女诗人的作品。不少男诗人还帮助女诗人刊出作品。因此不论在精神上或出版上，女诗人都受过男诗人的鼓励和协助。

即使在台湾女性主义诗作的发展中，钟玲也如实记述了男诗人的功绩。"纵观近二十年来台湾女诗人的作品，表现这类女性主义激进态度的诗作，可说是付诸阙如。只有一首《刺猬》充分发挥了这些特色。""这首《刺猬》写的泼辣大胆，但这首台湾几十年来最富女性主义特色的诗，却是一位男诗人刘克襄模拟女性口气写的！"②

女性在社会与文学中的地位是几千年来逐渐形成的。要想彻底扭转

① 钟玲：《现代中国缪司——台湾女诗人作品析论》，第9页，联经出版公司1989版。

② 同上，第8页、第2页。

这种不合理的态势，抛开或敌视全部的男性，只能是一种不切实际的激进空论。钟玲在具体的文学析论中，处处显示着争取女权的智慧；在宏观的批评架构中，又掌握着求实、求慎的史论原则。这种品质使她的文学批评既充满新颖的个性，又体现出应有的学术性。

诗歌毕竟是一种美的艺术。台湾女诗人以诗作描写性欲，甚至像曾淑美在《缠绵帖》中描写做爱的经验，采用了较含蓄的手法，以大自然的意象语隐隐约约地形容，也不失为一种探讨。但是像夏宇《下午茶》中出现的“集体手淫”、“交媾”之类词语，无论如何也无法给人以美的感受。对此现象，钟玲虽有列举，但未就诗歌的美学要求做出自我的反应，毕竟也是一种遗憾。

总而言之，钟玲的女性诗歌批评集中反映了她为人的敏锐与学者的智慧。并且第一次在系统地评论台湾女诗人时，体现出强烈的女性批评意识。就此而论，她不仅为台湾女性诗歌的发展与研究注入了活力，也为世界华文女性文学的创作与研究注入了活力并提供了经验。

第七编

香港:都市文学

一、都市诗：城市与人的姿影和心态

现当代文学史上不乏对“都市文学”、“都市诗”的述说。当中国以稳健的步伐迈向现代化的时候，当与乡村相对应的都市问题越来越凸现于人们面前的时候，作为其反映和表现的“都市文学”、“都市诗”自然更多地进入了人们的视野。而走在都市化前列的香港，它的文学、它的诗，因其特殊的性征和形态，不能不受到我们的关注。

应该说，都市诗的释义离不开都市。而香港都市诗，离不开香港这座特殊的国际化大都市。

（一）香港这座都市与香港都市诗

作为一个特殊的都市，香港呈现着一个空间的复合性。当英国国旗尚飘扬在高楼大厦时，民族心、传统根也在香港时时流润、生发。中西交汇、新旧共存、现代与传统同在、科学与迷信并行，许多世界上堪言独特的景观、人物，都会在这座都市中流转。

英皇道、皇后大道、摩里臣山道、庄士敦道，这类带有殖民味道的街名、路名，与鸭寮街、通莱街、庙街这些传统的近乎滞后的叫法共生并存。西装革履、华贵而傲慢的白种人，与地铁站口、人行天桥拦路拉琴、乞讨的黄种人相映相衬。舒适的地铁、快捷的轻铁、满街的跑车和名车，与在许多城市已淘汰了的有轨电车相依无争。复活节、圣诞节与清明节、端午节并轨齐庆。现代化的科技、法律、秩序，与黄大仙浓烈香火同辉互映。

诗人王一桃说：

这就是香港
一株被人工嫁接的树
旧干发出了无数新枝
枝头
开放奇花异卉
且争妍斗艳了一世纪

长裙和旗袍
西装和马褂
皮鞋和木屐
刀叉和筷子
咖啡面包和一盅两件
热狗和虾饺烧卖
半山区和鲤鱼门
维多利亚公园和宋城
跑马地和油麻地、
电缆车和小抬轿
大游艇和小舢板
摩托车和黄包车
西方星座和东方生肖
信仰上帝和崇拜佛祖
耶和华与至圣先师
天主教堂和黄大仙庙
复活节和盂兰节
灵魂升天和轮来回去

科学预测和神秘文化
大鱼大肉和吃素吃斋
教堂婚礼和中式婚礼
圣诞灯饰和新春烟花
狂欢舞会和龙舟竞渡
安乐死和痛苦死①

在这样一个复合型的意识空间，现代压制不住传统，西方掩盖不了东方，科学替代不了迷信。而且压制、掩盖、替代本身遭遇着质疑、挑战和替代。最现代的，也许又是最传统的；最科学的，不妨同时还是最迷信的；最西化的，也许转眼即为最东方的。

实用与多变，也许概括的还是香港性格的表象。兼容与流转，或者能更深入地表述复合意识空间下香港的都市性格与特征。

香港还呈现着区域空间的复合性。繁华的港岛、九龙，车水马龙。新界，更如离岛，不乏僻静。乡野、山峦、滩涂，如果不是偶尔的航船、探险的人群，宛如荒野牧园一般宁静。香港诗人和香港许多人一样，既可能在港九搏击“早九晚五”，也可能在乡野丛林居住直至躬耕。

当然，此耕田已非彼耕田，此乡间已非彼乡间。这里是高度现代化的区域与现代化辐射和现代化意识维护下的乡村区域的复合。仅从空间区域来看，香港这座现代化国际大都市已不是能简单地与“田园”、“山林”相对立的单一性区域，它是既有喧嚣又有宁静，既有“石林”又有森林，既有巨变又有“不变”的复合性空间区域。这种复合性生成于种种复杂的原因，却构成了都市香港独特的风景线，也许还展示着国际性大都市未来的取向和走向，同时也催发着当代都市诗歌的新特征。

六七十年代，台湾展开过“都市文学”、“都市诗”的讨论。八九十年代，提出了颇多具启发与挑战意味的观点。罗门认为：“都市诗是人为第二自然——都市型生存空间的产物（异于第一自然——田园型的生存空间）。”② 林耀德称：“‘都市文学’是在旧价值体系崩溃下所形成的

① 王一桃：《这就是香港》，载《香港文学》第144期，1996年。
② 罗门：《关于都市诗的基本认识》，载《草根》第50期，1986年6月。

解构潮流。”①

这些论述，对理解“都市诗”，尤其是台湾都市诗有极大的帮助，对解读香港都市诗也不无获益。但是，香港也有香港的特性。“岛的对面是半岛、半岛的北端与大陆紧连，香港可以随时感受到深厚无比的文化积藏的体温。因此，它的乡情与文化背景的扭结就十分自然。但这里又是国际性的大都会。西方文化传统在此地与其说来是舶来品，不如说是一种迁入和植入，他们当然也与这个社会血肉相连。”② 都市香港，真像一个“盛满鸡尾酒的晶杯”，不断地兼容，不停地流转；不停地流转，又不断地兼容。香港都市诗，或许应该是香港在高速现代化过程中，最具兼容、流转特色的都市性格与都市心态的艺术反映。

（二）多维“乡愁”的流转与兼容

“乡愁”是文学中热闹与延续了多年的主题。宦游、战乱两大动因，致使古时的迁徙者被分成了“自逐”与“放逐”。城市文明的召唤、经商求学的选择以及当代社会更加复杂的原因，香港的“南来”者甚众。即使所谓“本土作家”，也只不过比“南来作家”早来香港一步、半步。归根结底，香港人的新根在香港，老根却在香港之外各种各样的“乡下”。本原上的“迁徙感”、“思乡情结”，必然牵发出炙热的“乡愁”。

“乡愁”文学的指向固然是“乡”。为什么指向“乡”，指向何种之“乡”，倒过来又纷呈着乡愁者的城市心态。在这个意义上，香港诗歌中的“乡愁”，是香港都市诗的一个重要部分，也是切入、理解、把握香港都市诗的一个重要视角。

都有“乡愁”，都写“乡愁”，香港人的乡愁是多维的。

1. 回归性乡愁

在中国诗歌史上，以回归故园为指向的乡愁诗卓有成就，且感人至深，影响深远。陶渊明“不为五斗米折腰”而“采菊东篱下”的回归取

① 林耀德：《八〇年代台湾都市文学》（上），载《香港文学》第71期，1990年11月。

② 谢冕：《包容和综合的品质——香港新诗漫笔（代序）》，《香港当代文学精品·诗歌卷》，长江文艺出版社1994年版。

向，既是一种现实的人生抉择，也是一种超现实、超时空的精神归宿、人格象征。王心果的《乡思》、晓帆的《乡思》、张诗剑的《乡愁》以及不少香港诗人的乡思、乡愁诗，都把“乡”作为精神的归宿和人格的象征。

这些诗人的童年，大多属于故乡。追寻童年，在“童年”中找寻与建构精神归宿和人格理想，使“童年诗”自然地称为“乡愁诗”中的有机部分。

张诗剑有篇名曰《童年》的散文诗：

> 渔家孩子的童年背景，海阔天高；他们经常在浪中拍打，在滩边造沙窝，时而俯卧沙滩上，翘起小脚板，唱着无忧的渔歌。
>
> 山村孩子的童年，足迹印在竹林里，骑牛溪边过，用绿叶卷一曲悠悠的叶笛。①

“渔家”、“山村”、“沙窝”、“溪边”，与都市的喧嚣、繁华成为对照；“悠悠的叶笛”、“无忧的渔歌”，潜在着对都市人生中“圈套”、“欺诈”的厌恶与远离。童年作为一种象征，是诗人曾有的一段美好历程，也是诗人认为人类应有的美好历程，是诗人在憧憬与向往中，美化、纯化了理想家园。

这些诗作蕴含的意味如同徐讦小说中的常蹦出的一句话：“如今我流落在香港。”② 诗人既不能逃离都市，又不能摆脱都市的压抑，人在都市，心在“江湖”，没有真正地进入都市，心灵的归依与人格的定位尚在理想之“乡”中。

2. 困顿性乡愁

百余年来的中国社会，经历了许多重大变化。长期的殖民地处境，造成过香港市民在两种文化选择中归宿感的困顿。在海峡另一边生活了多年的诗人余光中加盟香港诗坛，更带起、推进了诗歌中困顿性的乡愁。

余光中写于 1976 年的《公无渡河》，抒发的是思归而不得归的

---

① 张诗剑：《流火醉花》，第 83 页，香港文学报社出版公司 1997 年版。

② 徐讦：《鸟话》，见《徐讦全集》第 14 卷，第 436 页，台湾正中书局出版。

愁闲。

公无渡河，一道铁丝网在伸手
公竟渡河，一架望远镜在凝眸
坠河而死，一排子弹啸过去
当奈公何，一丛芦苇在摇头。[①]

《台风夜》把身的困顿更引向了心的困顿。

东坡水谪，华发随一苇飘飘
　从前曾富有九州
　后来九州留一岛
　而今一岛隔水成半岛
而大陆压眉睫反感到陌生，为何
岛在远方竟分外亲切?
又是近重阳登高的季节
台风迟到，诗人未归
即望远当归，当望东或望北?
高歌当泣，当泣泪或泣血?[②]

谢冕认为：“这就是所谓的中国遗传。中国当代人所感到的历史欹斜和社会切割是心灵隐痛之源，长久的隔离造成这时代特有的近乡情怯的心态。”“所谓两难，是抉择和认同上的困惑。对文化母体，既有强烈的认同和归宿感，又有难言的惊惧和疏离感。”[③] 余光中借“东坡水谪”起兴，站在“大陆压眉睫”的香港新界，正值“重阳”思亲之节，望归之心反被“陌生”之感所困。欲归与难归，当归于恐归，纠缠不清。思根之“泣泪”、“泣血”，归根之惊惧、疏离，几近成为一种“死结”，困顿的“死结”。余光中称：“忧国愁乡之作多半是儒家的担当，也许已成

① 余光中：《春来半岛》，第11页，香江出版公司1985年版。
② 余光中：《与永恒拔河》，第4~5页，台北洪范书店1986年第6版。
③ 谢冕：《现代文化形态的诗意重铸——香港学者诗综论》，载香港《现代中文文学评论》第1期，1994年6月。

为我的‘基调’。”[1] 而这“基调”中的“两难”之困顿，使得此乡愁有别于、复杂于彼乡愁。

八九十年代，困顿性乡愁仍在延续。诗人陈德锦说：“香港前途问题由阴霾转趋明朗，港人不谈移民，即谈过渡。对诗人来说，是增添了一份若即若离的本土情感。”[2] 谢冕指出：“香港的问题明朗化了，诗人的本土情感反而变得微妙起来，这是一种特殊的香港情怀。”[3]

3. 调适性乡愁

回归性乡愁、困顿性乡愁，都缘起老根、指向老根，基本上都以流寓感为动因，也显示出自我对身心流寓、失根的认定。调适性乡愁牵着老根，却更瞩意新根。黄国彬的《秋怀》，是身在都市香港，怀念香港新界。身在港岛摇晃的电车中，怀念吐露港的浪花，怀念马鞍山的轻雾，怀念淡水湖中八仙岭的倒影……诗人迁入香港高度现代化的区域，怀念现代化辐射和现代化意识维护下的香港“乡村”区域，怀念在这片“乡村”区域中用心学、友情扎下的“新根”。

调适性乡愁，是与流寓、放逐甚少关联的一种“乡愁”。“乡愁”的起源无疑也是对城市的思考，乡愁者并不曾想抛弃城市、远离城市，归向香港之外的田园、大自然甚或“童年”。相反，对“这个城市”充满感激和怀念：

有一天，如果要离开这个城市，
我知道，我是会怀念它的。
怀念枫叶变红的日子，乘电车
驰过满街的阳光。怀念
圣诞的铃声在冰雪中响起，也怀念
冬去春来，暖雨洒落河谷。[4]

---

① 余光中：《隔水观音》，第 18 页，台北洪范书店 1987 年第 4 版。

② 陈德锦：《自序》，见《如果时间可以》，第 1 页，香港新穗出版社 1992 年版。

③ 谢冕：《现代文化形态的诗意重铸——香港学者诗综论》，载香港《现代中文文学评论》第 1 期，1994 年 6 月。

④ 黄国彬：《这个城市》，见《微茫秒忽》，第 125 页，香港天琴出版社 1993 年版。

罗贵祥在《台湾行脚——横贯公路》（之二）中，这样说：

不要相信登高可以博见
更不要相信凌绝顶就可以览山下
山峰最高一点叫茫然
是雾罢
凄冷得像袜子的白
空无所有①

诗人“解构”着“山峰”、“绝顶”的传统意境，原有的心灵的家园已经“凄冷”，追寻的意愿填入了茫然。

王良和的《清晨散步》，对“童年”进行着追问。

是谁逼我们在孩童时
便不断学习并占有
各种东西，指称名字。
序列等次？②

童年的完美让位于不完美，传统的美化、纯化方式受到了拷问。

解构与拷问背后，闪现的是作者的自我定位：尽管还有老根，心根已经扎深，使人不再是流寓者，不再是“乡下人”，而是生于都市、属于都市的城市人。

我们在寻常　找一个不同角度
不增添也不删减
永远在边缘永远在过渡
我们用不同颜色的笔书写
这些东西也很容易变得表面。③

① 罗贵祥：《台湾行脚——横贯公路》，载《文艺》杂志第10期，1984年6月。
② 王良和：《清晨散步》，载《香港文学》第128期，1995年8月。
③ 梁秉钧：《形象香港》，载《香港文学》第66期，1990年6月。

梁秉钧说得明白："明知近日再无法归隐田园，大多接受了城市生活，面对城市带来的文明与恶果，只有吸纳新知识、调整旧观念，重建一套新的价值标准。"① "一个不同的角度"，首先在于身心通融一体，身在城市，心在城市；然后，才是心、眼、物三者间的适当视度。如何经过"吸纳"、"调整"，"重建一套新的价值标准"；如何反向回归田园，对大自然的憧憬、童年的追寻，通过调适、创意乃至虚构的手段回到一个真实的空间——哪怕是零碎且"形而上"，能够抚慰心灵、容纳个人心理弱点的创意空间，这些倒成了诗人们牵肠挂肚的城市"乡愁"！

意识空间、区域空间的复合性，加上当代香港人空前的流动性，使得香港的"乡愁"既多维又流转。回归性乡愁历史久远，困顿性乡愁成名在后，调适性乡愁展开较晚。但是，历史久远的，时时都在流行；成名稍后的，也流润于新的时期；展开较晚的，也已受到更新者的挑战，流转者、挑战者都自由地兼容在香港这个大容器之中。

（三）多维的城市观照

城市自诞生之后，在发展的过程中始终是一个客观存在。生存在城市中的诗人，可以从各个角度观照自己生存的城市。

道德的观照，始终是香港多数诗人看待城市、表现城市的重要角度。

老一代诗人曾经有过杰出的成就和深远的影响。舒巷城的《都市诗抄》，以下层市民的心态反映香港社会的贫富悬殊、人际的隔膜和城市的拥挤等负面现象。其中《赛马日》描写系着香港万众之心的赛马：

上午，捧着一叠叠的马经
这是最兴奋的时刻——
他已经捉住了希望

---

① 梁秉钧：《〈书与城市〉代序》，转引自洛枫《香港诗人的城市观照》，载《香港文学》第59期，1989年11月。

而下午，一只只捉不住的马蹄
踏碎了
他一个礼拜的好梦

然后黄昏
他离开快活谷
过一个最不快活的晚上

赛马日，常常是这样的
骑师们骑着马
而马群骑在他的背上①

所谓赛马，对参与者而言，实际上是一种运气之赌、金钱之搏；赢家总是少之又少，输家总是多了还多。在香港的街头巷尾，人们不难看到舒巷城所说的“捧着”“马经”，自以为“捉住了希望”的男男女女、老老少少；他们似乎永远都在编织着自己的好梦，尽管一次又一次被“马蹄”所践踏，仍然毫不吝啬地从口袋里掏出微薄的薪水为“马会”做着“贡献”。所以，在诗人看来，香港社会的险恶，实际上是到处可见：“车辆的丛林中/连患着大肠热的巴士/也杀心腾腾”②。

舒巷城之后，对城市的道德观照更加兴盛。社会的罪恶、贫富悬殊等城市的负面现象，成为诗歌挖掘、抨击的主题。

谭帝森的《种花》，揭示城市中“罪恶之花”，结成“罪恶之果”。王心果的《罂粟花之怨》，愤慨于商业行为与神仙迷信的结合。王一桃的《这社会太悬殊，这世界太奇特》，意旨鲜明地道出了主题。再看陈浩泉的《都市短诗·小拾》：

（一）
因为人口的灌溉

① 舒巷城：《赛马日》，见《香港当代文学精品·诗歌卷》，第256页，长江文艺出版社1994年版。

② 舒巷城：《斑马线》，第255页，长江文艺出版社1994年版。

大厦越长越高了

（二）

徙置区

一列列“万国旗”

悬挂我们的贫穷

（三）

青少年罪案

社会满脸的青春痘[①]

这些诗人充满社会责任感，承继着“五四”以来新诗中的道德立场，暴露和谴责这城市中的丑恶。同时，“又由于往往从维护传统的立场来抨击都市的现代化进步，则又表现出某些片面和狭隘”[②]。或者说是对城市发展过程中某些现代化及现代化带来的变化、变异不适。有时，在批判其负面性的同时，对越“长”越高的大厦，越来越快的节奏，越来越热闹的交通，这些既是进步又需改进的问题也产生反感与抵触。

道德观照，不限于暴露与批判，也有讴歌。何达的《在火光中》，面对香港仔油库大火造成的巨大伤害，“照见了火灾中人们的互相呼唤、扶持、救助的‘人性的美丽’与‘人性的坚强’”，“透过光怪陆离的社会表象，发掘人性美好的一面”。[③]

感觉观照，似乎与现代主义诗歌的兴起有联系，其中也还有道德观照的余韵。道德观照重视社会的客观现象，感觉观照强调城市的重压对都市人产生的压抑。

马朗的《车中怀远人》、《北角之夜》，都是写电车中夜的感觉。“电车，凄迷地摇落/远远伸张出去的灯火路”。“最后一列的电车落寂地驶过后/远远交叉路口的小红灯熄了/但是一絮一絮濡湿了的凝固的霓虹/沾染了眼和眼之间朦胧的视觉”。[④]诗中透露出的是凄迷、凄惨与无奈。

西西的《可不可以说》，用荒谬拉动物象，以量词的倒错，见出感

① 陈浩泉：《都市短诗》，见《香港作联作品集》，第232页，香港作家联谊会1991年版。

②③ 刘登翰：《五六十年代的香港诗坛与诗人》，载《香港文学》第146期，1997年2月。

④ 马朗：《车中怀远人》，见《北角之夜》，第8页、第9页，长江文艺出版社1994年版。

觉的深厚：

可不可以说
一枚白菜
一块鸡蛋
一只葱
一个胡椒粉？
……
可不可以说
一名甲虫
一家猪猡
一窝英雄？
可不可以说
一头训导主任
一只七省巡按
一匹将军
一尾皇帝？①

苇鸣把压抑与监禁感呈现得更加鲜明，感觉观照也更加走向诗人的内心，走向都市中诗人的内心：

下雨了，而且有风。雨点成了几何图：六十度、九十度、三十度。一座监狱织成，没有铁丝网……

我在另一个监狱里。没有雨，但一样有风。空调机的风。②

秀实的《外望》，展现的是都市中恶心的感觉："下午，雨稍歇/参差的天线如吃剩了的/鱼骨，都给呕吐出来/搁在依旧发霉的瓷碟边。"③

技术观照，不同于道德观照，在讲究历时性的同时，更重视共时性。技术观照，不同于感觉观照，在注意内在感受时，更注意调适性。

---

① 西西：《可不可以说》，第42~43页，长江文艺出版社1994年版。

② 苇鸣：《黑色的沙与等待》，第68页，香港华南图书文化中心1998年版。

③ 秀实：《外望》，见《茶话本》，第27页，香港新穗出版社1994年版。

技术观照，也可说是一种角度，是从现代化进程的角度把握都市，把握都市人与都市的关系。

梁倩雯的《在旺角地铁恒生银行等》，描述繁忙时间在繁忙的地铁站中等人的遭遇："称得上是个百人约会——/至少有一百人相约/在同一时间/在同一地点/等候"，"有个男人站在前面/我退后/后面碰着一个女人"，"我顺时针方向走一个圈/再找一个据点/原来的位置已有人代替"。拥挤、失望、窘迫、苦寻后，"我"并不埋怨城市、不埋怨别人，结尾只是"我对他说/以后别再约我/在旺角地铁恒生银行等"。①

犁青借助狄士尼的奇幻世界，述说现代都市在发展中的变化：

> 我分不出那儿是城市　乡村
> 我辨不出谁是产业工人　专家艺人
> 我找不到谁个贫困的　一无所有的无产者
> 工人们有些是十万　百万的小财主
> 老板们有的是债务　贷款无法还清
> 像只蜗牛在蠕行②

梁秉钧比较有意识地摸索技术观照，并提出了"发现的诗学"，"即诗人并不强调把内心意识笼罩在万物之上，而是走入万物，观看感受所遇的一切，发现它们的道理"③。"城市由许多事物构成、受众多因素影响"，"尝试摸索去写我生活其中眼见它日渐变化的城市"。④

变迁了形式，就变迁了内容。梁秉钧从形式对内容的影响甚至决定性方面，努力发掘或发现生活的新。在《洋葱》中，他以洋葱为例，一层层地葱皮，既是洋葱的皮，又是洋葱的内容。"它的姓氏听来就不可信赖/成分也不怎么好，剥开一层又一层，里面居然会没有什么/大众公认的内涵！"但是，这一层一层的皮，正构成着洋葱真正的"内涵"。没

---

① 梁倩雯：《在旺角地铁恒生银行等》，载《香港文学》第76期，1991年4月。

② 犁青：《在狄士尼奇幻世界里》，见《香港作联作品集》，第288页，香港作家联谊会1991年版。

③ 梁秉钧：《梁秉钧诗选》，第143页，香港作家出版社1995年版。

④ 同上，第304页。

有了这一层层“形式”之皮，也就完全丧失了洋葱之“内涵”。改变了这一层层“形式”，也就必然改变了洋葱的“内涵”。因而，诗人声称“我寻找另外的文字”，[①] 用另一种角度、另一种方法、另一种语言去分析、认识生活的形式与内容，城市的“形式与内容”。

梁秉钧也写汗液、电车，追求的是含蓄与冷静的表达方法：

“灯光　嵌在　寒冷的黑暗中
最高的一盏
　　　是月亮”
“又一辆孤独的电车
　　　　　转过弯角
擦出一闪青色的光芒”[②]

梁秉钧也写城市的弊端：海面“油污上有彩虹/高楼投影在上面/巍峨晃荡不定”[③]。城中“总有修了太久的路/荒置的地盘/又是生锈的铁枝间有昆虫爬行”[④]。这类诗歌与陈德锦的《鹰》有相同之处：对城市发展中环境日益受人为破坏十分忧虑，启示人们考虑繁荣发展阶段，更高层次上的发展问题。

过去香港都市诗的特点是兼容与流转，流转与兼容。今后的香港都市诗依然会是兼容与流转，流转与兼容。香港都市诗与香港这座城市一样，是不同心绪、不同角度、不同风格的都市制作，既“相兑”又“独立”，就像一杯鸡尾酒：“保持着各自的品质和色泽，而共存在一个杯子里”[⑤]。这种“鸡尾酒”形态的诗歌并非是仅供消遣、休闲的享用，那共溶其间的意绪，似乎可以引起人们更深长的思索。

---

① 梁秉钧：《洋葱》，见《梁秉钧诗选》，第25页，香港作家出版社1995年版。
② 梁秉钧：《寒夜·电车厂》，见《梁秉钧诗选》，第27页，香港作家出版社1995年版。
③ 梁秉钧：《北角汽车渡海码头》，见《梁秉钧诗选》，第24页，香港作家出版社1995年版。
④ 梁秉钧：《中午在鱼则鱼涌》，见《梁秉钧诗选》，第48页，香港作家出版社1995年版。
⑤ 谢冕：《包容和综合的品质——香港新诗漫笔（代序）》，《香港当代文学精品·诗歌卷》，长江文艺出版社1994年版。

二、士人散文与市人散文

在香港，散文已经成为最为兴盛和变化最大的文体——既受到各方面读者的喜爱，也在读者的欣赏要求与接受要求的驱动下呈现出多维发展的态势。

香港学者黄继持在论说香港散文时，曾经使用过“士人散文”与“市人散文”这样一对概念。他指出，使用这两个概念，实则是为了获得“两个不同的视察角度”，“一以中国新文学运动以来所建立的‘散文’观去要求，一欲以所谓‘大散文’的观念去平视”①。借用这两个概念，有利于我们对香港当代散文特性的把握。

（一）香港的“士人散文”

香港的“士人散文”自20世纪70年代以来蔚为壮观，以其特具的才情、学识和对人生独特的思考，深得读者喜爱。所谓“士人散文”，首先指其作者为学者。香港“士人散文”从作者方面来看，主要是由两部分学者构成。其一，是以大学的教师为主干，如香港大学的也斯、陈

① 黄继持：《香港散文类型引论》，见黄国彬、王列耀主编《剖沙赏沙——中国当代散文杂文国际研讨会论文集》，暨南大学出版社1997年版。

耀南，城市大学的潘铭燊；岭南学院的梁锡华、黄国彬，尤以香港中文大学最为热闹。其二，包括一部分学者型的报人，其代表人物首推既任职过学府，又担任过《明报》总编辑的董桥。所以，“士人散文”作者都具有中西文化的涵养，既有理论，又能创作；所谓“士人散文”，更是指流润着“五四”以来中国现代学者散文的风韵，以学识、才情为基础，融情趣、智慧、学问为一体的香港当代散文。

“士人散文”立足于自身，既有继承又不受拘束，故特色十分鲜明。

第一，文笔优美、语言儒雅、修辞考究、讲求技巧。

“士人散文”的作者之一梁锡华，1976年任教香港中文大学中文系，1976年转任岭南学院文学院院长、教授，现退休居加拿大。梁锡华的散文知识容量大，古今、典故、中外史料都信手拈来，穿插、活用在文中。《漫语慢蜗牛》一排众议，用亲身观察、个人的目光，为“蜗牛”的固执、慢步精神叫好。《八仙之恋》将文化精神赋予崇山峻岭，写得美不胜收。

黄维梁曾任香港中文大学中文系教授，他的散文透露着古典、文雅、智慧之美。他对散文理论也有独到之见，他曾质疑流行的“散文”形散神不散的观念，也质疑过散文不用典的说法：“‘五四’新文学的宗师胡适，反对用典。其实典故的用处很大……用典用事，一来为了举出事实，加强论说力，二来则为了使读者获得联想的满足。”①

第二，写活个人生活，“种好自己的园地”。

香港“士人散文”对政党、政治较远避与畏惧，较多关注实际生活，擅长在个人生活中发展情趣、写出新趣。

余光中的《我的四个假想敌》，写四个女儿长大将要出嫁，自己担心失去女儿而处在腹背受敌的困境，女儿成人前的天真可爱，四个假想敌的“骚扰”，父亲权威的动摇以及无法采用“冷冻术”，将女儿久藏的遗憾，在娓娓道来中趣味横生。

《催魂铃》写书房中惊人、恼人，却又在现代家庭中不可缺少的电话，与电话的使用者：“我家的电话，像一切深入敌阵患在心腹的奸细，

① 黄维梁：《余光中〈催魂铃〉赏析》，见《香港文学初探》，中国友谊出版公司1987年版。

竟装在我家文化中心的书房里，注定我一夕数惊，不，数十惊。四个女儿全长大了。连（最小偏怜）的一个竟也超过了《边城》里翠翠的年龄。每天晚上热门的电视节目过后，进入书房，面对书桌，正要开始我的文化活动，她们的男友（?）也纷纷出动了。”“好不容易等到叮咛一声挂回听筒，还我寂静；正待接上断绪，重新投入工作，铃声响处，第二个电话又来了，四个女儿加上一个太太，每晚上四五个电话。催魂铃声便不绝于耳了。像一个现代的殷洪乔，我成了五个女人的接线生。”

从周公“一沐三握发，一饭三吐哺”为接天下之贤士起笔，作者妙笔写道：“我们呢，是为接电话。谁没有从浴室里气急败坏地裸奔出来，一手提裤，一手去抢听筒呢？岂料一听之下，对方满口日文，竟是错了号码。”浴室裸奔，再加上“满口日文”、“错了号码”，气急败坏地暴怒“催魂铃”，既十分自然，也触动起读者的个人经验，使全文好看、好笑、好玩。

第三，新奇的妙喻、赤裸而不失文雅地写出自我。

在“士人散文”中，董桥极有个性。董桥曾任香港《明报月刊》总编辑、香港中文大学出版部负责人、《明报》总编辑。

董桥认为：“散文须学、须识、须情，……所谓‘深远如哲学之天地，高华如艺术之境’。”① 在学、识、情的融会中，董桥善于以新奇的妙喻，既直率、尖刻、赤裸裸，却又不失之文雅、从容地写出自我。

董桥爱书，看书、买书、藏书成为嗜好。《藏书家的心事》用男女之情比喻人对书之情，幽默诙谐、机智聪明：“人对书真的会有感情，跟男人和女人的关系有点像。字典之类的参考书是妻子，常在身边为宜，但是翻了一辈子未必可以烂熟。诗词小说又当是可以迷死人的艳遇，事后追忆起来总是甜的。又长又深的学术著作是半老的女人，非打点十二分精神不足以深解；有的当然还有点风韵，最要命是后头还有一大串注文，不肯罢休！至于政治评论、时事论文等集子，都是现买现卖，不外是青楼上的姑娘，亲热一下也就完了，明天购来再看就不是那么回事了。倒过来说，女人看书也会有这些感情上的区分。”② 董桥的比喻，成串成

① 董桥：《自述》，见董桥著《这一代的事》，台湾圆神出版社 1986 年版。

② 董桥：《藏书家的心事》，载台湾《联合报副刊》1983 年 6 月 4 日。

环，可以称为“套喻”。

（二）香港的“市人散文”

“市人散文”是指香港这个大都市流行的散文——也是大多数香港人参与的散文。由于都市的快节奏，香港散文受都市生活与都市趣味的制约，愈写愈短。而报刊划给各种文体，包括散文的专刊愈来愈小，从两千字降为一千，又从一千降到八百，甚至三到四百。因此，大多数香港人的散文都只能在专栏这个天地中舞蹈。

“市人散文”的特点之一，是短小而轻灵。

香港每天报章杂志上，有几百个被划定的专栏，香港的作者称之为“方框”。数百名作者每天依照被划定的“方框”，写出数十万言的专栏散文。

写出一个意念——一个念头或一种想法，而不一定非要写出一种意境，应该是“市人散文”、“方框散文”的内在特征。香港许多作家，如颜纯钩、陶然、古剑、张诗剑、巴桐、夏马、夏智定、梦如等，均在“方框”中写意念写出了佳作。王璞于80年代后期出现在香港文坛，她的散文大多文字简短，主要写自己在生命中各种时刻的细微感受。《女人在一起谈什么》、《填表》、《搬家》、《儿子》、《长沙的小食》、《我最喜欢的书》，都是从自己过去、现在的小事入题，从平凡中抓出一些令人感悟的思想火花。《填表》从巴士上“一少年迎上来，手捧纸夹，满面堆笑地”请作者填表切入，跳跃到从前在大陆“像我这种连一代都经不起追查的人，每逢一表在手，便胆战心惊”，故而“生平最讨厌填表”。文字虽短，但意念感人，迫人玩味联想。

“文人散文”的特点之二，是“杂”而“专”。

曾敏之担任过香港《文汇报》副总编、代总编，是有名的“杂家”。国事、家事、古人今况，无所不写。既有“新闻”报道之明快，又有游记之抒情，更有咏史之深沉。曾敏之又是社会意识较强的作家，《谈用才》、《谈“回避”》、《谈润笔》、《亲情与骨肉情》、《世故情与伪君子》以及《谈狗》等文，都在纵横古今之中见出深刻的批判锋芒。

香港作家的散文，越写越“杂”。“除了不准备写交际日记外，没有想过要专写什么，什么不可以写。多写了身边琐事，又觉得应谈谈国家社会；多写了人情世态，又想到可以讨论草木虫鱼。”① “在这个标榜‘想做就去做’的社会中，文学作品也多多少少摆脱了五四以来中国文学的那种道德沉重感。”②

李若梅的《幕墙》，写都市人面对“三合土森林中”“玻璃大厦”的感觉：“一栋栋患上自闭症的大厦，代表着一个患上自闭症的社会。现在，我长大了，也果然明白了，但依然抗拒，却又无奈何地不得不遵守这个游戏规则，以致年龄愈长，说话愈少，忽然明白老人家为何多唠叨，大概就是想说的话积在心底积压了几十年后的爆发。”

从自己的都市感觉出发，写活自己感觉中的都市，“杂”说依然，思辨的沉重转换成灵动、活跃的思绪。

“杂”的趋向配合着“专”的发展。

散文作者不得不因“杂”而求“专”。陈德锦说：“在我写过的专栏散文里，直接间接涉及语言、历史、书法、电影、广告、面相、医药、儿童文学、现代诗、翻译、心理学、思考方法、舞蹈、绘画等方面，因此多读了一些有关的书。有时遇到一些疑问，总会尽可能找一些书来寻求是非，甚至散文栏目也变得专门，即专业性的散文在香港应运而生。谈天说地、谈婚论嫁，自成专栏，蔡澜的食经专栏、李英豪的花草专栏，标志着散文的另一种趋向——由审美到实用的变更。

---

① 陈德锦：《杂文写作经验谈》，见黄国彬、王列耀主编《剖沙赏沙——中国当代散文杂文国际研讨会论文集》，暨南大学出版社 1997 年版。

② 王璞：《香港散文的生存环境和读者群》，见黄国彬、王列耀主编《剖沙赏沙——中国当代散文杂文国际研讨会论文集》，暨南大学出版社 1997 年版。

三、学者杂文或小品文

当前，整个文学处于十分不景气的状况，香港也不例外：小说失去了昔日的轰动效应，诗歌的作者似乎多过了读者，戏剧文学随着戏剧观众的锐减更是雄风难寻。但是，有一种文学样式——即现在人们所惯称的杂文，在文学被推向边缘的时刻，显出了较强的生机；尤其在香港，正悄然发展、不断繁荣。

（一）扩张了的概念——“杂文”

自从中国现代文学诞生以来，尤其从鲁迅那些产生过巨大社会作用的杂文问世之日起，杂文的概念似乎正在不断扩张，甚至被误用。它既近似于英国的 Essay，又类乎源出于法国的 Feuilleton。尤其随着当代香港社会资讯的发展、报业的繁荣，“杂文”一词的所指，几乎无所不包；直到但凡是报刊上的“方框文字”，或叫“方块文字”，都可以称之为“杂文”了。

当前香港的报刊杂志，其种类之多、篇幅之巨，在华文世界中都独具特色。而被约定俗成地看作为“杂文”的“方块文字”、“方框文字”的数量之多、内容之杂，还大概可以称之为世界之最。

从报纸杂志的版面安排来看，几乎处处都有编辑者有意划成几百字，至多千余字的“方框”、“方块”。而且从发展的趋势来看，方框是愈划愈多，也愈划愈小。也就是说，不论是“全职”的专栏作者，还是“兼职”的自由投稿人，其作品的篇幅必须首先符合编辑们在报刊上所划定的“方框”，才能全文发表。换言之，在香港，被称为“杂文”的方框文字、方块文字，首先必须短小精悍。无论名家、专门写家或偶作新手，其“杂文”欲有“社会效应”，直至欲要问世，便首先要做到篇幅之小、文字之少。

从被称为“杂文”文体的文章的题材与内容来看，也可以名副其实地将其称之为“杂”或“广”：从社会动向到人情世风，从花草鸟木到环保科技，从读书娱乐到太空旅行……无所不包，无所不言。

所以，在香港，“杂文”这个概念既约定俗成，又无所不包——实际上，是指那些由数百名作者，以“大工业”的方式，在报刊上每日生产出来的数十万言的“方框文字”与“方块文字”。

恰如黄维梁博士所言：“如果要问香港报刊杂文作者写的是什么，藉此来认识香港式杂文，不如问他们不写的是什么。我想有三不写：太暴力的不写，太色情的不写，诽谤人的不写，此外什么都写。”①可以说，除了人们出于道德、法律考虑，不愿写、不能写的之外，任何题材与内容都可以写进“杂文”，写成“杂文”。也许还可以这样说，在香港，写任何题材与内容的“方框文字”，都有可能被称之为“杂文”。

（二）杂文——小品文中的一个门类

中西方对杂文、小品文都有一些类似的阐述。

例如 Essay，既有杂文的意思，又不完全具有与“杂文”一词对等的包蕴能力②。有人指出：欧美文学史上的小品文（Essay），最初来自法国。还有文章指出：“作为文艺专栏，Essay 的发达就得力于报章。某些专栏、附刊的‘报屁股’被称之为非正统散文（lnformal of famillar es-

①② 黄维梁：《香港式杂文》，载《幼狮文艺》1994 年 6 月号。

says）。”[①]

日本厨川白村在阐述 Essay 时则说：

> 随随便便，和好友任心闲话，将这些话照样地移在纸上的东西就是 Essay。兴之所至，也就是说些不至于头痛为度的道理罢。也有冷嘲，也有警句罢，既有 humor（滑稽），也有 pathos（感愤）。所谈的题目，天下国家的大事不待言，还有市井的烦事、书籍的批评、相识者的消息，以及自己的过去的追怀，想到什么就纵谈什么，而托于即兴之笔者，是这一类的文章。[②]

被瞿秋白根据俄语译为“阜利通”的 feuilleton，它的法文原义是（印刷用的）次等厚纸，转义为（报纸下半面）专栏、附刊，即小品栏、通俗文学栏。作为文体，则凡载于报纸专栏的文章，无论体裁，皆可称之为 feuilleton。可见，Essay 有“小品文”、“非正统散文”的意思，Feuilleton 也有小品、专栏文的意义。

萨斯拉夫斯基在《论小品文》中，对小品文做过这样的一番考证：“‘小品文’这个名词原出于法文 Lafeuille，它的原意指纸的一页、一小页，也指报告、报纸。小品文是指各种各样新闻体裁的文章说的。

一、登载在报纸下半版或特栏的文章叫小品文。

二、报纸或杂志专栏里的文章叫做小品文。

三、讽刺性和幽默性的文章也叫做小品文，不论它刊登的地位如何，不论它的长短如何。

四、带有文学笔调的，带有艺术成分的，文笔轻松的科学文章、文学批评、艺术批评、历史评述也叫做小品文。”[③]

可见，小品文不仅在西方文学中有着一定的地位，而且其涵盖面也较广。包括：下半版、特栏及专栏文章，尤其是具有讽刺性和幽默性的文章，且特别之处是此类文字可以不论长短，不论刊载的位置。

中国古代文学中，早已有小品文的称谓及创作。而且与西方文学中

---

①② 参见刘介民《心灵的光影——梁锡华文学研究》，第 38 页，辽宁大学出版社 1994 年版。

③ 陈书良：《中国小品文史》，第 13 页，湖北出版社 1991 年版。

的同类概念比较，更加明白、清楚。

“小品”一词，原为佛家用语。《世说新语·文学》言：“有北来道人与林公相遇于瓦官寺，共讲小品。”《释氏辩空经》云：“详者为大品，略者为小品。”所以佛经有两种传本，一种为全本，即称为“大品”，如《大品般若经》；一种是节本，就叫做“小品”，如《小品般若经》。[①]

二者相比，后者的篇幅被压缩了三分之二。陈书良指出：佛经中的小品，因系大品压缩而来，所以它具备两个方面的特点：“一是篇幅短；二是文字凝炼，以片言只语释阐经文，言微义大。小品原指简短的佛经，小品文当然是短文。”[②]

以中国古代文学创作来看，“小品文”应该有几个特征：散文（韵文、小赋不算），篇幅短小且讲究“节短音长”，一事一说或一理一说，题材、内容可千变万化。

正如钟敬文在《试谈小品文》中说：“古人于小品云云，似指的是些篇幅不长的文章，其体裁兼有论说、序跋、传说、铭志等，内容则写景、叙事、抒情、议论都齐备。依此，实和平常所谓文章没有什么分别，只短篇罢了。”

在中国古代，小品文的发展大约经历了先秦小品、汉魏六朝小品、唐人小品、宋元小品、明清小品五个阶段。这些小品文，在不同时代有不同的侧重与风格。但就内容、题材而言，起码有下列类型：

政治或时事小品、寓言小品、诏令小品、山水小品、笔记小品、书信小品、闲适小品、清谈小品、遗民小品、应和小品等。因为内容的不同，小品文的风格也有所变化，或为讽刺、或为幽默、或为诙谐、或为闲适、或为清淡……

在上述门类的小品文中，讽刺是一种常见的艺术手段和风格。不仅政治、时事小品充满讽刺，寓言小品、书信小品、笔记小品等都充满讽刺。就连山水小品，如柳宗元的一些游记小品，也隐含着对时事的讽喻。晚明的小品，闲适之风盛行。然而讽刺、攻击、破坏之音仍暗中存在。故鲁迅在《小品文的危机》中说：“明末的小品，虽然比较的颓放，却

---

① 陈书良：《中国小品文史》，第13页，湖南出版社1991年版。

② 同上，第3页。

并非全是吟风弄月，其中有不平、有讽刺、有攻击、有破坏。”

至于抗争与愤激为主调的小品，讽刺与“战斗”作用更强。鲁迅在评价晚唐五代小品文时曾说：“唐末诗风衰落，而小品放了光辉。但罗隐的《谗书》几乎全都是抗争和愤激之谈；皮日休和陆龟蒙，别人也称之为隐士，而看他们在《皮子文薮》和《笠泽丛书》中的小品文，并没有忘记天下，正是一塌糊涂泥塘里的光彩和锋芒。”①

可见，中国的古代文人，在他们力所能及的程度，发挥着小品文的讽刺、攻击、破坏，以至“匕首”、“投枪”的作用。

因而，尽管东西方对“小品文”的短长问题有着分歧，但对小品文的其余理解，尤其是关于内容、题材、艺术手法的理解，仍是近似的。

总的来看，尤其是从香港的文学实践来看，不论是讽刺性的，闲适味的或随意式的风格，均可为小品文所采用。我们常以“匕首”、“投枪”相称，并以其为“讽刺”、“批评”见长的杂文，严格来讲，不应该是与“小品文”并称的又一种新文体。而是小品文之中，以政治、时论为中心，以讽刺、批评见长的一个属类。在现代时期，它虽大盛一时，独领风骚。但与幽默、闲适的小品一样，都应该是小品文中的一体、一门，而不应该将杂文与小品文并列，更不应该反过来用杂文统领了小品文。

（三）学者杂文，实为学者小品文

香港有几百人写“杂文”，其中也包括一批大学的教授、专家所写的“杂文”。这些教授、学者，虽供职于不同大学、机构、由于文化水准高、社会责任心强、艺术修养好，所写的“杂文”在每天几十万言中起着中坚作用。尤其他们在报刊杂志中开的定期专栏，由于品味、知识性、技巧等方面的卓越超群，受到读者的重视。

这些被称作“学者杂文”的文字，起码具有下列特点：

①短——且愈写愈短

---

① 鲁迅：《小品文的危机》，见《南腔北调集》，人民文学出版社 1958 年版。

由于报章杂志的方框，必须追随现代快节奏的生活需要，被分割得越来越小，所容纳的字数也越来越少。中国古代小品文与“大品文”的区别，被专家们设定为以千字为限。香港的方框文字千字、近千字的已经较少，六七百字已属正常。梁锡华《三思篇》中，破例写了一篇一千六百字的《高姓大名》，也只好分作两次发表，或者说，在数量上被视作为两篇来发表。

②广——题材、内容无所不包

从题材上看，学者的“杂文”内容十分广泛。世风民情、山水小品、闲情逸致、寓言小品、笔记心得都是“杂文”描写的对象。例如在《三思篇》中，梁锡华、黄维梁、潘铭燊谈婚论名，说衣议人……只要生活中有，“杂文”中便无所不谈。正如郑子瑜在《〈三随篇〉序》中所言：“三随者，生活随想、学苑随感、读书随笔是也。”

③变——风格多样、变化多端

题材，尤其是内容的广泛性，带来了风格的多样性。时论、人论小品，战斗性、讽刺性、愤激之情处处可见。如梁锡华论麦当娜、论香港文化界和文艺界混世的“混蛋”，文风犀利、满怀义愤，揭露之深，抨击之猛，真颇有“现代杂文”的“真传”。

如梁锡华在《恶臭加奇魂》中所说：“他们像倒粪便一样，把自已身体的秽恶倒在读者或观众面前，不过他们的身价非国际性，糟蹋社会最多像暴徒烧垃圾，把大众烟熏一时，过后，这一招也不灵了。但他们有笔，而垃圾样的头脑和心声是奇臭不绝的，尽可以在文字上，在书刊上漫无休止地污染社会，博得逐臭之夫和逐臭之妇疯狂叫好。”

可是，在学苑随笔一类的文字中，学者之文又顿得笔记小品的遗风：轻灵机巧，言笑间、诙谐中传播着智慧和偶得。例如潘铭燊的《人生边上补白》，以轻松的笔调、悟和感的方式、言不到意到的笔墨，谈笑风生地或者是“谈笑疯生”地说着智慧、说着知识……

在写生活随笔的另一些文字中，如大学小品、山水游记、谈天说地、取姓释名等类文字，则亲切自然、即兴有感，且讲究恍然有得。

根据内容的不同，文风变化多端，或严肃如疾风扫落叶，或轻灵如山涧微风，或讽刺、或诙谐、或机智、或洒脱、或佛或耶、或雄或奇、或紧迫或从容……

将具有如此三特点的“文字”，统称之为“杂文”，除了在“短”之特质上有所接近外，很难让人明白“学者杂文”内容与风格为何，且也无法说明“学者杂文”与小品文的关系为何。我以为，所谓“学者杂文”，应该称作“学者的小品文”。“学者杂文”，则是“学者小品文”中，在内容上以知人论事为主，在风格上以讽刺、批评为主的一部分具有战斗精神、具有“匕首”、“投枪”作用的小品文。

推而究之，不仅香港学者的“杂文”实乃小品文，几百香港作者每日生产着的几十万言“杂文”，也有许多可以划在“小品文”门下；当然，仍有不少属于“小品文”属下的“杂文”。

香港学者小品文，不仅学得了西方的 Essay 之精神，发扬了中国现代杂文的精神，更继承了中国古代文学中小品文的长处。学者的小品文，还可堪称当代的雅人小品：做到了寓教于乐、寓严肃于轻松、寓庄于谐……

将香港学者的“方框之文”，统称为“学者杂文”，传达不出学者之文的面貌与精神，且多有误解。虽约定俗成，但“名不正，则言不顺”，不仅有可能引起言辞之混乱，也有可能误导“方框之文的受众”。因而，研究杂文、小品文，有必要先进行一番基础研究，先使被研究的对象能够获得准确的命名。

四、曾敏之的“文人散文”

曾敏之先生是跨越了中国现当代文学史的老作家。他写小说、散文、杂文、古体诗词，也写《诗词艺术》、《古典文学欣赏举隅》等学术专著。1941年出版了散文集《拾荒集》，1945年他的短篇小说《孙子》被茅盾选入《抗战时期小说大系》。到八九十年代，更以散文、随笔、游记文学分别获得过中国作家协会1989年全国优秀散文杂文奖，1992年海外华文文学“徐霞客游记文学奖”及中央人民广播电台1994年“海峡情”特别奖等奖项。

（一）自成系列的“文人散文”

在《人·文纪事》的《序》中，曾敏之先生写道：“在奔竞于人生长途中，会有驿站可以歇脚，于是我歇下来。回望过去，曾看过白云苍狗，曾经历世事沧桑，曾涉过汹涌波涛，曾欣赏涟漪湖水……那是象征人生浮沉起伏的一切，也是人生的一本大书，令我有所读，有所阅，有所见，更有所思，因而有所记。”

而将此书命名为《人·文纪事》的原因，即因书中“记录的是人事，是文物史迹”。曾敏之先生还特别指出：“《人·文纪事》所搜集的篇章，有部分已见于出版的其它文集，为了集中形成系列的人物肖像，并且有一点纪念性质，就不避嫌地移载过来了。”

不只在《人·文纪事》这本书中，在曾敏之先生半个多世纪的文学生涯中，都有着人、文这两条叙事的脉络：“因为在人生长途已走了超过半个世纪，我把积累下来的文史资料搜集成册，其中有读书笔记，借古以鉴今；有今人事迹，助体认世事；有师友交情，见人性之美；有艺林杂俎，证历史之真实……”

涉“古”的记“文”之文，纵横两千年，所论所证堪称浩瀚；论“今”的记“人”之文，也“系列”众多：有属政坛人物的，如著名的《周恩来访问记》；有属文化名人的，如《记梁漱溟》、《记陈寅恪》等；有属科学家系列的，如《说华罗庚》等；有属艺术家系列的，如《刘海粟十上黄山》等。

在作者所“构建”的多个“记人散文”的系列中，最具系列特质的，应是作者本人所在的文学家系列。故而，本文所说曾敏之先生的“文人散文”，不是指从审美的角度而言，在诸多散文篇章中，最具“美学”意蕴的系列散文；也不是就广义而言，“记”叙文化名人、文艺名人的系列散文；而专指作者倾尽心血，在跨越着两个世纪的过程中，“记”叙本人所在、所体认，所同思共想、同忧共患、同沉共浮、同生共死、同荣共辱的文学家散文系列。

（二）相重不渝，爱人以德

在《绿到窗前——望云楼随笔》一书中，有两篇文章在记述20世纪两位著名作家、艺术家的高尚品质的同时，也深刻道出了曾敏之先生“文人散文”的立意，道出了曾敏之先生为“文人散文”的宗旨。

其一，是在《巴金的风义情》一文中，作者说：“‘文人相轻’，这是曹丕在《典论论文》中提到的。但是也不能视为规律，因为人间毕竟仍有‘文人相重’的情意在。”

“以鲁迅而言，他与许寿棠都是文人，相交也久，许寿棠曾主张以弘扬佛法以救国，与鲁迅的救国思想是大相径庭的，可是他们之间从来不轻视对方的言行，终他们的一生，可说是分道扬镳却能相重不渝的。”

“近来读巴金老与友人通信所写的书简，深感‘文人相轻’一词对他完全不适用。”

其二，是在《老舍吟诗·栽花》一文中，作者写到老舍夫人胡絜青女士，把老舍在北京居住了十六年的小院子、房子和老舍的手稿、著作的各种版本、译本、文物以及老舍收集的字画，一并献给国家时，满怀深情地说：“这真是令人感动的事。胡絜青并非故意有违老舍的心愿，而是出于爱人以德的心，这个德字，是体现老舍热爱祖国与人民的情操，所以不必据为私有。”

鲁迅、巴金是20世纪中国文学伟大成就的标志，也是20世纪以来中国文学家文品与人品的象征。鲁迅曾以“俯首甘为孺子牛”的名言，表述他自己也表述着新文学作家“爱人”的根本立场与态度。鲁迅的“战斗”空前激烈，他以“决绝”的姿态，投入各种论战。鲁迅的“爱人”更真挚、热烈，他对萧红、萧军、丁玲、柔石、唐弢等文学青年的提携、帮助，已经成为传诵不已的故事。

所以，反“文人相轻”之意的“文人相重”，就是要像鲁迅、巴金、胡絜青那样，以“这个德字”为基准——只要是“热爱祖国与人民”，哪怕救国的“思想”、方法可能“大相径庭”，也要“文人相重”且“相重不渝”。

在“文人散文系列”中，“唱”着“重头戏”的《记巴金》一文中，作者通过对巴金与冰心交往过程中“一件小事”的述说，更浓笔勾勒出一幅文人相重、相重不渝、爱人以德的形象性画卷：

——为巴老的《巴金随想录》题签的是冰心老人，“冰心传记也请巴老写序。巴老因病怕写不出像样的序文，可是冰心老人却在信中提出‘只要几句真话’”。

“几句真话的要求，引出了巴老的感慨，他在写给冰心老人的信中说道：‘您这个五四文学运动的最后一位元老，一直到今天还不肯放下笔，为着国家民族的前途不停地奉献您的心血。您这个本世纪的同龄人，您的头脑比好些老年人的更清醒，思想更敏锐，对祖国和人民有更深的感情。您请求，您呼吁，您不是为着自己。过去将爱一个世纪，今天您还要求‘真话’……思想不老的人永远年轻，您就是一个这样的人。’”

说真话，这个词语说起来最简单，真正实行起来可能最难。难就难在，说真话所要付出的代价极大，有时候不仅要付出生命、名誉，甚至还要拖累家人、朋友。而且，在许多情势之下，作家明知如此，就更需要正气、勇气、骨气。所以，文学家作为社会的良心，他们的战场不一定在某个现实的战地，很有可能就在他们的内心。冰心与巴金，是20世纪中国文坛极负盛名的老作家，他们的作品，他们的人品，有极多可圈可点，可评可述之处。曾敏之先生重笔描叙的不是他们的文章风格，也不是他们之间久远的交谊，而是互要序文，互“掏”真话的“一件小事”。而且，这“真话”，不是缘于身边琐事、个人浮沉，全是出自“对祖国和人民”的“感情”，为了“国家民族的前途”。所以，曾敏之先生特别补充说：“巴老的《随想录》说的全是真话”，“他的目的是要人民牢牢记得‘文革’，绝不能让‘轻轻地一挥手’，就可以将十年‘浩劫’一笔勾销！‘浩劫’绝不是文字游戏！”

文人相重，相重不渝，爱人以德，是曾敏之先生所记鲁迅、巴金、老舍、胡絜青的品格，也是曾敏之先生为人、为文，特别是为“文人散文”的品格与特色。

诗人、作家的性格是多样化的，为人为文的风格、特色也各有千秋。曾敏之先生非常清楚这一点，在“记”及闻一多时，他曾说：“闻一多是诗人，但诗人的气质却不重。”（《人·文纪事·闻一多画像》）但是，曾敏之先生对这位看起来“诗人的气质却不重”的诗人，非常尊重与敬佩，因而记述他，称颂他，“过着清苦生活”，仍能“孜孜不倦”的“学人本色”；尤其记述他，称颂他，眼见人民“被虐”时，拍案而起“前脚踏出门，后脚就准备不再回来”的“中国文人”的凛然正气，不为强权所屈的骨气，为民牺牲的勇气。可见，曾敏之先生所“相重”的“文人”，首先不在于外在的“文气”，而是作家内在的“气质”与“文品”，是蕴含在作家“言”、“行”之中的正气、骨气、勇气。

相重不渝，爱人以德，在“文人散文”中，其表现方式亦是立体的、双向的。在不渝地相重“德”之同时，曾敏之先生也在另一方向上，猛烈地、始终如一地、随处可见地抨击着“无德”的文人与作家。

在《鲁迅讽风派文人》一文中，曾敏之对"好向豪门卖廉耻"的"风派文人"——从30年代的"民族主义文学"、"第三种人"到六七十年代的"风云一时"的"教授"、80年代的"贵族作家"等等，都进行了辛辣的讽刺与揭露。在记老舍、记沈从文等作家的多篇散文中，对迫害老舍、迫害沈从文的"文人"，进行着无情的鞭打。

对有德之"文人"相重不渝，对无德之"文人"疾恶如仇，可说是曾敏之先生"文人散文"的重要品格，也是曾敏之先生为文为人的重要品格。

曾敏之先生40年代奔赴桂林，后来辗转多处，以文人身份为国家、民族效力六十多个春秋，其中的艰辛、坎坷不言而喻。鉴于六七十年代的特殊环境，受到的"相轻"之事，甚至"相辱"之事，恐也难以言述。但是，纵观曾敏之先生的著作，即便是仅就散文而论，曾敏之先生总在为一个时代的"真"不得其为真、假不能还原为假而撰而述；总在为民族的振兴、国家的发展、文学事业的推进而撰而述。所以，从"文人散文"中，我们不仅看到了20世纪中国文学史中，众多的文人之"德"、文人之"真"，更体会到曾敏之先生对这些"文人"不渝的相重与挚爱，看到、体会到曾敏之先生本身的"立文"、"立德"准则。

（三）相重不渝，爱人以艺

曾敏之先生是社会意识、忧患意识极强的作家，这也是他多年集文学写作与新闻写作于一身而不知疲倦的一个重要原因。故而，在"文人散文"系列中，对鲁迅、茅盾、田汉、瞿秋白、陈独秀、杨刚、司马文森等"左翼作家"的记述占了很大的分量。

但是，曾敏之先生相重不渝的文人，绝不仅止于"左翼作家"，而是几乎涵盖了20世纪中国文学史上的大多数作家，且包括一部分海外华人作家，如沈从文、张恨水、金庸、梁羽生、白先勇、聂华苓等。所以，文人相重，相重不渝，爱人以艺，是曾敏之先生为人、为文，特别是为"文人散文"的又一品格与特色。

沈从文在中国现代文学史中，是以描写民风、民情、人性之美丽而著名的作家。在《人文纪事》中，专“记”沈从文的就有《记沈从文》与《沈从文的故宫三十年》两篇。在《记沈从文》中，曾敏之先生曾批评沈从文：“政治上的无知，看起来切中了沈从文的思想，当抗日战争发展到最后阶段，云南的西南联合大学有一批学者如陈铨、林同济等，曾出版过一个周刊，《战国策》，沈从文是撰文的一个，书生论政、昧于大局，有过不受国共两党欢迎的言论，却又偏于为国民党的言论，也许正是这一点因由罢，加上沈从文的小说写的是人性，当然在历史进入换代的时候，就难免于有旧帐可翻。沈从文后来受冷遇，形同革除文学教门，与此不无关系。”

但是，曾敏之先生认为，沈从文对政事的“无知”并不能掩盖他在艺术上的“成就”。“沈从文的小说、散文语言，是有独特风格与韵味的，他操纵文字有如魔术师，有引人入胜的力量。只要读一读他的《湘行散记》就会获得难忘的印象，我曾为他的小说散文着迷，更佩服他对生活体验积累见于作品的魅力。我喜欢孤苦零丁的翠翠，也喜欢粗犷纯真的柏子……总之，在沈从文的笔下，把民族深厚的潜质、美德描绘得生动而深刻。”

曾敏之先生对曾出现过的一种“反常现象”——压制、打击、诋毁沈从文艺术成就，进行了激烈地抨击：“自‘五四’以来从事创作，曾有多种文集出版的著名作家沈从文竟然被摈弃于文坛……”“是什么原因造成这种反常现象？一言以之，‘左’毒是也。”

曾敏之先生还将曾经“无知”，但始终有“艺”的沈从文与也许有“艺”，但却“无德”的“作家”——“贵族作家”做了比较：“沈从文不像那些一进城之后，就如贵族老爷一般的作家，骑在人民的头上享受特级待遇，而要他们谈起创作来，却满口为人民，为什么的，俨然一副正统者的气派。正是这些以正统自居的贵族作家，对沈从文的成就由妒恨到压制，从而剥夺了他生花的妙笔。”

能忠实于自己内心、用优美的文字营造出美好的情景，并且挖掘出人性之美，是沈从文始终坚守之“艺”，也是20世纪中国文学的重要收获。沈从文在文学世界中的“韧性、决心、忘我对创造有价值的事业是不可缺少的”。相重不渝，爱人以艺，就是要破除过往种种“封杀”、

“压制”等等“不光彩的记录”；“记”以真像，叙以真情；还以尊重、敬佩。简言之——以“真言”对其人、对其“艺”。

同样的情愫，也表现在《张恨水的诗》一文中。张恨水在20世纪中国文学中，以小说著名。但因为他的写作方式，也受到过不少批评。曾敏之先生在充分肯定张恨水小说创作成就的基础上，别开一面对张恨水的古体诗词做了全面深入的评述。

曾敏之先生认为，张恨水在小说尤其在古体诗词中，表现出“倾向性灵”的特质，“他遵循了抒写性灵的诗风，可称名实相符的诗人”。在具体分析张恨水古体诗词的三个部分：“永固情深”、“友爱亲情系于诗”、“清词神韵”的过程中，处处可见曾敏之先生对张恨水的艺术成就——在小说与古体诗两方面表现出的艺术特质——的倍加推崇与敬重。

透过曾敏之先生的“文人散文”系列，透过曾敏之先生所记、所叙的重德、重艺的作家，透过曾敏之先生的爱人以德、重人以艺的记、叙立场与方式，我们不仅看到了20世纪中国新文学主流的取向，也看到了曾敏之先生作为一位跨世纪老作家的胸怀与取向。爱人以德、重人以艺，过去是、现在是、将来也会是中国文学向前发展的一种最宝贵的资源。

五、陈浩泉:《香港九七》

陈浩泉是一位文学的多面手，他写小说，出版的小说集有《青春的旅程》、《银海浪》、《萤火》、《海山遥遥》、《追情》、《香港狂人》等十余部。他还兼写诗与散文，出版了诗集《诗恋》、《日历纸上的竺行》，散文集《青果集》等。由香港华汉文化事业公司出版的长篇小说《香港九七》，是陈浩泉的力作之一。这部小说反映出作者的现实主义文学精神，即文学是人生的反映，而不是至少不仅是象牙塔中的自我呻吟。

（一）忧虑：曾经弥漫香港

文学的涉世精神，首先在文学家主体意识中应该表现为对现实生活，尤其是人们较敏感的社会问题的倾心关注。《香港九七》正好反映了作者的这一迫切的主体意识，也反映出作者善于捕捉变化万端的社会生活之后，带有普遍性、典型性意义的社会心态的能力。

从时间上看，《香港九七》描写的是从中英两国政府开始为香港问题进行接触，到1985年终于草签联合声明止，这段不长的历史时期的香港故事。由于这段时间内的中英会议基本上属于秘密的，对于急迫想知内情与结局的六百万香港人，这短短的时间，无疑比平时的时间行进要慢几十倍、几百倍。归属问题、前景问题，一时成为舆论的中心以及社会生活、家庭生活甚至爱情生活的中心。在神秘莫测中，忧虑越来越浓重，整个香港社会都陷于浓重的忧虑之中。陈浩泉及时地、艺术地将这一历史性的香港心态，完好地保留与反映在他的小说《香港九七》之中。

也许大多数人会认为，随着1997年的临近，中国收回香港主权是历史的必然，无须大惊小怪。香港的居民，作为炎黄子孙，何尝不希望中国的统一与兴旺。正像作品所描绘的，只有强大与统一的中国出现后，香港人才能像欧美人一样，持有一份沉甸甸、令人尊敬的护照，才不会被人视作二等国民。

但是，身在香港，尤其是在现存状态下生活了逾百年的香港人，对即将来临的社会变动，将会多大程度地牵动他们的生活，如何影响香港的发展，不能不多几层忧虑与焦心。诚如作者在《后记》中所言：“一九九七，对六百万香港人来说，不只是一组数目字或一个年份那么简单，而是关系到我们前途的切身问题。”“作为香港人，‘九七’问题已成为我们生活的一部分，每时每刻与我们息息相关。”

以赵敏及家人的活动为故事的主干，又以这条主干生发出许许多多围绕主干、丰富主干的人和事，《香港九七》表达了社会上不同阶层人物对“九七”问题的看法、心态以及他们分别在各自的心态下所采取的种种相应的行动。人们可以看到，素以“政治冷感症”自称的香港人，几乎全部成为政治问题，确切地说是香港前途问题的研究专家。街头巷尾、茶楼酒肆、巴士轮渡等一切公共场所、私家地界，总而言之一切有香港人之处，均成为“国事”的议论中心。在这种前所未有的全社会的忧虑中，整个香港仿佛一个巨大的晴雨表，一根敏感的探雷针。北京稍有风吹草动，哪怕是领导人或谈判代表的一个细微面部表情变动，到香港也会顿时化作倾盆大雨。股票行情在变，人们的居留心态在变。

这是一段真真切切的香港心态史，是一段只有作家，而且是香港作家才能体察到、留得住的历史的真实一页。因此，也可以说，《香港九七》正是陈浩泉这位关注生活的现实主义作家，主动投入波澜，搏击波澜后的心血结晶。

（二）逃避：不适合大多数市民

在这种有理由的忧虑氛围中，几乎所有人都在为前途奔走。《香港九七》描写了几乎各种市民的奔走样式：移民成功者有之，移民未成且上当者有之，道听途说者有之，千里奔波采访新闻者有之，为个人出路另谋他途者有之，坐定香港以不变应万变者有之。通过对丘智才与赵敏这两个人物的具体跟踪描绘，作品揭示出逃避并非全是坦途，起码逃避之路不适合大多数香港市民。

身为一家工厂兼一家商行老板的丘智才，家产逾千万。他比一般市民更多烦恼。比上，不及头面富翁；比下，又超出一般打工仔。加上内地土改时期，他家的田产曾被没收，给他留下的记忆，他非走不可，这主意早已立定了。

病急乱投医，这话一点不错。他这样一个精明的生意人，竟然接二连三地为出国移民问题遭人哄骗，好在他还不会因这点破费而影响生计。

当他历经千难万苦拿到移居外国的护照时，却并未感到轻松。相反，他沉重地感叹：难！难！难！世界上哪里都不如香港舒服，做生意不能放弃香港，两个孩子不能成为“假洋鬼子”，老婆不懂外语无法在国外生活，这些现实的问题，几乎冲淡了他经过千辛万苦之后所取得的喜悦。

有钱移民难，无钱移民更难。赵敏为了移居英国，牺牲了爱情。但英国并不是理想中的天堂，更不是无钱无地位甚至没有打工许可证的香港人赵敏的天堂。她怀揣着的旅游证件，使她无工可帮，无处长居。寄食、寄身于旧友唐明森的恋人宝尼处，她窘困、自惭。读书、做工、获得居留权的梦想，终于被一场突如其来的疾病打碎。无可奈何，她欠了一身债、欠了一屁股人情，终于返航回到了生她养她的香港。

（三）主流：沉重的中国心

忧虑，骚扰着每一个香港人。但忧虑也体现出香港人炽热的又是沉重的中国心。赵敏的姐姐，虽然作为丘智才的秘书，经手老板全家的移民手续，但她始终未曾想到离去。赵敏的男友，小学教师卓文田，也许不是没有想到为了维持爱情，随赵敏一同去英国读书。但是，他的经济条件、家庭责任以及他对香港这块土地虔诚的感情，都在提醒他正视现实。“躺在床上，卓文田仿佛觉得，自己是躺在一片软绵绵的烂泥地上，上面全是野草、水和泥浆，身体一直往下沉，沉，沉！他自己翻不起身来，也没有人伸出手来拉他一把。”但他并没有因此颓唐，他在等待，他在希望。最后，他终于等到了机遇，等回了属于他的爱情。

香港是一个世界级的贸易大港，每天都有驶出的巨轮，也更有驶人的笛鸣。唐明森和宝尼好似一双驶入的航船，在1997年到来前的香港海面恰与逆向的丘智才相遇。一些人想法离去，也有人设法远渡重洋归来。唐明森已经取得英国的居留权，但他为了把一技之长奉献给香港，自愿地带着马来西亚籍的女友回到香港，他们不是不知道香港眼下的情况，但他们有一个坚定的信念：香港人只有在香港，才能尽意地、畅快地发挥自己的力量。他的女友宝尼不习惯香港生活，甚至如果在短期内找不到一份工作就得被迫离境。但他们不想走，他们要千方百计地在自己所热爱的土地上——落地生根。

俗言称：人上一百，形形色色。但六百万香港人，在他们形形色色的外表之下，都有一颗炽热的、深重的中国心。尽管忧虑、疑虑、焦虑，但他们爱着香港，渴望着经过自己之手使得香港更加繁荣。正像卓文田的感慨：“香港啊香港：六百万人在你的怀抱中，他们的命运和你的命运连在一起，他们对你寄予了所有的期望呀！香港，希望你有真正美好的未来！”

透过眼花缭乱的事件，通过一个个活生生的人物，《香港九七》写活了一个特定时期内香港市民的主要心态。也许，不少香港人，会在这本书中发现自己的影子；也许，今天的香港人，又会发现自己与自己曾经的“影子”相比，又有了新姿态。

1985年之后，香港的局势又有了新发展，也出现了更多有争议的问题。记录这些问题的来龙去脉，是历史学家的事；反映这段新的历史时期的新的心态，则惟有文学家才能胜任。

也许，《香港九七》的续篇即将问世，期望作者能将对香港心象的扫描与探索推向新境地。

第八编

海外：华人文学（上）

一、东南亚华文文学：华族身份意识的转型

东南亚地域辽阔，种族、宗教、文化等问题极为复杂；居住在此地域的华人人数，较之在中国之外的其他国家和地域都多。故而，东南亚华文文学，具有美学、文化学、人类学等多重意义，在整个世界华文文学格局中，是非常重要也是非常独特的一个组成部分。

一般而言，东南亚华文文学，经历了由华侨文学到华文文学的转变。但是，就东南亚华文文学所呈现的族群的身份意识而言，则经历了由华侨意识到华人意识再到华族意识这样一个由“三段式”体现的发展过程；而且，作为“第三段”的华族意识，现在还正在转换、成长与壮大之中。

依据这个特征，本文试图将东南亚华文文学的整体性发展过程，描述为由华侨文学到华人文学再到华族文学，这样一个较为复杂的转型过程。

（一）华侨文学时期：流寓在东南亚的中国人

华侨文学时期，华侨的身份意识比较单纯、明了。作为中国的海外

侨民，无论在社会生活，还是在文学创作中，他们都直言不讳地声明：我是流寓在东南亚的中国人。爱国爱乡，是他们重要的处事准则。

我们可以黄东平的小说《阿二伯传——一位华侨的生活道路》为例。

阿二伯，即“李阿二”，是东南亚第一代华人的一个代表或称缩影：少年时代，他背井离乡来到南洋。卖过苦力、收过废品、开过小店，在当地娶亲（当地人）并生子，直到七八十岁仍在努力奋斗。他在生活中的基本信念很明白：一是不脱离当地“华侨社会”，二是“爱国爱乡”。

“华侨社会”，是流寓在东南亚的中国人的“社会”。不脱离当地“华侨社会”，实际上也是“爱国爱乡”的一种表现方式。所以，上述二者都是以“爱国”——爱中国为中心的。

在“关怀故国家乡”一节中，“李阿二”把关心家乡当成是关心“祖国”的实际之举：尽管他在家乡已经没有近亲，“多少年来，族亲们来信求助的，无论是丧事、喜事，他都量力寄去，若是逢年过节，各寄两块大洋作为节仪探望他们，甚至祭祖、迎神等等，他都认为是自己份内的事，准时照数付寄”。

在“抗战爆发了”一节中，“李阿二”的第一件事，是为祖国“捐款”、“筹款”；“另一件爱国行动”是“抵制日货”。在“新中国成立了”一节中，“李阿二”的爱国行动即为送子“回国读书、学为国用”。“李阿二”和站在码头上“送子回国”的数千名华侨一样，这样述说着他们的共同心声：“北方！——那儿，是伟大的祖国屹立的地方！”“咱们的祖国一定强盛!”①

《阿二伯传——一位华侨的生活道路》中的“李阿二”，不仅代表着的东南亚华侨的心声，也颇具代表性地反映出东南亚“华侨文学”时期作者们单纯、明了的身份意识——华侨是“咱们的祖国”流寓在东南亚的中国人；而东南亚的华侨文学也自然是“咱们的祖国”的文学在东南亚的分支。

---

① 黄东平：《阿二伯传——一位华侨的生活道路》，见黄东平著《远离故国的人们》，新加坡乌托出版社 1996 年版。

（二）华人文学时期：国籍属于东南亚，精神属于“文化中国”

华人文学时期，主要是相对于华侨文学时期和将要论述的华族文学时期而获得意义。它生成于20世纪50至70年代前后，即是在不少作家的国别身份由旅居东南亚的华侨，“被迫”变成了入籍东南亚的华人之后。

在这个意义上，华人文学时期是东南亚华文文学在发展途中因创作主体身份的变化而出现的第一次较具规模的转型与拓展时期——由于作家国别身份的转换，东南亚华人文学已经分别属于了所在国文学，而不再是中国文学在海外的支流。

但是，由于作家身份意识在转换中的复杂、模糊、矛盾性——国籍属于东南亚，精神属于“文化中国”，又使得本次转型在整个东南亚华文文学发展中具有过渡性——是创作主体对身份意识的思考由被动逐步转向主动，由个体性思考逐步转向整体性思考的过渡时期。

我们仍可以黄东平的小说《阿二伯传——一位华侨的生活道路》为例。

在“其后的20年”一节中，“阿二伯”“归化”了，成了所在国的公民。他为何要“归化”，是如何“归化”为“当地籍民”的呢？

> 在当地的种种限制之下，外籍的居民的生活路越来越狭了，亚弄店更不容许以外侨的身份经营了。此际，许多善观风的纷纷想法归化成为当地籍民。这“归化”的门路是：花大笔钱透过某方面进行申请，挨上一年多等待批准，批准前还要经过当地政治常识考试，批准后更要作效忠宣誓，以至换上当地人名字等。情势发展到这一步，在经过再三排比之后，到得他这耄耋之年，阿二伯终于只能是说：“我们也归化吧！”……

写到这里，作家黄东平忍不住“自己”站出来这样说：“朋友，这行动却不是出于阿二伯和此地华侨的愿望。而他们这样做，正是为了照顾华侨自身当前的利益啊！就是故国的决策者，也有意让华侨这样做的呀！”黄东平还说：“可以肯定的是‘阿二伯’所走的路，正是大多数华侨所走的方向！”①

可见，第一，“阿二伯”们的“归化”，是一种迫不得已的被迫“归化”：由于当时中国出现的具体情况，“阿二伯”们在追寻与奉献了几十年之后，发现“故国”“已去我”；发现欲图在当地生存与发展不得不“归化”。所以，他把已经赴中国读书的大儿子申请到香港，把二儿子送往美国读书，自己也“归化”为了当地国籍。

第二，在这种“被迫”的心态主导之下，“阿二伯”们虽然经过了“当地政治常识考试”，进行了“效忠宣誓，以至换上当地人名字”，甚至“信奉”了在入籍国作为“主流意识”的宗教，但是他们的身份意识难以与他们的国别身份一起实现同步转化。可以说，他们的行动与他们的心愿并非同步，多少存在着一些——身在入籍国，心系“唐山”的——纠葛。

由于是因“被迫”而入籍，又是身入心未入，这一时期华人的身份意识比较复杂与模糊——爱国爱乡的含义，变得暧昧甚至分离——常常是在法理的层面上指向入籍国，在心理的层面上仍然指向“已去我”的“故国”——中国。所以，作家们在生活与创作中，常常会有意、无意地流露：就国籍而言，我属于东南亚；就精神而言，我属于“文化中国”。

华人身份意识的复杂、模糊、暧昧甚至分离，自然导致了两种创作观念的产生与流行：

其一，从“面向祖国”到“面向东南亚”。

应该说，作家的创作观念从“面向祖国”转变为“面向东南亚”，对刚刚“被迫”“归化”且在身份意识方面还充满矛盾的东南亚华人作家而言，已经是一次颇具规模的转向。但是，这次转向离东南亚华文文学发展的真正要求——“融于东南亚”，甚至“我就是东南亚”的境界，还有一段比较漫长的距离。

---

① 黄东平：《阿二伯传——一位华侨的生活道路》，见黄东平著《远离故国的人们》，新加坡乌托出版社1996年版。

立足于将东南亚华文文学视为一个由华侨文学到华人文学再到华族文学，这样一个较为复杂的发展过程的基础上，本文认为这种由“面向祖国”到“面向东南亚”的观念转变，标志着真正意义上的东南亚华人文学的出现，而不是“标志着真正意义上的东南亚华文文学的出现”①。

其二，从“爱国爱乡”到爱“文化中国”。

乡愁，是华文文学中一个不朽的主题，但不同地域、不同时期的文学家书写乡愁的方式和所赋予的内涵会有所不同。

东南亚华侨文学时期的乡愁，多吟唱漂泊游子的孤独与苦闷。“故乡”一词，主要指向作家国籍所在与心灵所依的祖国——中国。在这个意义上，“故乡”也就是“故国”，“乡愁”也是“国愁”，“乡”与“国”具有重合性、一体性。

东南亚华人文学时期的乡愁，多吟唱的是东南亚华人文化失根的彷徨与苦闷。“故乡”一词变得“虚化”，主要指向作家心灵与精神所依的处所——文化中国。

所以，大多数华人作家，有的已经是第二代、第三代华人，他们笔下的“故乡”，不是他们在东南亚的出生地、成长处，而是义无反顾地指向“北方”——泰国梦莉文本中的“故事”，总是中国“故事”；菲律宾柯清淡文本中的“故乡”，总是指向长城、泰山、武夷山；新加坡孙爱玲文本中的“故人”，总是指向古老的、永恒的潮州、汕头……

这里，表面上显现的是“国”与“乡”的分离，实际上，投射出的是作家身份意识中——“身在之国”与“魂在之国”或称“灵在之国”的分离。

（三）华族文学时期：东南亚的华族人

华族文学时期，萌动于20世纪80年代前后。20世纪末至21世纪初，随着东南亚华人作家身份意识整体性的变化，华族文学发展的步伐——或者说，从华人文学向华族文学转换的步伐——开始加快。

① 陈贤茂、吴奕锜、陈剑晖、赵顺宏：《海外华文文学史初编》第3卷，第233页，鹭江出版社1993年版。

80年代以来，有两件大事对东南亚华人身份意识的整体性转化具有较大推进作用：中国政府不再承认双重国籍；经济全球化进程的提速与扩展。

双重国籍的退席，使得东南亚华人必须在入籍国多元民族的格局中，既现实又长远地思考——作为多民族国家中一员的华族的族群身份以及族群地位、族群责任。

因经济全球化进程提速所带来的全球化与民族化问题，又使东南亚华人对族群身份及其族群地位、族群责任的思考，更具有紧迫性与重要性。

可以说，经过长达二十多年的孕育、磨合，在新世纪到来之际，东南亚华人对族群身份问题的思考，渐渐从华人文学时期的“被迫”性、过渡性中走出，转向自觉地、冷静地思考：作为东南亚各国多元民族之一的华人族群，如何真正融入东南亚，如何真正成为东南亚的华族人——而不是像前一时期做一个“两栖”式的“华人”。

在这样一个新的思维过程中，东南亚华文文学出现了许多具有转型意味——我们称之为华族文学——的新特质。

其一，“融入东南亚”——与诸友族同甘共苦、共度难关、共赴国“难”的“承担”意识。

东南亚处在中西观念与体系碰撞的最前沿，首当其冲地体验着全球化问题带来的机遇与困境。在全球化问题带来的极度焦灼与矛盾中，东南亚各国政府都先后根据自己的国情，主动或被动地改革、调整原有的政治、经济、文化、民族、宗教政策，以应对与适应现代化进程的需要。

其结果是，一方面，政府逐渐对华人族群采取了相对宽容与依靠的政策，以发展本国的经济、缓和本国的内部矛盾、增强在国际上的竞争性；另一方面，全球化的机遇、压力以及本国政府的举措，也刺激了作为入籍国多元民族之一的华人族群，对国家现代化进程表现出前所未有的热情与主动性的参与精神；刺激了作为入籍国多元民族之一的华人族群逐渐意识到因华人族群的群体身份不够明晰、不够到位，阻碍华族“整体性”融入现代国家建设主潮的可能性；还刺激了作为入籍国多元民族之一的华人族群，与诸友族同甘共苦、共度难关、共赴国“难”的

“融入”意识与“承担”意识的形成。

例如，在1999年进行的马来西亚大选中，华人族群空前主动——几乎是“倾巢而出”地参与，争先恐后地抢投自己神圣的一票——将华族的“融入”意识与“承担”意识表现得非常突出。

在东南亚的文学创作中，华人族群同样是“倾巢而出”、主动性参与，同样也将华族的“融入”意识与“承担”意识表现得非常突出。

例如明澈的《赶路人》，生动地展现了华族作为当今菲律宾人，对菲律宾这个在全球化进程中被汪洋大海式的西方文化包围——而不仅仅是对菲律宾华族——的焦虑：

太阳已投海自杀了
黑暗从四面八方赶来
那些恐怖的眼睛
正在发光[①]

月曲了的《雾》，更是把“全球化”过程中的菲律宾人对某些西方强国的“潜在危害”表现得淋漓尽致：

把世界
用塑胶袋包起来
上帝要TAKE HOME[②]

蔡铭的《礁石的独白》，充分表现出作为国家多元民族之一的华族，在国“难”之时，义无反顾的“承担”之志：

既成为海面的一块礁石
就得面对风的吹刮
浪的打击，就得承受
退潮时浮现[③]

---

① 明澈：《赶路人》，见《菲华文艺选集》（二），菲律宾菲华文艺总会学术丛书1999年版。

② 月曲了：《雾》，见《正友文学》，菲律宾中正学院校友会1993年版。

③ 蔡铭：《礁石的独白》，见《正友文学》，菲律宾中正学院校友会1993年版。

其二，“融入东南亚”——为华人族群重构：集“乡”、“国”观念于一体的“家园”意识。

与华人文学时期“国”与“乡”分离的复杂、模糊、暧昧的“家园”观念相比，华族文学时期一个重要特征，就是在“融入东南亚”思想指导下，通过文学中“故乡”的重构，表达华族心灵中“乡”、“国”观念已经集于一体——集于现实的东南亚的“家园”的新观念。

在这时期的文本中——“故乡”一词的所指发生了较大的变化：东南亚——入籍国，成为实体性与精神性二者合一的“故乡”与“母亲”；“文化中国”被虚化、史料化、资源化，虚化为一个东南亚华族——“引以为傲、引以为荣的名字”。

> 多么令人伤感的不愿承认的事实，原来，菲律宾才是我的乡愁……菲律宾，噢，无论您多贫穷，多破乱，您才是我们的家，我的乡愁。
>
> 中国，我含泪轻轻地叫着：当然，我还是会用我的一生来爱您，长江，黄河，仍是我子孙追寻回顾的源头，但，您只是我梦里的一条巨龙，一个富强，高贵，我们引以为傲，引以为荣的名字……①

> 漫长的岁月啊，在我心灵中，孕育了对印度尼西亚江山的热爱，我把千岛棕色的土地看成是我的母亲，我把原住民，看成是自己的亲骨肉。我的眼泪，奉献给母亲的欢乐和痛苦。②

我们可以看到，尽管老一代作家在情感上还有些“伤感”、“不愿承认”，但文本中表达的“故乡”，已经由作家记忆深处的“文化中国”转变为现实生活中的东南亚；“故乡”一词的所指，已经由表意性的“文化中国”转变为实指性的相对于东南亚都市的东南亚的“乡下”或“小镇”。

---

① 小四：《菲律宾才是我的乡愁》，见《菲华文学》（四），菲律宾柯俊智文教基金会 1994 年版。

② 高鹰：《高鹰文集》，第 67 页，鹭江出版社 2000 年版。

在老作家“伤感”性转变的同时，生于东南亚、长于东南亚的第三代、第四代，甚至第五代，还会有第六代、第七代………华人，或者称为华族的新作家，已经或者说只能把自己的家族繁衍、童年记忆、生命足迹、亲情回忆与社会认同的“实体性故乡”——相对于东南亚都市的东南亚的“乡下”或“小镇”——当成了自己的故乡了：

> 中国当然还是我们的故乡，但是那是由父兄承继而来的籍贯的故乡，而非我们感受中的“童年的故乡”，如果因此我们缺乏一份对中国的深切的感情，这应该不是我们的罪过……我们在感觉上觉得我们的家在菲律宾，因为这是我们“童年的故乡”，因为我们的父母兄弟都生活在这里，因此，我们热爱这个国家，希望它进步与繁荣。①

在文学的文本中，作家对“故乡”的认定，与上述作家的直陈，也相当一致。王德威论及马来西亚青年作家黄锦树的创作时，曾说：“他回首家乡人事，爬梳历史伤痕……胶林小镇总是他构思的原始场景。”“黄锦树是忧郁的，但他‘非写不可’。就像沈从文诉说他的湘西故事：‘我老不安宁，因为我常要记起那些过去事情……有些过去的事情永远咬着我的心。’”②

可见，“故乡”——“胶林小镇”对于作家黄锦树，就像“故乡”——“湘西边城”对于作家沈从文的意义一样。不同的是，黄锦树的“故乡”已经是东南亚的“胶林小镇”；沈从文的“故乡”永远是中国的“湘西边城”。

起步于“伤感”地重构，拓展于“自然”地重构——“国”为东南亚，“乡”也为东南亚——“母亲”就是东南亚；华族文学就是这样通过文学中“乡”、“国”观念的重构与不断地述说，褪却了华人文学时的犹疑、“两属”的色彩，转向为言说：我们是东南亚的华族人。

其三，“融入东南亚”——对第三种文化：相对于东南亚诸友族文

---

① 周鼎：《童年与故乡》，载菲律宾《东方日报》1980 年 2 月 26 日。

② 王德威：《坏孩子黄锦树——黄锦树的马华论述与叙述》，见黄锦树著《由岛至岛》，麦田出版社 2001 年版。

化、相对于中华文化——对华族文化的憧憬与探寻。

世纪之交以来，“融入东南亚”、我是“东南亚的华族”的观念，无论是在生活中还是在文学中，都越来越深入人心。随着这种观念的自然推进与发展，一个新的憧憬与探寻——对第三种文化：相对于东南亚诸友族文化、相对于中华文化——对华族文化的憧憬与探寻开始显现。

作为东南亚国家多元民族之一的华族，在与友族的互相沟通并致力于共同建设现代国家时，深刻感受到文化是一个民族的精神支柱，也是一个民族的灵魂；感受到中华文化资源在华族身份中的重要与珍贵。

处于少数地位的东南亚华人族群，放弃“中华文化”或“文化中国”精神，就等于放弃了自己的族群身份与族群责任——“峇峇”们的教训已经成为前车之鉴：

同化于当地社会的“峇峇”，“却仍然无法保障他们在”“一个新兴国度的权益”，“以马来族群为中心的同化政策缺乏诚意与横暴。它并没有保留一个弹性的选择空间以让华裔族群考虑（也即是没有给出条件），而是要华裔无条件的同化，虽然同化后一点好处也得不到”。[①]

与此同时，在多元民族国家中处于少数与边缘的华族也感受到：如在入籍国大力弘扬“中华文化”或大力张扬“文化中国”，又有可能因“中华”、“中国”字样，影响与友族、与主流社会的正常沟通、交流，甚至有可能会引起误解。

在这样的两难处境中，一个新的憧憬与探寻——对第三种文化的憧憬与探寻，应时而滋生、滋长。

新加坡的例子，也许间接地为华族文化的建设及策略提供了一些经验。

在东南亚国家中，新加坡的华人所占比例最高。中华文化，在新加坡的华人及整个新加坡社会中的影响都较大。新加坡又是一个独立的国家，一个多元民族的国家。就国策而言，新加坡采用的是中西合璧的建设与发展政策：一方面，向西方发达国家汲取推进社会经济发展所需要的技术、方法、经验——其中必然包含着西方的思想与文化；另一方

① 黄锦树：《马华文学——内在中国、语言与文学史》，第15页，马来西亚华社资料研究中心1996年版。

面，从东方文化、中华文化中汲取推进社会精神建设所需要的养分，并在此基础上，建立新加坡自己的文化。

如此一来，新加坡华人与华文文学的焦虑常常集中在：对正在本土运行的中华文化是否纯正、是否被西方文化“杂糅”问题的思考——诗化的说法，也就是对正在本土运行的中华文化会否变成“鱼尾狮”问题的思考。

也正因此，他们面对的已经是华族文化乃至新加坡文化如何在本土的需要与选择中，更好地生成与生长问题；而不是如何将中华文化“搬运”、“扎根”到东南亚的华族中——这样一个貌似简单却又非常敏感的“文化问题”。

某种程度上说，新加坡的“选择”，畅通了文化建设所依赖的中华文化资源的渠道；这种“转化”中华文化为新加坡文化或称新加坡文化资源的做法，对东南亚其他国家的华族文化建设，客观上产生了一定的启示意义。

是族群发展的需要，也是族群走出两难处境的需要，东南亚华人对华族文化的建设及策略做过不少探讨。例如，在东南亚国家华族中，持续以久的“本土性”、“原根性”、“外来性”的反复论争以至“断奶说”的出现及其争论等等。

因为尚在憧憬与探寻，至今华族文化的内涵还未十分明晰；也许，在一个相当长的时间内，也难以十分明晰。但是，有两个言说中的取向，值得关注：

1. 相对于入籍国的友族文化：和而不同

华族文化一旦形成，就是东南亚的本土性文化，与当地各友族文化具有共生性、相容性、互补性。而且，华族文化又应该具有自身的独特性：“是中华文化的精髓——是从‘祖先’处继承、遗留下来的民族精神与特性”[1]。

2. 相对于中华文化：同中有异

华族文化作为东南亚的本土性文化，在继承中华文化的精髓的同

① 肖依剑：《这一代印尼华人》，见蔡仁龙主编《印尼华侨与华人概论》，第234页，香港南岛出版社2000年版。

时，也需要与当地华族传统、经验进行交揉："精彩之处或许并不在它的本土性，而在于差异文化与个别经验交揉出的多重性。"①

综上所述，通过对刚刚起步的"对华族文化的憧憬与探寻"及其对文学中负载的华人族群的"承担"意识、家园意识的考察，可以认为华族文学中的族群身份，经过两次转型变得逐渐明晰；而且，华族文学中的对族群身份的探讨，有可能会随着"对华族文化的憧憬与探寻"继续深化与发展，而且会影响与带动东南亚华文文学的发展。

由于身份转变与身份意识的转变并非同步，加之东南亚不同国家之间——即便是同一国家中，华人身份意识的转换也存在着差异，所谓"你中有我，我中有你"的意识杂糅现象随时都会存在。所以，本文对华侨文学、华人文学、华族文学，这三个时期华人身份意识内涵与言说方式的阐述，只能是就文学的整体发展趋势而言，就东南亚华文文学为适应现代社会的转型而表现出的积极回应而言。

着眼于东南亚华文文学对东南亚国家现代化进程的积极参与，本文认为华族文学在发展途中因创作主体身份意识的变化，出现的第二次转型，规模更大，影响将更为深远的。

① 黄锦树：《马华文学——内在中国、语言与文学史》，第9页，马来西亚华社资料研究中心1996年版。

二、东南亚华人文学的“望”“乡”之路

（一）有关的基本词语和主要概念

目前，学术界不仅对华侨文学、华人文学等概念有诸多的说法，而且对华侨、华人、华裔等基本词语也有诸多的用法与阐释。故而，在论题展开之前，有必要先对本文将要涉及的基本词语和主要概念做一些清理和界定。

1. 本文所谓的东南亚土生华人、华侨、华人、华裔

对东南亚土生华人、华侨、华人、华裔这几个基本词语的理解至为重要。因为对这一组基本词语的理解，既决定着我们对创作主体的认定和认识，也决定着我们对东南亚华侨文学、华人文学等概念的认识和认定。

东南亚土生华人，是指20世纪中期以前已经在东南亚生活与繁衍了数代，在某种程度上已经同化于当地社会的早期土生华人。他们有着较为明显的特征：既有来自父系的华人血统，也有来自母系的当地居民血统；既从出生于中国的父亲那里继承了中国的风俗习惯，也从当地母

亲那里承受了当地的文化与习俗；拥有倔强、勤劳和聪明的性格，并且崇尚教育和忠诚；与中国的联系不多，已融会于当地社会之中；社会地位处在统治者和原住民之间。

东南亚华侨，是指侨居在东南亚而仍然保持中国国籍的中国公民，“包括四个要素：①中华民族成分的要素。即具有广义的中华民族血统及其民族共同特征的人（民族成分）。”“②侨居海外的要素。主要是以经济、谋生为目的的海外侨民。”“③中国国籍继续保持的要素。这是法的概念，是区别于外籍华人或外籍华族的根本依据。”“④具有中华意识的要素。整体而言，华侨是一个有强烈中华民族意识的移民群体。就个体而论”，应该是具有“华侨意识的人才能称为华侨”。①

实际上，这四个要素也是东南亚华侨的主要特性。尤其是其中侨居国外而保持着中国国籍、保持着强烈的中华民族意识这两个特性，使他们在相当长的历史时期中，与其他具有中华民族血统的群体保持着较大的差异。

东南亚华人，有着广义与狭义之分，有着指涉整体与部分的差别。

从广义上看，东南亚华人是泛指在东南亚历史与现实中，“具有广义的中华民族成分的人”。这里，所谓的“中华民族成分”，起码是包括了血统因素、文化与民族认同等含义。简单地说，就是不论是完全、部分或者少部分“具有中国血统”、认同中华文化、认同自己华人身份的人，我们都将其称为“华人”。如曹云华指出：“怎么样来辨别一个人是否是华人呢？根据目前东南亚华人的具体情况，单纯从外表上、血统上、语言上或宗教信仰等方面都难以确认，惟一简单可行的办法，就是根据这个人的民族心理，即他本人的民族认同，他认为自己是华人，那么，他就是华人。作为东南亚的华人，这个提法包含了三层意思，首先，从国籍和政治认同的角度看，他是东南亚人，如泰国人、马来西亚人、新加坡人等等；其次，从民族认同的角度看，他是华族移民的后裔，或者具有华人血统；再次，是从文化认同的角度看，他在文化方面仍然保留

① 蔡苏龙、牛秋实：《“华侨”“华人”的概念与定义：话语的变迁》，载《云梦学刊》2002年11月。

了华人的许多特色。”[1]所以，广义的“东南亚华人”，是一个整体性的概念，既包括“东南亚华侨”和狭义的“东南亚华人”，也包括在狭义的“东南亚华人”概念尚未出现之前，与“东南亚华侨”概念相对应的“东南亚土生华人”——即居留在荷、英等殖民政权管制下的东南亚，与中国已经基本上失去联系，但在某种程度上“具有中华民族成分”的人。

从狭义上看，东南亚华人是特指20世纪中期以后，出现在东南亚新兴国家的具有中国血统的所在国国民，即“具有中国血统的外国国民”——“取得了外国籍而丧失了中国籍的具有中华民族成分的人”；“华人这个新概念，是用来形容第二次世界大战以后，东南亚新兴国家的华裔公民”；“在过去几百年中，这些华裔大多数是侨居者，但是在20世纪下半叶，这些侨居华人变成当地公民的过程，却是一种新颖的，也是重要的历史现象”。[2]所以，狭义的“东南亚华人”，是广义的“东南亚华人”中的一部分，他们都是由东南亚华侨演变而来。狭义的“东南亚华人”的概念，是与“东南亚华侨”等概念相平行的属于第二层次的概念。

东南亚华裔，是指在居住国出生，并且拥有居住国国籍的华人。由于他们都是华人移民的后代，在居住国土生土长，因而往往是华人中“当地化程度更深者”[3]

2. 本文所谓的东南亚华人文学

本文“东南亚华人文学”的概念，也有广义与狭义之分，指涉整体与部分之分。

广义的或者说是指涉整体的东南亚华人文学，是指在东南亚历史与现实中，“具有广义的中华民族成分的人”——不论是完全、部分或者少部分“具有中国血统”、认同中华文化、认同自己华人身份的人的文学创作。所以，既包括“东南亚华侨文学”、狭义的“东南亚华人文学”和“东南亚华裔文学”，也包括由“东南亚华人”用汉语之外的语言——本地语言、殖民语言等进行的创作，如“东南亚土生华人文学”

---

① 曹云华：《变异与保持——东南亚华人的文化适应》，第9页，中国华侨出版社2001年版。

②③ 蔡苏龙、牛秋实：《“华侨”“华人”的概念与定义：话语的变迁》，载《云梦学刊》2002年11月。

等。也就是说，广义的东南亚华人文学，强调创作主体是否为广义的“东南亚华人”。只要是广义的东南亚华人的创作，不论是用中文，还是“用‘外语’发出的声音”，都应该归为东南亚华人文学。

东南亚与北美的华人写作，有着明显的地域性差异。东南亚华人写作的一个重要特点是，在“20世纪50年代以前，这个地区的华人作品有三类：最早是那些用本地语言写的作品，比如越南语、泰语和马来语（或者称中式马来语，以区别后来成为官方语言的马来西亚语和印度尼西亚语）”。“第二类是用殖民语言创作的作品，特别是菲律宾群岛上的西班牙语和英语作品，和英属马来亚（英属海峡殖民地和马来国家）中的英语作品。但他们没有作为华人写作而得到发展。”“由于缺乏读者，它们没有发展起来。”“第三类作品的后面有很长而且很有戏剧性的故事。这些中文作品是随着19世纪末中文报纸的到来而出现的。”所以，汉语之外的华人写作，可能时间不长、流传不广，但是在整个东南亚华人文学中有着明显的特点与意义。

采用广义的东南亚华人文学的概念，就是试图能够对东南亚华人文学特殊的历史性、多样性、复杂性，进行一种较为深入的理解和叙事。

狭义的或者说是指涉部分的东南亚华人文学，生成于20世纪50至70年代前后。这是因为出于种种考虑，越来越多的东南亚华侨加入了所在国的国籍，成为了东南亚华人。东南亚国家的华侨社会，也开始转型为华人社会。随着华人作家国别身份的转换，东南亚华人文学已经分属于了所在国文学，而不再是中国文学在海外的支流。

在这个意义上，狭义的东南亚华人文学，是东南亚华文文学在发展途中因创作主体身份变化而出现的一次较具规模的转型。但是，由于作家身份意识在转换中的复杂、模糊、矛盾——国籍属于东南亚，精神属于“文化中国”，又使得本次转型在整个东南亚华人文学发展中具有过渡性——是创作主体对身份意识的思考由被动逐步转向主动，由个体性思考逐步转向整体性思考的调整与过渡。

采用狭义的东南亚华人文学的概念，就是试图能够对这种持续了将近半个世纪的转型与过渡的多样性、复杂性，进行一种较为深入的理解和叙事。

（二）东南亚华人文学的隔海之“望”

东南亚国家为数众多，华人文学也各有千秋。本文仅选择隔海与中国遥遥相望的菲律宾、马来西亚、新加坡、印度尼西亚的华人文学为例——探讨何为他们所“望”，尤其是何为他们所“望”之“乡”。

作为东南亚华人，不论是土生华人、华侨、华人、华裔，最重要的一个共同特点，就是他们对自己具有的华人血统与华人传统的认同。正是在这个共同的“具有”基础之上的“认同”，使得东南亚华人，尽管生活在不同的时空，却拥有了一个共同的想像：对自己血统与传统的发源地——隔着南中国海的中国，作为“乡”的想像。而且，这种想像有如大江东去，坚忍不拔；又如天马行空，时有意外、时有创造。日本学者荒井茂夫认为：东南亚“华文文学史上的波折主要是由对中国的向心力和离心力所造成的”①。应该说，东南亚华人文学或者华文文学史上的许多“波折”，确实与东南亚华人想像中国的姿态有关；同时，也有许多“波折”，直至重大“波折”，与东南亚华人本身想像中国的姿态，甚至是否想像中国，关系并不太大。但是，荒井茂夫也算是从一个“第三者”的角度，提醒我们，在他们看来，东南亚华人文学把中国作为“乡”来想像的坚韧性与严重性。

东南亚华人的望乡之“望”，归根结底又是他们对自身现在的身份与未来的身份的探望与期望，或者说，是对他们与身份有关的心灵状态的一种探望。正像王庚武所说：“对于以海外华人身份写作的人来说，每一个自我的内部都存在与地方社区、环境以及对中国的想像（包括对中国的文化、历史和文学传统的有意识借用）有关的不同层次。存在着一种与入籍国家的过去以及传统中国的过去保持连续性的更深的意识，这种意识有助于形成每个作家为自己选择的身份认同。”② 所以，东南亚的华人写作中的望乡之“望”，既具有客观性，更具有想像性：在可以

---

① 荒井茂夫：《试论微型小说在东南亚华文文学上的定位》，见司马攻主编《世界华文微型小说论文集》，泰国华文作家协会编印 1997 年版。

② 王庚武：《无以解脱的困境?》，载《读书》2004 年第 10 期。

客观之时就客观，在需要想像时就想像；甚至在需要“原创”之时，就“原创”。有理由这样说：东南亚华人写作，之所以在东南亚华人社会产生力量与影响，并且获得生命力，不在于它的炒作与被炒作，不在于它的研究与被研究，更不在于它的商业价值；而主要就在于它持之以恒地具有“望乡”的冲动——在于它这种既立足于现实又瞩目于未来，既具有客观又具有“原创”意味的“望乡”之动能与动向。

（三）东南亚华人文学的所“望”之“乡”

作为东南亚华人，不论是土生华人、华侨、华人、华裔，最重要的一个共同特点，就是他们对自己具有的华人血统与华人传统的认同。也就是说，不论是完全、部分或者少部分具有中国血统、认同中华文化、认同自己华人身份的人，我们都将其称为“华人”。同时，也正是因为，都是“具有”与“认同”，却又存在着“完全、部分或者少部分”的差异，所以，都是东南亚华人，就有了，或者说，却有了土生华人、华侨、华人与华裔之分别；也就有了东南亚土生华人文学、华侨文学、华人文学与华裔文学之分别；与此同时，也就有了东南亚华人文学所“望”的不同之“乡”。

东南亚土生华人文学所“望”之“乡”，是一个与传统中国和现实中国都有着较大差距的想像之乡、创造之乡。

在东南亚华人中，东南亚土生华人所遗传和承传的中国血统与传统都较为“稀薄”。他们作为“双文化人”，成为华人社会中“比较特殊的一个次群体”[①]，也成为殖民地社会中的一个比较特殊的群体。为了保持自己特殊的地位、利益、文化，东南亚土生华人有必要，也必须对欲回而又难回的“远乡”——中国，进行概括、想像和表现；否则，原有的“记忆”将会日渐稀薄，甚至枯竭。流行于19世纪80年代至20世纪中期的印尼土生华人文学，就是土生华人为了维护自己的特殊性——“在文化上既不同于印度尼西亚人，也有别于中国人；作为中国人太像印度

① 曹云华：《变异与保持——东南亚华人的文化适应》，第9页、第366页，中国华侨出版社2001年版。

尼西亚人，作为印度尼西亚人则又太像中国人”① ——而诞生与发展的。

在这样的背景与语境中，改变“与中国的联系不多”的状况，努力寻找、发挥与想像日见稀薄的“中国传统”与“血统”，进而了解与明确自己，便自然地成为了土生华人创作的重要内容与使命。但是，由于种种条件的限制，譬如语言的限制——大多数土生华人失去了使用华语、华文的能力，有时候，只好到西方人的中国叙事中去了解中国。因此，经过了千辛万苦，印尼土生华人作家在自己的“望乡”之旅中，走出的却是：从转手“西方视野”中的“中国”，到“重写”记忆中“情爱的中国”，再到打造与展现自己想像中的“中国”这样一条曲径。换句话说，他们试图接近也逐渐接近过中国，但是到最后，大部分人所“望”与所近之“乡”，还只是一个与传统中国和现实中国都有着较大差距的想像之乡、创造之乡——是他们认为、想像，甚至是他们创造的“中国”——“远乡”。

东南亚华侨文学所“望”之“乡”，主要是一个赋予了他们童年与亲情，生命与人格，既是家又是国的实体之乡、召唤之乡。

东南亚华侨，多是来自中国的第一代或者第二代移民。在东南亚华人中，他们是保持着最鲜明的“中国人”特征的群体。虽然“华侨社会主要是由梦想早日发财致富以便衣锦还乡的外出打工者组成的，它以经济为生活的重心”②。然而，东南亚华侨不像土生华人文盲的“父辈”只知道“经济”，他们还带来并且传播着“文化”。在19世纪末至20世纪中期到达并侨居东南亚的“老移民”及其20世纪60至80年代到达东南亚的新移民中，已经有了像邱菽园这样在中国接受了系统的儒家教育的传统型知识分子，像谢馨这样在中国台湾接受过现代高等教育的知识女性，而且还有了许许多多在中国受过教育的中小学生，直至旧时代的秀才，新时代的大学生。也就是说，东南亚华侨社会有了自己的在中国受过教育的知识阶层。

---

① ［新加坡］列奥·苏里亚迪纳达（廖建裕）著，李学民、陈华等译：《爪哇土生华人政治》，第3页，中国友谊出版公司1986年版。

② 蔡苏龙、牛秋实：《“华侨”“华人”的概念与定义：话语的变迁》，载《云梦学刊》2002年11月。

东南亚华侨文学不是东南亚华侨社会生活的重心，但是，以自己的知识阶层作为核心的东南亚华侨文学，可以成为，事实上也已经成为了东南亚华侨社会演绎、强化、实践他们还“乡”之“梦想”的重要舞台，成为了他们演绎、强化、回归他们“梦想”之“乡”的重要舞台。

就“望”而言，东南亚华侨文学主要是以“挚爱”、“效忠”作为情感的主线；就“乡”而论，指涉的就是赋予了他们生命、童年与亲情的儿时之乡和赋予了他们人格、身份、尊严的中国。在这样的背景与语境中，东南亚华侨文学对所“望”之“乡”的叙事，既是对作家自己的童年与亲情、生命与人格的叙事，也是对赋予了他们童年与亲情，生命与人格的“家”与“国”的叙事。邱菽园的“流寓异乡、心属故乡、兼照两地、华化在地”，表述的也正是东南亚华侨文学“望”“乡”叙事的心路历程。

在这个意义上，东南亚华侨文学的“望”“乡”叙事，既是对东南亚土生华人文学“望”“乡”叙事的一个反拨，也是为了确立与强化华侨文学主体身份的一种“主观”叙事。我们既可以把东南亚华侨文学看作东南亚华人文学发展中的一个重要阶段，某种程度上也可以把它视为中国文学在海外的一种存在方式——“一个分支”。

狭义的东南亚华人文学所“望”之“乡”，是由给予了他们生命、童年、亲情、事业与政治身份的祖国——入籍国以及赋予了他们血统与文化身份的故国——中国构成的二元之乡。

20世纪50至70年代前后，越来越多的东南亚华侨加入了所在国的国籍，成为了东南亚华人。从总体上看，“华人社会则是多元的，活跃于政治、文化、社会诸领域，加强与居住国的融合程度。从前者到后者的变化，是巨大的变化，也是土著化的进程”①。然而，这种“融合”和“土著化的进程”，又是一个反复振荡、充满矛盾的缓慢的过程。

在很长一段时间内，许多华人并非主动，而是被迫入籍，甚至是身入心未入——在政治方面认同和效忠入籍国，在文化方面仍然认同与坚持来自中国的民族文化与传统，也就是国籍属于东南亚，精神属于“文

① 蔡苏龙、牛秋实：《“华侨”“华人”的概念与定义：话语的变迁》，载《云梦学刊》2002年11月。

化中国”。

政治身份与文化身份的二重性，导致了狭义的东南亚华人文学所“望”之“乡”的分裂：东南亚的岛与村、镇与城，成为了名副其实的惟一的“故乡”，承载着作家的童年和亲情；作家所在的“新兴国家”，成为了他们惟一的祖国，承载着他们的事业和生命。但是，文化中国——具有“原根”意味的中国传统与文化，仍然是华人作家的心灵与精神的归依与“故乡”。正如林俊欣所说：“对我而言，回家是一个必然，背井离乡后的必然结果。……心中一个国家、一个故乡。”① 又如钟怡文指出：“相对于曾经在中国大陆生活过的祖父或父亲辈，马来西亚第二代、第三代华人最直接的中国经验，就是到中国大陆去旅行或探亲……他们不像出生于中国的祖先想回到那块土地，这些第二代、第三代的华人，在生活习惯上已深深本土化，其实已具备多重认同的身份，他们所认同的中国，纯粹是以文化中国的形式而存在。”②

东南亚华侨文学时期的乡愁，多以一种相同的指向出现：吟唱漂泊游子的孤独与苦闷。“故乡”一词，主要指向作家国籍所在与心灵所依的祖国——中国。在这个意义上，“故乡”也就是“故国”，“乡愁”也是“国愁”；“乡”与“国”具有重合性、一体性。东南亚华人文学时期的乡愁，则多以一种双向的方式出现：吟唱自己离开童年的“岛与村、镇与城”之后或者自己出国之后的漂泊、思绪与苦闷；吟唱自己文化失根、文化思家的彷徨与苦闷。东南亚华侨文学时期的乡愁，可以理解为自然、真诚与嘈杂、造作的对抗，理解为自我放逐与放逐的抗衡；是作家的一种选择，也是一种诗学的立场。东南亚华人文学的乡愁，可以理解为“身在之国”与“魂在之国”或称“灵在之国”的分离。国与乡的含义，变得暧昧甚至分离，常常是在政治的层面上指向入籍国——经验或者经历中的故乡，在文化、心理的层面上指向“我已去”或“已去我”的“故乡”：中国——意念中的故乡。

---

① 林俊欣：《背井：感觉与冥思》，见陈大为、钟怡文、胡金伦主编《赤道回声——马华文学读本》（2），台北万卷楼图书股份有限公司2004年版。

② 钟怡文：《从追寻到伪装——马华散文的中国图像》，见陈大为、钟怡文、胡金伦主编《赤道回声——马华文学读本》（2），台北万卷楼图书股份有限公司2004年版。

归结起来，狭义的东南亚华人文学的“望”“乡”叙事，可以说是对东南亚华侨文学“望”“乡”叙事的再次反拨。狭义的东南亚华人文学的所“望”之“乡”，尽管具有二元性、过渡性、模糊性，但是非常明确的是，它已经不再属于中国文学的海外“叙事”，已经以过渡的方式走向了东南亚文学的“在地”“叙事”。

东南亚华裔文学所“望”之“乡”，是一个新的一体化之“乡”：由给予了他们生命、童年、亲情、事业与政治身份的祖国以及他们正在追寻、建构的国家文化框架中的华族文化所构成的实体性与精神性二者合一的“故乡”。

东南亚华裔文学的浪潮，涌动于20世纪80年代，90年代中后期渐起波澜。作为在居住国出生，拥有居住国国籍的第三代、第四代，甚至有些是第五代华人，他们不再像狭义的“东南亚华人”那样期望“两栖”，他们认为自己不是中国人，而是所在国的一个民族——华族中的一员；自觉地要求政治身份与文化身份的统一，要求能够较好地融入“在地”。他们试图以新的态势面对和处理一些特殊的事情，如在“同化”（assimilation）与“融合”（integration）之间做出自己的选择，重新调整与“祖国”——所在国和“祖籍国”中国的关系，从而建构一种属于这个族群的新文化：既不被所在国文化完全同化，也不是他们认为的“中国文化的旁枝末节”；既要广泛吸纳东南亚社会各种非华人的价值观，以争取合法地、长久地生存下来，又要保持基本的华人文化认同，以确保在多元民族文化中独特的“华”性特征。正如王庚武所说：“他们中的很多人是为各自的中文社区而用中文写作的，并不是作为中国公民而写，也没有必要针对中国的读者而写。其他一些以华人身份写作的作家，则用英语或其他语言，向更加广泛的非中国读者讲述自己的故事。……还有一些作家，尤其是不用中文写作的作家，探索了一种作为华人效忠正在为建立国家而奋斗的入籍国的新感受，或者强调他们必须重新确立自己作为华裔或者华裔国民的身份。”①

与这种主动选择、调整的要求相适应，“中国”在东南亚华裔文学

---

① 王庚武：《无以解脱的困境?》，载《读书》2004年第10期。

的“望乡”叙事中，不再被视作华裔自己的故乡，而已经演化为华裔祖辈的“原乡”。这个“原乡”，曾经存在于祖辈们成长的经验与历史里，属于祖辈的记忆图像；现在已经虚化为一个“引以为傲、引以为荣的名字”①。这个“原乡”，具有“神话”的意味，“在本质上意味着乐园形式的家乡”②。这个“原乡”，作为一个抽象的历史背影，再难以承担得起遥远的乡愁，更多的是留作为一种见证：见证他们的祖辈从安土重迁的中国出走海外而至漂泊南洋的辛酸，也见证着他们在融入“在地”遭遇坎坷与挫折时的迷茫。

与此同时，“文化中国”也受到种种新的审视：他们对中国文学传统做了“远”与“近”的划分，采取的主要策略即为“舍近求远”——既要与中国新文学拉开距离，抗拒所谓大中原中心文化的影响，强调华族文学的国籍归属，又要从中华五千年来的历史、文化、艺术积淀中汲取营养，以使华族文学区别于马来西亚其他民族文学。所以，所谓“舍近”之“近”，主要指的是中国“五四”新文学传统。因而，既要要求“重审”中国经典，也要要求“重审”马华经典；既要要求“重审”经典作家，也要要求“重审”经典作品。所谓“求远”之“远”，指的是中国古代文学传统。就是说，中国古代的辉煌文明和悠久的历史积累，仍然被认为是巨大的资源深井，应该为海外华人世代所求、所用。

（四）东南亚华人文学的“乡”与“路”

在经历了百多年的追求与抉择后，东南亚华人文学的所“望”之“乡”，给人一个由虚到实，又由实到虚；由远到近，又由近到远的观感。然而，此“虚”不同于彼“虚”，此“远”也不同于彼“远”。如果说，土生华人文学的所“望”之“乡”，是“忘却”前的一种“回光

---

① 小四：《菲律宾才是我的乡愁》，见《菲华文学》（四），菲律宾柯俊智文教基金会 1994 年版。

② 参见林幸谦《狂欢与破碎——原乡神话》、《我及其他》，见钟怡文主编《马华当代散文选》（1990～1995），第 26 页，台湾文史哲出版社 1996 年版。

返照”的话，华裔文学的所望之“乡”，就应该是“坚持”中的一种选择了。正因如此，东南亚土生华人已经逐渐同化到了“在地”之中；东南亚华人则试图抵制同化，他们选择的是融会——要以华族的身份，融会到多民族组成的社会之中。

融会不同于同化，融会需要自己“给自己贴上华人的标签”——需要一种既虚又实，既近又远的所“望”之“乡”。然而，这种选择实际上仍然使他们陷入一种“困境”，而且是相伴始终的“困境”。王庚武认为：“虽然每一个时代都有各自特定的困境，他们每个作家群的困境的来源却是相同的……对海外华人来说，解决问题的出路之一就是回到中国去使压力降到最低。另一种办法就是干脆不当华人，彻底与入籍国同化。但是，只要他们坚持某种华人认同，或者允许其他人以某种方式给自己贴上华人的标签，他们就将继续生活在困境当中。只要他们以华人或者海外华人的身份写作，而不论他们是在东南亚还是北美，困境就不会得到解脱。”① 曹云华也指出：“可以把东南亚国家当地民族的华人观用一句话来概括，那就是对华人的优秀的民族特性有一种历史形成的恐惧感和对本民族在数世纪以来一直处于无权地位时形成的自卑心理，是一些东南亚国家制定带有偏见和仇视华人政策的最深刻的思想根源。此外，在华人社会中普遍存在的那种病态的优越感，或者叫大民族沙文主义则从另一方面刺激了东南亚各国当地民族的对华人的恐惧心理，促成各国政府制定和推行对华人带有明显偏见的各项政策。”②

因此，东南亚华裔文学的“望乡”之“路”，仍然是一条崎岖之路、艰辛之路。当地民族的“恐惧感”、“自卑心理”和华人社会“病态的优越感”，都有可能牵动、冲击东南亚华裔文学的“望乡”之“路”。与之同时，来自西方的“东方主义”话语，来自“故乡”的情感性话语，也同样可能牵动、冲击东南亚华裔文学的“望乡”之“路”。

在牵挂中行走，在牵扯中摸索，东南亚华人文学的“望乡”之“路”，将依然会以这样的姿态在种种“困境”中不断得到铺陈与展开。

---

① 王庚武：《无以解脱的困境?》，载《读书》2004年第10期。

② 曹云华：《变异与保持——东南亚华人的文化适应》，第93页，中国华侨出版社2001年版。

三、印尼土生华人文学曾经的“寻根”之旅

印度尼西亚土生华人文学，诞生于19世纪末，发展、延续至20世纪40年代前后。大部分土生华人失去了使用汉语的能力，他们只好用自己的“流行”用语——“市场马来语”，又称“马来由语”进行文学创作，所以，印尼土生华人文学，又被称作华人马来由文学。从某种意义上看，印度尼西亚土生华人文学，是东南亚华文文学的先驱，也是东南亚华人文学的先驱及其重要组成部分。

为了继续保持与构想自己的文化特性，也是为了维护自己在殖民地社会的利益和地位，印尼土生华人在其民族主义思想支撑下，曾经以极大的热情，投入到以眺望“父亲”的远乡——中国，为重要内容的“寻根”想像中。但是，由于种种限制，也包括既是中国人，又有别于中国人的特殊性所限制，土生华人曲折、艰辛的“寻根”之旅，在文学的地图上画出的是这样一条曲线：从转手“西方视野”中的“中国”起步，经过“重写”“记忆”中的中国，转到诉说欲回而又难回的“中国”，进而再到创造出了一个他们所挖掘、概括、想像和表现的“中国”。

（一）“西方视野”中的“中国”

土生华人是印度尼西亚华人社会中比较特殊的一个次群体，他们的“父亲”是中国人，他们的“母亲”是印度尼西亚人。所以，他们不同于印度尼西亚人，也有别于中国人；说他们是中国人，他们太像印度尼西亚人；说他们是印度尼西亚人，他们又太像中国人。但是，在荷印殖民政府的统治下，土生华人发现自己的特殊性，尤其是“太像中国人”的特殊性正在逐渐丧失。

“直至大约在19世纪末期，土生华人还没有过分地关心诸如有关政治和文化的特性的问题。正是在此之前，他们差不多已经失去同中国的联系。”①但是，到了20世纪初，由于对荷印政府的种族歧视政策不满以及直接与间接地受到在海外宣传“维新”与“革命”的中国知识分子的影响，土生华人差不多完全同中国“失去”“联系”的状况开始有了一些改变。

1910年，荷印政府颁布了一个所谓“有关荷兰属民地位的法令”，该法令规定：凡荷属殖民地的原有居民和出生于当地的非原居民都是荷兰属民。因此，居住在印度尼西亚的侨生与华侨，就被片面地规定为荷兰属民。印度尼西亚的侨生（即土生华人）与华侨，作为所谓的“属民”，“被荷兰殖民当局列为‘东方外国人’，既不同于西方国家（包括日本）的侨民，又区别于当地的原住民，在政治上完全处于无权的地位”②。荷兰殖民当局施行的这种具有强烈种族歧视色彩的“属民”政策，势必要激起土生华人的强烈不满。但是，当他们意欲反抗的时候，他们却发现“华人作为一个分离的少数民族，处于非常困难的地位。他们被隔离于其他（种族或民族）集团。在荷兰人的后面，有荷兰本国；在本地人的后面，有三千万人民，他们不仅是强有力的，而且被认为是‘原住民’（boemipoetra）。在东印度华人的后面，却什么也没有”③。于

①② ［新加坡］列奥·苏里亚迪纳达（廖建裕）著，李学民、陈华译，周南京校译：《爪哇土生华人政治》，第200页，中国友谊出版公司1986年版。

③ 同上，第43页。

是，“他们想起中国，他们祖先的土地；他们想，在这块土地上，他们能够过着和平的、不存在种族问题的生活”。

这个时候，正值中国的“维新”与“革命”思潮在海外不断兴起与广为传播。尽管土生华人“很少”直接“参加”海外华侨、华人的政治活动，他们还是从中感受到了来自中国的声音。而且，在土生华人中也出现了一些新的思潮，例如华人民族主义：“在殖民地印度尼西亚的华人民族主义，不单纯是中华民族的思想感情的表现形式，它也被利用来改善他们自身在荷属东印度的社会条件和社会地位。”①

“华族民族主义兴起，在吧城（现今雅加达）组织了中华会馆，创办了学校，给侨生子女提供了受教育的机会。报纸的相继出版又给当时的写作人提供了写作园地，所以创作小说这时期相继问世了。”在19世纪末以后的长达五六十年的时间中，印尼土生华人文学出现了较为繁荣的局面：大量作家和作品不断涌现，小说、散文、诗歌、戏剧等各种文体，都纷纷争荣斗妍。据法国学者克劳婷·苏尔梦统计：这一时期涌现出的土生华人作家和翻译家806人，作品总数达3005部。②

由于大多数印尼土生华人都希望改变“与中国的联系不多”的状况，希望了解中国，进而了解与明确自己。应运而生的土生华人文学，自然也会受到这种观念的影响：作家们纷纷用文学的方式表达自己对中国的了解与想像。失去了使用中国方言及华语的能力，印尼土生华人中的作家就转道西方——通过西方的文本来了解中国，来沟通与中国的联系。“第一部用马来文写的有关孔子的书是1897年由李金福撰写的专著。此书在椰城出版。李金福是中华会馆的创办人之一，他原在西爪荷人教会学校受教育，对于中国文化的认识，尤其是对于儒家思想的了解，是通过西方书籍得来的。因为李氏不懂中文，他的孔子学说专著，都是根据一部尚文书籍改写而成的。”③“约在1897年，安汶的华人雷珍兰、杨春渊，根据《大学》、《中庸》和《伦语》的荷文译本转译成马来文，分

① ［新加坡］列奥·苏里亚迪纳达（廖建裕）著，李学民、陈华译，周南京校译：《爪哇土生华人政治》，第34页，中国友谊出版公司1986年版。

② ［印尼］老兵：《试谈印华文学的历史发展与前景》，见《第一届印尼华文教育与文学研讨会论文集》，暨南大学华文学院2002年版。

③ 廖建裕：《印尼华人文化与社会》，第84页，新加坡亚洲研究学会1993年版。

别在1898和1899年出版。”[①]

印尼学者耶谷·苏玛尔卓，曾将印尼土生华人文学分为五个阶段。他指出：第一个阶段，开创时期（1875～1895年），“真正的现代文学作品还没有出现”，土生华人文学的主要内容，就是“翻译来自西方和中国的文学作品”。[②] 严唯真也指出：土生华人“作家有的受过荷兰文学艺术教育，有的到过欧洲去留学，受过那里的文艺复兴与运动潮流的洗礼，有的从中国古典小说及唐宋诗词（用马来由文的从口译到笔译）中得到文学养分。”[③] 也就是说，在土生华人文学的开创时期，不仅翻译者与作家接受的是西方“教育”，经历的是西方文化的“洗礼”，而且为了了解中国，他们不得不选择西方人描述中国的文本。这时的西方文学译本或称“改写本”中的“中国”，只能是“西方视野”中的“中国”，甚至是非常明显的“西方殖民主义视野”中的“中国”。

比较有代表性的作品，是“在原来的书上没有标明改写者的姓名”，“由法国作家邦·捷士（PONT JEST）的小说《L'araignee Rouge》改写的《红蜘蛛》(1875)”。

这部小说叙述的是一个中国官员错判造成冤案的故事，多亏英国人帮助及干预，冤案终于得到纠正。故事的背景是华南的广州，这里的中国官员、百姓，都非常的自私、糊涂、愚蠢。多亏英国军官柏金斯上尉的到来、指点和直接插手，这座城市才有了一点“文明”的气息。可见，原著者与改写者对“中国”与“中国人”、“西方”与“西方人”所作的是典型的西方殖民主义叙事——正义与非正义，人道与非人道，都被歪曲颠倒，并被泾渭分明地表现在这种“关照”和“叙事”中。“这部小说比较突出的用意是替那些英国人鸦片走私者袒护，这个故事所发生的一切主脑是柏金斯上尉。他是推动一切的幕后操纵者。他的英勇机智胜过精通业务的警长和总督，小说似乎给人造成一种印象，即西

---

① 许友年：《印尼华人马来语文学》，第23页，花城出版社1992年版。

② ［印尼］耶谷·苏玛尔卓（Jakob Soemardjo）著，林万里译：《印尼侨生马来由文学研究》，第10页、第6～7页，香港获益出版事业有限公司1998年版。

③ ［印尼］严唯真：《印华新诗行程简述》，见《第一届印尼华文教育与文学研讨会论文集》，暨南大学华文学院2002年编印。

洋人的思想更优越于亚洲人的思想。”①

希望接近中国，事实上却疏离了中国；希望了解中国，结果却曲解了中国。这种疏离和曲解，反过来还有可能制约、影响自己对中国的想像与表达。但是，对于逐步失去中国人特征、已经失去使用汉语能力的土生华人而言，这种疏离和曲解也是通过努力才获得的。它既是一段弯路，也是一条漫长的曲线的开始。

（二）“重写”记忆中的中国

互文性理论认为：“神话总是被一再重申和无尽的使用”，“记忆总是指向对神话的记忆”。所以，从某种意义上看，“文学的主要参照范畴是文学，文本在这一范畴内部互动，就像更广泛的艺术之间的互动一样在文学话语独立于现实的这一事实之外，在它的自我参照之外，文学把文学看成是自己临摹的对象——作者们周而复始地叙述同样的故事，同样的人物也一再出现”。②

大多数印尼土生华人，只能通过英语与荷兰语了解中国的历史，欠缺对真正意义上的中国与中国文化的了解。在他们的集体记忆之中，也很难找到真正的中国神话。但是，记忆中缺少真正的中国神话，不等于说他们没有自己认为的记忆中的中国神话，更不等于说他们不曾在试图寻求一种“可以是被一再重申和无尽的使用”的中国神话的可能。

“19世纪末叶的特点是在侨生华人的社会里产生了一种恢复中国文化的热情”——出现了一些以手抄与印刷形式的中国古典文学和中国民间故事译作。③ 如《梁山伯与祝英台》、《陈三五娘之歌》、《琵琶记》、《西厢记》、《三国演义》等。“一个不可否认的事实是：这些华人用‘峇峇语文’翻译了大量的中国章回小说（所谓的“峇峇语文”是指一种以

---

① ［印尼］耶谷·苏玛尔卓（Jakob Soemardjo）著，林万里译：《印尼侨生马来由文学研究》，第62～65页，香港获益出版事业有限公司1998年版。

② ［法］蒂费纳·萨莫瓦约著，邵炜译：《互文性研究》，第105～106页、第65～66页，天津人民出版社2003年版。

③ ［法］基贝丁·哈莫尼克、克劳婷·苏尔梦著：《译成望加锡文的中国小说》，见克劳婷·苏尔梦编著，颜保等译《中国传统小说在亚洲》，国际文化出版公司1989年版。

马来语法为根据，以当地的闽语词汇，尤其是闽语而形成的一种独特的地方语文），这种‘翻译文学’曾经发挥过很大的影响力。”①

其中《梁山伯与祝英台》流传最广泛，影响最深远。“梁祝的故事不仅有马来文本，还有爪哇文、巴厘文、马都拉文和乌戎潘当（即望加锡）文等版本。印尼学者奥托姆·台台称：‘《梁祝》的马都拉文版本都有好几种。’”② 梁祝故事，更以说唱形式在民间众口相传、家喻户晓。在土生华人喜好梁祝故事的热潮推动下，“爪哇人自己则对源于中国的故事产生了一股强烈的兴趣”③，“已成为印度尼西亚家喻户晓的爱情故事”④。

土生华人这“一种恢复中国文化的热情”，客观上强化着他们潜藏于心底深处的回归梦想，强化着他们从祖辈身上遗传的——虽然在现实中可能性已经很小，却又潜藏于心底深处的回归记忆。正是在这种精神活动过程中，“神话化”了的梁祝故事，被有意识地转化为他们所认同的中国神话；或者说，被他们转化成为可以称其为一种记忆的中国神话，一种他们可以反复“复制”的中国神话：男为爱生，女为爱死的情与爱的神话。

热带人的热情与多情，促使印尼土生华人创作了大量的爱情故事。在这些爱情故事中，人物的种族身份非常复杂。陈文金的《颜燕娘》、《三宝垄市花》，描写的是土生华人之间的爱情故事；张振文的《苏米拉姨太太》（1917 年）又名《永恒的爱》，描写的是两代土生华人与土著青年相爱的故事；郭德怀的《花江的玫瑰》（1928 年），描写的是土生华人与混血青年之间的爱情故事；赵雨水的《沙尔蒂玛》，描写的则是土著青年之间的爱情故事等。

如果借助乔治·奎恩对梁祝故事“叙事模式”的勾勒方式，我们也

---

① 黄锦树：《马华文学——内在中国、语言与文学史》，第 20 页，马来西亚华社资料研究中心 1996 年版。

② 孔远志：《中国印度尼西亚文化交流》，第 92 页，北京大学出版社 1999 年版。

③ 乔治·奎恩（Quinn George）：《梁山伯与祝英台——一部中国民间爱情故事在爪哇和巴厘》，见［法］克劳婷·苏尔梦编著，颜保等译《中国传统小说在亚洲》，国际文化出版公司 1989 年版。

④ 梁友兰：《用马来韵文体翻译中国文学》，见许友年《印尼华人马来语文学》，第 172 页，花城出版社 1992 年版。

可以对爱情故事中的“叙事模式”做一个大略的勾勒：

其一，恋爱中的男女都可以成为主动的追求者，不为名利——金钱、地位所打动，也不计较种族、出生等各种现实条件；不惧怕家长与外来的强权与暴力；一往情深，足智多谋，有见解，有独立性；不达目的，绝不罢休。

其二，“社会上的有势力者惯于压迫人，一旦欲望受挫，便会生黑心；官府是全能的”①。恋爱中男女的家长，主要是主动追求者一方的家长，常常站在压制或反对者的立场，有意无意地起着阻碍作用。

其三，恋爱中较为弱势的一方，社会地位和经济地位低下，品格高尚，受尽苦难——或者“不免一死招人同情”，或者经历“九九八十一难”；仍能无怨无悔，一心为对方着想；不惜一死，或者是出家修行，甚至甘愿屈居第二，做姨太太。

土生华人的小说，在描写土生华人之间以及他们与土著、荷兰、混血青年的爱情故事时，既描述了土生华人对爱情的渴望与追求，更充分设置与展示了“梁祝故事”式的困境。如张振文的《苏米拉姨太太》，描写两代土生华人与土著青年相爱的故事，其中既有来自苏米拉母亲代表的土著群体与陈美良周围人代表的土生华人群体的阻拦，也有来自本是土著又亲历过爱情困境的苏米拉代表的“混血儿的母亲”群体的阻拦；而且，中间还遇到坏人作梗。早期，苏米拉不惜以死抗争，加上警察的介入，才使恶人得到应有惩罚，有情人成为了眷属。但是，当儿子禧捷长大爱上了土著姑娘罗加雅时，母亲苏米拉却站出来极力反对；陈美良也因此事听了不少闲话，招来了不少麻烦。罗加雅深爱禧捷，在误以为禧捷车祸身亡时，服毒自尽，以示忠贞；多亏毒药事前被人掉包，才幸免于死。最后，经过两人的不懈努力，终于结成了美满的姻缘。

与乔治·奎恩总结的梁祝故事的“叙事模式”比较，土生华人叙述自己的故事时稍有一些变化，如主动的追求者由女方变化为男女双方；同时，“官府是全能的”，“土著女性，或者混血女性，不惜甘愿屈居第

---

① 乔治·奎恩（Quinn George）：《梁山伯与祝英台——一部中国民间爱情故事在爪哇和巴厘》，见［法］克劳婷·苏尔梦编著，颜保等译《中国传统小说在亚洲》，国际文化出版公司 1989 年版。

二，即做姨太太”等殖民地的“消极色彩”也穿插和混合于其中。但是，印尼土生华人作家的爱情故事，共同都指向着一种“记忆”中的“中国神话”——男为爱生，女为爱死。

许友年指出：“所有这一切，可能都与早期的中国说唱文学中的爱情故事，如《梁山伯与祝英台》……等在印度尼西亚的广为传播有着十分密切的关系。郭约翰在《1880～1942 印度尼西亚土生华人的华人马来语文学》中也指出：“中国的说唱文学梁祝的故事已深入爪哇、巴厘各族的文学之中，而土生华人的某些小说的主题都是借自爪哇班基小说。”[①] 可以说，在一段时间内，“神话化”了的梁祝故事，某种程度上也代表着印尼土生华人并不熟悉而又有心想去熟悉和记忆的中国——一个重情、重爱的“中国”。

（三）欲回而又难回的“中国”

与之同时，土生华人还尝试着能够以更直接的方式“回归”中国，或者说是以想像的方式“直接回归”中国，即作家通过文学想像，使所叙述的事件与中国相联系，甚至就发生在中国，并且从中还表现出一种较为明显地回归意向。

如朱茂山的小说《人为财亡》，描写的是几个土生华人家庭，互相约定并计划离开荷兰殖民者统治下的印尼，准备一起返回中国的故事。H·Brigtsonh 的小说《沙伊能姆故事之诗或有德行的姑娘》（1924 年），描写的是一个中国青年与土著姑娘相爱，最后把这个土著姑娘带回中国，并且成功地使这个印尼的土著姑娘适应了中国生活的故事。[②]

应该说，土生华人的这些小说较为真实地反映了在一个特殊的历史阶段中，他们的生活和思想——对自己“根源”所在的中国的向往；较为生动地勾勒出土生华人，作为已经同化于当地社会的一个外来族群的“集体潜意识”——潜藏于心底深处、随时都有可能冒出来的回归梦想，或者说，是从祖辈身上遗传的萦绕于心灵深处的回归意念：有朝一日，

---

① 许友年：《印尼华人马来语文学》，第 277 页、第 249 页，花城出版社 1992 年版。

② 同上，第 71 页。

不仅自己落叶归根，而且还要带着土著的妻子回中国，让土著的妻子也“学会说中国话并适应那里的生活”。也正是因为这一点，他们“太像中国人”。

但是，在太像中国人的同时，他们又太像印度尼西亚人——缺乏对中国的了解，加之语言、生活习惯、风俗等诸多条件限制，他们中间的多数人并不打算真正“回归”，更难以“直接”“回归”；少量现实中和“叙述”中回到中国的土生华人，也可能产生动摇，出现逆向的回流倾向。他们觉得“中国并不是他们梦想中的国家”，“中国对于土生华人来说是一个陌生的国家”；“土生华人有着不同于新客华人的思想基础，他们生活在祖国并不感到是在自己的家中。他们发现，他们出生和成长的地方——东印度，才是他们想在那里生活的地方”。① 因此，这些“直接回归”类的作品，也较为真实地反映了土生华人的生存习惯与“集体意识”对这种“集体潜意识”：回归冲动与回归梦想的阻拦——故事往往可能“以悲剧收场：如史立笔的《出家当和尚》的结局——妻子自尽、父亲破产、恋人病死，他自己看破红尘，削发为僧”②。

当然，这个欲回而又难回的“中国”，对土生华人来说，不仅给他们带来了一些牵挂和矛盾，更重要的是也给他们带来了“缓和”一些牵挂和矛盾的方便，具有了一层形而上的意义——危难之时的心灵避难所，使陷入绝境的心灵在得到解救之前，能得到一个暂时的栖息与缓冲的余地。不少土生华人的作品都写道：人物如遇到较大的麻烦，就可能打算回国避难；但是，过了一段时间，事情有了转机，他们又都打消原来准备回国的念头。如在《花江的玫瑰》中，已经是几代在印尼土生，且在哥伦比亚大学受过教育的华人勉群，因为恋人莉莉的死受到较大打击，“在绝望之余，想到回国参军，以战死在抗日的沙场上来求得精神上的解脱。他的父母也感到束手无策，不知如何来阻止儿子这样做。”后来，一个相貌与他的旧日恋人莉莉极为相似、别号玫瑰的姑娘罗斯敏出现了。“他们聘请了家庭教师教她学荷兰文和中文及其一切，使她转

---

① ［新加坡］列奥·苏里亚迪纳达（廖建裕）著，李学民、陈华译，周南京校译：《爪哇土生华人政治》，第200页、第52页，中国友谊出版公司1986年版。

② 许友年：《印尼华人马来语文学》，第194～195页，花城出版社1992年版。

化成新莉莉。看到这一切，勉群感到似乎莉莉又重返人世，他打消了回国的念头”。[①] 可见，勉群的“回国”打算，就和一个不可能出家的“出家”之人有些相似，“回国”与“出家”，都是一种权宜之计，是一种心灵危机的“缓和”机制和方式。

（四）习俗化、道德化的“中国”

对于土生华人来说，一方面，中国已经是欲回而又难回；另一方面，他们又有必要对这个欲回而又难回的中国不断地进行概括、想像和表现，以保持自己“太像中国人”的文化特性。

“爪哇华人的风俗习惯很是复杂。他们从出生于中国的父亲那里继承了中国的传统，又从土著母亲那里承受了土著文化与习俗。”[②] 有学者把这种现象解释为“双文化现象”，就是两种或两种以上的文化，包括欧洲文化、中华文化和东南亚当地文化的并存或联合。从生活方式看，土生华人一般都崇尚和效仿西方殖民者的生活方式，在饮食习惯方面，则受当地的影响比较大；从宗教信仰看，较多的土生华人仍然坚持信奉华人的传统宗教，尤其是祖先崇拜。也就是说，“土生华人在语言及有形的物质文化方面比较多接受了当地的文化，而在较深层次的精神文化方面，则较多地保留了华人文化”。“‘峇峇在语言上可以说完全马来化了。但在风俗习惯与宗教信仰方面却仍然是非常华人的。大多数峇峇仍然信仰华人的传统宗教。语言把峇峇和其他华人分开，而共同的宗教信仰又把两者结合在一起。’在保持华人的某些风俗习惯方面，峇峇甚至比其他华人更加执著，更加传统。”[③] 土生华人要想保持自己在文化上的这种独特的复杂性，就既要继续“从土著母亲那里承受土著文化与习俗”，又必须不断地“从出生于中国的父亲那里继承”“中国的传统”。置身于印度尼西亚这个地理与社会空间中，土生华人对前一个传统的继

---

① 许友年：《印尼华人马来语文学》，第112页，花城出版社1992年版。

② 廖建裕：《印尼华人文化与社会》，第83页，新加坡亚洲研究学会1993年版。

③ 曹云华：《变异与保持——东南亚华人的文化适应》，第372~373页，中国华侨出版社2001年版。

承，显得较为容易；而对后一个传统的继承，显然比较困难，而且随着时间的推移，还会越来越加困难，尤其是在中国已经欲回而又难回的情势之下。“出生于中国的父亲”，会离他们越来越远；“父亲”身上的“中国的传统”，也会越来越稀薄。

在这种情况下，土生华人开始了以寻找资源并努力对之加以发挥与想像等方式来强化可供继承而又日见稀薄的“中国的传统”的历程。文学创作，是土生华人发挥与想像“中国传统”的一个理想田园。李金福、郭德怀等人的许多作品，都表现着他们认为的来自中国的传统习俗。

郭德怀的《石竹花的自述》（1938 年），就“是一部描写现代土生华人及歌颂祖先崇拜功绩的小说。作者将这部小说献给那些无比虔诚地崇拜先人骨灰的土生华人妇女”。许友年指出：“这部小说反映了作者对祖先崇拜及唯灵论的信仰。”“华人的祭坛，供奉着死去的祖先的骨灰（或神位），这是事实上的圣地，它拥有力量和影响来帮助活着的亲属。”[①] 耶谷·苏玛尔卓指出：“他的流行小说是具有倾向性的小说。小说只是他进行教育的工具。……在小说《一朵石竹花》和《香的烟和沉香木》中，他教育土生华侨应该继承他们老一辈的传统风俗习惯，在每个人家里应该设立祭坛，使得每个人都能随时向祖先祭拜……他把香的烟和祭坛当做一个问题提出来，因为他看到，在印尼的一部分土生华侨社会里，祖先遗留下来的风俗习惯开始被遗弃。”[②] 可见，在努力强化日见稀薄的“中国传统”的背景中，祭祀和祭祖的意义，已经被提升到传承文化精神的重要高度：“对先祖亡灵的崇拜，是印尼华人宗教文化的一个重要组成部分。许多华人（特别是老一代）相信先祖亡灵能对儿时禳灾赐福，这表明他们在异国他乡更加思念埋在故土的祖辈”[③]。

土生华人还非常重视以发挥与想像的方式，在文学作品中表现“来自”“中国”的传统道德。无名氏的剧本《危险的财富》（1912 年），表达的是应该重义与克制贪婪这样一个具有道德规劝的主题。“这个作品

① 许友年：《印尼华人马来语文学》，第 138 页、第 126 页，花城出版社 1992 年版。

② ［印尼］耶谷·苏玛尔卓（Jakob Soemardjo）著，林万里译：《印尼侨生马来由文学研究》，第 13 ~ 14 页，香港获益出版事业有限公司 1998 年版。

③ 曹云华：《变异与保持——东南亚华人的文化适应》，第 382 页，中国华侨出版社 2001 年版。

所挖掘的主题，已经在该书的封皮上指出来，那就是：‘一个很好的规劝，将作为一种模范。’这个故事，主要是讲述一个人对于财富的贪婪，而忍心杀害自己的胞兄，并使侄儿们陷入贫穷困苦的境地。家长对子女甚至侄儿的管教，被着重指出被认为是中国人的道德观念。一个人对于财富的贪婪态度，被认为违反了那个时代土生华人的道德观念。”

郭德怀的剧本《假冒的上帝》（Allah Yang Palsu 1919 年），更像是对“义”“利”之说的文学性阐释。“这个剧本的性质，若是说有着‘提出社会问题’的性质，倒不如说是更具有‘启蒙性’的性质。安排两个性格相对立的人物，那就是求义，他是诚实、朴素和慷慨的慈善家。……作者的目的只是教育读者或者观众：不要像求利那样做，而应该像求义那样贤明。”①

为了保持自己“父亲”身上的“中国的传统”，土生华人对自认为是从祖辈处遗传下来的中国风俗、习惯和道德不断地进行着概括、想像和表现，但是他们所表现的更多地是一个被习俗化与道德教条化了的“中国”。这种习俗化与道德教条化了的“中国”，显然，与一个实实在在的中国，既有所接近，又有着很大差距。土生华人的种种努力，当然也难以取得预想的成功。但是，他们的种种努力仍然是非常可贵的——在远离中国的际遇中，依然从转手“西方视野”中的“中国”，经过“重写”“记忆”中的中国，转到诉说欲回而又难回的“中国”，进而创造出了一个他们所挖掘、概括、想像和表现的“中国”。

正像克劳婷·苏尔梦所说：“不能从文学批评的角度去阅读这些作品，因为阅读它们也许会使你感到失望，但你可以从语言学和历史学的角度去阅读。”“可以认为，他们对故国祖先的传统文化存在一定的好奇心。”“历史学家可以找到材料，并以此为根据进行分析，一个远离本国的少数民族是怎样重新创造自己的文化的，他们是怎样跟自己的祖国保持联系的，是怎样把握它的历史又是怎样看待它的现状的。”②

---

① ［印尼］耶谷·苏玛尔卓（Jakob Soemardjo）著，林万里译：《印尼侨生马来由文学研究》，第 39 ~42 页，香港获益出版事业有限公司 1998 年版。

② ［法］克劳婷·苏尔梦著，居三元译：《马来亚华人的马来语翻译及创作初探》，见克劳婷·苏尔梦编著，颜保等译《中国传统小说在亚洲》，国际文化出版公司 1989 年版。

印尼土生华人文学，现在已经消失、同化于印尼印尼文学之中了。但是，作为东南亚华文文学的先驱、东南亚华人文学的先驱及其重要组成部分，印尼土生华人文学的“寻根”地图，不仅展现着东南亚华人文学的过去，也在某种程度上为今天与未来的东南亚华人文学提供着现身说法与某些启示。

第九编

海外：华人文学

（下）

一、李永平："半个支那"与"拉子妇"

马来西亚华文文学以及东南亚华文文学中的许多作品都较为充分地描写了在马来西亚或者东南亚的中国侨民，如何开荒拓土、艰难创业、爱国爱乡等，较为完美地显现了马来西亚及其东南亚华侨族群意识中光亮的一面。

李永平早期的小说，取材与表现的角度则较为奇特——多是反映马来西亚华侨身份意识中阴影的一面——用强化与强调的方式，从反省与求赎的角度，揭示出在特定的历史时期与特定的区域内马来西亚华侨身份意识中的阴影。

（一）李永平与他"风格独具"的早期小说

李永平，1947 年出生于马来西亚婆罗洲的砂劳越。从小受到过良好、系统的华文教育：五岁时，进入当地的中华四小幼稚班；小学时，先后就读过中华四小、马当中华公学、圣保禄学校；初中时，就读于中华二中；高中时，就读于中华一中。毕业后，曾任教于圣路加中学。

1967 年，李永平赴台湾，攻读于台湾大学外文系；后赴美国纽约州立大学、华盛顿大学攻读比较文学硕士、比较文学博士学位，先后受聘为台湾中山大学外文系副教授、台湾东华大学英美语文学系创作与英語文学研究所教授。他已经发表的作品有《婆罗洲之子》、《拉子妇》、《支那人——胡姬》、《老人和小碧》、《支那人——围城的母亲》、《田露露》、《死城》、《归来》、《吉陵春秋》《海东青》、《朱鸰漫游仙境》、《雨雪霏霏，婆罗洲记事》及译作《最后一场电影》等。

余光中在《十二瓣的莲花——我读〈吉陵春秋〉》一文中，曾说："李永平不愧是别有天地而风格独具的小说家，值得我们注意。他早期的《拉子妇》曾鉴赏于颜元叔，获《联合报》短篇小说首奖的《日头雨》曾有朱炎的详论，《吉陵春秋》里的多篇作品也赢来刘绍铭的推崇，甚至拿来与张爱玲、白先勇相提并论。这三位学者和我，正如李永平自己一样，都出身于台大外文系，也许并非巧合。李永平的声名不应该囿于这学院的一角……李永平为当代的小说拓出了一片似真似幻的迷人空间。"① 通过上述评述，我们也可以感受到余光中本人对李永平作品的推崇与厚爱。

所谓李永平早期的小说，主要指他《吉陵春秋》以前的小说，或者说，主要指60至70年代，他以"故乡"——婆罗洲丛林生活为题材的小说。在这一时期的小说中，李永平虽然尚未显示出余光中所说"为当代的小说拓出了一片似真似幻的迷人空间"的气概，但是，就他小说的选材与表现角度而言，尤其是就反映马来西亚华侨身份意识中阴影的一面而言，李永平在马来西亚华文文学，乃至在东南亚华文文学中，都恰如余光中所言："别有天地而风格独具"。

马来西亚华文文学与东南亚大多数国家的华文文学一样，经历了由华侨文学到华文文学的转变。就其所呈现的族群的身份意识而言，经历了由华侨意识到华人意识再到华族意识，这样一个由"三段式"体现的发展过程。

在华侨文学时期，华侨的身份意识较为单纯。作为中国的海外侨民，他们直言不讳地声明：我是流寓在马来西亚的中国人。不脱离当地

---

① 余光中：《十二瓣的莲花——我读〈吉陵春秋〉》，见李永平著《吉陵春秋》，台湾洪范书店1986版。

“华侨社会”、爱国爱乡；与巫、印等民族友好相处，为所在国的国家独立和经济发展做出贡献，是他们重要的处事准则。这种单纯、明了的身份意识及其表达方式，体现与代表着东南亚华侨意识在历史发展进程中的主流和亮点；同样，对这种较为单纯和明了的身份意识的发掘、赞美与歌颂，也成为了马来西亚华侨文学及其东南亚华文文学多年以来所展现的主流和亮点。

李永平早期小说，如《婆罗洲之子》、《拉子妇》、《支那人——胡姬》、《支那人——围城的母亲》等的“别有天地而风格独具”，主要表现在：作者似乎有意站在了马来西亚华文文学与整个东南亚华文文学创作的主流之外，他似乎是有意在另辟蹊径：通过塑造两个特殊的人物系列——“半个支那”与“拉子妇”，以一种强化与强调的方式，不是赞美与歌颂，而是从反省与求赎的角度，揭示出在特定的历史时期，马来西亚华侨身份意识中的阴影——在偏僻、遥远的婆罗洲砂劳越的原始森林中，某些华侨的惟利是图与狭隘自私以及由此而导致的华侨与当地族群之间的误解与疏离。

（二）“半个支那”——“两股人所鄙弃的孤儿”

“半个支那”人物系列，开端于《婆罗洲之子》，并在李永平早期的其他作品中得到扩展。

《婆罗洲之子》是一部中篇小说，也是李永平的起步之作，曾于1966年获选为婆罗洲文化局征文比赛优胜作品。小说中，人物与情节都较为纷繁复杂，艺术结构也不够紧凑。但是，特殊的时代感、地域感以及特殊的经历、感受、思考，尤其是对“半个支那”——这个特殊人物的塑造，使他的创作表现出极强的个性与震撼性。

《婆罗洲之子》的叙述焦点，主要集中在达雅人与华人所生的混血儿，被达雅人称为“半个支那”的大禄士身上。从此，在李永平早期小说中，“半个支那”既是大禄士，这个混血儿的名字，也成为达雅人对所有达雅族女人与华侨男人所生的混血儿的一种蔑视性的统称。

大禄士，在达雅人中原本生活得很好——与族人和睦相处，有一个很好的达雅族姑娘——阿玛，做他的女友。

族长杜亚鲁马，选中大禄士作为自己祭祀时的助手。在达雅人看来，这是一个光荣、神圣、令人骄傲的职务，大禄士也深深为之兴奋、自豪。

祭祀之时，会场肃穆、安静，人们的目光完全集中在主祭——族长杜亚鲁马和他的助手——大禄士身上。

一件偶然发生的事件，彻底改变了大禄士的命运。

“突然，一个苍老的声音高喊起来：‘不行！杜亚鲁马，不行！杜亚鲁马，大禄士不是我们的人，他是半个支那，他会激怒神的！’”

达雅人认为，如果让“不是我们的人”来祭祀神，就会激怒神；激怒了神，神会降下灾难，达雅人就会遭殃。于是，族长杜亚鲁马立即决定撤换大禄士，由另一名达雅族青年蓝达奴作为祭祀时的助手。

事后，疑惑不解的大禄士从母亲处得到证实：他真的是“半个支那”——是达雅人与华侨的混血儿，他的生父是一个被称为“头家”的华侨，现在的达雅族父亲只是养父。

“他是半个支那”，“不是我们的人”——这句话，或者说这个事实，成为了大禄士命运的转折点——把他从达雅族中驱逐了出来，使他从一个优秀的达雅族青年转眼间变成了达雅人的异类。

从此，大禄士在“长屋”中的地位与身份发生了突变，几乎是从天上掉到了地下：人见人怕、厄运不断——被女友误会、被朋友唾弃、被族人陷害。

在这之前，大禄士从未得到，也不可能得到华侨社会的接纳与承认，并且早就被他的亲生父亲所遗弃。

他的亲生父亲是一个华侨商贩，是来自中国的客家人。

在婆罗洲砂劳越的原始森林中开铺子当“头家”期间，也许是寂寞，也许是性的冲动与需要，他和大禄士的母亲有了肌肤之亲，并且有了儿子。但是，在他的意念中，“唐山”的妻子，才是真正的妻子——远赴“南洋”，只是为了谋求生计。

大禄士的母亲，由于“家境不好”，起初只是帮“头家”洗衣煮饭，像佣人一样照料“头家”的生活。后来，“糊里糊涂”和“头家”“做了夫妻”，生下了儿子大禄士。

生了儿子的达雅族女人，以为生活从此有了依靠和保障。可是，没有想到这个“没良心的爹”，在大禄士刚满一岁时，突然卖掉了铺子，仅仅留下一些活命钱，就“狠心抛掉”这对孤儿寡母一去不返——“回他的唐山去了”。

这样，尽管大禄士本身并无过错，但是，他的一半华侨血统——“半个支那”的身份，在达雅人看来就决定了他的过错；决定了他是受害者，决定了他是一个混迹于达雅人中的达雅人的异类，一个间接地投射着华侨族群意识阴影的异类。

尽管大禄士本身并无过错，但是，他的一半达雅人血统——“半个拉子”的身份，在他的亲生父亲看来就决定了他的过错；决定了他是牺牲者，决定了他是一个注定要被遗弃的对象。

李永平还塑造了一些更痛苦、更失落、更冤屈的“半个支那”。如《婆罗洲之子》中，仅仅一岁就被亲生父亲遗弃的小香；《拉子妇》中，正在遭受亲生父亲如此痛骂：“‘半唐半拉’，人家见了就吐口水，他妈的！”并且就要被亲生父亲所遗弃的幼小的“虾仔”、“狗仔”等。

这样，在六七十年代的马来西亚华文文学中，李永平塑造出了一群称得上是在那个年代里、在那个区域中，最痛苦、最失落、最冤屈的一群人——“半个拉子”，描绘了他们的自怨、自卑、自伤和自弃；揭示出他们所遭遇的一种非正常的现实境遇：是被“两股人所鄙弃的孤儿，所不接受的孤儿”——既被生父及所属的华侨世界所鄙弃、所抛弃，也被母亲所属的达雅族人所鄙弃、所抛弃。

（三）“半个支那”——达雅人的隐痛

《婆罗洲之子》的叙述视角来自达雅人，而不是华侨。作者从达雅人的角度，在创造出“半个支那”——这个陷于两难境遇之中的混血儿的同时，也成功地获得了一种跨越族群去叩问、追寻达雅人的心结、隐痛的方便：谁——什么——造成了“半个支那”的哀和怒？谁——什么——造成了达雅人的哀和怒?

首先，在故事的时代、背景和对两个族群的集体意识经意或不经意的描绘中，作品隐现出一种渊源久远的殖民主义统治的影响与难以挥去的旧日的思想烙印。

殖民主义时代，英国殖民政府对马来亚各民族采取分而治之、互相隔离的统治办法：承认马来人是当地的主人，承认和维护马来人在政治、经济和文化等各方面的特权；设立甲必丹制度，后正式改为华民护卫司署，专管华侨、华人事务，限定华侨、华人主要从事中下层工商业；通过对印度人移民机构的管理，让印度人主要在橡胶园做工。

殖民主义者的这种分而治之、互相隔离的统治办法，对日后马来西亚的族群关系的走向产生了很大影响：使华人、印度人与当地马来人互相隔开，各民族均保留自己独特的经济领域、文化习俗，民族之间极少往来，缺乏互相理解与支持，甚至由此引发和造成了许多误解与疏离。

达雅族是马来西亚这个多元种族国家中的一元。达雅族的人口较少，只有一百多万。由于历史、习俗等原因，更由于殖民主义者分而治之的统治手法，达雅人主要生活在偏僻的婆罗洲山区。

就是在这样偏僻、遥远的婆罗洲砂劳越的原始森林中，族群间的误解与疏离也非常严重。

《婆罗洲之子》所描述的砂劳越山地，是婆罗洲原始森林的一部分。在“白人统治”的殖民主义时代，这里既偏僻又落后，“长屋疏落地散布着，只有一道羊肠小径通到外边的一个小镇”。在这里生活的达雅人，几乎与外界完全隔绝。他们代代相传，以较为传统与原始的方式从事种植业，经济发展程度较低，生活方式与宗教信仰都较为原始。

砂劳越的华侨多为商贩。人数虽然不多——“只有几十家经营胡椒的中国人”。作为小商贩，他们有着比较机敏的商业头脑、非常现实的生存原则。他们虽然与当地的达雅人有着一些必然的生意上的联系与往来，但是，互相之间的误解、矛盾、隔阂很深。

两个族群之间，可以说既有联系，又各有“边界”，互相猜疑、互相贬低。所谓“支那人”，是达雅人对华侨商人的一种带有贬义意味的称呼；所谓“拉子”，又是华侨商人对达雅人的一种带有贬义意味的称呼；所谓“半个支那”，从称呼到内涵，都是这种互相贬义的延续与发展。而这一系列的互相贬义性的称呼，透露与折射出的正是在婆罗洲这个区域已经渊源久远的殖民主义统治的影响与难以挥去的旧日的思想烙印。

其二，作者在故事中也毫不讳言，早期华侨族群意识中存在着阴影，而且这种阴影具有较大的负面影响。

早期华侨族群意识中的阴影是指一种现实倾向，是砂劳越的华侨对“他族”——达雅族的负面看法，并将其投射到社会生活之中，投射到对“他族”的体验与表达之中。

在砂劳越，华侨的人数虽然不多，但是，与达雅人——地域上的边民与经济上的弱者——相比，他们始终处于强者与主动的地位。他们意识中的阴影，一旦以恶德与恶行的方式体现出来的，或称投射到对“他族”的体验与表达之中，就直接造成了达雅人的哀和怒。

——“支那不好做朋友，石头不好做枕头。”

——“刮达雅的钱”，“玩达雅女人”。

这是达雅人的箴言，也是他们作为弱者的经验总结。

而且从达雅人的视角来看，个别华侨“头家”表现出来的族群意识中阴影的一面——以恶德与恶行体现出来的阴影，就成了华侨的族群意识的全部，甚至成了华侨——“支那”的代名词。

弱小的达雅人无法与较强的对手抗衡，无法也无力向欺负了他们的华侨商贩复仇，只好将怨恨发泄、转移到更弱小的人们——被华侨商贩遗弃的混血儿——“半个支那”身上：“支那拼命在刮达雅的钱，玩了达雅女人又把她丢掉，留下可怜的半个支那给达雅人出几口乌气。”

“支那”的替代物“——半个支那”，毫无道理却又顺理成章地成为了达雅人的心结与隐痛。正是在这个背景下，揭露“半个支那”、冷落“半个支那”、报复“半个支那”，成为弱小的达雅人报复他们所不满与怨恨的华侨的一种手段与方法；成为一种作为弱者与边民，对“头家”的迁怒与报复的手段与方法——一种曹禺在《原野》中也曾经表现过的“父债子偿”式的原始型的报复手段与方法。

（四）“拉子妇”：“头家”的弃妇

“拉子妇”人物系列，也是开端于《婆罗洲之子》，在《拉子妇》中得到深化与扩展。与“半个支那”一样，“拉子妇”人物系列，也具有极强的个性与震撼性。

“拉子妇”，是“半个支那”的达雅人母亲。从达雅人的角度看，“拉子妇”都是被华侨“头家”抛弃的拖儿带女的母亲、走投无路的弃妇。

在《婆罗洲之子》中：

大禄士的母亲——是由于“头家”突然离开马来西亚，返回“唐山”与原配妻子团聚，而被遗弃的“拉子妇”。

姑纳——是由于她的丈夫认为她失去了“商业用途”，而被遗弃的“拉子妇”。

她“原是我们长屋里达干的女孩子，三年以前给头家娶去作老婆”，并生了女儿。可是，“头家”娶达雅族女人，是为了指使和伙同她用类似“双簧”的方式哄骗达雅人。

“头家”嘴上说着：“我做生意最老实，来番几十个年头，从不曾给人家嫌过半句什么。”暗地里，他与姑纳假装夫妻打架，混乱之中用大秤锤偷换小秤锤，“达雅人的十斤东西在他那里只能秤得七斤”。当这类把戏被识破后，他就毫不留情地把姑纳和女儿赶回了“长屋”。

在这里，娶妻生子对姑纳的丈夫来说只是“做生意”赚钱的一种手段——一种利用达雅人哄骗达雅人的商业手段。

李永平的短篇小说《拉子妇》，写于1968年，也就是在他赴台湾大学外文系读书之后。去国离乡的新经验、新视野，引起了他对故乡——砂劳越，“这个地方是被白种人管”的时代的华侨族群意识的进一步思考，也促使他对华侨族群意识中的阴影有了更深刻的认识与更深入的反思。

与中篇小说《婆罗洲之子》不同，短篇小说《拉子妇》的叙述视角来自华侨，而不是达雅人。《拉子妇》的叙述焦点集中在一个与华人结了婚的达雅族女人——“拉子妇”的身上：她没有名字，“是三叔娶的土妇”；她“长相很好”，“是一个好人”，是一个会讲“唐人”话的达雅族女人；在她丈夫的圈子中，在她所面对的所有华侨中，她的名字就是“拉子妇”。

“拉子妇”在作品中第一次出现，是“八年前”：她饱受公公——一个固执的、有着“华夷”之见的“中国人”的侮辱：

“三叔一路来在老远的拉子村里作买卖”，娶了她作妻子。“祖父从家乡出来，刚到砂劳越”。“她怀里抱着一个小孩子，特地和丈夫一起满怀欢喜地从山里赶来看望中国来的公公”。

听说三叔娶了一个土妇，公公赫然震怒：“认为三叔玷辱了我们李家的门风，在家里拍桌子，瞪眼睛，大骂三叔是畜牲——”

“三婶敬茶时没有跪下去，祖父脸色突然一变，一手将茶盘拍翻，把茶泼了拉子婶一脸。”

“拉子妇”在作品中再次出现，是六年后；她遭受了自己的丈夫——“三叔”，一个在砂劳越原始森林中安家的华侨商人的侮辱和遗弃：

三叔决定“休了”“拉子妇”——“她的面貌的变化实在太大了”，原本丰硕的乳房，现在已经变得干黑如麻布袋。她仿佛“老了二十年，像个老拉子妇”。三叔决定把她和孩子送回长屋，然后再娶一个十八岁的“唐人”姑娘做妻子。

三叔的理由很充分——“拉子妇天生贱种，怎好做一世老婆?”再娶一个十八岁的“唐人”姑娘做妻子，正好符合父辈的期望与要求。

三叔的计划实施了不久，“拉子妇”就静静地死了——死于病痛、死于孤独、死于被遗弃。

颜元叔指出：“男主人翁当时为什么要娶拉子妇——原来，男主人翁像苏武牧羊，几乎没有选择，不能不娶番女。年轻时，性的引诱可以抗拒一切的社会压力；但是，婚姻未曾给她带来幸福，反而使她受尽屈辱、遭受遗弃，直到在贫病交加中走向死亡。”①

---

① 颜元叔：《评〈拉子妇〉》，见李永平《李永平作品集·附录》，马来西亚婆罗洲文化局出版局1978年版。

不论是红颜老去，遭人遗弃；失去“商业用途”，遭人遗弃；还是“头家”返乡，遭人遗弃，都说明“拉子妇”与她们的“头家”男人或丈夫，处在一个非常不对等的结构之中：一方是绝对的强者，处于主动、支配与施虐者的地位；另一方是绝对的弱者，处于被动、被支配与受虐者的地位。

由于男女双方属于不同的族群——达雅人与华侨，男女问题便带有了强烈的种族问题的意味了。所以，颜元叔说：“我愿意指出，根本上，这是一篇种族问题的小说，是一篇多数迫害少数的小说。”①

就马来西亚的历史与国家整体而言，华侨、华人在政治、经济、文化等方面都处于劣势和弱视。黄锦树指出：“在以马来人的意志为主体、‘国家政策向来只为种族服务’，作为马来国族国家的马来西亚，主人意志的‘单面条件同化主义’下，华人在作为奴隶的国民历史中，常常必须面对不断重演的类似的迫害情景——相对于稳固的迫害的结构——政治经济上新经济政策国民权益的种族固打制、‘颠倒的正义’（劫华济巫）的合法的国家暴力和内部安全法令的英殖民遗产、马来化的国家备忘录”——“你的鞭挞，我的哀怜”，“一种施虐——受虐的主权结构、创伤结构里的回——儒对话”。②

但是，在“拉子妇”系列中，包括在《拉子妇》这篇小说中，当种族问题成为了关注的焦点时，黄锦树所说的“一种施虐——受虐的主权结构、创伤结构里的回——儒对话”结构，被颠倒或者应该说被有所改写：是一种新的“施虐——受虐的结构、创伤结构里的华——达的对话”结构。颜元叔把华侨作为多数，把“土著”的达雅人作为少数，正是对在特殊的时代、特殊的区域中“这个结构”的另一种表述方式。

如果我们将这种由“拉子妇”引出的说法，视作对特别的时代、特别的区域、特别的状况的一种特别的描绘的话，那么，这种描绘揭示了马来西亚华侨的族群意识在特定历史时期中的某些阴影以及造成的严重后果。

---

① 颜元叔：《评〈拉子妇〉》，见李永平《李永平作品集·附录》，马来西亚婆罗洲文化局出版局 1978 年版。

② 黄锦树：《东南亚华人少数民族的华文文学》，载《香港文学》2003 年 5 月。

（五）《拉子妇》："哑静"与反省

在李永平的小说中，"拉子妇"作为焦点人物，是"失言"的、"哑静"的受难者：

"拉子妇"们总是"卑微地看着人，卑微地跟人说话"；默默地忍受，从不争辩、反抗；"在无声无息中活着"，"几乎没有说话，是一个'哑静'的角色，这正意味着她的被动与消极地位——她'挨着'活了一辈子"，"她挨够了，便无声无息地离开了"。[①]

尤其是《拉子妇》中的"拉子妇"，更是默默无言。甚至当她被置身于困境、死地时，也依然默默无言。这种在痛苦中"挨着"，直至死去都依然"哑静"的活法，使"拉子妇"这个角色产生出一种使读者既愕然又震惊的力量。

《圣经》中耶稣曾经说过：要爱你的仇敌，别人打你的左脸，你就把右脸也让给他打。"拉子妇"虽然在行动上没有做到从始至终地去爱那个背弃、遗弃了她的男人，更不可能做到用语言去传播耶稣的爱的福音。但是，她们却用"哑静"的行动，忠实地实践了耶稣的"爱人"之道——忍受与饶恕：她们忍受与饶恕了虐待和遗弃了她们的"头家"，忍受与饶恕了虐待和欺凌了她们的族人。

大禄士的母亲和姑纳，遭遗弃返回长屋后，从"哑静"地伺候男人，转为"哑静"地抚养"半个支那"，任由族人欺凌。

"拉子妇"身染重病、拖儿带女，在"哑静"中被遗弃，又在"哑静"中悄悄地走向死亡。

这样的"拉子妇"，很像一个个"哑静"的"殉道者"——用"哑静"的忍受与饶恕、用"哑静"的死，来唤醒"被拯救者"的觉醒和忏悔。

与焦点人物——"拉子妇"的"失言"、"哑静"相对应的，是小说中作为叙述者的"我"的不平之鸣。

---

① 颜元叔：《评〈拉子妇〉》，见李永平《李永平作品集·附录》，马来西亚婆罗洲文化局出版局 1978 年版。

“大家为什么不开腔？为什么不说一些哀悼的话？我现在明白了。没有什么庄严伟大的原因，只因为拉子妇是一个拉子，一个微不足道的拉子！对一个死去的拉子妇表示过分的哀悼，有失高贵的中国人的身份呵！”

这个叙述者“我”，虽然是个单数，也在“被拯救者”之列；但是，代表着的却是“我们”——出生于马来西亚的第二代华侨，同情被迫害的“拉子妇”的华侨，正在向马来西亚的少数族裔——华人族裔过渡的华侨。所以，叙述者的“我”，既代表“我”，也随时也可以转化成我们。

“它使我们想呐喊，把所有的心事毫不欺瞒地说了出来。”

而且，这个叙述者“我”，对包括由“我”、“哥哥、姐姐”们组成的“我们”——出生于马来西亚的第二代华侨——有意、无意的“从父”意识、从众意识也进行了反省。

“在砂劳越，我们都唤土人‘拉子’”、“拉子妇”。“那时我还小，跟着哥哥姐姐们喊她‘拉子婶’”。

心理学家指出：“认出我们的平凡，甚至比承认我们的邪恶更困难。”①“我”及其“我们”，不是小说中悲剧的制造者，只是旁观者。“我”及其“我们”，对自我的“从父”意识、从众意识——一句话，对自我平凡的反省，使得李永平的小说，在历史性地反映出马来西亚华侨族群意识中阴影的同时，也历史性地反映出马来西亚华侨对本群体的族群意识中阴影的自我反省。

由此，也反过来见出，“哑静”的“殉道者”，已经实现了“殉道”的回报——这也是来自“被拯救者”的反省与忏悔。因为“殉道者”的“哑静”的“殉道”，小说的叙述者及其所代表的出生于马来西亚的第二代华侨，主动对“自我”进行着反省，主动地站到了“殉道者”一边，主动地站到了自己的父辈的族群意识阴影的对面。

心理学家曾借用光学的原理，这样来比喻光线与阴影的关系：“阴

① 詹姆斯·杨德尔：《深度心理学与新道德·前言》，见［德］埃利希·诺伊曼著，高宪田、黄水乞译《深度心理学与新道德》，东方出版社1998年版。

影是光线产生的，是那光线的影子，是意识的结果的反面”①。华侨作为马来西亚多元民族中的一个族裔——华族的前身，在不断发展的历史进程中，其身份意识既有光亮的一面，也会有着与“光线”、“光亮”互为表里、互为正反的阴影的一面。李永平用强化与强调的方式，对特定的历史时期与特定的区域内马来西亚华侨身份意识中阴影的揭示、反省与求赎，不仅仅是作家对现实的一种描述与反映，同时也包括了华侨族群意识的扩大，华侨的族群意识在发展与转变过程中对阴影的反省与克服。

体味尘封中的“半个支那”与“拉子妇”，重温李永平小说对马来西亚华侨族群意识中阴影的反省，有益与我们对东南亚华文文学发展历程的了解，也有益于我们对华族意识过去的历程与未来的走向的了解与把握。

① 詹姆斯·杨德尔：《深度心理学与新道德·前言》，见［德］埃利希·诺伊曼著，高宪田、黄水乞译《深度心理学与新道德》，东方出版社 1998 年版。

二、戴小华：不断地注视华人与社会的蜕变

当前，整个世界都处于急剧发展变化之中，尤其是发展中国家更是逐步地从农业社会向商业社会、资讯时代逼进。社会的演变，当然要靠科技的不断革命和经济的蓬勃发展，同时也更是人的自我革命与精神面貌的改观与飞跃。在诸种变化中，人的变化第一。如果把人的这一变化称为“蜕变”的话，无论男女都无一例外。否则，将会被高速变化的社会所抛弃。

（一）精神上的“蜕变”

戴小华在向现代文明进军的途中，挟其丰富的学识、锐利的词锋、灵转的文字、入世的热情，以当仁不让的态度、言之有物的精神，抨击封建思想的危害；主张新一代女性应在社会上自立、精神上“蜕变”，成为真正意义上的独立的人。

马华文学，自有一大群有识之士与艰辛、韧性的开拓者。多年来，他们默默耕耘，辛勤推进。但由于种种原因，遭到重重困难：华教式微，华文有绝响之虞，作品难以进入国家主流文学之列，加以各界的冷淡与

当年揭示婚姻制度的不合理，揭示劳动者的痛苦以及倡导戏剧救亡需要勇气；当今直面现实，揭示某些“社会中坚”之灵魂与劣行更需要勇气。《沙城》以强烈的社会责任心、大胆的干预精神和炽热的批判色彩，举起、深化了马华剧本文学的现实主义精神，获得了千万读者与观众，使华语戏剧乃至影视剧争得了脱离“次要艺术”之窘境的可能。

《沙城》的现实主义精神，还表现于作品所蕴含的强烈的文化反思与批判意识。经济的发展，会推动与刺激民族文化的发展。马来西亚本身就是一个多元宗教、思想、文化并存的社会。华族文化既是多元文化中的一元，也在多元文化的交汇中生存、发展。80 年代，工商业的飞跃，又带来了东西文化的空前交汇。在这样复杂的态势之中，如何看待既有传统、如何汲取外来文化，是社会有识之士反复思索与论争的重要问题。

《沙城》的作者十分重视戏剧与文化构建的关系，她指出：“所以当我们正视戏剧所能发挥的力量时，实在应该重新评估戏剧的价值功用。我们可以有意识地运用戏剧的影响力，来传达及建立一个马来西亚全民族的文化，并通过戏剧的效果，来达成教育意义及社会意识。”

作者在强调《沙城》的故事中心意思时，有意指出：“建立在沙滩上的城堡，随时会被一场大浪冲得无影无踪。”文化，既是民族精神与财富的结晶，也是民族发展、发达之根。失掉了民族文化之根，喧嚣与发展都如同“沙滩上的城堡”，随时会有灭顶之灾、溃散之灾。从这个意义看，《沙城》具有强烈的整体象征性。

引进西方经济模式，是否意味着必须同时全方位引进西方文化，是否整体性推翻既有传统，这是飞跃性发展的国家在 80 年代的热门论题。《沙城》以文学的方式，参与了文化建设的论争。李氏二姐妹——李秀珍与李雪红，在财产、名分、爱情、志趣等方面显示出不同的价值观、人生观，载有明显的文化选择意蕴。

从守旧、认命的传统板块中呼啸而出的李雪红，用决绝的方式告别了象征着传统的生息之地，在大都会中翻云覆雨，终于站在了财富、名誉的顶峰。但是，她像一个断了线的风筝，离大地愈来愈远；像一个沙筑的城堡，随时会被海水淹没。

《沙城》中的李秀珍也在告别，她告别的恰恰是李雪红的向往之处。她挟着都市文明与西方文化中的合理基因，潜心于发掘、弘扬民族的文化传统。她走向了李雪红逃离之地，她还有了志同道合的伴侣——“一位为维护传统文化而执著于理想追求的青年”。

在这两个人物身上，作者的文化批评意识与文化价值取向，表现得十分清晰。以形象的方式，展现思辨的智慧；以象征的方式，演化现实主义的精神，《沙城》的主题，正是在这种迭现式的构象中得到充分的表现与提升。一部作品，多层主题；一个人物，多种寓意，这大概也是《沙城》受到欢迎与好评的一个深层次原因。

论及《沙城》的现实主义精神，还应充分注意与论述该作的本土意识或“国家文学”的意识。华文文学之根，是在中国。当漂洋过海走向世界的华人在居留的土地上用华文进行文学创作时，在心理方面总有一个生根的过程。所谓“侨民文学”、“移民文学”，正是跋涉于这个过程的标志。在马华文学的发展史上，也多次出现过“侨民意识”与“本土意识”之争。也正是这些争论，使马华作家认识到应该使马华文艺具有自己的特质与个性。

相对于在本土出生、生长的马华作家，戴小华还应该算是一个“外来者”，即使将留学欧美的时间加在一起，到达马来西亚亦只不过三十年左右。但是，从《沙城》以及《毕竟有声胜无声》、《戴小华中国行》等书，可以看出她的思维与创作，已深深植根于马来西亚社会。更重要的是，她具有方北方先生所要求的：“马来西亚人民的思想感情”。正是有了这种思想感情做基础，她才敏锐地捕捉到华族的危机——精神上的沙筑之城。也因如此，《沙城》作为第一部以电视文学形式出现的剧本，在审美方式、形象构成、价值取舍、语言表现等方面，都展现出浓郁的、为民众所欣赏与接受的本土色彩。大胆地揭示现实人生，以形象的方式参与民族文化的建构，以浓郁的本土情感建设兴盛中的马华文学，是《沙城》作者的现实主义精神特质，也是一大批奋斗中的马华现实主义作家肩负的使命。

三、《幸福出售》与新加坡华文小说

贺兰宁先生主编的微型小说《幸福出售》，以强健的作者队伍、丰硕的成果，向广大读者展示了微型小说新近在新加坡文坛取得的成绩。

微型小说是小说家庭中，一种年轻的文体。在新加坡，微型小说虽然起步较晚，但从《幸福出售》的结集出版，尤其它在反映现代生活时显示出来的强劲生命力来看，可以预言微型小说在将来的新加坡以及在各国华文文学领域，都将取得不能低估的成就与地位。

随着时代的发展，现代的工商业文明和繁华的都市生活方式逐渐向全社会的人们逼近。急促的生活节奏、不断变化的生活方式以及传播媒介的现实要求，都促成与刺激着一种新的小说文体——微型小说的到来、兴盛。就《幸福出售》的内容与艺术表现而论，微型小说的确不辱使命。它一方面更快捷、更灵便、多侧面地反映出时代面貌和置身时代之中的众作家的主体性思考；另一方面，也用一种新的文体形式，回答与满足了广大读者新的审美趣味和需要。

就《幸福出售》中的单篇而言，微型小说明显不是长篇故事的速写。如《劫》、《阿公馆》、《厚嘴唇·大嘴巴》等，都是以较小的篇幅，调动小说创作的多种艺术手段，集中地反映某种强烈刺激着作家感情的社会生活和现实矛盾。综合全集而言，《幸福出售》把握情感之广泛、切入生活层面之深，都令人赞叹。例如《机心》、《秘密》、《卷逃》、《真迹》等，灵敏地抓取商业社会中惟利心给人性涂上的弱点与劣迹，充满社会批判的正气；《秘诀》、《董事长英明》等，犹如一把“锋利的解剖刀，清点着绅士阶层中飘忽着的虚伪者的幽魂”；《洋女孩》、《参观记》、《金花》、《优等生》等，既展现出新加坡新老两代国民中部分人溢之于表里的崇洋意识，也体现了华文作者的焦虑并自觉与之对抗的心境。

其他诸如表现人世沧桑的《塑像》，挖掘现代文明带来之弊病的《卧底》，描绘下层人士生活情状的《庆祝》，揭示世风日下、亲情沦落的《天机》、《黄雀在后》、《日本式逻辑》等，都各以一个侧面构成了现代人生与人心的大观。《宁聋岁月》、《爬虫人》、《幸福出售》等，则以极小的篇幅担负起揭示现代社会中国民性弱点的使命。从个别中寻出普遍，从司空见惯中提示危机，其深沉的理性、蓄而不露的情感，老辣的文风，都令人想起开创中国现代短篇小说之先河的鲁迅。

任何时候，只要文学紧贴生活的命脉，反映社会的发展趋势与客观要求，就必然会走向繁荣昌盛。无论是在中国历史上留下成名的《诗经》、《楚辞》，唐诗、宋词、元杂剧与明清小说，或是在西方文化史上发出绚丽光彩的欧洲现实主义、浪漫主义、批判现实主义文学，都是如此。即使是西方现代派文学，它的轰动与盛行，都与西方现代的社会思潮、时代情绪密切联系。微型小说《幸福出售》，就文学成就与轰动效应看，不及上述所列高峰文学之功绩。但以文学与时代、社会的关系看，则有某些相通的共性。因而，即使十几个作家奋斗，一两本小说集的出版，对微型小说的发展而言，还仅仅是一个起步；但他们簇拥着的朝向，却正是新加坡现实主义文学精神的光大与继续。在这个旗帜下，多体裁、多文体的相互刺激、共同探索，可望成就新加坡华文微型小说创作将与整个华文文学界一道向着光明的前景迈进。

从艺术表现与效果来看，《幸福出售》的一个突出特点是讽刺性。集中大多数作品，尽管体裁各异，其作品构思、人物刻画、事件的描绘，乃至情节的推进，都不乏讽刺情调的参与或渗进。就前述作品内容可见，这种讽刺、讽喻的情调，来自作者主动以文学参与人生的积极要求。也是微型小说作者，在极有限的篇幅内展示才华的有效途径。《幸福出售》

的作者，几乎均是颇有文学成就的文坛健将。多年的艺术磨炼，使他们在短时间内得以在微型小说中凝聚起近似的风格。同时讽刺因素的步步推进，使作品往往暗藏或夹带褒贬，易于在瞬间揽住并搅起读者思绪的波澜。如黄孟文的《机心》成功地刻画了一个借邪道谋取高位的小人金彼得。作品在“封锁消息”、“探病进言”、“事成窃喜”等情节中，皆暗带讽刺。整篇作品，似乎主要就是由几个极具讽刺意味的大小性格特写组成。

《塑像》、《庆祝》、《卧底》等，在讽刺之外努力探索着新径。这些作品都写得十分“客观”，作家的情感经过了“冷处理”变得淡化。即使是展现作家的人生感叹与危机心态，也是通过情节自身的发展或事件的两相对比。因而读起来更像行云流水的小诗，在微风细雨之后，给读者留下一长串或明或暗的回忆。

既然微型小说还处于探索阶段，《幸福出售》集也难免表现出探索期的某些不足。前面谈到微型小说的主动“入世”，给作品带来了生机与活力。但如何在具体作品中表现“入世性”，即如何使作家的的主观思想显而不露，真正以形象示人，以形象感人，确实是一个十分难以把握而又非要把握的问题。《幸福出售》集中大部分作家在把握这个难题时，是成功的。但也有少许作家在某些作品中，主观意愿的叙说占据了主导地位。例如，小说《蚊》表露出作者扬善去恶的意愿。虽然作者很善于描叙故事，刻画人物，但是强烈的“善恶终遭天报应”的宗教思想，使故事和人物都显得有些“陈旧”。

此外，微型小说中讽刺艺术的把握亦不容易。姑且不论讽刺性的细节与情调如何在小说中艺术地渗透、包蕴，仅讽刺对象的选择，亦足够作者揣摩、磨炼不已。微型小说不具备允许作家反复涂抹的空间，作者选择的角度一旦出现，就难以有机会修整与弥合。例如阅读《客卿教员》一文，读者不难理解作者的良好愿望，但对作品所选择的事件与讽刺对象较难认同。如果对“外籍教师”与本埠人员一视同仁的话，“摩根先生”煞费苦心的作为，包括他别出心裁的语言环境设计、教堂活动，乃至以一个“求婚者”身份博取一名女性的“芳心”的做法似乎并不过分。人无完人，金无赤足，尽心尽力是矣，何必以一时之间的成败

“论英雄”？可见讽刺的笔调给微型小说带来了活泼与朝气。但惟有谨慎的把握，且结合多种的艺术探索，才能保持这股艺术的朝气。

《幸福出售》的作者，几乎都是新加坡颇有成就的小说、诗歌、散文的创作者。因而，目前新加坡的微型小说创作，实际上也反映出其他文学体裁的某些特点，尤其是短篇小说创作的特点。微型小说取得经验的同时，短篇小说等文体创作也在一同汲取经验。

以极小的篇幅，集中展现文学创作的趋势与经验，牵动与影响多种体裁文学创作的共同反思与发展，这恐怕是《幸福出售》出版者的深心，同时也是《幸福出售》对新加坡华文文学创作的特殊贡献。

四、《赤贫儿女》与泰华文坛的“南部风”

近几年来，泰华文学界给人以面貌一新的感觉，小说、诗歌、散文、杂文等各种体裁均有佳作出现。就在这百舸争流、千枝竞发，春风阵吹之时，人们欣喜地看到，文坛上又出现了一股“南部风”——这就是被老作家许静华称为“贺家班五位结盟兄弟”的作家群推出的小说合集《赤贫儿女》。

（一）心灵与大地共搏动

文学来自生活，反映生活。小说家的心灵，只有与大地、与贴近大地生存的人群齐动共搏，才会有不尽的灵感和持续的动力。《赤贫儿女》的五位作者：毛草（贺金）、林文辉（贺玉）、林作明（贺满）、徐南君（贺堂）、子帆（贺俊），正是如此。他们在繁荣、发展期的泰华文坛上一露峥嵘、展示特色，并很快形成一种群体风格：他们的心灵与大地、与民众紧紧贴在一处，一齐沐浴阳光，一同迎接困难，一样历尽艰辛，一样充满希望。

鲁迅先生曾经说，从水管里流出的都是水，从血管里喷出来的都是血。从贺氏五兄弟手下“流”出来的作品，都是带着强烈的泰国南部的泥土味，都写出了活生生的泰国南部的现实。

他们写农村，敢于把山民、渔夫的最辛酸、最痛苦的一面，忠实地反映在文学中。请看旱灾之后：“农村剩下老幼，大家每天在田里挖些小小的旱蟹，找些无毒的昆虫来充作下饭的配料。小孩子则带着橡皮桠枝到处射小鸟与蜥蜴回来烤吃或炒辣椒。”（毛草《生活在东北线上》）为了生存，大量的青年涌向都市。在新的竞争处，他们怎样生活呢？有一名背负家庭重担和希望的少女，是以美貌和耻辱在换取金钱。“她为着生存而甘冒生命的危险，不能停止下来，而其他的人呢？甘愿去接受可怕的病菌，洁净的血肉作为病菌的繁殖场，把健康与生命当作纸价贩卖着。”（毛草《医不好的病》）作家的视点，从农村追踪到城市，从生活的苦痛深入到人性扭曲的恶症，让人们看到了近乎是赤裸着的现实，又看到了经过小说家精心组织且集中反映而出的艺术现实。诚如叶树勋在为此书所作的序言《闪耀着璀璨光芒的星星》中所说：“这真是血与泪的控诉！血与泪凝成的血书，是无声的怒吼。这样深沉和震撼人心的作品，泰南的业余文艺工作者，确实是一支充满着创造力的生力军。”

在泰国广博的土地上生活的民众，既是苦难的默默承受者，又是大地的未来和希望。他们达观地对待灾难，用他们特有的方式祈求着未来。“漓猫游行乞雨”是一场宗教性的活动，也是山民们一种坚毅的希望。正是有了这点希望，他们排解了失望，在干旱之日盼来了“几颗黄豆似的雨水落到地面”，又终于盼来了“一场豪雨，足足下了两个钟头，久渴的泥土与树木都畅快地饱喝了一顿”（《生活在东北线上》）。“山地民众，也有着山民的善恶与理想。他们有不折不挠的精神，不怕艰苦地奋斗，有了一笔存积就返回园地垦植。”（《金银树》）他们容不得欺骗、贪心，也厌恶对土地对胶树的薄情。甚至对子女背离土地、胶园的“一念之错”，也不能容忍(《一念之错》)。

《赤贫儿女》的作者在心灵上，甚至肌体上，已与泰国的土地、民众化为一体。小说之于他们，不是装饰、不是玩物，也不是身外之物，而是山民、渔夫式的赤诚的主动告白，是他们理想与伦理观念的真实诉说。因此，所谓眼下小说的“南部风”，不仅是南部风情，南部的喜与乐，而且是一群来自泰国南部的“泥土作家”，用心灵和身躯加上故土，再加上故土之上的民众的血肉，糅合一处搅拌而成的艺术世界。

（二）艺术与时代共跃进

小说自生成之后，历经了几次大的艺术变革。仅以小说结构看，就经历了古典式的故事体，现代式的以人物性格为中心的结构以及当代流行的以心灵活动为中心的结构。而以小说的叙事方式来看，也由全知叙述生发成为限制叙述、纯客观叙述等多种形式。可以说，在诸种文学样式中，小说之所以经久不衰地受到读者的拥戴，在乎小说本身随着时代演进而来的演进与发展，也在乎小说艺术的现代化与多样化，满足了读者群的审美要求。

称《赤贫儿女》犹如一股“南部风”，也由于该书作者们在小说艺术上的多种探索与试图跟上时代步伐的艺术努力。应该承认，作为一部小说合集，《赤贫儿女》在艺术表现上还称不得十全十美。结构较松散叙述冗长，直陈方式运用过多等不足，存在于某些篇章之中。但是，这个作者群则具有一种粗犷的活力和十分勇敢的探索精神。那就是，他们体现了一种境界，他们实践着一种追求：小说艺术要与时代共跃进。

在《支票官司》、《医不好的病人》、《好人》、《迟来的礼物》和《雨夜凶仇》等小说中，可以看到作者们在艺术探索上做出的努力，这些作品都具有很强的故事色彩。如行骗的劣迹、都市中的卖淫与买淫、邻居窃贼、中彩者的遭遇、雨夜复仇等等，本身都是极富曲折性的故事。但作家的目的显然不仅在于讲叙一两个故事，而是要通过不同的故事要素，展现出在不同的环境中生成和发展的人类性格。

这样一来，他们的作品结构，就有了由讲故事式文体向以人物性格为中心的文体转变的要求与尝试。如《支票官司》中，作者没有大讲这场官司中惹人兴趣的各种故事，而是抓取了最能表现八里坡亲侄虚伪性格的几个注视点：八里坡痛快地签支票，募捐者反而挣钱请八里坡吃饭，一位远房亲戚的来访，就将八里坡亲侄的狡猾、无赖性格抖搂得一览无余。

值得重视的是林文辉的小说《劫匪》，其中几乎没有什么故事：叙述的只是一个无腿的残废人蹲在一住户的门口，遭人误认可能是“劫匪”而被强行赶走，赶到“像崩堤般倒下来”的大雨中的这样“一件小事”。小说的全部重心都在一个焦点上，即一个被误会而引起的举动。此中虽然没有“戏”与“故事”可看，但这一个“小点”的力量却具有震撼力。恰如美国杰出小说家欧·亨利的《回合之间》和鲁迅的小说《示众》，只写一个极小的小事，却激活、幅射出周围的整个世界：治安情况的松弛，人们之间的戒备和不该发生的冷淡。

走过《支票官司》的串连式结构和《劫匪》所采用的点辐射结构，泰南作家群循着这样的路径，再经磨炼，可望创作出更好的作品，寻找到更适合自己的表现形式。

《赤贫儿女》一书中，在艺术探索上走得最远，也最有个人色彩的是子帆的《破梦》。小说描叙的是一名远离家庭的推销员的心灵活动，实则是他心理的忧郁与精神压抑的真实反映：由于生活压力，推销员不得不长久地在外谋生。工作上的压力，随处可见的流莺，趁虚而入者的精神通病，在令人不堪忍受的旅途中骤增式地存活在推销员的脑海中。于是，他做了一个梦，梦见家中的妻子与人私通，梦见儿子无人照顾，梦见了现实之家与心灵之家的失落。

为了表现这个很“现代”的故事，子帆在结构和叙述上都进行了大胆的探索——打破了“讲故事”结构和“以人物性格为中心”结构的模式，引入了“以心灵活动为中心”的小说结构。

中国当代作家王蒙写了很多受人欢迎的意识流小说，也很善于运用以“心灵活动为中心”的小说结构。他说：“人的心灵，方寸之地，非常之小，但是它容纳的东西很多，它能够有大的跨度，而且能够重新加以排列组合。”其中靠什么？就是靠“心灵活动的结构”。《破梦》按照“心灵活动的结构”组织“叙述”时，放弃了外在的时空情节线，而是将外在时间与心理时空交叉糅合，由外在时空——旅途，启示内在时空——联想与梦，再由内在时空推动小说向前发展。经过作者的巧妙安排，小说中的现实与梦境浑为一体。

从外在情节来看，梦与联想是不真实的。从内在节奏来看，梦又是真实的，是小说要表现的主体。它的真实不在于是否讲叙了一个真实的故事，而在于真实地记录与描述了一种普遍性的紧张心态，一种忧郁，一种不安的心灵苦痛。并且这种心态与苦痛都带有明显的时代性，是传统的小说结构方式难于昭明与传递的。

《破梦》还改变了通行的全知叙述角度，采用了较严格的限制叙事模式。19世纪以来，西方小说家与小说评论者开始对小说叙述艺术进行研究，尤其是对小说叙述角度开展了深入的讨论。他们深入到小说表现艺术的层次，从创作规律、美学等多个侧面研究叙述，取得的成就已在20世纪为世界各国的文学界广泛认可与接受。

所谓全知叙述，是指叙述者无所不知，无所不在，有权利知道并说出作品中任何一个人物都不可能知道的秘密；对人物的外表和内心，对事件发生的前因后果，都掌握得清楚无余。古典时期的部分西方小说家和中国的大部分小说家，常采用这种叙事模式。所谓限制性叙述，是指叙述者只能和人物知道得一样多，人物不知道的事，叙述者也无权叙说。叙事时，可采用第一人称，也可采用第三人称。细分下来，首先，可通过某个人物的亲身经历，感受展开叙述；第二，叙述者以旁观者的身份，叙述发生在别人身上的事件。限制叙述，在西方，19世纪末已大盛于文坛；在中国，也于“五四”新文学运动时期被引入，且产生过较大的影响。

《破梦》“基本上”采用的是第三人称限制性叙述：作家退到人物与故事之后不再是全知全能者，使作品更加真实、客观、可信，并且客观上限制了作者理性式评述等非形象性表述的时空。

这里的“基本上”即是说，叙述人知道的和林良如这个人物知道的基本上一样多。但是，在个别地方作者也出现过疏漏，如林良如与妻子通电话时：“迎阑呆呆持着话筒，林良如那头挂断了，她仍禁不住回想翩翩。”在限制性叙述中，叙述者不应大于林良如这个特定人物或称焦点人物的视点、知觉与思维。

除此之外，作者把握得还是非常得体和成功。焦点人物的行动与梦境交叉、情节的直叙与倒叙替换，使主观心灵色彩极强的作品显示得非常客观化，而且毫无轻浮造作之嫌。读者仿佛随着林良如这焦点人物在看、在听、在想、在梦、在醒悟。也因作者事先未向全知叙述者那样，到处设下全知的伏笔、预言判断，读者在小说终了之前始终不知道现实与梦在何处交汇，小说又将以什么结果结束，而悬着一颗担忧的心，保持着一份探索的情。这样，作者恰到好处地把读者引入了一座艺术之宫，是迷宫，也是悬念之宫，更是玲珑之宫。

《赤贫儿女》并不十全十美，可的的确确体现了一种精神，一种勇气，一种风格。祈望这股“南部风”来得更持续些，更强烈些。或许今日，或许明日，将又会有“北部风”、“东部风”……超越这股南部风。泰华小说将会在种种劲风中焕发出更勃发的生机，更感人的艺术活力。

五、严歌苓：女人的被“牧”与“自牧”

美籍华裔女作家严歌苓的长篇小说《雌性的草地》发表以来，在广大读者和海外华文文学界引起了极大的反响。在《雌性的草地》中，作者以一个“大草地”上的“过来人”——曾经的“牧马人”，现在的美籍华人作家——“自由写作人”的身份，再现与反思着在荒谬的“文革”时期，由一批来自成都的女知识青年组成的“女子牧马班”，在自然环境极其严酷的川、藏、陕、甘交界的一个大草地上牧马，同时她们自身也被物与人“牧”的故事。

（一）以一个虚幻的“革命”的名义

《雌性的草地》着力表现一个荒谬的年代里，人们要无端地承受种种苦难的磨砺，惟一的理由只是一个虚幻的“革命”的名义。

小说中的“受难主体”——“女子牧马班”的成立，只是由于一个“老首长”喜欢马，并且说了这样的一句话：“男娃女娃都一样，女娃也可以牧马。”“老首长”这一句随意的话，在那个特殊的年代，在那个“军装的海洋”中，既应和了“知识青年到农村去”的“最高指示”，也巧合了“男女平等”的“时代精神”。因此，很快就被当作重要“指示”落实到实处。于是，一批十七八岁的美丽、柔弱的姑娘们，被驱赶——有的是被“组织”所驱赶，有的是被“大势”所驱赶，有的则是被自己所驱赶，到了川、藏、陕、甘交界的一个连当地牧民也无法放牧的高原“草地”。她们干着她们的身体所不能承受的重活，时时忍受着饥饿、严寒、恶狼、洪水、沼泽以及不怀好意的各色男人的欺凌、骚扰、攻击。而且，人们并不拿她们的生命当回事，她们所受的肉体、情感之苦都不在话下，只要有可能完成一个试验。

这个“试验”是什么？就是“老首长”那句随意的话能否实现——能否在三五年内，由一群“女娃”在“大草地”上将“老首长”喜欢的马“牧”出，并且交到“老首长”管辖的部门中。为此，“女子牧马班”的全体成员——七个正值青春的少女，必须干和男人一样的体力活儿，过与男人完全一样的生活，在情感也打磨得和男性一样粗犷、粗糙。她们牺牲了青春、美丽、恋情，甚至牺牲了亲情、亲人与自己的生命，终于把马“牧”成了——可以把马交到“老首长”的手中。可是，“老首长”的部门已经撤消了骑兵的建制，不再需要马。“老首长”也最多只需要一匹马，作为自己的业余消遣。

“试验”完成了，“女子牧马班”的目的与她们本身却成了一个虚幻——她们奉献了一切、完成了一切、牺牲了一切，却发现一切本来都应该没有。一切都不过是假借了一个虚幻的“革命”的名义。

（二）以一个荒谬的“平等”的名义

“老首长”不仅喜欢马，“老首长”还说了“男娃女娃都一样，女娃也可以牧马”这样一句话；这个“试验”，也就具有了在特殊区域——“大草地”，争取“男女平等”的名义与意义——也就是在牧马的同时，“女娃”的“自牧”也具有了至高无上的意义。

因此，“女子牧马班”也曾经以“自牧”自诩，并且也因此无限风光、威风，拥有许许多多的荣誉与花环。但是这种荣誉与花环，是要付出沉重的代价的——牺牲女人的生理、心理特征与需要，要做到比男人还要男人。在沉重的“荣誉与花环”的挤压下，“女子牧马班”也整体性的由“被动转为主动”，她们视喂马为天下最大之事，宁愿牺牲自己和牺牲亲情——宁愿饿死，不吃马料；宁愿孤独，不交男友；宁愿伤损自己的身体，不去照顾自己的女性生理特征。这种仅仅满足于挑战体力极限的绝对平等努力，显然只是性别平等和女性解放的误区；但是，极大地满足了“时代”、“革命”、“平等”对她们提出的“自牧”要求；也极大的满足了她们在外界的强烈刺激下发自于自身的“自牧”要求。

不考虑女人的需要和利益，名义上的男女平等，实际上是另一种不平等，或者说是在遮盖另一种不平等。“女子牧马班”的“女子”作为女人，在“身体”层面上力图与男人平等——“男性化”的同时，她们在“精神”层面上却步步退缩——成为十足的“小女人”，不得不在男人的庇护、保护、调教、欺负下“讨”生活。

她们之所以“存在”的“创意者”——“老首长”是个男性；她们的直接领导、生命的“保护伞”——“指导员”是个男性。“老首长”，在遥远的地方，关注着她们，期待她们为“老首长”的“原创”争气；“指导员”随时随地“贴身”“指导”着她们；每有重大事情，必由他拿主意，每有危难必由他解救。他是她们的精神领袖和情感上的依托，他的智慧果敢、勇猛威武彻底从精神上征服了她们；她们只有依附于——从身与心两方面——依附于“指导员”。于是，“指导员”，自然地成为了她们的主心骨和精神支柱——甚至情感上的支柱、主动或被动的“性伙伴”；一个既是领导，又是救星；既是长辈（被称为“叔叔”），又是同辈（性欲的对象）的伟人。于是，“她们”不仅只有“男性化”后才能够被认同，而且，“她们”还必须以男人的思想和行动为标准，甚至以男人的要求为要求——包括性的要求，才能够被“大草地”——这个“环境”所认同。所以，在一个荒谬的、被假借的“革命”性的“平等”名义之下，“她们”的“自牧”——实际上是在一个被毁灭的过程之中的代名词——精神极度危险、处境极度艰难。

（三）从“雌性的草地”出发

严歌苓的《雌性的草地》，非常强调男女先天的自然属性方面的差异，强调女人的生物性特征，如性欲、生育、母职等，用此来反衬虚幻的“革命”的名义和虚幻的“男女平等”的名义的荒诞。这种从性别差异出发，与曾经流行一时的“社会意识”相对立的“自然意识”，可以称之为严歌苓思维中的“雌性的草地”。

从这个“雌性的草地”出发，严歌苓浓墨书写了“女子牧马班”的“女人”的基本欲求、生理体验及母性情怀；严歌苓浓墨书写老狗“姆姆”的生育功能和母性本能，以及雄马“红马”与母马“绛衩”之间非凡的“恋情”。这种对于公马和母马的动物性恋的描写，不止源于一种简单的生理上的类比，更是源于一种对人类本性的深入探讨——对人的理想两性关系的隐喻。

出于对雌性，即自然界中的雌性生命（无论是女人还是动物）的共同关注，出于对这些雌性生命某种共同特性和共同命运的带有神秘性质的信仰，严歌苓不仅书写了雌性的性爱，而且细致深入地探讨了雌性的生育功能和母性情怀。

比如对于老狗“姆姆”出场的描写：

> ……它就那样半跪半蹲，抬起两只前爪，像个不知羞耻的女人坦露出整片胸脯。它以这姿势让人验证它的身子；以这姿势告诉人它不愿意死，它生儿育女的使命尚未结束。叔叔觉得他枪口下不是一只狗，而是某种精灵的附着体。老狗浑浊无光的眼睛定定地看着他，从那里面可看见它忠实善良、无怨无艾的一生。狗坦露着它怀孕的胸腹，那上面的毛已褪尽，两排完全松懈的乳头一律耷拉着，显出母性的疲惫。叔叔的枪在手里软化，他感到子弹在枪膛里已消融，在这样的狗的胸膛前，融成一股温乎乎的液体流出来。他认为自己得到某种神秘的启示。老狗这个姿势不是奴性的体现，恰恰是庄严，是一种无愧于己无愧于世的老者的庄严。

作者抓住动物和女人之间共同的生育哺育功能，并将她们联系起来。如果将老狗“姆姆”换成女人，将狗的外部特征（如爪子、毛）去除，这段写狗的文字也同样适合于女人。女人何尝不是也以这副赤裸着生育器官的可怜的样子示人的动物，小说中的老母狗“姆姆”其实就是女人的象征，它的惟一价值只在于它的生育功能，它只剩下“肚皮和奶子”。

作者从正面张扬着母性特征，不认为女性的生育功能导致一种社会工作能力的丧失，而认为恰恰是她的力量的源泉。对老母狗“姆姆”母性的刻画，更是将母性力量的伟大推向了极致。母性本能的力量，能够使它放弃复仇，而去哺育仇人——狼的两个嗷嗷待哺的小狼崽。

女子牧马班的姑娘们除了柯丹之外，并没有生育的经历，她们的母性情感也被现实环境磨砺得很粗糙，但她们对于“布布”的爱无疑是真诚和深沉的，即使在“布布”背叛了她们以后（三四岁的布布竟开枪打了他的母亲柯丹一枪）。

通过大力张扬、神圣化动物的母性，并将这一“动物性”象征化，严歌苓让人感到自然母性的神圣伟大；使人觉得女人和动物、自然，诗意地联系在了一起。女人的动物化、自然化，动物的女人化，使女人和动物、自然的界限渐渐消失。这一意象似乎使女性有了坚实的大地、雄浑的自然作背景，女性也因此取得了同自然一样的伟大神秘的力量。似乎，女人可以凭此原始天然的力量，去获得真正的性别的解放和生命的自由。正像在序言中严歌苓所说：“以此书，我也企图在人的性爱与动物的性爱中找到一点共同，那就是性爱是毁灭，更是永生。”

由此，严歌苓从意识层次的“雌性的草地”出发，创造出了一个感性层次的《雌性的草地》。在这片雌性的草地上，生存着女人、母马、母狗这些雌性的生命，虽然环境恶劣，但她们顽强地生存着。

（四）“她们”没有未来

在严歌苓的“雌性的草地”的深处，不断闪烁着一双“眼睛”、一盏“红灯”，那就是——“权力”。有着旺盛生命力与生殖力的女性，不应该没有权力；有着博大的胸怀与奉献精神的女性，更不应该没有权力。但是，在《雌性的草地》中，女子牧马班的女人，都没有“权力”。

在《雌性的草地》中，职务、地位、传统，代表权力；“信物”，如“枪”也代表着“权力”；但是，职务、地位、传统和“枪”——尤其是“枪”，都只能掌握在男性——成年男性，甚至未成年男性手中。女子牧马班的女人，都没有拥有“枪”的“权力”。

作为指导员的“叔叔”有“枪”，正是有了“枪”，“叔叔”能在任何危急关头充当英雄——解决一切问题、克服一切困难：征服自然、征服“土著”、征服姑娘们的心——包括顺奸和诱奸女子牧马班的数个女人。

女子牧马班的班长柯丹与“叔叔”所生的儿子布布——这个只有三四岁的男孩子，居然也有“枪”——他拿了他父亲的枪出走，还开枪打伤了他的母亲柯丹。

“叔叔”有“枪”与“布布”拿“枪”，这两个细节，隐喻了女人的生存困境产生于她们被剥夺了建构和拥有自己“文明”的权力，她们只是男权文化中的客体；隐喻了未成年男性通过继承父亲的“权力”，而对“自然”的母亲的背叛。

“叔叔”有“枪”与“布布”拿“枪”，这两个细节，也是一个预言：预言“她们”女子牧马班的“女人”，没有未来——“她们”血缘上的后代，很可能是她们的反叛者、剥夺者，甚至是谋杀者。由于没有“权力”，女子牧马班的“女人”，既没有现在，也没有了未来。尽管她们拼尽了身心的一切。

实际上，当老母狗“姆姆”作为女人的象征——惟一的价值只在于它的生育功能，只剩下“肚皮、奶子”时，女子牧马班的“女人”就像母马、母狗这些雌性的生命一样，没有了未来。

严歌苓出发于“雌性的草地”的有关母性无私神圣的赞歌，最终还是带来了让人失望的结果；最终还是要在各种“名义”与“权力”面前碰得粉碎。女人、母马、母狗这些雌性的生命，虽然顽强生存着。但是，她们已经没有了未来——她们已经从“被牧”走到了“自牧”；只剩下一副躯壳，甚至连一副躯壳也无法久存于世间。

图书在版编目（CIP）数据

宗教情结与华人文学/王列耀著. —北京：文化艺术出版社，2005. 3
（南中国学术文丛）
ISBN 7－5039－2760－7

Ⅰ. 宗… Ⅱ. 王… Ⅲ. 宗教文化－影响－中文－文学研究－东南亚 Ⅳ. I330. 65

中国版本图书馆 CIP 数据核字（2005）第 043096 号

宗教情结与华人文学

著　　者　王列耀
责任编辑　董瑞丽
责任校对　崔建文
版式设计　宝　华
封面设计　彩多设计
出版发行　文化艺术出版社
地　　址　北京市朝阳区惠新北里甲 1 号　100029
网　　址　www. whyscbs. com
电子邮箱　whysbooks@263. net
电　　话　（010）64813345　64813346（总编室）
　　　　　（010）64813384　64813385（发行部）
经　　销　新华书店
印　　刷　三河宏达印刷有限公司
版　　次　2005 年 3 月第 1 版
　　　　　2005 年 3 月第 1 次印刷
开　　本　787×1092 毫米　1/16
印　　张　21. 75
字　　数　310 千字
书　　号　ISBN 7－5039－2760－7/G·512
定　　价　30. 00 元
